La puerta de las tinieblas

Massimo Pietroselli

Traducción de Jorge Rizzo

Rocaeditorial

Título original: *La porta sulle tenebre*

Primera edición: septiembre de 2009

Marquès de la Argentera, 17, Pral.
08003 Barcelona
info@rocaeditorial.com
www.rocaeditorial.com

Impreso por EGEDSA
Rois de Corella, 12-16, nave 1
08205 Sabadell (Barcelona)

ISBN: 978-84-9918-032-8
Depósito legal: B. 27.765-2008

Para Tiziana

«Si supieras la conjura de liantes e intrigantes que puebla Italia,
temblarías tú también.»

MASSIMO D'AZEGLIO, *en una carta a su esposa*

Hay dos formas de gobernar a los italianos:
con las bayonetas o con la corrupción.

VÍCTOR MANUEL II, *al plenipotenciario inglés August Piaget*

Índice

Personajes principales

Corrado Archibugi Ettore Calistri Onorato Quadraccia Terenzio Sabbatini	*Inspectores de Seguridad Pública*
Oreste Scialoja Eugenio De Matteis	*Delegados de Seguridad Pública*
Lorenzo Panicacci	*Superintendente de Seguridad Pública*
Arthur Barrington	*Un inglés extraño*
Guido Tremolaterra	*Periodista y autor de* El misterio del doctor Bellacuccia
Adele Ortolani	*Colaboradora de Tremolaterra*
Maria Gualtieri Vincenza Amadìo Silvia Marziani Giovanna Squartini	*Secretarias de Tremolaterra*
Fabio Petrocchi Armida Petrocchi	*Vendedores de pollos*

Enrico Mezzasalma	*Director del* Eco de Roma
Don Vincenzo	*Párroco de Santa Maria della Morte Desolata*
Francesco Saverio Tinebra	*Un hombre de múltiples apodos*
Rosa Ferracci	*la Pelusillas*

En el transcurso de las investigaciones sobre el delito de la «doble W», entre el 3 y el 7 de noviembre de 1875, el inspector de Seguridad Pública Corrado Archibugi fue a dar, por casualidad, con la vieja leyenda romana de la *«porta de reto»*; es decir, una «puerta trasera» del Vaticano, donde cada noche un par de espías confidentes del Papa le contaban las tropelías de los romanos.

En el transcurso de dichas investigaciones se enteró de paso de que existía una puertecita similar en el Palazzo Braschi, lugar ideal para los interrogatorios, al haber sido en el pasado sede de la Presidencia del Gobierno, del Ministerio del Interior y de la Dirección General de Seguridad Pública.

No obstante, al concluir su investigación, Archibugi le confesó a su prometida: «Pensaba que había descubierto la *porta de reto* en el Palazzo Braschi y que podría sacarle partido, pero, en cambio, he descubierto una puerta que lleva directamente a las tinieblas».

Y las tinieblas caerían: quince años después.

Prólogo

6 de febrero de 1875, sábado

El desfile de los *moccoletti* ponía fin al carnaval romano. La noche del *martedì grasso*, por las calles y los callejones atestados de gente, todo el mundo, con una vela o un farolillo en la mano, intentaba apagar los de los demás soplando, con un abanico, con un fuelle o incluso con un escupitajo, en una maraña pagana de cuerpos y gritos, de quiebros acrobáticos y codazos.

Era el último acto de una juerga colectiva de ocho días, tanto más pagana en cuanto que se celebraba en el centro de la cristiandad; con el simbólico apagado de las velas por la Via del Corso se decía adiós a las comilonas, a las máscaras, a los bailes, a los amores clandestinos, al lanzamiento de confeti y de guirnaldas, a las flores y a los caramelos; el Miércoles de Ceniza, Roma se despertaba extenuada, cubierta de verduras, de cartones y de cadáveres de perros y gatos que habían muerto a manos de gamberros, con el recuerdo de los carros y quizá de alguna inocua traición; *er carnovale* queda muerto y enterrado, los *moccoli* han cerrado la función; no se habla más: *tutt'è ffinito*.

Pero el sábado el desfile de los *moccoletti* aún quedaba lejísimos y la noche de juerga prometía no acabar nunca. En las calles principales, iluminadas para la fiesta, el carnaval rugía, la gente bailaba junto al desfile de carrozas con máscaras que les cubrían unos ojos aún enrojecidos por el vino y los farolillos de los alféizares se consumían, lo que daba un aire de vigilia fúnebre a los callejones oscuros a los que apenas llegaba el eco de los gritos y del baile.

Aquella noche de fiesta desenfrenada, el director del popular periódico *La Capitale*, Raffaele Sonzogno, subía las escaleras oscuras del edificio de la Via delle Coppelle 35, sede de la redacción.

Sonzogno no apagaría ningún *moccoletto* tres días más tarde; para él la función estaba ya casi muerta y enterrada; todo acabaría al cabo de menos de una hora, pero de él y de su final se hablaría mucho.

Al cabo de unas horas, en la Via delle Coppelle, la Policía asistiría a un espectáculo horripilante.

Los periodistas chapotearían en la sangre de Sonzogno durante meses, como, por otra parte, hacía meses que hurgaban en su vida privada (la esposa que le había traicionado con su mejor amigo, su pasado de periodista al servicio de los austriacos, los duelos, las constantes querellas por difamación...).

Alguien pagaría por aquel delito; pero también habría quien quedaría libre de cualquier declaración, testimonio, confesión, cotilleo o sospecha.

Eran casi las ocho y cuarto de la tarde. Sonzogno, con las pupilas ya adaptadas a la semioscuridad de las escaleras del edificio, se detuvo un momento en el rellano, jadeante. Las escaleras daban a un patio interior y, pese a ello, le llegaba un vago reflejo de las antorchas y de las linternas de la gente que pasaba a paso ligero por la calle, en dirección a la Piazza Navona o al Corso, emitiendo sombras que crecían como gigantes por los muros y desaparecían rápidas como fantasmas, y se llevaban consigo risitas sofocadas y carcajadas despreocupadas, gritos e improperios.

En una esquina de la calle, entre las sombras, un hombre encapuchado, con una capa que le llegaba hasta los pies y el rostro enmascarado, pese a la prohibición impuesta por la Policía, esperaba su momento.

Al pasar, un arlequín y una gitana observaron la máscara sobre el rostro y, sobre todo, la capa fina y elegante, no de aquellas mugrientas que se alquilaban por cuatro cuartos; pero no cayeron en la cuenta cuando, al día siguiente, los vendedores ambulantes despertaron a la ciudad somnolienta con la noticia del horrendo delito. El hombre encapuchado y escondido tras la máscara nunca aparecería en las páginas de sucesos ni en los informes de la Policía.

Raffaele Sonzogno se quedó mirando la puerta cerrada desde el rellano; allí vivía Garibaldi cuando estaba en Roma, justo en el piso por debajo de la redacción de su periódico. Una sonrisa le cruzó el rostro, la típica reflexión banal sobre las casualidades de la vida, que acercan a personas tan lejanas entre sí; luego siguió subiendo las escaleras mientras las voces de la calle subían y bajaban de intensidad como una marea.

Sonzogno recorrió por última vez los escalones que conducían al amplio piso, abrió la puerta y la cerró a sus espaldas.

Se sintió invadido por una sensación de ahogo: en las cinco salas flotaba aún el humo de cigarros puros, cigarrillos y pipas de numerosas jornadas de trabajo convulso, una peste que por mucho que se aireara el espacio no podía eliminarse, porque se había agarrado a las cortinas, infiltrado en las paredes, introducido en los muebles, pegado a los tinteros. A veces, Sonzogno pensaba que quizá fuera precisamente todo aquel humo concentrado el que mantenía en pie *La Capitale*, que de otro modo se habría hundido sobre sí mismo con todas sus polémicas, sus mentiras construidas a medida y, ocasionalmente, alguna incómoda verdad.

Lejos de allí, una guitarra emitió unas notas, acompañando el canto de un borracho que entonaba desafinado, y después se hizo el silencio.

Las diferentes salas del apartamento se vieron sumergidas en una tenue luz de acuario. Sonzogno esquivó las pilas de papeles amontonados, abrió una ventana y sintió el olor de la noche; después se dirigió a su escritorio. Encendió un fósforo y lo acercó a la mecha de la lámpara de petróleo.

Una sombra se desliza por las paredes del piso. Sonzogno siente un crujido e instintivamente se zafa para protegerse de algo que le rodea el cuello, se gira, se pliega en dos y retrocede derribando a su paso papeles y tinteros.

Ningún testigo hablará de gritos. Ninguno oirá nada. Pero hay gritos, chillidos como los de un cerdo en la matanza. Trece cuchilladas no pueden perderse en el silencio.

Al primer grito, el hombre de la capa que espera abajo avanza bajo las ventanas, como si esperara algo, o como si se dispusiera a ofrecer socorro. Mira a su alrededor; siente que se ahoga bajo la capucha y la máscara, el sudor le corre por las sienes, cada grito le recorre los huesos y le hace girarse a derecha e izquierda. Casi se arrepiente de estar allí abajo. ¿Por qué está allí? Únicamente para hacerse con un objeto que —sólo en ese momento cae en la cuenta— nunca podrá usar en su beneficio porque, si llegaran a saberlo, los instigadores de aquel terrible acto de violencia no dudarían en cometer otro delito. En cuanto corre la sangre, todas las cosas se perfilan con precisión, y se hacen evidentes unos límites que no deben sobrepasarse. Por otra parte, piensa, llegado el momento, aquel objeto podría hacerle muy poderoso...

En el piso, Sonzogno se defiende como puede, es un hombre robusto y enérgico, que ha defendido su honor en diversos duelos; pero está desarmado, mientras que el asesino cuenta con un arma de carnicero con la que, efectivamente, hace una carnicería: un cuchillo de doble hoja lanceolada, de más de veinte centímetros de longitud, que lleva grabados extraños signos cabalísticos.

Sonzogno intenta protegerse con los antebrazos, pero el cuchillo penetra, corta, rasga y desgarra; las salpicaduras de sangre recuerdan los puñados de confeti que vuelan por Roma, y los alaridos que salen de aquella garganta parecen los de un perro al que algún pillo de mirada excitada le está quemando la cola en el Panteón; el asesino y la víctima tienen los ojos abiertos como los de las máscaras de cartón abandonadas sobre las carrozas tras el desfile de la tarde.

Bajo las ventanas, el hombre de la capa ya no oye nada. Está empapado en sudor. Pasan corriendo un escudero y una hechicera, seguidos de un par de antiguos romanos. El ruido de pasos se aleja y todo es silencio y oscuridad. Poco a poco, la respiración del hombre enmascarado vuelve a la normalidad.

Pero aún no ha acabado.

El hombre frunce el ceño. Los minutos pasan lentos, no se oye más que algún grito lejano, una canción, algún tambor. Desde la ventana abierta no hay señales de vida. Se pasa la lengua por los labios resecos. ¿Es posible que Sonzogno haya ganado? Ya lo había dicho él, que no había que fiarse de aquel carpintero endemoniado. Y sin embargo, los gritos, aquellos chillidos de animal degollado...

¡Ahí está! Un rostro aparece en la ventana, espectral bajo la luz de la luna; mira abajo, con un movimiento de cabeza apático busca a alguien, después ve la capa y asiente, alarga un brazo y una mano deja caer algo que emite un destello.

El hombre enmascarado siente el peso del objeto que le cae entre las manos, lo guarda apenas un momento, justo lo necesario para comprobar que aquel tonto no se haya equivocado: pero no, no hay duda de que es la pitillera de plata que Sonzogno llevaba siempre consigo. Sobre la superficie brillante del objeto se ven unas huellas ensangrentadas y un trazo quebrado, un rayazo en el metal provocado por la furia del cuchillo.

Con un revuelo de la capa el hombre se aleja a un ritmo controlado, con la pitillera apretada contra el pecho, jadeante por la emoción. Poco después se libera de la máscara, que podría llamar la atención de algún guardia municipal, se quita la capucha y desemboca en la Piazza delle Cinque Lune; unos pasos más y desaparece en el bullicio de disfraces y gritos que invade la Piazza Navona.

Primera parte

3 de noviembre de 1875, miércoles

1

En el segundo piso del Palazzo Braschi, sede del Consejo de Ministros, del Ministerio del Interior y de un núcleo de funcionarios de Seguridad Pública, el agente de guardia estaba inmerso en la lectura.

Tenía sobre la mesa unas grandes hojas impresas con abigarradas columnas y seguía las palabras con el dedo, moviendo los labios como un escolar. Estaba tan absorto que ni siquiera reaccionaba ante el volumen del discurso airado del superintendente de Seguridad Pública Lorenzo Panicacci. En otro momento habría aguzado el oído, por aburrimiento, si no ya por curiosidad: pero en este caso no había discusión que valiese entre Panicacci y sus inspectores, ni siquiera aunque estuviera precedida, como había ocurrido poco antes, por unas extrañas idas y venidas de delegados de Seguridad Pública que tomaban declaraciones.

El dedo avanzaba rápido por las líneas, la mente le volaba lejos. El guardia estaba rendido a la novela por entregas del momento.

> Los temibles ojos del doctor Bellacuccia, que habían visto villanías de todo tipo, se habían vuelto grandes, grandísimos, fijos; parecían dos afiladísimos puñales que penetraban en el cerebro, o incluso en el corazón del inspector Sperelli, quien, por mucho que lo intentara, no conseguía escapar a su extraño poder magnético. ¡Era una mirada como la que adoptan algunas terribles serpientes del Lejano Oriente, con la que dejan petrificados incluso a tigres o leopardos!
>
> La mano del inspector, con la que agarraba el revólver, se abrió

por fin, desprovista de fuerza. ¡La situación se invertía! Cuando parecía que al final la ley triunfaba sobre el maléfico doctor, sus poderes hipnóticos habían convertido una derrota en victoria. ¿Era invencible, pues, aquel demonio de hombre? ¿Cuánto tiempo más oprimiría a Roma, corazón del bello reino de Italia, en una red de engaños y chantajes?

Sperelli no podía apartar la mirada de aquellos ojos que parecían adquirir un tamaño enorme, hasta que una voz, aparentemente lejanísima, le acarició el oído, dulce como la resaca del mar: «Ahora, dormid».

El doctor Bellacuccia se veía obligado a hacer gala de todos sus recursos: o conseguía que el inspector perdiera la memoria, ahora que había descubierto su identidad secreta como oscuro autor de mil intrigas, o se vería obligado a abandonar la partida y perderlo todo.

Lo que quedaba fuera de toda cuestión para el doctor Bellacuccia era acabar con el inspector, porque...

—Agosti, ¿qué sucede ahí dentro?

El guardia levantó la vista de la novela y miró con aire confuso al hombre robusto que tenía delante, de espesa barba y cabello blanco, pobladas cejas y mirada torva: el delegado Oreste Scialoja.

—Señor delegado... ¿Qué sucede dónde? Ah, sí. No sé, parece que están discutiendo con ganas. Era la habitual reunión semanal de los inspectores, hoy es miércoles, pero luego se ha presentado un delegado, no recuerdo de qué sucursal, con un informe urgentísimo... y desde ese momento, fíjese cómo están las cosas. El toscano está que suelta espumarajos por la boca.

—¿Y no has oído de qué se trata?

—No. Estaba leyendo.

—Estabas leyendo —repitió el hombre, con una mueca de incredulidad. Miró unos segundos más la puerta cerrada, mesándose la barba, pensativo, y luego se despidió con un gesto y se alejó por el pasillo, mientras un escalofrío le recorría los huesos, como el presagio de una gripe.

El guardia resopló y volvió enseguida al punto en que había dejado la novela del momento, *El misterio del doctor Bellacuc-*

cia, sin imaginar que, al otro lado de la puerta del despacho del superintendente, se hablaba precisamente de aquella novela.

De pronto, el inspector de Seguridad Pública Corrado Archibugi vio la mosca.

Había sobrevivido a aquel frío terrible de principios de noviembre, insólito para Roma, y había encontrado refugio en el despacho de Panicacci. La mosca era el único ser vivo, aparte de Panicacci, que no intentaba huir de aquella sala lo antes posible. «Quizá —pensó Archibugi mientras la voz del superintendente tronaba en protesta por tanta ineficacia y negligencias—, quizá porque está medio atontada por el frío. Será por eso.» Efectivamente, la mosca se movía trazando movimientos circulares amplios y relajados, como si estuviera en las últimas.

—¡No podemos seguir así de ningún modo!

Archibugi estaba de acuerdo: no podían. ¿Cuándo se decidiría por fin a dejarles trabajar? ¡Él y los otros dos inspectores llevaban allí bloqueados media hora! Y menos mal que era una emergencia, tan grave que había provocado que saltara la reunión semanal impuesta por Panicacci hacía unos meses: si no, no habría modo de salir de allí antes del mediodía.

—Que yo, un superintendente de la Seguridad Pública, tenga que enterarme de las cosas…

La mosca se había posado sobre el vidrio que protegía un retrato de Joseph Fouché, colgado en la pared a espaldas de Panicacci. El insecto apenas conseguía mantenerse sobre el cristal, y resbaló hacia el lado inferior del marco, donde se puso a caminar lentamente adelante y atrás. Fouché, con el rostro sombrío, hundido, los labios finos apretados, como encerrando el secreto de su alma, parecía mirar fijamente a la mosca, entrecerrando los ojos, maldiciéndola con la mirada. ¿O sería que Fouché miraba en realidad hacia abajo, a Panicacci?

Archibugi se peinó los tupidos y oscuros bigotes, recordando el día en que Panicacci había «presentado» el cuadro: lo había visto en París, según había explicado medio oculto tras el humo de la pipa, e inmediatamente había sentido el impulso de comprarlo como estímulo para «nuestra actividad cotidiana de defensores de la ley y del Estado, en nombre de nuestro querido rey Víctor Manuel». En aquella ocasión, a Archibugi casi se le escapó decir que, en realidad, en su tiempo se decía de Fouché que «primero se ocupa de lo que le importa, y luego de todo lo que no le importa», y que para sobrevivir como ministro de la Policía bajo tantos patrones y tantas banderas, la única actividad cotidiana a la que se había tenido que dedicar era a reunir información que pudiera usarse para chantajes o intimidaciones, en vez de a defender el Estado. Pero había preferido dejarlo correr y limitarse a pensar que en aquel mismo momento seguía habiendo gente como Fouché, en el mismo edificio en que convivían diversos poderes. Porque Joseph Fouché en el fondo era como Don Juan: no un hombre, sino más bien un modelo, una idea, un tipo de persona.

—Dígame entonces, si ese señor… ¿Cómo se llamaba?

En pie, junto a la puerta, el delegado de Seguridad Pública Eugenio De Matteis, corpulento y expresivo como un campesino menos tonto de lo que quisiera parecer, sacó pecho, metió la barriga y puntualizó:

—Fabio Petrocchi, *dottor* Panicacci.

—Pues si ese Petrocchi esta mañana no hubiera prestado declaración espontáneamente, y digo espontáneamente…

Archibugi, que había posado la mirada por un instante en De Matteis y sus rosadas y gordinflonas mejillas, volvió a fijarla en Fouché: la mosca había desaparecido. Entonces empezó a recorrer con la vista todo el despacho: la librería llena de textos de jurisprudencia, el escritorio de Panicacci cubierto de papeles, pipas y hebras de tabaco, las paredes, la ventana desde la que se veía la cúpula de Sant'Agnese, que se elevaba sobre los tejados bajo un sol helado. Nada.

En el transcurso de la búsqueda, los ojos de Archibugi se cruzaron con los de sus colegas, todos alrededor de la mesa de reuniones. El inspector Ettore Calistri estaba frente a él, en diagonal, de modo que sólo le ofrecía una cuarta parte de su rostro a Panicacci, sentado tras el escritorio. El codo sobre la mesa, la mejilla hundida en la mano, los ojos escondidos tras los dedos: una posición estratégica ideal para dormitar.

Junto a Archibugi, a su vez, estaba el anciano inspector Onorato Quadraccia, con los brazos cruzados y su consabido abrigo negro puesto, a pesar del calor de la estufa, los ojos inexpresivos clavados en Panicacci sólo para guardar las apariencias, pero en realidad entretenido en alimentar alguno de sus múltiples odios hacia la humanidad. Una silla vacía esperaba al inspector Terenzio Sabbatini, que siempre llegaba tarde.

Archibugi pensó que, si él y los otros inspectores estaban distraídos de un modo tan evidente ante su superior, teniendo en cuenta además el horrendo delito del que se hablaba en la declaración que descansaba sobre la mesa de Panicacci, debía de ser porque aquella pérdida de tiempo y aquellas charlas estériles no tenían sentido en aquel contexto sangriento. Aquello no era más que un modo de mantener los nervios controlados. De oponer resistencia al sinsentido.

—Y menos mal que nuestro delegado aquí presente, el delegado…

—De Matteis, *dottore*. Sucursal de la comisaría de…

—Y menos mal que nuestro delegado De Matteis ha comprendido enseguida…

—Enhorabuena, De Matteis —gruñó Quadraccia, sin apartar la vista de Panicacci.

El superintendente se quedó observando por un momento al anciano inspector, intentó comprender la intención de la frase, no entendió y, dado que temía a Quadraccia, confirmó, dubitativo:

—Sí, enhorabuena, De Matteis, por haber comprendido inmediatamente el calado de esta declaración, que si no…

¡Ahí estaba! Archibugi posó la mirada sobre la superficie de la mesa de reuniones, mientras Panicacci seguía con sus arengas y De Matteis permanecía tieso frente a la puerta. La pequeña mota negra que formaba la mosca destacaba claramente sobre la superficie brillante de la mesa, iluminada por la luz del sol que entraba por la ventana.

—¿Qué voy a decir, qué puedo decir, cuando el señor comisario me llame para…?

La mosca había rodeado el codo sobre el que se apoyaba toda la estrategia del somnoliento Calistri, había alcanzado el centro de la mesa, donde la luz del sol dibujaba las vetas de la madera. Hacía calor, la estufa estaba al rojo. Archibugi empezó a luchar contra sus párpados, que amenazaban con cerrarse…

¡Paf!

Archibugi abrió los ojos como platos, el codo de Calistri resbaló. Donde antes estaba la mosca, ahora estaba abierta la mano larga y huesuda del inspector Quadraccia. La mano se levantó lentamente y dejó a la vista una mancha pegajosa sobre la mesa. Quadraccia se limpió la mano con el abrigo.

—Tiesa —dijo, sin ninguna inflexión en la voz.

Calistri, con los ojos enrojecidos, intervino:

—Tampoco ha sido un gran golpe, Homilías. Ya estaba medio muerta.

—¿Por qué no vuelves a dormirte, querido Ettore? Aquí aún estamos escuchando a nuestro estimado amigo.

Archibugi seguía el diálogo, preparándose para la tormenta. Efectivamente, Lorenzo Panicacci había interrumpido su discurso, incrédulo ante aquel motín, con los ojos fuera de las órbitas, el rostro congestionado y los quevedos colgando del cordón fijado al cuello de la chaqueta. Fouché miraba al superintendente como si quisiera dejar clara la distancia que lo separaba de un inepto como él.

—Inspector Quadraccia… —arrancó Panicacci, severo.

—Esa mosca me distraía.

Panicacci consideró la pueril excusa. Sabía que el viejo inspector era un hombre difícil: una vez que le había reñido por haber dado una somanta de palos a un sospechoso, él le había respondido con su habitual mala educación: «La mierda no se palea con cucharilla de plata»; después, se había dado media vuelta y había dejado solo a su superior, alimentando una úlcera. No, mejor no insistir. Panicacci cambió de objetivo, cada vez más nervioso.

—¿Y usted, Calistri? Usted que estaba durmiendo, ¿qué me dice?

—*Dottor* Panicacci, ante todo, yo no dormía. Y en cualquier caso, la reunión semanal de los inspectores ha sido anulada cuando ha entrado el delegado De Matteis con su declaración, que, con todo respeto, no me incumbe en absoluto. Como mucho incumbe a Corrado, por lo que se ha visto hasta ahora…

Quadraccia mantenía el abrigo bien cerrado con los brazos cruzados sobre el pecho.

Archibugi se estiraba los bigotes, pero, por lo demás, permanecía inmóvil.

Panicacci miró a derecha e izquierda, pasando revista a «sus hombres», incluida la silla vacía de Sabbatini; después se dirigió a De Matteis, como en busca de comprensión, pero el delegado no se atrevió a tomar partido; el superintendente rebufó y se pasó una mano por la frente. Sentía clavados los ojos implacables de Fouché. Se dejó caer en la silla, como desprovisto de toda voluntad.

—Está bien, quitaos de en medio. Si hasta ahora no he conseguido crear un mínimo de espíritu de equipo, nunca lo conseguiré.

Una repentina animación, movimiento de sillas, esbozos de saludos. Sólo Archibugi se había quedado sentado, porque Calistri tenía razón, aquel asunto le concernía a él, en primera persona.

Panicacci tuvo un impulso vengativo.

—No, no, usted quédese, inspector Quadraccia. Y usted, obviamente, De Matteis.

Quadraccia, alto y enjuto, estaba ya en la puerta: se giró lentamente. El rostro afilado, la nariz rota, la cicatriz en el pómulo, los ojos mortecinos y los cabellos de un blanco amarillento pusieron incómodo a Panicacci, que enseguida precisó, con el acento toscano que se hacía más evidente a medida que se iba poniendo más nervioso:

—No querrá que lo haga todo solo el inspector Archibugi, ¿no? Ya ve usted mismo que la situación requiere una reacción muy rápida. Hoy mismo quiero que tengamos una imagen clara de todo el asunto. Adelante, hágame el favor, siéntese.

—*Dottor* Panicacci, anteayer fue Todos los Santos y ayer el día de los muertos: en dos días, seguro que han destripado a más de uno, y si no voy yo por los hospitales, ésos desde luego no vendrán a presentar denuncia...

Quadraccia se había asignado la misión de combatir la campaña de intimidaciones que infestaba Roma, los duelos de honor a cuchilladas, los diversos jefecillos de bandas que dominaban los barrios con la autoridad que les otorgaba su propia fanfarronería y la fuerza bruta. Casi cada día hacía la ronda por los hospitales, acumulaba listas de muertos y heridos que, después, en el despacho que compartía con Archibugi, repasaba mentalmente durante horas, conjeturando sobre posibles culpables. Así se había ganado el apodo de «el Homilías» y la fama de perseguidor de matones, odiado en igual medida, a causa de sus modos brutales y despiadados, por los romanos y por Panicacci.

Archibugi, al oír las objeciones del anciano inspector, entrecerró los ojos: ¿qué era lo que atormentaba a Quadraccia? Nunca había replicado a una orden ni había buscado una excusa: no por sentido del deber, sino por no darle la satisfacción al superintendente. Y ahora se ponía a protestar. ¿Por qué?

—Por favor, inspector. Deje estar a sus matones de barrio, que se maten unos a otros. Total, es el único modo de hacer algo más civilizada esta ciudad. Ha oído la declaración de ese tal…

—Petrocchi —recordó, molesto, De Matteis, que empezaba a comprender cómo funcionaban las cosas en aquella comisaría.

—… de ese tal Petrocchi. Es imprescindible comprobar cuánto hay de cierto en ella, aunque de momento no tengamos motivos para dudar del testigo. ¿No es así, delegado?

—Sí. Fabio Petrocchi no tiene cuentas pendientes ni resueltas con nosotros. Desarrolla su actividad comercial desde hace años en la Via Capo Le Case. Yo mismo he visto que ha puesto una vela en la tienda para recordar la aparición del pequeño. Así que ese punto está confirmado…

—Vamos, que es un meapilas —comentó Quadraccia, que se sentó con un suspiro y sin sacar las manos de los bolsillos del abrigo.

—Es mandatario de la Fraternidad de la Morte Desolata, ¿qué te esperabas? —le respondió De Matteis, que conocía a Quadraccia desde hacía años.

—Oiga, *dottore* —contraatacó Quadraccia—, ¿y de la investigación sobre la «vejiga» hallada en Ripa Grande?

La «vejiga». Así había bautizado Quadraccia al cadáver de una mujer que habían sacado del Tíber, en un estado asqueroso y que, sin embargo, había inspirado aquel epíteto al inspector. La «vejiga»: una masa de carne verduzca, hinchada, reventada y mordisqueada por los peces.

—¡Venga, Quadraccia, deje de crearme problemas! Por lo que nosotros sabemos, esa «vejiga», como la llama usted, podría haber muerto de vieja, por lo que esperaremos el informe médico antes de hablar de investigación, ¿de acuerdo? Y ahora vamos a lo que nos interesa.

Encendió la pipa y le dio unas caladas nerviosas. Archibugi sacó del bolsillo medio puro toscano y lo encendió. Un denso humo azulado empezó a trazar arabescos por el techo. En el silencio de aquellos segundos de concentración se oían las carrozas que rodaban por la Piazza Navona y el habitual organillo con melodías de ópera que iniciaba su cantinela.

—De modo que nos encontramos con un lío tremendo —declaró Panicacci—, tres hilos que se mezclan: la declaración de Petrocchi, lo del inglés, ese tal…

—Se llama Arthur Barrington, superintendente —indicó Archibugi.

De Matteis le lanzó una mirada escrutadora: eran sus primeras palabras desde que se encontraban todos allí dentro, y le habían bastado para darse cuenta de que era del norte, un *buzzurro*. Debía de tener poco más de treinta años, pero parecía más viejo, incluso fatigado. Su espeso cabello negro ya dejaba entrever tonos grises en las largas patillas; la delgada nariz parecía aún más fina, como por efecto de alguna fiebre; en la frente se concentraban unas arrugas precoces. El oscuro bigote le daba un aspecto aún más pálido al rostro. Y tenía los ojos grises, fríos, afilados. Tras el reconocimiento visual, Matteis evaluó al inspector: un hombre inteligente que intenta pasar de lado por la vida, para evitar encontrarse en el blanco de los mazazos que ésta siempre nos reserva. Probablemente honesto. Inteligente, reservado, honrado: quizás algo fuera de lugar, en aquella comisaría.

—… lo que Barrington le había revelado al inspector Archibugi y, por último, esta novela, *El doctor Bellacuccia*, o como se llame. Este chupatintas, Tremolaterra… ¿Ustedes lo conocen?

Quadraccia asintió. A Archibugi se le apareció mentalmente la imagen de un hombrecillo pequeño, con los ojos achinados, los cabellos ralos pegados al cráneo, la raya en medio y el aire famélico del cazador de noticias sensacionalistas que, mientras oía la descripción de la escena de un delito de boca de Corrado, chupaba nerviosamente el lápiz y apretaba los ojos, pidiendo detalles sobre la posición del cuerpo, sobre la disposición de las heridas, sobre la cantidad de sangre vertida, sobre los familiares desolados, sobre las palabras del eventual sospechoso detenido que, en su transcripción, adquirían siempre un tono lapidario, macabro.

—Se presentaba a menudo aquí, como tantos otros periodistas, en busca de noticias. Pero hace ya un tiempo que no lo veo —dijo Corrado—. Se ve que Bellacuccia da más dinero. No consigo recordar para qué periódico trabajaba...

—¡Malditos periodistas, antes o después el ministerio tendrá que encontrar el modo de cerrarles la boca! —comentó Panicacci, que no sabía de los fondos reservados empleados de forma habitual por los funcionarios del ministerio precisamente con aquel fin—. En fin, quiero saber los puntos de conexión de estos hilos, y lo antes posible. Por supuesto, huelga decir que con la máxima reserva.

—Sí, pero alguien tendrá que interrogar a ese Tremolaterra. ¿Y cómo evitamos que la noticia no trascienda, si tenemos que hablar de ello precisamente a un periodista de su ralea?

—Archibugi, con Tremolaterra hablará usted. —De los pocos inspectores que coordinaba Panicacci, para los casos delicados no había muchas opciones: el único era Archibugi, con sus buenos modos y su tono suave—. Actúe como crea mejor, diga lo mínimo indispensable, desafíelo, invoque al orden público, córtele la lengua... ¡En fin, haga lo que le parezca, pero, por el amor de Dios, que los periódicos no se nos echen encima por este caso! Si le hincan el diente, ya no lo sueltan.

—Entonces, ¿quedamos así? ¿Voy yo a ver a Tremolaterra?

Panicacci extrajo un pañuelo del bolsillo y se lo pasó por la frente. Quadraccia lo miraba como se mira el gusano de una manzana. De Matteis cambió de posición. Archibugi fumaba su puro y estudiaba al superintendente con los ojos grises de compás, como decían sus amigos de Turín, ojos que medían, analizaban, escrutaban a las personas de un modo que a veces resultaba insostenible.

—Estaría bien, sí —retomó Panicacci, que se levantó de golpe—, que fuera un único funcionario el que se ocupara de todos los aspectos del asunto, pero ahora no tenemos tiempo que perder, tenemos que recopilar el mayor número de informaciones posibles a toda prisa. Esperen... —Consultó el cuaderno, mordiéndose los labios, pensativo—. Sí, casi seguro que el juez instructor de este caso será el doctor Tosetti, al que conocen bien. En cuanto acabe aquí, iré corriendo a I Filippini para exponerle la cuestión y el *modus operandi* que hemos acordado, dado lo convulso del momento... —Archibugi tuvo la impresión de que Panicacci se estaba preparando ya el discurso para el juez, un milanés serio y bastante puntilloso con el que Corrado había trabajado en el pasado—. Creo que Tosetti apreciará nuestro esfuerzo organizativo. Tenemos que conseguir datos, y enseguida. Ahora mismo no contamos más que con la declaración de Petrocchi.

—Ya que va, haga que el juez le firme unas cuantas órdenes en blanco, que siempre van bien —masculló Quadraccia, a quien la meticulosidad de Tosetti le resultaba más incómoda que un uñero.

Panicacci le lanzó una mirada amenazante y reemprendió sus paseos alrededor del escritorio.

—Así pues, eso es lo que haremos, por lo menos de momento —concluyó—. Usted, inspector Quadraccia, coja un coche fúnebre, un médico y un delegado, y váyase enseguida a comprobar si ese cadáver existe; si es así, naturalmente lo exhumamos e intentamos descubrir la causa de la muerte y, sobre todo, si existen esas misteriosas marcas de las que habla Petrocchi. —Se dirigió a la ventana y la abrió de par en par; la voz de un chico acompañaba al organillo anunciando que «la calumnia es como una brisa», hecho sobre el que Tremolaterra y muchos otros de sus colegas habían basado su carrera. Volvió a sentarse—. Usted, en cambio, Archibugi, vuelva inmediatamente a ver al inglés y verifique escrupulosamente su declaración.

—Yo ya había verificado escrupulosamente su declaración en su momento, *dottor* Panicacci.

La mano de Panicacci cayó a plomo sobre el escritorio.

—Ah, sí, ¿eh? ¡Tan escrupulosamente que lo que ha dicho Barrington ha sido confirmado meses más tarde por Petrocchi! ¡Y con un muerto de por medio, por si fuera poco! ¡Y un cuerno, escrupulosamente! Si se llega a saber que nos habían avisado hace meses de un delito así... ¡Ya se lo explicará usted a Tosetti!

—Óigame, *dottor*...

—Basta, Archibugi. Las polémicas en otro momento. Usted ahora vaya a ver al inglés y haga que le diga todo lo que sabe. Después, y no antes, con todos los datos en su poder, vaya a ver a Tremolaterra. Esta tarde, cuando vuelvan, esperemos poder desembrollar un poco esta maraña. Luego veremos cómo proceder y sabremos también qué opina el juez. De Matteis, usted acompañará al inspector Archibugi.

2

—¿Lo ves? El segundo dedo es más largo que el pulgar. Por eso tengo que hacerme los zapatos a medida. Ese dedo me cuesta un montón de dinero.

El inspector Terenzio Sabbatini asomaba el pie fuera de las sábanas y lo examinaba con atención.

La muchacha se irguió apoyándose sobre los codos y la sábana se le resbaló del pecho, dejando al descubierto unos senos enrojecidos por el roce con la perilla del inspector. Esbozó una sonrisita maliciosa.

—Tienes otras cosas largas mucho más interesantes que tu dedo —dijo, con acento francés. Hizo ademán de introducir una mano bajo las sábanas, pero él la detuvo agarrándole por la muñeca.

—Estate quieta, tienes las manos congeladas —le dijo con su sonrisa más seductora.

Ella lo miró con aire desafiante, se zafó y rebatió:

—Por eso quiero meterlas ahí, así me las caliento. ¿No te apetece?

Se rieron los dos, después se hizo el silencio, interrumpido sólo por el crepitar de los troncos que ardían en el hogar. Unos minutos más tarde, la cama se puso a chirriar.

Monique acariciaba los hombros fuertes de Sabbatini y pensaba en que habría tenido que decirle que se afeitara aquella perilla tan molesta, pero él era completamente calvo y le había explicado que la perilla le servía «para desviar la atención», aunque según ella su brillante cráneo tenía algo muy estimulante, casi diabólico. Pero no había nada que hacer; el inspector tenía unas ideas muy claras sobre cómo debía ser su aspecto físico.

Sabbatini, en cambio, pensaba en que habría hecho mejor en ofrecerle un caramelo a la muchacha antes de empezar. Pero ahora ya era tarde. Abrió un ojo y la vista fue a posársele en la novela de la mesilla de noche, *L'affaire Lerouge*, de Gaboriau. Pensaba pedirle que, más tarde, le leyera un capítulo. Quería saber cómo se las arreglaría aquel policía, *monsieur* Lecoq, que era un personaje mucho mejor que aquel otro, el caballero Dupin, por no hablar de la genial idea de Lecoq de hacerle la cama a su superior. A Sabbatini también le habría gustado hacerle la cama al toscano: «Superintendente Terenzio Sabbatini», sonaba bien...

Monique le había hecho coger el gusto a aquellas novelas sensacionalistas, donde había personajes «que hacen tu mismo trabajo», tal como había dicho ella, admirada (al menos al inicio de su historia: porque después había comprendido que Sabbatini no era precisamente un policía concienzudo ni analítico). Eran grandes novelas; lástima que no estuvieran traducidas al italiano; y le habían dado una idea maravillosa, si no fuera porque había sido tan tonto que...

Frunció el entrecejo al pensar en cómo se había dejado engañar. Pero enseguida volvió a concentrarse, porque Monique tenía una diabólica habilidad para detectar si él no estaba completamente entregado y, si eso ocurría, se buscaría un gran problema. Así que le estiró de los cabellos hacia atrás con una fuerza calculada, de modo que ella le ofreciera el cuello, lo que le permitía abandonar aquella boca a la que desde luego le habría hecho falta un carame...

—¡Diantres!

La cama dejó de chirriar de golpe. Sabbatini tenía la cabeza levantada y aguzaba el oído.

—¡Ah, el pelo! Pero, bueno, ¿qué pasa?

—¿Has oído el reloj?

—¿Y qué?

—Calla.

Los tañidos de las campanas de la iglesia de Trinità dei Monti llegaban claros a través del aire gélido y sin viento de la mañana. Sabbatini los contó escrupulosamente, una sucesión de ligeros golpes de una cucharilla contra un vaso de cristal, pero cuando acabaron no estaba seguro del resultado y saltó de la cama, llevándose las sábanas con el revuelo.

—¡Pero qué modos! ¡Que me congelo!

Monique bajó de la cama y recuperó las sábanas con gestos bruscos, se envolvió el cuerpo con ellas y, con gesto enfurruñado, se dejó caer en la butaca frente a la chimenea. Sabbatini consultó el reloj, que había sacado del bolsillo de los pantalones, perfectamente doblados sobre una silla. Ella echó un vistazo a su cuerpo desnudo, atlético, y se encogió de hombros al comprender que la batalla ya estaba perdida.

—¡Pero si son las diez y cuarto! ¡Las diez y cuarto! Esta vez el Toscano me mata.

Se lavó como pudo y se vistió a toda prisa, mirando con preocupación en dirección a la nuca de la joven. Estaba furiosa: pero ya haría que le perdonara, pensó, siempre lo había conseguido; y además quería saber cómo acababa la historia de Lecoq. Se arregló la corbata mirándose al espejo, ladeó con unos leves toques de los dedos el sombrero nuevísimo y se acercó a un jarrón de cristal lleno de claveles situado sobre el tocador frente a un retrato del padre de ella.

—¿Puedo…?

Ella se giró para ver y se encogió de hombros, mostrando su desprecio por el corte perfecto del traje, la chaqueta entallada que le marcaba el tórax y los hombros y los pantalones ajustados que le envolvían las piernas musculosas y que acababan en unos brillantes botines puntiagudos. Sabbatini arrancó un clavel y se lo prendió en la solapa de la chaqueta. Cogió el abrigo comprado apenas dos semanas antes en Scraider, en la Piazza di Spagna, y lanzó una última mirada a Monique. Ella no se inmutó, inmóvil como una estatua, contemplando el fuego y meditando la venganza, en la posición forzada de quien no quiere ceder.

—¡Vamos, Monique, es el trabajo! Intenta entenderlo.

—¡Trabajo! Dicho por ti parece una palabrota.

En el rellano, Sabbatini se detuvo un momento a pensar que, en ocasiones, Monique razonaba con el ímpetu de una *ciumachella* romana.

Al cabo de unos pasos, el aire gélido, la luz del sol, los gritos y el movimiento de la ciudad le hicieron olvidar los caprichos de Monique.

En cuanto al problema de Panicacci, lo liquidó elaborando una excusa: al superintendente le diría que había decidido dar un salto a la comisaría de Colonna, a petición del delegado de la zona, que no conseguía esclarecer aquel robo de joyas de unos días atrás (no obstante, primero tendría que recordar al menos cómo se llamaba ese delegado de Colonna). Sabía perfectamente que era el día de la reunión semanal de los inspectores, pero había pensado que sería oportuno tranquilizar a la pobre señora Alvisi, la esposa del comendador Alvisi... Lorenzo Panicacci, en el fondo, era un hombre tranquilo: para evitar una molesta discusión no pedía nada más que una buena excusa. Bastaba saber cómo llevarlo, y él lo sabía, se dijo con una risita socarrona.

Redujo el paso; ya estaba claro que iba a llegar tarde, y lo mismo daba llegar al trabajo cuando estuviera seguro de que la reunión habría acabado. Se encontró en la Piazza di Spagna. Miró plácidamente a derecha e izquierda. Por la escalinata, blanca a la luz del sol, había sentadas unas cuantas provincianas en traje de domingo, parlanchines, pastorcillos de pesebre e incluso un par de hombres de mirada hosca y con el cuerpo cubierto por una capa, arquetipos perfectos del asesino de provincias romano: todos ellos, modelos ideales para los pintores que merodeaban por el Barrio de los Extranjeros en busca de los elementos pintorescos de Roma, algo que no existía ya desde hacía años. Al otro lado de la plaza, a la sombra, en los escaparates de las orfebrerías y de los locales de subastas, brillaban los oros de nobles familias que atravesaban dificultades. Dos modos diferentes de pasar el tiempo, en fin, enfrentados a ambos lados de la plaza, dividida en dos por los rayos del sol. El inspector pasó entre aquellos territorios opuestos con paso ligero y decidido, sin pensar en nada.

Los carros de caballos de la plaza esperaban alrededor de la Barcaccia, que no tenía agua, quizá debido a las obras de restauración. Sabbatini observó la baba verde y viscosa en el interior del recipiente vacío: parecía como si un horrendo animal hubiera abandonado su guarida para ir en busca de alimento.

—¿Dónde vamos, *inspetto'*? —preguntó el cochero cuando Sabbatini se hubo acomodado en el carro con un salto ligero.

—¿Dónde quieres que vayamos? Vamos..., no, espera.

Un momento después, el inspector había bajado del carro, impulsado por una idea.

—*Inspetto'*, ¿qué es lo que le pasa?

—Que me lo he pensado mejor; tengo que ir aquí cerca. ¡Toma, que te aproveche!

Lanzó una moneda al cochero y se alejó a paso ligero hacia Sant'Andrea delle Fratte, después de esquivar por un pelo a un grupo de seminaristas que había salido del edificio de Propaganda Fide y que atravesaban la plaza con la cabeza gacha, quizá para evitar tentaciones.

¡Llegaba tarde, así que lo mismo daba hacer las cosas a lo grande! Se le había ocurrido que aquel demonio de chupatintas vivía allí mismo, detrás de Sant'Andrea. Era el momento de resolver el asunto de una vez por todas.

3

—El jefe ha dicho que tú te llevas a De Matteis, ¿no es cierto? Así que yo me he tomado la libertad de invitar al delegado Scialoja a que venga conmigo: no hacía más que pasearse por aquí, como un perrillo perdido. ¿Tienes alguna objeción?

Quadraccia había dejado caer aquella frase aparentemente inocua mientras recogía del perchero su sombrero deformado. Archibugi fingió no comprender la alusión: Oreste Scialoja era el delegado de Seguridad Pública con el que mejor trabajaba, el único que le hablaba de tú, el único que no le había hecho sentirse un extraño, desde que había llegado de Turín, hacía más de un año y, desde el 27 de junio anterior, su futuro suegro.

—No, ningún problema. —Corrado se puso el sombrero y el abrigo y tomó el bastón de paseo, porque el frío agudizaba el dolor de su vieja herida en la pierna, recuerdo de Custoza—. En cambio usted, Quadraccia... ¿Me equivoco o le encuentro hoy un poco nervioso? Desde que ha oído la declaración de ese tal Petrocchi...

—Te equivocas —replicó. Pero se apresuró demasiado en hacerlo.

Bajaron las escaleras del Palazzo Braschi: les seguía De Matteis, con la mirada fija en los hombros de los dos inspectores. Archibugi pensó en la respuesta de Quadraccia: realmente había algo que no cuadraba, algo que de pronto había dado que pensar al viejo inspector.

Salieron a la Piazza San Pantaleo. La silueta voluminosa de Oreste Scialoja esperaba inmóvil en un charco de sol, arrebujado en un abrigo demasiado estrecho. De debajo del sombrero le salían mechones de cabello blanco, y tenía la larga barba liada con la bufanda apretada alrededor del cuello.

—Aquí tienes a tu delegado de confianza, Archibugi —proclamó Quadraccia—. Hola, viejo.

—No empieces con la historia de «tu» delegado, Homilías, o te vas solito a la Morte Desolata —le gruñó Scialoja, mientras le daba la mano a De Matteis.

—¿Qué pasa, has dormido con el culo al aire? ¡Y resulta que soy yo el que está nervioso! ¿Eh, inspector Archibugi?

Unos instantes después, Corrado Archibugi se dirigía junto al delegado De Matteis hacia la Piazza Venezia, por donde vivía aquel peculiar personaje, Arthur Barrington, y seguía cavilando.

Efectivamente, Quadraccia había dado en el blanco: a Scialoja le pasaba algo, y hacía tiempo ya. Un modo diferente de enredársele la barba descuidada, un ceño fruncido de pronto cuando parecía que nadie lo veía, una menor locuacidad..., como si le hostigara una angustia oculta, una sensación de perplejidad. Y también se había dado cuenta la esposa de Scialoja, la señora Cleofe. Sólo Lucrezia vivía su historia de amor sin preocupaciones. Pero ella era joven, optimista, alegre, por lo menos tanto como Corrado, a sus treinta y tres años, era maduro, reservado, reflexivo...

La primera vez que Corrado se había dado cuenta del extraño comportamiento del delegado había sido precisamente el 27 de junio. Un domingo cálido, en el que todos —Scialoja, Cleofe, Lucrezia, Corrado y su madre Caterina, venida expresamente desde Turín para la ocasión— habían ido al Vascello, en el campo, algo más allá del Gianicolo, para celebrar el compromiso con un almuerzo bajo la sombra fragmentada de un emparrado. Ya en aquella ocasión, entre brindis y risas (incluso mamá Caterina se dejó llevar y sonreía con la mano frente a la boca, casi como si se avergonzara), de vez en cuando Scialoja se quedaba como petrificado, como si viera una catástrofe inevitable en el horizonte.

Y recordaba también una escena precisa, dos días después, la noche de San Juan, cuando estaban sentados bajo los árboles de la Via Merulana, cubierta de farolillos de papel y vendedores de caracoles. La madre de Corrado le había comentado a Scialoja, que estaba extrayendo un caracol de su concha con un palillo, que los dos jóvenes hacían «realmente buena pareja»: y Corrado recordaba una vez más la imagen de Scialoja, que se había quedado por un momento boquiabierto, con el jugoso caracol bañado en tomate aún ensartado en el palillo, sin saber qué decir.

Archibugi sacudió la cabeza, como si quisiera ahuyentar las sombras que le rodeaban: la que se extendía sobre Scialoja, aquella inesperada sobre Quadraccia y la del inglés.

Además de aquella nueva, gigantesca y terrible, que cubría el pequeño cadáver que Quadraccia y Scialoja se disponían a exhumar.

—Oiga, De Matteis —consultó al voluminoso delegado, que caminaba ligero pese a la respiración agitada—, ¿qué es eso de la Morte Desolata? ¿Qué es lo que hace exactamente un mandatario?

—Bueno, la Confraternidad de la Morte Desolata es una de las tantas asociaciones pías que abundan en Roma, aunque, como habrá oído, el Gobierno dice que quiere cerrarlas. Está la que asiste a los enfermos, o a los pobres, o a los presidiarios. La Morte Desolata tiene como misión ocuparse de la sepultura de los muertos abandonados en el campo, un poco como la Archiconfraternidad de la Adoración y Muerte, o la de los Sacconi Rossi, que recupera los muertos del Tíber.

—¿Y el mandatario?

—El mandatario es el miembro más bajo de la jerarquía de la Confraternidad, junto a los clérigos: se llaman siervos. Después se va saliendo, hasta los oficiales de primer orden y el dignatario, que debería ser un cardenal. ¡No me mire así —dijo con una sonrisa—, yo no voy en procesión a besar crucifijos metido dentro de un saco! Estas cosas se las he preguntado a Petrocchi. Está tan orgulloso de formar parte de esta confraternidad que basta con darle pie, y luego no hay quien lo pare.

—¿Cómo eligen a los cofrades?

—Ah, eso no lo sé. Lo que sí sé es que no pueden ser maleantes ni pecadores, obviamente.

Archibugi se quedó mirando a De Matteis.

—Cualidades difíciles de dar por seguras, ¿no le parece?

El delegado se limitó a encogerse de hombros.

—¿Y ahora puedo hacerle yo una pregunta, inspector?

¿Por qué llegó a la conclusión, en su tiempo, de que el testimonio de Barrington no era de interés?

—Bueno… —empezó Archibugi. Pero se interrumpió: «¿Cómo puedo decirle que me he fiado de una impresión, sólo de una impresión?». Sí, tenía puntos de apoyo, fundamentos formales, en fin, que podía defender aquella impresión, y la habría defendido, más adelante, ante Panicacci. Pero en el fondo…—. Pronto lo verá. Acuérdese de pedirle que le enseñe alguna de sus acuarelas, pero que sean de las «secretas», no de los paisajes romanos que pinta para ganarse la vida.

De Matteis se quedó mirando el rostro de Corrado, el rostro de un hombre serio. Serio, pero de respuestas ambiguas. ¿Qué tenían que ver aquellas acuarelas? ¡Y además, secretas!

4

Montados en un coche de plaza, Scialoja y Quadraccia procedían casi a paso de hombre, porque les seguía el carro cubierto del hospital. En el carro había una camilla y dos camilleros sentados uno frente al otro, medio dormidos, con unos sucios pañuelos al cuello que les servirían, una vez empapados en vinagre, para protegerse de los efluvios del cadáver; en el pescante iban el cochero y el forense, que además era cirujano del hospital de la Consolazione.

Scialoja cayó de pronto en la cuenta de que era la primera vez, desde el mes de marzo anterior, que él y el Homilías se encontraban juntos, en un coche, siguiendo una investigación. En aquella otra ocasión había acabado mal: Quadraccia había terminado con un disparo de fusil en el hombro y había pasado un par de meses en el Santo Spirito.

A causa de aquella curación milagrosa, en la comisaría alguno había empezado a llamarlo Lázaro, en vez de Homilías, porque realmente había estado a un paso de estirar la pata: pero nadie tenía el valor de usar aquel mote en presencia del interesado.

Scialoja lo miró de reojo: quién sabe si él también estaría pensando en aquella coincidencia, en aquel otro trayecto en coche. Pero era muy difícil intuir los pensamientos de Quadraccia; con el transcurso de los años, el inspector se había construido una máscara de cinismo y de desprecio por todo y por todos, tras la cual escondía sus desilusiones y sus dolores privados, que sólo Scialoja y pocos más conocían, y de los que se guardaban mucho de hablar.

—Has empezado con mal pie con el doctor, Homilías —dijo Scialoja.

El médico se había negado a ir en coche con los policías cuando Quadraccia, en el momento de las presentaciones, primero había mirado con frialdad la mano que le tendía a modo de saludo y luego se había girado sin decir una palabra.

Quadraccia se encogió de hombros.

—Mira, viejo, si no te importa, yo no le doy la mano a uno que cura a sifilíticos.

El aire gélido y seco atenuaba los miasmas del Tíber y les hacían llegar los gritos del mercado de la Piazza Montanara y de los otros mercadillos de los callejones de los alrededores, el voceo de los vendedores ambulantes, los gritos de los niños y el martilleo de los herreros, de los carpinteros, de los alpargateros, toda la cacofonía de aquel extremo de Roma, a sólo unos cientos de metros de donde se abría el campo. Los dos policías habían mandado al médico y el coche al hospital que más a mano les venía, el de Santa Maria della Consolazione, precisamente, y ahora bajaban hacia la Boca de la Verdad. Los charcos de agua a los lados de la calle aún tenían hielo, y de la ropa tendida caían gotas heladas.

—A este inglés…, ¿tú lo conoces?

Por norma, Scialoja evitaba hablar con Quadraccia, a pesar de que ambos fueran de los pocos «polis» pontificios integrados en la Regia Pubblica Sicurezza, y de que, por tanto, se conocieran desde hacía años; no obstante, al igual que Archibugi, el delegado había intuido que había algo raro en la actitud del inspector aquella mañana, y tenía curiosidad por conocer el motivo.

—Sí —confirmó Quadraccia—. Cuando se presentó en la comisaría, yo estaba en el despacho y Archibugi no. Acababa de volver del hospital. No entendí ni una palabra, conmigo hablaba que parecía un campesino del norte, después llegó tu yerno y empezó a explicarse en cristiano. Ése está más loco que un caballo.

El cochero se giró y dijo:

—Los caballos son animales muy inteligentes.

Quadraccia se dio aire agitando una mano frente a la cara.

—Date la vuelta —protestó con una mueca—. No bebo por las mañanas.

El cochero se quedó mirando la cicatriz y la nariz torcida del inspector vestido de muerto y se giró. Pero para darle en las narices sacó una botella de debajo del pescante y le dio un buen trago.

—No es mi yerno —precisó Scialoja.

Quadraccia miró al delegado con ostentación. El aire gélido daba al rostro del inspector un semblante aún más cetrino, sobre el que destacaba la cicatriz como una señal lívida, azulada.

—¿Qué te roe por dentro, viejo? ¿No estás de acuerdo con los gustos de tu hija?

—¿Por qué no lo dejas? Yo te he preguntado por el inglés.

Por un momento se oyó únicamente el traqueteo del coche y el repiqueteo de los cascos de los caballos. Después Quadraccia se encogió de hombros y volvió a mirar afuera, hacia Santa Maria Egiziaca. Unos bueyes bebían de un abrevadero junto a la fuente de los Tritones, moviendo perezosamente el rabo, ajenos al hecho de que muy pronto llegaría el matarife.

Scialoja caviló unos instantes sobre lo que le había dicho Quadraccia, mesándose la barba, para luego interrogarlo casi con desgana, para ahuyentar otros pensamientos.

—Y así, ¿por qué dices que está loco?

Pero Quadraccia no estaba muy locuaz. No lo estaba nunca, y aquella mañana menos aún: parecía que esperara algo demasiado desagradable incluso para él.

—No hay más que verlo: lo lleva escrito en la frente —se limitó a decir, y le ordenó al cochero que se parara.

—¿Y ahora? —preguntó Scialoja.

Quadraccia bajó y se dirigió hacia la tienda de un fotógrafo, bajo la mirada curiosa del médico. «FOTOGRAFÍA HERMANOS DE BONO», decía el rótulo, que indicaba también que los precios eran fijos y que los hermanos De Bono hacían «vistas, retratos, panoramas, dibujos de Rafael, Miguel Ángel, etc.». Pocos minutos después, salió con un sobre amarillo en la mano mientras un hombrecillo vestido con camisa y chaleco y el rostro congestionado intentaba retenerlo.

—Se aprovecha porque… —lloriqueaba uno de los hermanos De Bono, que, a la intemperie, empezaba a sentir el frío en los brazos y se los masajeaba.

Quadraccia se alejó y lo dejó, resignado, en la puerta. Subió al coche, lanzó el sobre entre los brazos de Scialoja y le dijo al hombrecillo en voz alta:

—Te he dicho que te pagaré…, pero sólo cuando el informe del forense hable de investigación. Si no te parece bien, vete a comisaría y dile a Lorenzo Panicacci que te pague. ¿Has entendido? Y tú, pon en marcha este pollino.

—¿Y esto qué es? —preguntó Scialoja, mientras pensaba que, con tipos como Quadraccia, la «nueva» policía se haría odiar en la capital al menos tanto como la vieja.

—Mi «vejiga».

Scialoja abrió el sobre. Había tres impresiones fotográficas sobre papel a la albúmina, de unos veinte por veintiséis, cada una de ellas pegada sobre una cartulina rígida ocre con una raya verde alrededor, lista para enmarcar. Le bastó echar un vistazo rápido para comprender que nadie, ni siquiera Quadraccia, colgaría aquello de una pared: no obstante, intentó no mostrar ninguna expresión, porque sabía que Quadraccia lo miraba por el rabillo del ojo, buscando el mínimo rastro de una mueca de asco. Se limitó a emitir un suspiro, volvió a meterlas en el sobre y se las pasó al inspector, que las examinó a su vez atentamente.

—Ha hecho un buen trabajo, ese viejo achacoso —comentaba—. Cuando ha visto el cadáver, un poco más y cae fulminado. ¡Mira, aquí también estoy yo! Este pie es mío. Bastaba con tocarla con la punta del zapato y se ponía a soltar pedos por todas partes, como un odre lleno de gas.

—¿Y éste es el muerto de Ripa Grande?

—Pues sí. Aunque debe de tratarse de una muerta. El forense trabaja en esto desde ayer…, no le envidio en absoluto. Esta idea de las fotografías, me la ha dado tu… Archibugi, quería decir.

Scialoja asintió, sin dar importancia a la alusión ahogada entre los labios del inspector. Había visto a Archibugi en acción en otras ocasiones, frente a los cadáveres. A menudo mandaba que tomaran «fotografías de conjunto», como decía él, y a veces resultaban de una importancia capital, pues permitían conservar detalles que de momento podían pasar desapercibidos, por si, por el momento, se careciera de los elementos necesarios para darles su justo valor. Al principio, aquel *modus operandi* había provocado un pequeño escándalo en comisaría, y Panicacci incluso había sentenciado que le parecía de un gusto dudoso, si no ya blasfemo, fotografiar al cadáver de una persona asesinada. Alguien había incluso susurrado que el inspector *buzzurro* traía mal fario. Después se recordaría únicamente como una rareza de un hombre meticuloso y forastero, en general querido por sus colegas y en tregua armada con su superior.

—Sí, ya sé que Corrado tiene esa costumbre. Pero tú no tienes su mentalidad cuadrada, Homilías. Así que…

—Es verdad. A mí estas fotografías me sirven para poner incómoda a la gente, para que se agiten, para ver cómo reaccionan, para meterles miedo… Funcionan estupendamente.

Scialoja no replicó. Prefirió respirar a pleno pulmón el aire cargado del olor a tierra húmeda y a hojas muertas procedente del campo que estaban atravesando, en ruta hacia San Paolo y la Morte Desolata. La hierba cubierta de escarcha daba una imagen de candor y pureza que desentonaba con lo que eran ellos, y con lo que encontrarían en breve.

5

La acuarela representaba el Campidoglio, bajo un cielo de juicio universal, color antracita, con apenas un temblor amarillento en el horizonte, como si fuera el último ocaso (¿o alba?). De la escalinata bajaban dos raíles que discurrían hacia abajo para rodear luego un armazón de hierro que emitía destellos de hoja cortante. Aquella estructura de barras se elevaba por encima de los palacios que rodeaban el Campidoglio, y un tren que discurría por encima. Unas largas chimeneas, parecidas a las de los altos hornos, punteaban el horizonte de la ciudad y escupían hilos de humo que se confundían con las nubes, o que quizá las producían. Ningún rastro de seres humanos. Sólo la ciudad, las chimeneas y la estructura de hierro sobre la que corría el tren.

—Inspector Archibugi —dijo una voz de elegante acento inglés, una voz débil que procedía de un viejo sillón de respaldo alto y tapicería gastada y manchada—, ¿puedo saber, entonces, cómo es que ha venido a verme otra vez, después de todos estos meses?

De Matteis levantó los ojos de la carpeta llena de acuarelas, las acuarelas «secretas», que estaba mirando con creciente estupor, de pie junto a la mesa de trabajo, cubierta de hojas, pinceles, colores, bocetos, lápices e incluso un muñeco desmontable de madera. Por la ventana entraba una luz tenue, porque aquel lado del albergue I Tre Re estaba a la sombra, una sombra que cubría los muebles con una pátina difusa, que al delegado le recordó la luz mortecina de la acuarela.

Archibugi fumaba un puro, de pie frente al sillón del que De Matteis sólo veía sobresalir un par de finas piernas cruzadas, con sendas pantuflas a los pies. Semiescondidos tras el humo azulado, los ojos de Archibugi estaban concentrados en su habitual valoración de una personalidad.

—¿Se encuentra bien, señor Barrington? —preguntó a su vez Corrado, con una voz sin inflexiones. Echó una mirada a De Matteis, como si quisiera entender qué pensaba el delegado de aquellos dibujos.

—Lo suficiente para poder afrontar un interrogatorio, inspector.

—Pero no tanto como para salir de aquí, desde hace días.

Eso le había dicho el dueño de aquella histórica pensión, justo bajo el arco de San Marco, tan histórica que el rótulo era una viga de madera tan mellada y desgastada que de los tres reyes del nombre, quizá los Reyes Magos, no quedaban más que unas sombras con corona; tan histórica que las habitaciones no estaban indicadas con números, sino con cartas de juego fijadas a las puertas, ya que hacía tiempo que costaba encontrar clientes —así como mozos o camareros— que supieran leer.

—El As de Bastos no saca la nariz de la puerta al menos desde hace un par de días —dijo el posadero, mientras colocaba los cubiertos sobre la mesa del pequeño y oscuro comedor de la planta baja—. Y come en la habitación; siempre pide que le lleven algo.

—¿Está mal?

—¿Y yo qué sé?

—Se nota, si alguien está mal. Y alguien limpiará las habitaciones, ¿no?

Porque el inglés tenía un apartamento formado por dos habitaciones: una le servía de dormitorio; la otra, de salón y de estudio de pintura.

De Matteis siguió hojeando los dibujos del inglés, pero sin perderse una palabra del diálogo.

—¿Usted conoce la Home Agency del señor Shea, en la Piazza di Spagna? —siguió preguntando Corrado.

—De nombre.

—Parece ser que es la mejor agencia para extranjeros de Roma... Da información sobre alojamientos, tiene una pequeña oficina de envíos y recados, y, naturalmente, un registro de llegadas y direcciones...

—El señor Shea debe de ser un hombre muy meticuloso.

—Y sin embargo, no ha oído nunca hablar de usted. Otro punto de referencia es la pensión Anglo-americana de la Via Frattina. Pero allí también es desconocido usted.

—¿Es delito el ser discreto, señor inspector?

—Su pasaporte dice que usted lleva en esta ciudad más de tres años. ¿Es posible que no haya tenido nunca ocasión de hacer saber a la comunidad inglesa que reside aquí, en esta dirección?

Ninguna respuesta.

—¿Por qué escogió precisamente esta pensión, cuando en Roma existe un barrio ya conocido como el Barrio de los Extranjeros, donde viven muchos de sus compatriotas y donde sin duda se sentiría más como en casa?

De Matteis comprendió que aquellas preguntas estaban destinadas a hacerle a él un resumen del personaje en cuestión. Archibugi quería que viera al inglés como lo veía él, un hombre que se había escondido voluntariamente y que vivía como un recluso.

—Usted sabe bien el motivo, señor inspector —dijo la voz, tras un largo silencio.

Archibugi asintió, soltó una bocanada de humo y se dirigió hacia una pequeña estantería llena de libros. Se puso a recorrer con la mirada los lomos de los libros.

—¿Qué busca?

—¿Usted conoce —preguntó girándose hacia Barrington— una novela por entregas que se está publicando estos días en Roma, una novela de Guido Tremolaterra?

De Matteis no perdía de vista lo poco de Barrington que veía desde su posición.

—No.

—Ha tenido mucha publicidad. Una publicidad muy eficaz, parece, en vista de las ventas que ha tenido desde la primera entrega. La novela se titula *El misterio del doctor Bellacuccia*: es un folletín al estilo de los ingleses y franceses… Es la historia de un enigmático médico que llega a Roma, quién sabe de dónde, y que teje una trama de intrigas y chantajes con el fin de hacerse rico y poderoso; para cometer sus delitos se sirve de un mono amaestrado…, mientras la Policía —es decir, nosotros— va dando palos de ciego…

—Nunca lo he leído.

De Matteis casi dio un respingo: del sillón emergió el inglés, alto y delgado, abriendo los brazos para estirar los músculos. Frente a la ventana destacaba su silueta, fina y flexible como una mantis a punto de lanzarse sobre Archibugi. Después el hombre se dirigió a la mesa próxima a De Matteis, y el delegado vio sus ojos negros y la córnea grisácea, el rostro descolorido, la frente amplia y el cabello oscuro peinado hacia atrás, dos labios finos y violáceos: la imagen de un hombre enfermo. Barrington le dedicó una débil sonrisa al delegado, echó una mirada a sus acuarelas y sacó un cigarrillo de una petaca sobre la mesa, lo encendió y soltó una gran bocanada. El olor a tabaco oriental se extendió por toda la sala.

—No lo he leído —repitió el inglés, girándose hacia Archibugi— y no entiendo qué puede tener que ver esa novela por entregas con…

—¿Con su declaración de entonces? A eso voy, señor Barrington. ¿Sabe? En una de las entregas se descubre que el doctor Bellacuccia está de algún modo relacionado, por así decirlo, con un inglés…

Archibugi exhaló humo del puro. Por el rabillo del ojo mantenía controlado a Barrington, que estaba de pie, con su viejo batín puesto. De Matteis observó que le temblaba la mano con que sostenía el cigarrillo.

—Entonces, ¿no conoce usted de nada a Guido Tremolaterra?

—¡No!

—Sin embargo, Tremolaterra, en un episodio de Bellacuccia, parece conocer el contenido de su declaración, al menos en parte. Admitirá que es una coincidencia singular. De acuerdo, Tremolaterra es periodista, pero la historia que usted me contó el pasado mes de mayo no ha salido de Inglaterra y se remonta a hace cuatro años…

La verdad es que no había habido tiempo para estudiar la novela por entregas: los inspectores prácticamente se habían enterado aquel mismo día, en el momento de la declaración de Petrocchi, y Archibugi había tenido que obtener algunos datos rápidos del agente de guardia, al que había visto con una de las entregas en la mano. Agostino se había mostrado encantado de contarle la trama de la novela: es más, a Corrado le había costado llegar al punto que le interesaba y seleccionar la información necesaria en aquel momento.

—De hecho —prosiguió Archibugi, recordando el meollo de la historia y añadiendo de su cosecha—, el episodio en cuestión habla de un señor inglés que ofrece alojamiento a niños...

Barrington tenía los labios entrecerrados, el cigarrillo le temblaba en la mano. Tenía los ojos fijos en Archibugi, que se esforzaba por mantener un tono indiferente mientras hablaba. De Matteis se temió que el inglés se encontrara mal de pronto.

—Usted, señor Barrington, me había contado en su tiempo que esta práctica es común en Inglaterra: personas que se ofrecen como sustitutos de los padres a cambio de un pago diario, y que ofrecen a los niños alimento, alojamiento y afecto..., o que incluso, en la práctica, adoptan a los niños: se los compran a madres sin posibilidades...

El inglés había torcido la boca en una mueca al oír la palabra «afecto».

—*Baby farmers*, se llaman, inspector. Pero en cuanto al afecto...

—Eso es, exacto. Bueno, pues este *baby farmer*, que firma sus anuncios en los periódicos con las iniciales W. W...

—¿Cómo? —exclamó Barrington—. ¿En el libro consta incluso ese detalle?

—Oh, sí, y hay muchos otros detalles —prosiguió Archibugi, sin mostrar reacción alguna ante la tensión de su interlocutor—. Escuche: este *baby farmer*, a través de anuncios en los periódicos, «compra» niños a unas pobres desventuradas, los tiene en una casa alquilada para ese fin, aparentemente bien cuidados...

Archibugi se llevó el puro a la boca y le dio una calada. De sus labios salió una voluta larga y fina que se elevó por el aire en espirales, como la serpiente de un encantador. Y De Matteis tuvo realmente la impresión de que el inspector alternaba revelaciones y pausas para encantar, para hipnotizar al inglés, que se apoyaba en la mesa y parecía no soportar la tensión. La ceniza del cigarrillo le cayó al suelo. En el silencio, se oyó una voz que anunciaba con voz rauca los últimos números disponibles antes del sorteo de la rifa de turno, que sorteaba como siempre la típica gallina con «el huevecito ya a punto».

Barrington se aferraba con las largas manos huesudas al borde de la mesa, tan fuerte que se le veían las venas. Los pinceles temblaban en los vasos, con un ruido similar a un castañeteo de dientes. De Matteis vio que la nuez del inglés daba un salto en el cuello, justo antes de que aquella frágil voz preguntara:

—Y..., ¿y luego?

—Lo imaginará usted mismo, ¿no?

El inglés suspiró, como si hubiera accedido a beber de un amargo cáliz.

—¿Los ha matado?

—A todos. W.W. masacra a los niños, no se sabe por qué, quizá por instigación del terrible Bellacuccia... El señor Tremolaterra, como todo escritor que se precie, mantiene en secreto algunos puntos de la trama, quizá pensando en futuros giros del guion. Los investigadores encontraron en aquella casa un espectáculo dantesco. Y sobre la pared, trazadas en sangre, las iniciales: W.W.

Barrington susurró algo en inglés. Sacudía la cabeza, como para ahuyentar una visión infernal. Tenía los ojos abiertos como platos, fijos en el pasado. Encontró una silla junto a la mesa y se dejó caer.

—El señor Tremolaterra no escatima en descripciones truculentas —prosiguió Corrado—. Parece que es una de las claves del éxito de este tipo de literatura.

—¡Señor inspector, lo que me cuenta confirma que tenía yo razón! Y usted no me creyó.

Archibugi se giró y siguió examinando los títulos de la librería. No quería que Barrington le viera el rostro perplejo e incluso irritado: irritado con Panicacci, que, con su ansia infantil, lo había mandado a interrogar a la desesperada, sin recopilar previamente la información necesaria. El punto prioritario de la investigación, al menos en aquel momento, era comprobar la fiabilidad de la declaración de Petrocchi. ¡Y Panicacci había mandado a Quadraccia, que además no parecía en absoluto contento con el encargo! Una vez aclarado aquel punto, todo lo demás habría caído por su propio peso, y Archibugi habría podido responderle a Barrington de un modo muy diferente, sin aquellas limitaciones.

—Lo que le he contado, señor Barrington, no es más que un hecho: mi misión es interpretarlo. Y en mi opinión parece lógico pensar que Tremolaterra haya sido puesto al corriente del delito Doble W, como lo llamaron los periódicos de la época en su tierra. Eso es todo.

—¡En mi tierra! Yo no sé nada de ese Tremolaterra, no hablo con periodistas, sobre todo de… —Barrington se interrumpió y miró los ojos bien abiertos de Archibugi, que hojeaba un libro—. ¿Los periódicos de la época, ha dicho? Pero, entonces, señor inspector, usted ha hecho, cómo se dice…, comprobaciones. Ha preguntado. ¿A quién? ¿Qué le han dicho?

—He comprobado a través de su embajada que en 1871, un año antes de que usted abandonara Inglaterra, se publicó, efectivamente, en los periódicos londinenses, una oferta de esas tan habituales en su país, relativa a la práctica del *baby farming*. En este caso, el anuncio informaba de que un matrimonio que no podía tener hijos deseaba aumentar la familia con la adopción de un niño. Se ofrecían quince libras esterlinas y, como es obvio, se pedían y se aportaban referencias. El anuncio iba firmado con las letras W.W. Las respuestas debían dirigirse al periódico, citando las iniciales y el número del anuncio…

El inglés asentía. De Matteis lo seguía todo con la máxima atención, puesto que tenía un conocimiento muy somero de la declaración de Barrington. Con los ojos de la mente, imaginaba sobre la pared amarillenta que tenía delante una doble W dibujada en rojo sangre, como en la novela de Tremolaterra… Aquella coincidencia tan tangible, una doble W que relacionaba de algún modo un delito atroz en Londres con una novelucha por entregas y, quizá, con un nuevo delito en Roma, a los ojos del delegado se presentaba como la encarnación misma del enigma. Y, por otra parte, estaba aquella curiosa carta y los trazos afilados de las dos W.

—Pocos meses después —continuó Archibugi, que le tendió un libro a De Matteis y señaló con el dedo unas líneas subrayadas, mientras Barrington seguía la maniobra casi sin verla—, tres niños, todos ellos confiados al señor W.W., fueron hallados en una vieja casa de las afueras de Londres. Encerrados en la bodega. Quizá muertos de hambre. Ni siquiera los periódicos más sensacionalistas entran en detalles sobre sus tribulaciones…

Archibugi hizo una pausa. Tenía la mirada dura y la mandíbula apretada.

—Señor inspector —intervino De Matteis, señalando el libro, que era en inglés.

—Por favor, copie las palabras subrayadas. Así pues, señor Barrington, Tremolaterra conoce bien la historia. La única diferencia con respecto a la novela es que, en la realidad, no ha habido ninguna inscripción melodramática sobre la pared: sólo niños abandonados a la muerte en el subsuelo, en una bodega. La doble W apareció sólo en los anuncios, pero no se usó como firma de los delitos. Volviendo a los hechos: tras largas investigaciones, la Policía inglesa consigue arrojar luz sobre el delito; a través del periódico que publicó los anuncios y del testaferro que había alquilado la casa donde se encontraron los cuerpos de los niños, consigue llegar hasta el señor W.W., aunque se lo encuentran colgado, quizá víctima del suicidio. Nunca sabremos qué perverso demonio se le había instalado en el cuerpo para que llegara a pagar cuarenta y cinco libras esterlinas por tener a tres niños a su disposición. Mientras tanto, la Doble W se convierte en un tema de conversación común, en un misterio que llena las páginas de sus periódicos durante días y días...

Y aquél era el mayor temor de Panicacci, el motivo de su ansia.

—Ésa es la versión oficial —dijo el inglés, que se levantó de la silla con cierta dificultad—. Pero yo sé la verdad, y es la que le he contado. Usted habla de un demonio en un cuerpo humano: yo sé quién era ese demonio. Y yo he visto realmente a Doble W en Roma, en el cementerio de los Ingleses, a principios de mayo. Todo lo que le he contado es cierto...

De Matteis volvió a pasarle el libro a Archibugi, después de copiar, sin entender nada, los fragmentos que le había indicado. Escrutó, perplejo, el rostro céreo de Barrington, que afirmaba ser el único que conocía la verdadera identidad de un asesino de niños que, tras morir en Londres, había resucitado en Roma. Pero ¿por qué no lo había denunciado entonces a la Policía inglesa? ¿Por qué había escapado a Roma y se escondía, como todo parecía indicar? El delegado esperaba que Archibugi prosiguiera con la reconstrucción, que le desvelara más detalles conocidos hasta entonces sólo por ellos dos, pero el inspector cambió de tema. No había nada que hacer: aquel norteño tenía un modo de interrogar muy particular, muy diferente del habitual: pasaba continuamente de una cosa a otra, cambiaba de humor y de registro, como si pensara que la verdad sale no tanto de las palabras, sino de ir dando trompicones de una idea a la otra, de un sentimiento a otro.

—La otra vez, cuando le acompañé hasta aquí, me puse a curiosear entre sus libros... —Sonrió—. Me gustan los libros y me gusta estudiar los libros de los demás... Es un poco como colarse en la mente de sus propietarios, ¿no le parece? Bueno, pues en este libro hay líneas subrayadas que me llaman la atención.

Barrington cogió el libro que le tendía Archibugi.

—Charles Dickens, *El misterio de Edwin Drood*... —recitó en voz baja.

—¿Dickens no es un poco como nuestro Tremolaterra? No ponga esa cara, estaba bromeando. En fin, yo no conozco la lengua inglesa, salvo unas pocas palabras; sin embargo, hay algo en esas líneas que me llamó la atención, como si de algún modo comprendiera el sentido... Ahora querría que usted las leyera. Por favor.

Barrington superó un momento de incredulidad y, tras aclararse la voz como para pronunciar un discurso, empezó a leer las palabras que él mismo había subrayado y que De Matteis había copiado no sin dificultad:

—*As, in some cases of drunkenness, and in others of animal magnetism, there are two states of consciousness which never clash, but each of which pursues its separate course as...*

—¿Lo ve? Algunas expresiones me han hecho pensar... «*Animal magnetism*», «*two states of consciousness*», eso lo entiendo. Tradúzcame un poco la frase.

—A ver...: «Como en ciertos casos de alcoholismo, o incluso de hipnosis, existen dos estados de conciencia que nunca interfieren, sino que discurren cada uno siguiendo su camino independiente, como si continuaran sin interrupciones (por eso, si escondo el reloj cuando estoy borracho, tengo que emborracharme de nuevo para recordar dónde lo he metido)...».

Archibugi asintió con decisión y echó una mirada a De Matteis.

—¡Muy bien, magnífico! Había intuido el significado, pero el ejemplo del reloj es realmente esclarecedor… Los dos estados de conciencia, cada uno de los cuales vive independientemente del otro… —dijo Corrado, con los ojos de pronto gélidos—. ¿Por qué ha subrayado estas líneas?

El inglés se pasó la lengua sobre los labios resecos. De Matteis hacía esfuerzos por seguir el hilo al inspector.

—Adelante, ¿por qué ha subrayado estas líneas?

—Porque… no sé, quizá me ha impresionado su profundidad, como a usted…

—¿De verdad? Su profundidad…

Archibugi se giró de nuevo hacia la librería con un gesto de fastidio, como si ya tuviera bastante de aquella pantomima, y cogió una cajita de madera plana de sobre un montón de libros. De Matteis vio que Barrington hacía un movimiento, como si quisiera lanzarse hacia el inspector, pero el inglés se limitó a abrazarse el pecho con los largos brazos, como para defenderse de alguna amenaza. Parecía un hombre atormentado, pero incapaz de hacer daño a nadie.

El inspector colocó la caja delante de Barrington y la abrió. De Matteis se echó adelante para ver, pero estaba demasiado lejos y no quería dar la impresión de que no sabía lo que estaba haciendo su superior, así que se mantuvo en su sitio y observó a Barrington, que miraba la caja con resignación.

—¿Y esto? —preguntó Archibugi.

—¿Qué pretende hacer? ¿No querrá…?

Archibugi se encogió de hombros, como si quisiera indicar que no era asunto suyo; cerró la caja y la volvió a colocar en su sitio. El rostro de Barrington se relajó, arrastró las zapatillas hasta el sillón y se dejó caer, agotado.

—Señor Barrington, usted se comporta como el alcohólico o el hipnotizado del que habla Dickens. Por eso ha subrayado esas palabras: porque se ha visto reflejado. Usted tiene miedo de algo, quizá de haber perdido un reloj, pero no sabe ni cuándo ni dónde. Y para huir del miedo, no recurre ni al alcohol ni a la hipnosis: usted recurre al opio.

6

Policía del Reino de Italia
Ayuntamiento de Roma
Comisaría del Riote Campo Marzio – Viccolo del Gesù e Maria
Inspección de Seguridad Pública
Proceso verbal n.º 3

Referencia: declaración de hallazgo de cadáver

En Roma, a 3 de noviembre de 1875
Los abajo firmantes, Eugenio De Matteis y Augusto Righi, delegado y guardia de Seguridad Pública, damos fe, para quien corresponda, de lo siguiente:

Hacia las ocho y cuarto horas del tres del corriente se presentó en la sucursal de la cabecera el señor Fabio Petrocchi, hijo de Gasparre Petrocchi, de profesión pollero, nacido en Roma el diez de octubre de mil ochocientos dieciocho, con domicilio en la Via Capo Le Case n.º 46, y declaró bajo su responsabilidad cuanto sigue, sabedor de los efectos legales, civiles y penales derivados de su declaración:

A primera hora de la mañana del domingo veinticuatro de octubre del corriente, como mandatario de la Confraternidad de la Morte Desolata, Petrocchi se reunía con algunos de sus camaradas cofrades en la iglesia de Santa Maria della Morte Desolata, situada fuera en el exterior de la puerta de San Paolo siguiendo por el callejón, para las diligencias contempladas por su estatuto. Siguiendo las indicaciones del párroco de la iglesia, el declarante se dirigía a la zona conocida como Lo Sprofondo, acompañado de dos cofrades provistos de una camilla, ya que el párroco había recibido aviso de que había en la zona un cadáver abandonado. Tras una larga búsqueda debida a que carecían de referencias precisas, hallaba por casualidad...

—¿Cómo ha sabido lo del cadáver?

Scialoja se sentía incómodo. Al fin y al cabo, él era delegado, y la investigación sería competencia del inspector Quadraccia, cuyo mutismo se había enconado a medida que, rebasada la puerta de San Paolo, se acercaban a la Morte Desolata. Y ahora, en el pequeño cementerio próximo a aquella pequeña iglesia de campo, apenas cuatro paredes de toba sin pretensiones con un campanario apoyado, ligeramente torcido, Quadraccia caminaba arriba y abajo por las tumbas, miraba alrededor, respiraba el aire gélido, escuchaba las respuestas de don Vincenzo aparentemente distraído, como si algo le reconcomiera por dentro. Sobre todo, estaba atento a mantenerse alejado de la fosa que estaban excavando los dos mozos, mientras el médico pataleaba para combatir el frío. Cuando las voces cesaban, se oían los golpes de pala que hendían la tierra húmeda y dura y, de vez en cuando, los relinchos del caballo que el cochero había desenganchado del carro y que se había acercado al del carro del hospital.

Don Vincenzo sólo hablaba cuando le interrogaban. Tenía las manos hundidas en la túnica manchada y lanzaba miradas condenatorias a los que excavaban. Sobre el cráneo calvo tenía unas pequeñas costras que, al secarse, acababan depositándosele sobre los hombros. Scialoja se esforzaba en no prestarles atención. «Ayer, sin ir más lejos —reflexionó—, ese espantapájaros decía misa frente a la Confraternidad al completo, en esa iglesia llena de hombres encapuchados de negro con el símbolo de la Morte Desolata cosido sobre el pecho, una calavera con lagrimones cayéndole de las órbitas. Desde luego, mira que hay locos en Roma...»

—Entonces, don Vincenzo, ese cadáver...

—Me lo dijo aquella misma mañana un campesino que viene a trabajar aquellas tierras: «Hay un chiquillo cerca de Lo Sprofondo», me dice. «¿Y qué?», digo yo. «Está muerto», me dice él.

—Y ¿por qué se lo dijo precisamente a usted?

—¿Y a quién iba a decírselo? ¿Acaso no soy cura, aunque en su Reino de Italia finjan que no lo saben? ¿Acaso aquí no está la Confraternidad de la Morte Desolata, al menos hasta que sus diputados decidan lo contrario?

Scialoja preguntó el nombre y el apellido del campesino mientras apoyaba la punta del lápiz sobre el cuaderno, pero don Vincenzo sólo sabía el nombre. Total, trabajaba allí abajo, no iba a escaparse. Además, el campesino no había visto el muerto personalmente, se lo había dicho alguien que pasaba por ahí, que sabía que él pasaría por la Morte Desolata y...

—¿Cuántos años tenía?

Scialoja y el párroco se giraron, sorprendidos ante aquella pregunta repentina de Quadraccia, que se había plantado a su lado, con el rostro inexpresivo. Se colocó de espaldas a la excavación.

—¿Quién?

—El cadáver. ¿Quién si no, capellán?

—No lo sé.

—¿No lo había visto nunca por aquí?

—Diría que no.

—Y sin embargo ha venido a morir aquí al lado.

—Cualquier lugar es bueno para morir.

—¿Tenía más de doce años?

—¡Pero si le estoy diciendo que no lo sé!

—Más o menos.

—Y, entonces, ¿por qué precisamente doce?

—Por la autopsia, muy probablemente —intervino el médico. Quadraccia se giró a mirarlo—, se determinará que tiene menos de doce años —concluyó, secamente, como presentando el resultado que esperaba leer en el informe. El médico miró a Scialoja con aire interrogativo, pero el delegado no podía explicarle en aquel momento, ante testigos, que la ley preveía penas más duras aún para los responsables de abandono o maltrato a menores de doce años.

Quadraccia parecía dispuesto a embrollar el asunto para obtener la máxima pena por un delito del que aún no sabía nada. ¿Por qué? Scialoja se retorcía la barba, intentando comprender el repentino cambio de humor del inspector. Había visto con sus propios ojos a Quadraccia intentando hacer que un moribundo cambiara su testimonio sólo para poder arrestar a un sospechoso que le caía gordo y que quizá fuera absolutamente inocente; no, la novedad no era el hecho de que el inspector intentara embrollar el asunto, sino que lo hiciera por un motivo mínimamente comprensible, justificable. Incluso humano.

—¡Bueno! ¡Lo conseguimos! —dijo uno de los dos camilleros, cuando se oyó por fin el ruido de una pala contra la madera.

—¡Esta tierra es un bloque de hielo, maldita sea! —comentó el otro.

Quadraccia no se giró; cogió por un brazo al párroco, que siguiendo a Scialoja, hizo ademán de acercarse a la fosa. La pala rascaba el tosco ataúd, retirando los últimos grumos de tierra.

—Cuando ha visto el cadáver, ¿usted también ha pensado, como Petrocchi, que había muerto violentamente?

—Así, despacio... —decía Scialoja.

El cochero se acercó a la fosa, mascando tiras de cecina que sacaba de un paquete de papel manchado de grasa. El estómago de Quadraccia emitió un gruñido.

—¡Tira!

—Menos mal que lo metieron en una caja, si no... —decía el médico.

El párroco lanzó una ojeada a la fosa y, cuando se giró, se encontró con los ojos de Quadraccia, que lo miraban fijamente.

—No se debe alterar el descanso de los muertos —refunfuñó.

—Tampoco el de los vivos, ya puestos. Yo, por ejemplo, estaba tan tranquilo en comisaría y ahora estoy aquí. Volvamos a la pregunta: ¿le ha parecido que ese niño ha muerto de...?

—Perdóneme usted, pero... ¿Ha hablado o no con Fabio Petrocchi?

Quadraccia frunció el ceño. Pero ¿por qué diablos se había dejado llevar Panicacci por ese celo repentino y los había dispersado por Roma, uno a casa del inglés, el otro a la Morte Desolata...? Y a fin de cuentas, ¿qué tenía él que ver con esto? Lo mejor sería llevárselos a todos a la comisaría, desde el pollero al escritor de tres al cuarto, pasando por aquel cura lleno de costras; y allí empezar con las preguntas, uno tras otro, o quizá luego todos juntos… Así sí que llegarían a la verdad en un pispás, quizá con la ayuda de algún bofetón bien dado, y no con aquellas excursiones a la periferia, aquellos malditos golpes contra el ataúd y la peste —¡por Dios!— que ya se filtraba a través de los tablones…

Tras una larga búsqueda, pues carecían de referencias precisas, hallaba por casualidad el cuerpo de un niño, desconocido para él y para los demás, vestido con ropas humildes, quizá hijo de un pastor o de un campesino, que yacía en posición supina, con los brazos extendidos y la cabeza junto a una piedra, en la que había restos de sangre. La cabeza del muchacho presentaba señales evidentes de un impacto.

Al ser interrogado, Petrocchi declara que no puede determinar con seguridad si el muchacho habría muerto por un golpe asestado con intenciones homicidas o de modo fortuito, por ejemplo al caer accidentalmente sobre la piedra.

En respuesta al interrogatorio, declara asimismo no haber buscado ni observado otras heridas en el cuerpo del chico.

Precisa, no obstante, que en aquel momento no tuvo ninguna duda de que se trataba de muerte accidental. Con la ayuda de sus cofrades, llevaron al pobre desventurado a la Morte Desolata, donde se le dio sepultura en el antiguo cementerio, tras recibir los sacramentos.

Petrocchi declara además que tuvo la impresión de que el cuerpo llevaba en aquel lugar, es decir en una zona angosta y profunda del río conocida como Lo Sprofondo, al menos un día, es decir, desde el sábado 23 de octubre. De hecho, el cuerpo ya estaba en un estado de descomposición avanzado y había recibido agresiones de los animales…

—Dígame qué le parece a usted. Petrocchi ha hablado por sí mismo, no por usted.

El cura se encogió de hombros.

—Se había dado un golpe en la cabeza. A lo mejor se había caído y había ido a dar con la cabeza contra una piedra, o quizá no. ¿Cómo se puede saber? Sólo Dios lo sabe.

—Esperemos que nos lo haga saber también a nosotros. ¿Usted sabe por qué se ha decidido Petrocchi a venir a comisaría?

—Se lo dije yo, ayer. Le dije: «Hijo mío, si tienes esas dudas, si eso crees...». Hacía una semana que le daba vueltas. Sí, por eso ha ido a verlos.

—¿Se lo dijo ayer?

—Ayer era 2 de noviembre, ¿no? El Día de los Muertos... Toda la confraternidad se reunió para la oración... y él me confesó sus dudas.

—Cuando Petrocchi volvió con los otros cofrades y el niño..., usted vio el cadáver, ¿verdad?

—¡Qué pregunta! Si le di la extremaunción...

—¿Cuánto tiempo cree usted que llevaba muerto?

—¡Bah! Por lo menos un día.

—¿Usted vio también aquellas marcas de las que habla Petrocchi?

Se oyó un golpetazo y el cura y el inspector dieron un respingo. Habían abierto la caja.

—¡Dios santo! —exclamó uno de los camilleros.

—¡Voy a buscar el vinagre! —dijo el otro.

El cura se persignó. Quadraccia se negó a girarse y apretó los puños en los bolsillos del abrigo.

—¿Entonces? —dijo, entre dientes.

—Yo no vi nada. Fabio me dijo que las había visto porque...

Petrocchi declara que el chico tenía la camisa levantada hasta la altura del estómago, y que observó sobre la piel unos arañazos a los que en aquel momento no dio importancia. Posteriormente, al repasar aquel extremo mentalmente, le pareció que formaban letras, más precisamente los caracteres W.W. De ahí la asociación con la muerte de unos niños descrita en una novela publicada por entregas en Roma en esta misma época, obra de un tal Guido Tremolaterra; en ella (tal como indica el declarante) las letras en cuestión eran la firma de un horrendo delito análogo cometido contra niños...

—Venga, despacio. Tendedlo sobre la camilla —ordenaba el médico, ajeno a las protestas de los camilleros, que se cubrían la nariz y la boca con un pañuelo empapado en vinagre.

El terrible olor se extendía por todo el cementerio como una brisa por el aire gélido e inmóvil. El cochero había vuelto al pescante y se dedicaba a dar mordisquitos a la cecina, de espaldas a la escena. Los caballos parecían nerviosos, como si percibieran el olor a muerte en el aire.

Scialoja, que se había mantenido callado en todo momento, ordenó de pronto:

—¡Quietos! Doctor, por favor, levántele la camisa al chico. Debería tener unas marcas en el estómago.

—¿Marcas?

—Marcas, arañazos, algo así…

El cura dejó solo a Quadraccia y se acercó al grupo que rodeaba el cadáver:

—¡Pero tengan un mínimo de piedad!

Quadraccia apretó la mandíbula. Quería salir de allí, se sentía oprimido. Tenían razón Scialoja y Archibugi, algo no iba bien: pero eso era asunto suyo. No obstante, se obligó a girarse, porque no soportaba ya más aquella exhibición de cobardía suya; gracias a Dios, los grandes hombros del delegado y el cura, que se había colocado al lado con el brazo levantado en un nuevo gesto de bendición, le tapaban la vista del cadáver. A su lado, la fosa parecía la boca del cementerio, desencajada en un grito mudo.

Quadraccia vio, medio escondido tras las dos figuras de espaldas, al médico, inclinado sobre el cadáver. Un cuervo graznó desde lo alto, en aquel cielo de cristal.

Entonces sucedió algo. De pronto Scialoja se giró y, en un gesto decidido, dio media vuelta. Quadraccia le vio la cara: tenía los ojos llenos de lágrimas. El delegado pasó junto al inspector y le dijo en voz baja:

—Un momento sólo, perdona…

Y se alejó. ¡Menuda bobería! Precisamente en aquel momento le daba a aquel viejo imbécil por ponerse sentimental. Quadraccia apretó la mandíbula, maldiciendo al delegado entre dientes, y también a Panicacci, que lo había enviado allí. Pero no podía eximirse; le tocaba a él.

Se acercó con paso vacilante al cura, al médico y al cadáver tendido sobre la camilla, pero sin mirar hacia abajo. Se impuso no mirar hacia abajo: no podían obligarle. Quizás al verle el rostro al muerto se habría quitado aquel peso del alma, aquella duda atroz, pero no podía, no tenía fuerzas. Así, con una mirada furtiva vio sólo la imagen de un brazo azulado, arremangado, que colgaba de la camilla. Inmediatamente dirigió la vista hacia lo alto, al cielo.

—Así pues, ¿esas marcas? —preguntó. La voz le salió estridente.

«No mires, no mires. Ya habrá tiempo», pensaba.

El médico volvió a ponerse en pie, con una expresión de perplejidad en el rostro.

7

—Ese hombre me incomoda —le dijo De Matteis a Corrado.

Acababan de salir de I Tre Re, y con el aire frío y el fragor de la ciudad ambos se dieron cuenta de la lobreguez que pesaba sobre el apartamento del As de Bastos.

Cruzaron la plaza de San Marco. La gran estatua de Madama Lucrezia se erigía, mutilada, frente al Palazzo San Marco, parecía abandonada: a diferencia de Pasquino, la famosa estatua parlante, parecía como si ésta no tuviera nada que decir al mundo.

—Desde luego tiene un pasado deprimente —comentó Archibugi—. Y la habitación también, a decir verdad.

—¿Cómo ha sabido lo del opio?

Se arrimaron a las paredes húmedas del callejón para dejar pasar un carro que transportaba troncos de leña para calefacción. El caballo soltó una pila de excrementos a sus pies, y la peste les llegó a la garganta. Apretaron el paso y Corrado hizo una mueca cuando sintió la vieja herida que le atenazaba la pierna.

—No estaba seguro. Pero la otra vez que fui a ver a Barrington vi una pipa de cazoleta pequeña y cánula más bien larga; parecía casi un artículo de lujo. Y en el apartamento se percibía un olor particular, ligeramente áspero, que no tenía nada que ver con los cigarrillos orientales. Un olor que me había provocado cierto malestar…

Después, un trabajador de la pensión me dijo que una vez había visto al inglés llenando la pipa con algo de una caja que tenía en la librería. Así que esta mañana la he cogido entre las manos y he oído un leve ruido de algo que rodaba… El ruidito que podrían hacer unas piedrecitas o, precisamente, los granos de opio.

—Pero, bueno, a fin de cuentas, ¿usted le cree?

—Bueno… No, creo que no: aún sigo convencido de que Barrington sufre alucinaciones y remordimientos, quizá acentuados por el uso del opio, pero que en realidad no ha visto a nadie. ¿Ha leído a Baudelaire? Es revelador. El cerebro del adicto al opio se convierte en un teatro, en un muro sobre el que la droga proyecta sombras, como una linterna mágica…, y en este caso las sombras podrían ser las de sus remordimientos.

Por eso no he dado seguimiento a su declaración del pasado mayo. Recogí todos los datos del caso: según la versión de la Policía inglesa, el tal «doble W» se suicidó. Barrington, en cambio, sostiene otra versión…

Aquello era lo que esperaba el delegado: que Archibugi le contase por fin la otra parte de la historia. Remordimiento… ¿Qué culpa se atribuía el inglés? ¿Qué es aquello que había dicho poco antes? «¡Yo sé quién era ese demonio!» Y lo había visto, decía, después de tantos años, precisamente en Roma.

Pero Archibugi había cerrado la boca. Por la expresión en el rostro del inspector, De Matteis dedujo que estaba reflexionando. Caminaron durante un rato en silencio, en dirección a Campo de' Fiori. El bastón del inspector golpeaba contra el suelo con una cadencia militar.

—¿De verdad conocía Barrington a Doble W? —preguntó por fin De Matteis, cada vez más convencido de que Archibugi se mostraba así de hermético aposta.

—¿Cómo? Oh sí, él dice que sí. Pero al verdadero Doble W, no a ese desgraciado que se ha ahorcado… El verdadero Doble W era su primo —respondió Corrado, con una desgana que irritó al delegado.

Estaba a punto de replicar cuando el inspector le indicó con un gesto que esperara y se metió en un taller de imprenta. Torció la boca: ¡sí, realmente era irritante! Retorcido como la mente de un jesuita. Se situó donde daba el sol y, mirando a través del polvoriento escaparate del taller, comprendió por qué había entrado allí Archibugi.

Sobre las paredes del taller había algunos manifiestos, evidentemente impresos allí mismo. Formaban parte de la publicidad que había invadido las calles de Roma antes de la publicación de los fascículos de Bellacuccia. Los recordó inmediatamente: ¡por eso le era familiar aquel nombre! No era sólo el hecho de que hiciera un guiño a una vieja fábula romana, la de la mona Bellacuccia, encarnación del diablo que rapta a un niño y se lo lleva por los tejados, mientras su padres lloran, impotentes y aterrorizados, desde abajo (¡de nuevo monos, diablos y niños!); eran aquellos manifiestos, que ahora De Matteis contemplaba a través del escaparate, ajeno a los gritos procedentes del mercado de Campo de' Fiori, bañado por el sol. Sus ojos estudiaban aquellas imágenes ingenuas y sugerentes al tiempo que su mente las asociaba a los niños encontrados en una bodega en Londres, a un fantasma visto en el cementerio de los Ingleses, a una doble W de color sangre contra una pared, a un gran mono, a una fosa que en aquel momento estaban excavando en la Morte Desolata... Un embrollo incomprensible, absurdo.

Los manifiestos habían seguido un orden de publicación preciso. Habían aparecido sobre las paredes con un margen de un par de semanas entre uno y otro, con el fin de suscitar en un primer momento curiosidad, luego tensión... La infalible publicidad de la que había hablado Archibugi, como siempre, vagamente.

«¡CUIDADO, MAMÁS!», anunciaba en grandes caracteres el primer manifiesto. Se veía sólo a una mujer joven con el ceño fruncido, parecía pensativa. Había un niño en segundo plano. Algo más atrás, con el trasfondo de una Roma estilizada pero reconocible, un coche de caballos negro, de forma extraña, claramente extranjero. «Quizá un carro fúnebre», pensó De Matteis.

«¡CUIDADO, MAMÁS, NO PERDÁIS DE VISTA A VUESTRO HIJO! ESTÁ A PUNTO DE LLEGAR...», decía el segundo. La mujer tenía la boca abierta en un grito de terror, la puerta del carro estaba abierta y un hombre vestido con un traje de noche parecía dirigirse hacia el incauto niño.

¡CUIDADO, MAMÁS, NO PERDÁIS DE VISTA A VUESTRO HIJO!
¡ESTÁ A PUNTO DE LLEGAR...
EL DOCTOR BELLACUCCIA!

Y ahora la mujer se tiraba de los pelos, mientras el hombre aferraba con sus nudosas manos de animal al niño, deshecho en lágrimas. El rostro del hombre tan elegantemente vestido era simiesco, un gorila vestido de fiesta: una imagen realmente inquietante. Debajo ponía: «¡Lean la sensacional novela por entregas del célebre escritor Guido Tremolaterra!».

—¿Entonces? ¿Vamos?

De Matteis dio un respingo. Archibugi lo miraba atentamente, con expresión sarcástica. ¡Ya no había duda: lo hacía aposta! Bajo el brazo llevaba unos fascículos, de dimensiones ligeramente más pequeñas que un periódico.

—Es hora de almorzar. ¿Tiene hambre?

—Bueno... —dijo el delegado, intentando no mirar las hojas. No quería darle aquella satisfacción. Total, casi seguro que tampoco diría nada, hasta que considerara oportuno hacerlo.

—Pues metámonos en esta posada. Yo, le aviso, comeré poco o nada..., últimamente ceno mucho fuera, y los pantalones empiezan a apretarme —advirtió, ruborizándose. Y aquello sólo le pasaba cuando se avergonzaba por hablar de cosas personales, o por la rabia ante una injusticia. Se aclaró la voz—. Además, tengo que leer. Éstos son algunos números del famosísimo doctor Bellacuccia. Será mejor que estemos preparados para cuando veamos al señor Tremolaterra.

No podía saberlo aún, pero aquello iba a ser perder el tiempo.

8

—¿Así pues? —preguntó Scialoja.

El coche los llevaba de vuelta a la ciudad. El carro del hospital los seguía por la calle de tierra, sobre la que se extendía una capa de fango y hojas muertas. Se percibía olor a setas. Algunas moscas zumbaban pesadamente sobre las viñas.

—¿Así pues qué? —ladró Quadraccia. Agitó frente al delegado el sobre con las impresiones fotográficas—. Yo tengo mi investigación, la «vejiga» del Tíber, ¿ya no te acuerdas? Paso el informe al jefe y adiós muy buenas.

Scialoja asintió. ¿Qué otra cosa podía esperarse? Por una parte, estaba claro que aquel caso no le gustaba, no quería ocuparse de él. Y, por otra parte, había algo que... En aquella ocasión, Quadraccia estaba mostrándole al delegado un aspecto desconocido de su personalidad. El mismo hecho de que no le chinchara recordándole aquel acceso repentino de llanto que le había bloqueado la garganta y por el que había tenido que alejarse a toda prisa de los restos de aquel pobre desgraciado... No, realmente, Quadraccia estaba irreconocible.

—Realmente no me da ninguna envidia, tu..., el inspector Archibugi. Aquí abajo hay un follón de aúpa y el Toscano nos reparte por toda Roma, cuando habría convenido concentrarlo todo, ¿me entiendes? Esto, en cambio, es como echarle más agua a la sopa.

Scialoja esbozó una sonrisa. «Ahí está —pensó—: primero da a entender que quiere lavarse las manos y luego le da vueltas.» Por algún oscuro motivo, a Quadraccia le interesaba aquella investigación, pero al mismo tiempo la rehuía. Quería ocuparse y al mismo tiempo no quería. ¿Quizá porque había un niño de por medio? ¿Acaso no le había indicado, prácticamente, al médico que escribiera en el informe: «menor de doce años», para agravar las circunstancias de los eventuales culpables? Pero ¿por qué lo transformaba de aquel modo la muerte de un niño? De acuerdo, Scialoja también había tenido un momento de debilidad, pero era diferente: él era un ser humano, mientras que Quadraccia...

—Por ejemplo, el pollero... —prosiguió el inspector.

—¿Petrocchi?

—Petrocchi: yo me lo llevaba conmigo, me pegaba a sus talones hasta haber desenterrado al niño, no le quitaba ojo mientras excavaban la fosa y luego le decía: «¡Venga, enséñame esas letras, ahora!». ¿Y qué tenemos? Nos volvemos a la comisaría con un problema más, si es cierto lo que dice ese médico de sifilíticos —dijo, señalando con cara de asco al carro que tenían detrás.

Scialoja no respondió, pero era de la misma opinión que Quadraccia. Del inspector se podían decir muchas cosas: cínico, violento, mentiroso..., pero conocía su trabajo. Desde luego, no era alguien a quien se pudiera enviar al Quirinale a investigar el robo del fusil de caza preferido del Rey... En aquel momento, le pasó por la mente una idea malvada: que al Quirinale habrían podido enviar a Corrado, con sus buenas maneras y el tono distinguido que sabía darle a la voz. Y enseguida frunció el ceño: ¿por qué había pensado aquello? O, mejor dicho, ¿por qué le había dado un tono ligeramente ácido? Archibugi no era sólo un inspector; era un amigo. Habían trabajado juntos muchas veces, era el prometido de su hija. «Sí, claro —pensó—: el prometido de mi hija...»

—A propósito de ataúdes —se le ocurrió decir al cochero, que ya había digerido la ofensa de la mañana—, ¿saben el chiste del viejo que de pronto se encuentra con que su mujer estira la pata?

—No —dijo Scialoja, contento ante aquella ocasión de abandonar sus reflexiones por unos minutos. Cruzó los dedos sobre la barriga y se preparó para escuchar.

—¿No será el del saliente de la pared? —intervino Quadraccia.

—Sí, pero escuchen…

—Ya lo conozco —le interrumpió Quadraccia. El cochero hizo ademán de girarse, pero luego se encogió de hombros y azuzó al caballo con un grito, como para abreviar en lo posible aquel calvario.

—Yo no me lo sé —protestó Scialoja, que se caló bien el sombrero, que estaba a punto de salirle volando.

—Pues pídale a su amigo que se la cuente —espetó el cochero.

Scialoja se giró como pudo, encajado en el asiento del coche, para mirar al inspector a la cara: pero él había sacado del sobre las imágenes y las estudiaba con atención, como si no mostraran a un cadáver pescado en el Tíber tras quién sabe cuántos días, sino un paisaje idílico.

Al cabo de un rato, Quadraccia dijo, casi como si hablara solo:

—También este asunto de la «vejiga» es un buen problemón. Veamos qué piensa el jefe. No sé si podré ocuparme de las dos cosas.

Scialoja no pudo más:

—Pero ¿quién te lo ha pedido? De este asunto ya se ocupa Corrado. Nosotros sólo teníamos que exhumar el muerto. ¿No has dicho que haces el informe y adiós muy buenas?

—Tampoco hace falta ponerse así, delegado Scialoja. En el fondo, ahora ya me han metido en el ajo.

—No entiendo nada. ¡Hace cinco minutos decías que devolvías la pelota al jefe y fuera! ¿Se puede saber qué te pasa, Homilías?

Quadraccia miró detenidamente a Scialoja sin decir nada. Tenía los ojos inexpresivos, como siempre, y el delegado comprendió que no le estaba mirando a él, sino a algo muy lejano en el espacio o en el tiempo.

9

Mientras miraba por la ventana de la oficina del superintendente, Corrado Archibugi se vio claramente a sí mismo en aquella misma actitud, unas horas antes. Recordaba que acababan de llegar a la Piazza Navona los faroleros con sus largas pértigas apoyadas al hombro, arrastrando los pies, sin prisa. A su paso, la plaza se iba iluminando poco a poco; las tenues luces de los faroles formaban una estela que parecía seguirlos, como si fueran flautistas de Hamelín. Al llegar a cada farol, abrían la caja y giraban la llave en la base de la espita del gas, que los romanos llamaban *buassò*, esperaban que la llamita adquiriera consistencia y volvían a echarse la pértiga al hombro. ¿Cuántos faroles, cada día? Archibugi sonrió: «¿Y tú, inspector, cuántos sermones, cada día?».

Porque, a sus espaldas, Lorenzo Panicacci hablaba, hablaba…

Los faroleros, en aquella época del año, pasaban hacia las cinco de la tarde: las tablas lunares les decían a qué hora tenían que encender, según la luz del astro. De modo que Archibugi se había asomado a la ventana de Panicacci a las cinco. Ahora estaba de nuevo asomado a la misma ventana. En la oscuridad, los faroles dibujaban débiles círculos amarillentos sobre los adoquines y contra los edificios, alargaban las sombras de los escasos peatones; un par de coches de caballos se cruzaron; eran ya más de las siete.

Dos horas allí dentro, en aquel edificio donde hacía demasiado calor y había demasiado humo. Eran tres: él, Panicacci y Quadraccia. Cuatro, contando al espectro de Fouché. ¿Podría caerle una reprimenda por tener la cabeza lejos de allí? Corrado sospechaba que, tras aquel aspecto impasible y huraño, también Quadraccia debía recurrir a la desconexión mental, habilidad que él llevaba poniendo a punto sólo unos meses, mientras que el viejo inspector debía de ser todo un veterano. La pregunta era: ¿dónde iba Quadraccia cuando desconectaba? ¿Cuáles eran sus fantasmas, sus secretos? Seguro que Scialoja los conocía, pero a su modo era un hombre discreto, y nunca le había insinuado nada, por ejemplo a propósito de aquella alianza que Corrado había visto dar vueltas entre los dedos del Homilías alguna vez.

Por ejemplo él, Archibugi, había seguido las luces amarillentas de la Piazza Navona, cada vez más intensas a medida que iba cayendo la noche, y, arrullado por los circunloquios de Panicacci, había viajado con la mente a casa de los Scialoja, quizá porque en ocasión del Día de los Muertos la señora Cleofe había encendido *moccolotti* en la cocina. Una vieja tradición romana: la noche del uno al dos de noviembre los muertos volvían a casa y los familiares los recibían con farolillos e incluso algo de comer preparado sobre la mesa. Una cena de fantasmas, un flirteo con la eternidad. Y los farolillos encendidos que mostraban el camino de regreso.

—Cuando era pequeña —le susurraba Lucrezia, cuando los dos estaban sentados en el pequeño sofá, emitiendo su tibio aliento sobre la oreja de él, mientras la señora Cleofe ponía la mesa para los difuntos en la cocina—, esas luces y, sobre todo, las sillas vacías alrededor de la mesa me aterrorizaban… —Sus manos enredadas, ligeramente húmedas, desprendían un agradable calor, e incluso la respiración de ella le parecía húmeda como un beso—. Por la noche yo nunca dormía. Recuerdo que una vez una persiana hizo un ruido, un crujido, como los que hace a veces la madera… ¡y salté de la cama gritando!

Sus rodillas se tocaban. Corrado, que como siempre había comido de más, estaba agitado: se imaginaba a la muchacha en la cama, pero desde luego no de niña. Los dos lanzaban miradas a Scialoja, que estaba sentado en el sillón, con los pies junto a la estufa, de espaldas a ellos; la discreta posición del sillón la había establecido la esposa, tras gran resistencia. Tenía las enormes manos apoyadas en los brazos, inmóviles; pero Archibugi sabía que el oído del viejo delegado estaba alerta.

—¡Oreste! —llamó la señora Cleofe desde la cocina.

—¿Qué hay?

—Hazme el favor, ven un momento... Necesito que me eches una mano.

Se oyó un gruñido procedente del sillón.

—Lucrezia, guapa, ve a ver qué quiere tu madre...

—¡Deja en paz a Lucrezia! Si quisiera a Lucrezia, habría llamado a Lucrezia, ¿no?

Otro gruñido. Luego la mole de Scialoja se desencajó del sillón. Sus ojos lanzaron una mirada de advertencia a los dos jóvenes y no los perdieron de vista hasta que salieron de escena, a regañadientes, para entrar en la cocina.

—Lucrezia...

—Calla.

En aquel momento, Corrado no pensó en nada. Era pura sensibilidad e instinto. Pero después se preguntaría cómo había hecho Lucrezia para mantener la sangre fría, para saber cuándo y en qué medida arriesgar, con sus padres a un paso; con diecisiete años, parecía saber más que él...

—Oreste, ¿no habrás girado el sillón?

—¿Para eso me has llamado?

Todo estaba calculado —por Lucrezia, naturalmente— con la máxima precisión; la señora Cleofe era su cómplice. En cuanto Scialoja se dispuso a volver al salón sigilosamente, ella anunció:

—¡Ten cuidado que no se te caiga, Oreste!

Lucrezia se despegó inmediatamente de los labios de Corrado e incluso tuvo el reflejo de pasarle la mano por los labios para quitarle un resto de saliva. Oreste se tragó un improperio dirigido a la escandalosa de su mujer y se presentó ante los dos con una pequeña bandeja, con ojos de interrogación, estudiando las mejillas rosadas de Corrado, intentando mirar más allá de su imagen de niño bueno.

—¡Ah! Gracias, papá, ya lo cojo yo. Mira, Corrado, qué bonitos.

—Muy amable, Oreste —dijo Corrado con voz firme y sonrisa cándida—. ¿Qué son?

—*Fave* —gruñó él—. Habas, tan tontas como yo.

Y se sumergió en el sillón.

—¿Habas? —preguntó Corrado a Lucrezia. En la bandeja había unos dulces precisamente en forma de haba.

—Sí, las habas de los muertos. Son dulces de almendra; se comen el 2 de noviembre. Pruébalas.

—En realidad…

—Prueba.

Lucrezia cogió un dulce y se lo colocó a Corrado entre los labios, manteniendo por un instante los dedos contra su boca. Y sus ojos negros sonreían ante el embarazo del serio y estirado inspector de Seguridad Pública, al que una simple muchacha conseguía poner en dificultades.

—El amor, la tos y las preocupaciones no se pueden ocultar.

Las luces de los *moccolotti* de la señora Cleofe volvieron a convertirse en manchas de luz en la oscura Piazza Navona. Archibugi dio la espalda a la ventana en respuesta a la frase de Quadraccia que, una vez más, tras su aire ausente, ocultaba una inquietante capacidad de adivinar el pensamiento de los demás.

Panicacci, colorado, con la voz ronca y aquel acento toscano que incrementaba su ansiedad, miraba a Corrado con un leve aire de disgusto.

—Entonces, inspector Archibugi, ¿no le interesa lo que estoy diciendo?

—Al contrario, *dottore*. Le sigo.

De hecho, Archibugi, perdido entre Lucrezia y las habas de los muertos, de entre todo lo que había dicho el superintendente, había captado las pocas palabras que tenían algún interés. Al fin y al cabo, bastaba con seguirle de vez en cuando, asentir siguiendo el instinto. Estaban allí únicamente para darle apoyo al superintendente, ofrecerle dos cabezas más con las que compartir su responsabilidad o, mejor aún, sobre las que descargarla.

Había dos informes sobre el escritorio invadido por las pipas, una de ellas desarticulada, con la cánula destrozada en un acceso de rabia. Hasta aquel momento no habían leído y discutido más que uno de aquellos informes, el preliminar sobre el niño enterrado en la Morte Desolata. Informe «preliminar» porque, tal como decía en la premisa, el médico se reservaba posteriores precisiones, aunque, por petición explícita del Departamento de Seguridad Pública, había efectuado un primer examen para verificar...

—Entonces, ¿qué? ¿Nos han tomado el pelo? ¿A nosotros, a la Policía del reino?

Porque eso es lo que indicaban las investigaciones preliminares.

Excepcionalmente, Quadraccia se había quitado el abrigo. Estaba sentado en una silla frente al escritorio de Panicacci y hacía saltar la hoja de la navaja que llevaba siempre consigo y que, a veces, le servía para igualarse las uñas.

—El niño muerto está ahí —respondió, y plegó la hoja de la navaja. ¡ZAK! y la hoja saltó de nuevo—. Y desde luego alguno se lo beneficiaba, si es cierto lo que pone ahí.

Porque en el informe se hablaba de «prácticas sexuales contra natura», aunque era imposible precisar si se habían producido inmediatamente antes de la muerte.

En el silencio que siguió a las palabras de Quadraccia, la navaja restallaba una y otra vez, con rabia y violencia a la vez. Corrado tuvo la impresión de que el Homilías habría querido clavárselo en el estómago al asesino.

—Por favor, inspector, pare con esa navaja... ¡Ya estamos bastante nerviosos!

—Quadraccia tiene razón, *dottor* Panicacci. El niño muerto está ahí, las circunstancias citadas por Petrocchi han sido verificadas...

—¡Pero falta lo más importante!

Quadraccia y Archibugi se quedaron mirando a Panicacci, estupefactos. ¿Realmente había dicho eso? ¿Era posible que fuera tan imbécil? Corrado se dispuso a replicar, pero Quadraccia se le anticipó.

—Yo pensaba que lo más importante era el niño muerto —murmuró, marcando bien las palabras, con los ojos fijos sobre los del superintendente.

—Venga, ya han entendido lo que quería decir —se explicó, con tono de excusa—. Todos estamos cansados y quizá me he explicado mal. Pero es un hecho: Petrocchi vino a declarar que había encontrado el cadáver de un niño, con la sospecha de que podía haber sido asesinado, no tanto por la piedra y el golpe en la cabeza, no, señor, sino porque le había visto grabadas unas marcas que él, a posteriori, interpretó como una doble W. De modo que, con todas esas historias de Tremolaterra en la cabeza, pensó en la sombra de Bellacuccia, que se extendía sobre Roma, y se encomendó primero al cura de la Morte Desolata y luego se presentó ante De Matteis. Y sin embargo, el informe dice que esas marcas no existen, aunque el estado de descomposición, etcétera. Ninguna marca. Así pues, nos han tomado el pelo…

—¿En el informe consta la edad del niño? —interrumpió Quadraccia.

Panicacci hizo una mueca ante aquella pregunta impertinente, pero hojeó el informe y buscó el dato:

—Aquí. Edad probable: once años.

Archibugi miró a Quadraccia, que asentía en silencio, como si se hubiera anotado un punto; por Scialoja se había enterado de la presión que había ejercido el Homilías sobre el médico, y ahora se preguntaba de qué dependería aquella grieta en la coraza de cinismo del viejo inspector.

—No obstante —prosiguió Panicacci—, las cosas están más liadas aún que esta mañana. Si esas marcas no están, se cae toda la teoría Doble W, Barrington y Tremolaterra: todo. Queda, quizás, el asesinato de un pobre niño, del que no sabemos ni siquiera el nombre. ¡Si al menos ese maldito escritorzuelo no hubiera desaparecido! —puntualizó mirando a Archibugi, como si fuera culpa suya.

Porque Guido Tremolaterra había desaparecido. En la Via della Mercede, donde vivía y trabajaba, aquella tarde no estaba. Una legión de perplejas secretarias estaba cerrando la oficina tras el horario de trabajo. Las dirigía una arpía que se llamaba Adele Ortolani.

La tal Ortolani le dijo a Corrado que el escritor se había marchado después de acabar el enésimo capítulo de Bellacuccia, hacia la hora del almuerzo, con una pequeña maleta que podía contener efectos personales. Ninguna de ellas sabía el motivo; parecía ser que por la mañana había recibido una visita —las secretarias aún no habían iniciado la jornada; llegaban a partir de las once, porque al artista le gustaba la comodidad y tenía un despertar difícil—. Tremolaterra le había parecido más bien agitado. Había mencionado a sus secretarias que había recibido alguna amenaza, pero ellas no sabían nada más: ni el tipo de amenazas ni el motivo, ni mucho menos el responsable.

—Pero, oiga, ¿usted no ha dicho que el inglés es un loco, un visionario? —preguntó Panicacci, esperanzado.

—Sí, pero igualmente quedan por aclarar varias cosas. Primero, por qué dice Petrocchi que ha visto esas marcas; segundo, por quién se ha enterado Tremolaterra de la historia de Doble W; tercero, por qué «cree» Barrington que ha visto a Doble W en Roma, sólo unos meses antes de que Petrocchi hiciera su declaración. Y por otra parte, no olvidemos que el informe no asegura que no existieran marcas en la piel del niño: dice sólo que es improbable. Lo que quiere decir que un buen abogado podría hacer que declararan nulo el informe, ya que puede servir como demostración de cualquier cosa y de todo lo contrario.

—Abogados —dijo Quadraccia, asqueado—: sólo sirven para tocar los cojones.

—¿Entonces? —inquirió Panicacci, sudando, tras echar una mirada inquieta a Quadraccia.

—Entonces tenemos dos problemas —respondió Quadraccia—: el muerto y la doble W, tanto si es real como si es inventada. De momento, he dejado frente al portal de la Via della Mercede un agente de guardia y he dispuesto el relevo de modo que la casa esté vigilada al menos durante las próximas veinticuatro horas. A propósito, ya he recordado para qué periódico trabajaba Tremolaterra, antes de dedicarse a la literatura... —Hizo una breve pausa y luego dijo con aire de ceremonia, mirando fijamente a Panicacci—: *La Capitale*.

El superintendente abrió los ojos como platos. A principios de año le había confiado a Corrado que, de cara a 1875, había dos cosas que temía como al diablo: el jubileo, con las fricciones entre papistas y monárquicos, entre nobles blancos y negros; y que explotara en Roma otra historia como la de villa Ruffi. De hecho, el año anterior, cuando se acercaban las elecciones, habían sido arrestados en la villa de Ercole Ruffi, en Rímini, unos treinta dirigentes republicanos, acusados de proyectar una insurrección antimonárquica. Se los metió en prisión y no salieron hasta meses después, tras una serie de disculpas en público y una airada polémica. Y las elecciones se acercaban de nuevo, en el Palazzo Braschi ya flotaban en el aire, junto con una sensación de resignación y nerviosismo, de inevitable cambio, de final de un ciclo: el de la derecha.

No obstante, Pío IX había decidido que el jubileo se celebrara de un modo estrictamente privado, y era cierto que había antimonárquicos en Roma, pero se limitaban a dar de lado al Rey y a mandarlo de caza solo, con la esperanza de que la malaria acabara con él de una vez por todas. Sin embargo, el verdadero problemón del año había llegado, inesperadamente, precisamente de *La Capitale*; con el asesinato del director a cuchilladas, historias de cuernos y de poder que habían salpicado a un ex diputado y a un oficial de la guardia municipal. Fue un proceso muy seguido por la opinión pública; Dios mediante, faltaba poco para que se dictase sentencia, se haría en uno de esos días de noviembre.

—Siga, Archibugi —dijo Panicacci con voz sepulcral.

Con rapidez y seguridad, Corrado explicó que al día siguiente volvería a la Via della Mercede y que, si Tremolaterra seguía sin dar señales de vida, dirigiría la investigación hacia los hoteles, pensiones y amistades del escritor; en segundo lugar, ya había procedido a convocar a Barrington a comisaría para hacer oficial su declaración y, llegados a ese punto, estudiar sus reacciones ante la noticia del niño encontrado en la Morte Desolata.

—Por último, llamaré a Petrocchi. Quizá ya tengamos el informe definitivo, en vez del preliminar, y podremos estar seguros de cualquier posible contradicción en sus declaraciones.

Archibugi se llevó a los labios el último medio toscano y lo encendió, como diciendo: «Y ahora vámonos a casa».

Panicacci se dejó caer en la silla, rebufando. Los anteojos le colgaban desconsoladamente del cuello de la chaqueta, como sus esperanzas de salir de aquella historia con las ideas claras. Dio su visto bueno al plan de acción de Corrado y le advirtió:

—El juez Tosetti, esta mañana, estaba tan perplejo como nosotros sobre este asunto. Dentro de poco iré a contarle que el periodista se esconde por voluntad propia y veré qué piensa sobre este informe. Ya me ha pedido que le entregue, mañana como máximo, las declaraciones de los principales testigos implicados, desde Barrington a Tremolaterra, para disponer de material sobre el que hacer valoraciones. Así que estos informes, Archibugi, más vale que se envíen directamente a Tosetti… En otras palabras, dispóngase a dar un paseo hasta I Filippini mañana mismo.

—¿Y yo qué hago?

Los dos se giraron hacia Quadraccia, que se había levantado y tenía el abrigo bajo el brazo.

Panicacci reaccionó y le acercó el segundo informe.

—Aquí tiene, inspector… Ha llegado después de comer. El informe sobre el cadáver recuperado de Ripa Grande.

Quadraccia miró el pliego sin mover un músculo, como había mirado la mano que le tendía el médico de los sifilíticos aquella misma mañana. Panicacci miró a Archibugi, violento, pero éste se limitó a dar una bocanada al puro.

—Entonces, al final resultará que mi «vejiga» no murió de vieja —constató por fin el inspector, sin coger el informe.

—No, inspector, no murió de vieja. Murió de repetidos golpes en la cabeza. De patadas, quizá.

—Entonces es una investigación como Dios manda. ¡Quién lo iba a decir!

Panicacci apretó los dientes. Los carrillos se le pusieron incandescentes. Aquella carpeta, entre ellos dos, parecía pesar un quintal. Archibugi lanzó una nubecilla de humo hacia el techo, disfrutando de la escena con aire impenetrable.

—Inspector Quadraccia…

—Llevo desde la mañana dando vueltas como una peonza por esta historia del niño. Con un frío tremendo y el asiento de un coche más duro que los bancos de piedra de la Via Giulia.

—Ante una situación de emergencia…

—Aún no he entendido dónde estaba la emergencia. Al fin y al cabo, lo más importante ni siquiera estaba ahí, ¿no?

En ocasiones, muy raramente, Archibugi le habría dado un abrazo a Quadraccia. Panicacci se puso en pie y dio un golpetazo sobre la mesa con el informe, en dirección al inspector.

—¡Ya basta, inspector! No puedo tolerar…

—Ni yo tampoco —lo interrumpió Quadraccia, con voz

tranquila. Cogió lentamente el informe y se lo puso bajo el brazo—. Así pues, como ya me han metido en el ajo, además de tratar el asunto de la «vejiga», me ocuparé también de la historia del niño —dijo. Y mirando a Archibugi, añadió—: Y tú no te preocupes, inspector. No me meteré por medio.

—No me preocupo en absoluto, inspector —concluyó Archibugi.

Segunda parte

4 de noviembre de 1875, jueves

1

Archibugi se despertó de pronto, con la sensación de una amenaza inminente, de que un problema estaba a punto de estallar. Miró a su alrededor, inquieto, para acostumbrar rápidamente los ojos a la semioscuridad.

Las listas irregulares de las persianas filtraban una luz pálida, anuncio de un día otoñal. Entre la penumbra se distinguían las siluetas de objetos conocidos. La simétrica redondez de los pomos de latón en el cabezal de la cama; las patas sinuosas del trípode que sostenía la jofaina; la superficie de la mesita, bajo la ventana; un montón de libros, en su mayoría en francés, y en lo alto su sombrero.

Oyó el ruido de un carro que subía la calle y algunas voces enfurecidas, quizá por alguna salpicadura de barro provocada por las ruedas.

Nada más. A lo mejor se había equivocado; y sin embargo, seguía sintiendo aquella inquietud, como el retrogusto amargo que le queda a un borracho el día después.

Apartó las sábanas con un suspiro y el frío glacial de la habitación le agredió. Corrió a tientas hacia la puerta, tras la cual colgaba la pesada bata algo vieja que su madre le había hecho llevarse de Turín. Se la ató alrededor de la cintura, soltó la cadena de la puerta y miró afuera, al corredor iluminado por la luz del ventanal. De las escaleras le llegaba el ruido de Pasquina, la portera, que a aquella hora ya bregaba con cubos y escobas.

El baño, al fondo del pasillo, parecía estar libre. A aquella hora tenía muchas probabilidades de ser el primero en usarlo. ¡Cómo odiaba aquel momento!

Estaba a punto de salir de la habitación en dirección al baño, como un buey al matadero, cuando oyó una voz estridente procedente de la calle, la voz que le había penetrado en el cerebro mientras dormía.

—¡Las noticias! ¡Las noticias! ¡En la Madonna Desolata han encontrado un niño asesinado! ¡Las noticias! ¡Bellacuccia podría estar implicado! ¡Bellacuccia ha golpeado! ¡Cuidado, mamás! ¡Compren el periódico, mañana aún les sirve para envolver los huevos!

¡Así que no era un error! Volvió a meterse en la habitación, abrió la ventana, subió la persiana y miró por el callejón, a derecha e izquierda. Un niño con un fajo de periódicos colgado del brazo le devolvía el cambio a un pobre oficinista madrugador. Un carro lleno de sacos de patatas embocaba la Via del Pellegrino, conducido por otro muchacho sucio que cantaba a voz en grito: «El pájaro en la jaula, si canta por la mañana con la niebla, no canta por amor, sino por rabia…».

—¡Eh, tú! ¡El periódico!

El voceador miró a izquierda y derecha y luego hacia arriba, hasta localizar a Corrado, en bata y con el pelo enmarañado, asomado a la ventana.

—¡Entra en este portal y dale un ejemplar a la portera, rápido! Dile que es urgente, para el inspector. Toma el dinero.

Lanzó una moneda y volvió a meterse, medio congelado, se golpeó un codo contra la ventana, se quitó la bata, cogió el jarro situado sobre la estufa y vertió el agua en la jofaina con tanto ímpetu que mojó el suelo.

Del periódico *El Eco de Roma,* 4 de noviembre de 1875
¿HORRIBLE TRAGEDIA INSPIRADA EN BELLACUCCIA?

Momentos antes de mandar este número a imprenta, recibimos de una fuente fiable una noticia que, en caso de confirmarse, de lo que informaremos puntualmente a nuestros lectores, resulta aterradora.

El día de ayer —para nuestros lectores—, es decir, el 3 de noviembre, las fuerzas de Seguridad Pública procedieron a la exhumación de los restos de un pobre muchacho, enterrado en el cementerio de Santa Maria della Morte Desolata, iglesia sita en el exterior de la puerta de San Paolo, sede de la confraternidad del mismo nombre.

Cabe señalar, por cierto, que en este periódico siempre hemos estado decididamente en contra de estas tontas instituciones religiosas que abundan especialmente en Roma, y que esperamos que el Reino de Italia consiga erradicarlas definitivamente: estas supersticiones son indignas de una civilización moderna, como hemos declarado repetidamente. No obstante, reconocemos a los cofrades de la Morte Desolata —que por lo que sabemos se visten con ridículas capas y capuchas negras como si fuera el sábado de carnaval, con una calavera con lágrimas bordada sobre el corazón, y que ataviados de esa guisa van mascullando oraciones en sus procesiones— cierta buena voluntad, al dedicarse a ir por los campos a rescatar a muertos abandonados para darles justa sepultura.

Pues bien, los cofrades encontraron un niño: y parece que en el cuerpo presentaba la marca de una doble W, y que había muerto de forma violenta.

Ahora, a la tragedia de esa muerte, realmente «desolada», se añade el preocupante enigma de estas señales, que traen a la mente esa novelucha llamada *El misterio del doctor Bellacuccia*, escrita por Guido Tremolaterra, autor de sensacionalistas crónicas publicadas en *La Capitale*.

Pensará el avezado lector que la Policía debería pedir explicaciones al tal Tremolaterra, pero para añadir misterio al misterio: ¡el escritor parece estar ilocalizable desde ayer...!

—¿Entonces? ¿Alguna novedad?

El agente de guardia echó una mirada desconfiada al hombre jadeante que había bajado casi de un salto del coche de caballos, con el sombrero torcido y agitando en la mano un periódico enrollado como un bastón.

—¿Alguna novedad o no? Soy el inspector Archibugi.

El guardia empalideció.

—Disculpe, señor inspector. No, ninguna novedad, Guido Tremolaterra no ha vuelto...

Archibugi golpeó el aire con el periódico y miró a su alrededor en busca de un estanco. Las campanas de Sant'Andrea delle Fratte, a menos de cien metros del portal vigilado de la Via della Mercede, iniciaron un repiqueteo tan potente e improvisado que el curioso campanario borrominiano parecía deformarse con cada tañido.

—Pero... —reaccionó el guardia.

—Pero ¿qué? ¿Jugamos a las adivinanzas?

—No, por favor. Decía que, no obstante, hace poco que ha llegado su secretaria, hará tres cuartos de hora... Una mujer entraba en el portal, ¡a esas horas!, y le he preguntado adónde iba, siguiendo sus instrucciones...

El guardia estuvo a punto de llamar al inspector Archibugi, que había entrado como un rayo en el portal, ya que no había acabado su relato, pero decidió que no valía la pena. Ya se enteraría de lo demás por sí mismo, cuando subiera.

Una impasible mujer de cuarenta años, de mirada adusta y de cabellos salpicados de blanco recogidos en un moño, con un lunar en el pómulo derecho y el mentón afilado, abrió la puerta a un hombre jadeante, con los ojos grises enrojecidos y duros y el sombrero encajado en la cabeza, la mandíbula apretada y la barba mal afeitada.

—¿Le parecen formas...?

—Apártese.

Archibugi entró como un tren en el piso, y obligó a la mujer a hacerse a un lado para no recibir un portazo en la cara. Al principio miró alrededor, como en busca de algún detalle fuera de lugar con respecto a la tarde anterior. Después, sin siquiera quitarse el sombrero, dio un rápido repaso a la casa y, por fin, se plantó en medio del salón, que desde el primer día le había parecido la estancia más interesante de todo el apartamento.

—¿El señor Tremolaterra fuma?

La mujer, con las manos en el regazo, lo miraba rabiosa ante aquella pregunta; no obstante, le apareció en la frente una arruga de estupor. Casi como si la hubieran pillado en una actitud reprobable, borró inmediatamente toda emoción de su rostro y señaló hacia el escritorio, dispuesto, como el de un maestro de colegio, frente a otros cuatro, más pequeños, colocados en dos filas: y una vez más, por un instante, frunció el ceño.

—¿Y bien? —repitió Corrado.

—Quizás en los cajones —dijo ella, sin inflexión alguna en la voz.

Archibugi se dirigió al escritorio indicado, echó un vistazo a las hojas sobre la mesa y después se puso a abrir los cajones.

—¡Pero esto es intolerable! ¿Cómo se…?

—Por favor, señora Ortolani, estese callada. Hay otras cosas que sí son intolerables. ¡Ah, aquí está!

La mujer se acercó a Archibugi, curiosa, pero, en las manos, el inspector no tenía más que un puro toscano entero. Hizo una mueca:

—Está un poco seco; debe de estar aquí desde hace tiempo.

—El señor Tremolaterra suele fumar cigarrillos caros.

—Mejor para mí.

Rompió con las manos el cigarro, se metió una mitad en la boca y la otra en el bolsillo.

—¿Cómo es que ha venido usted esta mañana?

—Yo trabajo aquí.

—Ayer me dijo que en esta «forja de ideas» nunca se empieza antes de las once.

El humo del puro se extendía por el aire, junto a la tensión.

—Tengo llaves. Dado lo extraño de la tensión, he considerado que quizá valiera la pena estar localizable.

—¿Ha recibido noticias de su jefe?

—No. No lo he visto ni he sabido nada de él desde ayer, cuando acabó un episodio de su novela por entregas y me comunicó que se ausentaría durante un tiempo.

—¿Y no le ha dicho dónde estaría?

—Ayer ya le dije que no.

—¿No sabe dónde encontrarlo?

—No.

—¿No tiene amigos, conocidos…?

—Qué pregunta. Pero nunca ha dormido en casa de ninguno de ellos.

—¿Tampoco de ellas?

La mujer se encogió de hombros ante aquella provocación.

—¿El señor Tremolaterra tiene una agenda de direcciones?

Un suspiro.

—Sí, naturalmente.

—Démela.

Mientras la secretaria se alejaba en dirección a una librería, el inspector se puso a mirar los escritorios donde, según acababa de saber, Tremolaterra dictaba al mismo tiempo varias historias de su querido Bellacuccia, saltando de una historia a la otra según la inspiración. Sobre una de las mesas había unas figuritas dibujadas en cartón y recortadas, hombres y mujeres con nombre y apellido y, en algunos casos, profesión. El día anterior la propia Adele Ortolani le había explicado que Tremolaterra dibujaba aquellas figuras y las colocaba sobre los escritorios para acordarse de los personajes de las diferentes historias que contaba. Un truco también usado por el célebre Ponson du Terrail, tal como había dicho él mismo con orgullo y veneración, para evitar que el personaje muerto en un episodio apareciera de pronto en otro, vivito y coleando.

En uno de los escritorios había un borrador. Archibugi cogió una hoja y leyó.

—¡Por todos los Santos! —exclamó el inspector Sperelli—. Parece que este hombre ha sido estrangulado para impedirle masticar algo: la laringe está aplastada casi del todo.

El inspector consiguió abrir a duras penas la boca del muerto, a causa de la rigidez cadavérica que le contraía los músculos de la mandíbula en un espasmo. A sus espaldas, el doctor Bellacuccia seguía cada gesto con la máxima atención y el corazón palpitándole: su identidad secreta nunca había estado tan cerca de quedar en evidencia.

—¡Tenía razón yo! —dijo el inspector con un acento triunfante que le heló la sangre al criminal—. Veo un objeto blanco en el fondo de la garganta, un trozo de tela o de papel.

—Espere, déjeme a mí —intervino el doctor Bellacuccia, haciendo un esfuerzo por dominar la voz. Extrajo de su estuche unas pincitas, las introdujo prudentemente en la boca del cadáver y, poco a poco, extrajo un minúsculo objeto.

—¡Un trozo de papel! —exclamó el inspector cogiéndolo de entre las pinzas, mientras Bellacuccia sudaba frío. ¿Habría cometido un trágico error?

Rápidamente Sperelli alisó el húmedo papel y los dientes le rechinaron de la rabia.

—Desgraciadamente no es más que un residuo. ¡Quién sabe cuánto habrá engullido el pobre infeliz!

Bellacuccia se acercó al policía para ver mejor, conteniendo su nerviosismo: ¡bien podía ser que lo detuvieran al cabo de un minuto, que su peligroso juego quedara truncado en el momento culminante, ahora que su sutil trama de perfidias se había extendido por toda la Ciudad Eterna!

Las únicas palabras inteligibles eran: «Mi... conoce... espero también... Maldición... el que considera...».

El inspector lanzó una imprecación, mientras Bellacuccia recuperaba lentamente la sangre fría. El peligro no había desaparecido del todo, pero, por lo menos, se había alejado.

—¡Doctor Bellacuccia, cuando seccione el cadáver tenga el máximo cuidado con los trocitos de papel que encuentre en el estómago y en el esófago, y tráigamelos inmediatamente, por favor!

—No se preocupe, inspector, pondré la máxima atención. Yo deseo tanto como usted que este maldito asesino caiga y sea condenado —respondió el doctor Bellacuccia, que esbozó una sonrisa inefable en el rostro, mientras, en su alma negra, una vez más se consolidaba su convicción de ser invencible.

—Aquí tiene. Querría un recibo, si no le molesta.

Archibugi apoyó la hoja en la mesa, se metió el cuaderno en el bolsillo y miró a la mujer.

—Usted confunde a policías y ladrones. No se preocupe por la agenda y dígame: ¿cuándo ha sabido del asesinato del niño de la Morte Desolata el señor Tremolaterra?

Adele Ortolani parecía esculpida en mármol: no movió una ceja, ni siquiera ante la noticia del asesinato de un niño. Se quedó mirando a Archibugi como miraría a una mosca en la sopa. No pidió explicaciones. Se limitó a declarar:

—Yo no sé qué sabe y qué no sabe el señor Tremolaterra.

—¿Y usted no ha leído los periódicos esta mañana? ¿No ha oído a los voceadores?

—No.

—¿Así que no sabe que Bellacuccia realmente asola Roma con su trama de perfidias?

—¡Tonterías!

—Pero a las seis y media usted ya estaba aquí, por si la necesitaban. ¿Intuía que pudiera volver Tremolaterra?

—Antes o después tendrá que volver, ¿no cree?

—Y, entonces, ¿por qué está aquí, tan pronto?

—He considerado que era mi deber, como ya le he dicho.

—¿Su deber como secretaria?

—Yo no soy una secretaria, señor inspector —dijo ella, hinchándose como un pavo—. Se lo expliqué ayer.

Pero Archibugi se había puesto a reflexionar por su cuenta, dando vueltas por aquel salón convertido en fábrica de sueños por entregas. Mirando los escritorios con aquellas figuritas estilizadas, se preguntó si Tremolaterra habría dibujado también la silueta del misterioso Doble W. En la nuca sentía la mirada asesina de Adele Ortolani, ángel custodio de aquel apartamento y del señor Tremolaterra.

Se acercó a una pared con unos pequeños cuadros colgados. Dio unas caladas al puro, que efectivamente estaba demasiado seco: le quemaba la lengua.

—¿El señor Tremolaterra no está casado?

—Es viudo.

Un cuadro mostraba una imagen de Roma, quizá desde el Ponte Sisto. Archibugi buscó la firma, pero no la encontró: enseguida le vino a la mente Barrington, pero el estilo era muy diferente. Después dejó vagar la vista por el marco, que tenía extraños signos labrados en las cuatro esquinas.

—¿Hijos?

—Precisamente la mujer murió en el parto, junto a su único hijo.

—¿Y usted?

—No estoy casada y, naturalmente, no tengo hijos.

Archibugi se giró de pronto, miró a la mujer, al otro lado de la sala, y luego se dirigió a la ventana, la abrió y llamó:

—¡Agente! Suba, rápido.

Abrió también la puerta él mismo, a propósito, para darle a entender a la mujer que era él quien mandaba. El agente llegó jadeando, con cierto aire de culpabilidad: enseguida miró a Adele.

—La señora Ortolani te dará el nombre y la dirección de las secretarias que trabajan para Tremolaterra —le explicó, mirando a la mujer—. Inmediatamente después la llevas al Palazzo Braschi, donde firmará una declaración. Después de acompañarla, tú vuelves enseguida aquí. Dale instrucciones al portero para que tome nota de la hora si reapareciera Tremolaterra. ¿Queda claro?

—Sí, señor inspector.

—No hay nada más... Bueno, sí, una cosa: la Via Capo Le Case está por aquí, ¿no?

—Sí, señor inspector. No hay más que seguir por la Via della Mercede y pasar Sant'Andrea delle Fratte. Está a un paso.

—Fíjate qué coincidencia. Bueno, hasta luego, señora Ortolani.

Archibugi tuvo la impresión de que el agente soltaba un suspiro de alivio, como si no le hubieran pillado en una travesura, pero no le dio importancia: se encogió de hombros y salió. Pero enseguida retrocedió y asomó la oscura frente por la puerta.

—¿Decía? —le desafió.

El agente se puso amarillo.

—Estaba diciendo, querido inspector —subrayó Adele—, que los policías son todos iguales: entran, dan órdenes y ni siquiera se quitan el sombrero. Eso es lo que estaba diciendo.

Aquellas palabras golpearon a Archibugi como una bofetada. Echó una mirada vengativa al agente, muerto de vergüenza, se aclaró la voz e hizo una pregunta tonta, ya que era inútil, y bajó las escaleras a toda prisa sin esperar siquiera la respuesta de Ortolani:

—Un cuarto de hora antes que usted, esta mañana... Otro de los suyos..., mucho más burdo que usted, eso sí. ¿Es posible que ni ustedes mismos sepan lo que hace uno u otro?

Salió y se sumergió en el aire helado, mientras la carcajada de ella aún retumbaba por la caja de las escaleras; se fue con la sensación de que le habían tomado el pelo, de que había perdido el tiempo: precisamente en un momento en el que menos tiempo tenía que perder.

La Via Capo Le Case: donde acababan las casas, porque allí acababa Roma. Más allá, sólo había campos y viñas, aparte de Villa Ludovisi, donde el sol jugaba en el jardín entre un laberinto de cándida escarcha, despertando suavemente a los cipreses, laureles y alerces, albercas, surtidores, urnas, bustos, bajorrelieves, estatuas y edificios. Tendrían que pasar aún unos años para que la villa, con sus senderos flanqueados de árboles, sus laberintos, sus estatuas y su regio casino, acabara demolida. Archibugi detectó de pronto una ráfaga de aire gélido pero perfumado, miró a su derecha, hacia la villa: no podía saber que era el suspiro de un moribundo.

Ahora ya todo estaba tranquilo y silencioso en villa Ludovisi, mientras Archibugi embocaba la Via Capo Le Case pensando en la intromisión de Quadraccia. ¡Porque seguro que había sido él quien se había presentado en el estudio de Tremolaterra!

Se detuvo frente a la pollería Fabio y Armida Petrocchi y se masajeó la pierna dolorida (con las prisas se había olvidado incluso del bastón). Miraba a una mujer pequeña y regordeta que, con mirada hosca, traía al local una caja de la que sobresalían cabezas de pollo que se balanceaban con el trajín. Junto a la puerta había otras cajas similares.

La mujer, quizás Armida, volvió a salir, cogió otra caja y miró a Archibugi con unos ojos verdes y duros.

—Hoy llevamos retraso. Pase dentro de un rato —gruñó, y desapareció en la tienda.

Pasó un cabrero con su pequeño rebaño en dirección a la Piazza San Silvestro, donde vendería la leche recién ordeñada a los niños que se dirigían al colegio.

Archibugi se acercó al escaparate y en el interior de la tienda vio un par de balanzas, un mostrador de mármol, ganchos de los que colgaban gallinas por las patas, cestos de huevos y, en las paredes, curiosas composiciones de plumas de colores. Entró, observó a derecha e izquierda ante la mirada de fastidio de la mujer, y vio la velita de la que le había hablado De Matteis. Se acercó y leyó la estampa que había sobre una cajita de madera para las ofrendas: «Para una pobre alma inocente, hallada por los cofrades de la Morte Desolata el 24 de octubre de 1875». Metió una moneda en la ranura.

Armida daba golpes secos con un cuchillo sobre una tabla: con cada golpe decapitaba un pollo. Tenía el rostro duro de quien sabe que la vida no es un paseo y que, en cualquier caso, nunca se lleva el calzado adecuado.

—Ya le he dicho que…

—Soy inspector de Seguridad Pública —dijo Archibugi, que ya se esperaba la respuesta de Armida.

Ésta levantó inmediatamente el tono de voz, estridente de por sí.

—¡Lo que nos faltaba! Pero ¿no les basta con haberse llevado a mi marido y haberme dejado tirada, con la tienda a mi cargo? ¿Qué más quieren? ¡Malditos sean, maldito mi marido y esos pordioseros de cofrades de mis…!

Archibugi salió unos minutos más tarde con un huevo en la mano, que se bebió por el camino, ya que no había siquiera tocado la leche caliente y el pan duro que le había traído Pasquina. Meditó sobre la sumaria descripción del colega que se había llevado a Petrocchi antes siquiera de que pudiera poner en marcha el negocio: «Un muerto de hambre con la nariz torcida y un chirlo en la cara, ¡seguro que merecido!, y unos modales…, estaba por plantarle el cuchillo carnicero en la frente…».

Quadraccia se estaba convirtiendo en un buen problema.

2

Archibugi llegó al Palazzo Braschi con los gritos de los voceadores metidos en el tímpano: el terrible doctor Bellacuccia asolaba realmente Roma, como en una de las ilustraciones de la novela; sólo faltaban las madres tirándose de los cabellos. La noticia de que había muerto un niño pasaba casi a segundo plano, frente al hecho de que un loco creado por la pluma del «celebérrimo Tremolaterra» fuera el asesino. Y en el coche que le llevaba a comisaría, mientras leía el *Eco de Roma*, se dio cuenta de que no era la única noticia que había quedado relegada.

De lejos vio a Panicacci saliendo del portal del Palazzo Braschi a paso ligero, con aire de preocupación. A su lado, dos personas: una era un perfecto desconocido, pero el otro era un señor peripuesto de unos treinta y cinco años, con largas patillas y una ostentosa perilla, que miraba a su alrededor como para asegurarse de que todos lo reconocieran, y que efectivamente Corrado conocía de vista. La mirada del hombre se cruzó con la de Archibugi, interrumpió por un momento lo que estaba diciendo al superintendente, inclinó ligeramente la cabeza, como para saludar, y los tres se alejaron.

Corrado se mordió el labio mientras reflexionaba: Enrico Mezzasalma, director del *Eco de Roma*. No hacía falta ser un lince para entender lo que había pasado: parecía que se dirigían al tribunal, a unos cientos de metros. El juez Tosetti quería saber cómo era que sólo Mezzasalma o sus colaboradores se habían enterado del asunto de la Morte Desolata.

También Corrado habría querido saberlo.

Entró en el edificio y, en las escaleras, se encontró a Terenzio Sabbatini, que bajaba rápidamente con su traje de señoritingo.

—Ah, Terenzio, ¿qué hay?

El inspector Sabbatini iba con la cabeza pegada al pecho y la mirada gacha, actitud bastante inhabitual en un hombre de mirada al menos tan brillante como sus zapatos; por no hablar del hecho de que estuviera en el trabajo a una hora tan normal para otros, pero tan rara para él.

—El jefe, que está furibundo, va arriba y abajo como la loba del Campidoglio —masculló—. ¿Has leído los periódicos?

Por toda respuesta, Archibugi le mostró el diario que llevaba en el bolsillo del abrigo.

—Entonces ya habrás visto por dónde van los tiros. Ahora discúlpame; tengo prisa.

Sabbatini estaba a punto de seguir bajando cuando una duda le invadió. Le puso una mano en el hombro a Archibugi, hizo ademán de hablar, sacudió la cabeza y se limitó a decir:

—No, nada... Si acaso luego te cuento algo. Hasta luego.

Los ligeros botines siguieron repiqueteando escaleras abajo y un instante después el inspector desaparecía por el portal, dejando tras él a un Corrado perplejo y un rastro de loción de categoría.

—¡Corrado!

Archibugi levantó la vista: el rostro barbudo de Scialoja lo miraba desde lo alto de las escaleras.

—Buenos días, Oreste. ¿Cómo...?

Scialoja lo cogió por debajo del brazo y lo escoltó a paso rápido hacia el pasillo que daba a los despachos de la Presidencia del Gobierno. Ujieres y empleados los miraron con cara de pocos amigos: la cohabitación entre aquellos altos funcionarios ministeriales y el pequeño núcleo de la comisaría era más bien difícil. Por el parqué desfilaba una sucesión de zapatos elegantes. Pliegos y dosieres viajaban de un despacho a otro como platos de alta cocina transportados por altivos camareros.

—Pero ¿qué hacemos aquí? —preguntó Archibugi susurrando.

—Pregúntaselo al Homilías.

—¿Quadraccia?

—No levantes la voz. Buenos días, señor secretario... El Homilías ha tomado declaración a Petrocchi, esta mañana...

—¡Lo sé muy bien! Nunca me había puesto en un compromiso así. Y ayer me había dicho que no me preocupara, que no se entrometería.

—... y ahora lo está interrogando.

—Me lo imaginaba —dijo entre dientes Corrado, lívido.

—Eso no es todo. Me ha dicho que te espere en la puerta y que te traiga con él, pero no contábamos con que pasaría el jefe. Que por cierto está al borde del infarto. Acaba de salir, con el director...

—Sí, ya lo sé. —Archibugi se detuvo y se quedó mirando fijamente a Scialoja—. ¿Llevarme con él? ¿Qué quiere decir?

—Venga, vamos, cuando menos llamemos la atención, mejor. Lo has entendido perfectamente. Quadraccia está interrogando a Petrocchi, sólo que ha querido hacerlo sin que le molesten... Ya sabes cómo es.

—¿Y lo está interrogando... en los despachos de la Presidencia del Gobierno?

Archibugi siguió a Scialoja hasta un lugar tranquilo de aquellas dependencias, la última planta, que tenía unos frescos en el techo.

—Esa puerta da a un despacho en fase de rehabilitación... No sé para qué servirá, seguro que es algo muy delicado. Las paredes están acolchadas. Quadraccia lo descubrió, no sé cómo, y desde entonces lo usa de vez en cuando para sus interrogatorios...

Scialoja estaba a punto de llamar a la puerta cuando Archibugi lo detuvo.

—Espera, Oreste, tenemos un trabajo de narices por delante, pero es importante y urgente... Tremolaterra aún no ha dado señales de vida, he..., hemos ido allí esta mañana. Había una secretaria, una especie de gallina clueca malcarada, ya a las seis y media. Eso es muy raro: debe de saber o temerse algo, ya lo veremos. Pero sobre todo hay que encontrar a ese desgraciado.

»Ésta es la agenda de direcciones de Tremolaterra. Mira si hay algún sitio donde pueda haberse escondido... Después, pide en las sucursales que comprueben si hay en algún hotel alguien que corresponda con la descripción de Tremolaterra... A propósito, ¿lo conoces personalmente?

—Lo conozco, sí. Solía presentarse en comisaría, antes de dedicarse a la literatura, en busca de alguna crónica sensacionalista.

—Bueno. Pues entonces obtén una descripción y veamos si ayer se metió en algún hotel. A ver si conseguimos descubrir algo antes de que acabe el día. Habría querido hablar con esos señores del *Eco de Roma*, pero el asunto está en manos de Panicacci y Tosetti.

—De todos modos, ésos no abren la boca.

—Lo sé bien —dijo Archibugi, que emitió un suspiro y luego se despidió con una sonrisa. Apoyó la mano en la manilla de la puerta.

—Corrà...

Archibugi se giró hacia Scialoja, que parecía violento.

—Lucrezia te envía saludos. Ayer no diste señales de vida...

Corrado sintió un arranque de afecto por aquel hombre, padre huraño y buen amigo. Un hombre dividido, un hombre bueno que de pronto se encontraba con que no sabía cómo repartir la bondad que llevaba en su interior.

—Acabé tarde de trabajar... Panicacci quiso que le ayudara a escribir un informe para el juez; ya sabes cómo es cuando trata con los tribunales.

Se miraron un momento, sin decirse nada. Al final, Scialoja apoyó una mano sobre el brazo de Archibugi y se lo apretó.

—Yo me voy. No te despistes con el Homilías.

Contra el acolchado de color burdeos de la habitación aparecieron, de pie, uno frente al otro, Petrocchi y Quadraccia. La habitación estaba vacía, a excepción de los dos hombres, y en un rincón había una simple mesa y dos sillas de respaldo alto y aspecto antiguo, recuperadas quizá de algún almacén.

Fabio Petrocchi era un hombretón alto con el estómago prominente, una gran barba oscura y los cabellos desaliñados: y no obstante, allí de pie, con la frente sudada y los hombros contra el acolchado, en mangas de camisa y con los ojos desorbitados mirando hacia Archibugi, parecía un condenado a fusilamiento viendo llegar en el último momento a un mensajero con la orden de absolución.

Archibugi escrutó a Petrocchi sin decir nada, entró y cerró la puerta a sus espaldas. El pollero volvió a suspirar: su última esperanza se había esfumado.

—¿Se ha caído de la cama esta mañana, Quadraccia?

El inspector estaba de pie, con aire tranquilo. Hacía girar alrededor del dedo un cordón que llevaba atado a la barriga y que acababa en un manojo de llaves. La masa de hierro giraba a gran velocidad, y su silbido hacía de contrapunto al tenso jadeo de Petrocchi.

—A quien madruga Dios le ayuda, querido inspector Archibugi.

Archibugi tenía la mirada fija en aquel manojo de llaves. Conocía las costumbres del inspector Quadraccia: no era la primera vez que, en pleno interrogatorio, aquella masa de hierro salía disparada hacia el rostro del interrogado, con efectos devastadores. Quadraccia normalmente sabía a quién debía y no debía aplicar el «método de la llave», como lo definía él, siempre con una sonrisa; en su mayoría, a chulos de barrio o navajeros de profesión. Gente que nunca lo denunciaría, que en todo caso podría esperarle en un callejón oscuro; y alguien debía de haberlo hecho, dada la fractura de la nariz y la cicatriz sobre el rostro del inspector. Pero el método era eficaz incluso como simple amenaza. ¿Se habrían acercado ya peligrosamente las llaves al rostro de Petrocchi? ¿Por eso utilizaba el Homilías aquella cámara acolchada en plenas dependencias de la Presidencia del Gobierno?

¿Y para qué le servía aquel lugar tan aislado y silencioso?

—¡Yo soy inocente! ¿Por qué me tratan así? ¿Qué he hecho? Mi mujer...

Era un espectáculo lamentable, oír a aquel hombre de aspecto fuerte, poderoso, a punto de estallar en lágrimas. Archibugi se acercó a Quadraccia.

—¿Qué dice? —le preguntó, sin dignarse a mirar a Petrocchi. ¡Llegados a aquel punto, más valía seguir así!

—No le he preguntado nada. Lo he cogido y lo he traído aquí. Ya te lo he dicho, ¿no? No quería estorbarte.

—Y, entonces, ¿por qué se declara inocente? ¿Inocente de qué? —prosiguió, dirigiéndose en todo momento a Quadraccia.

—¡Eh, no, perdonen! Vienen a buscarme a la tienda de madrugada, me meten aquí... Y mi mujer, pobrecilla...

A Archibugi le vino a la mente la imagen de aquel brazo que lanzaba el cuchillo carnicero contra los pollos con la fuerza de un verdugo: «pobrecilla» no era el adjetivo más indicado.

—No se preocupe por su mujer —intervino, sacando el otro medio toscano requisado en el estudio de Tremolaterra—. ¿Ha leído los periódicos?

—Perdone, no es por ofender, pero yo por la mañana trabajo.

—Pero Bellacuccia lo lee, ¿no? Es más, lo devora.

Los ojos redondos de Petrocchi miraron a los dos inspectores que, como si ejecutaran una figura de danza, se alejaban el uno del otro, acercándose al pollero en un movimiento de tenaza, mientras el cordón, tenso, seguía cortando el aire.

—¿Usted conoce a Guido Tremolaterra? Personalmente, quiero decir.

—Sí, lo conozco, claro. Vive cerca de nosotros, en la Via delle Mercede...

—¿Es amigo suyo?

—Es un cliente, como tantos. Oiga, ¿puede decirle por favor a este señor que vaya con cuidado con esas llaves?

—No se preocupe, es sólo un pasatiempo, como el puro en mi caso. Usted ha declarado que vio señales sobre el cuerpo de aquel niño...

Petrocchi se acercó a Archibugi en busca de protección, sin dejar de mirar con el rabillo del ojo el torbellino que creaban las llaves.

—Sí..., pero, en realidad, he dicho que me parecía...

—No, usted ha dicho que ha visto señales, que le parecía que formaban una doble W. No que le «pareciera» haber visto señales.

—Sí, es decir, no. Quiero decir que...

—¿Sí o no? —preguntó Quadraccia.

Petrocchi se pasó una mano por entre el cabello.

—¡Yo ya no entiendo nada! ¡Esto me pasa por querer ser un ciudadano honesto! Yo he dicho que...

—¿Era o no era una doble W? —insistió Archibugi.

—¡Me parece que sí! No he dicho que estuviera seguro. Tanto es así que he estado rumiándolo una semana, antes de…

—Pero ¿podría no ser precisamente una doble W? ¿Puede ser que no fueran más que unos arañazos?

—¡Yo no lo sé! Quizá, sí…

—Pero las señales estaban ahí…

—¡Sí, sí que estaban! —gritó el pollero.

—Y, entonces, ¿dónde han ido a parar? —dijo Quadraccia.

—¿Cómo?

—Los arañazos. No están.

—¡No es posible! A lo mejor me equivoqué, a lo mejor no eran una doble W, pero…

Archibugi reflexionaba sobre el hecho de que el propio testigo no asegurara la ausencia de arañazos: sólo decía que probablemente no existieran. El niño llevaba muerto y enterrado más de una semana, no se podía excluir con seguridad la presencia de marcas superficiales. Aun así, estaba convencido de que la doble W no existía más que en la fantasía del pollero.

Mientras tanto, Quadraccia mantenía una actitud distante, concentrado únicamente en no perder el ritmo de la rotación.

—Durante la semana que se ha pasado rumiándolo, ¿no le habrá «rumiado» lo de la doble W a Tremolaterra, verdad? —preguntó Archibugi.

—¡No! ¿Por qué iba a hacerlo?

—No lo sé, al fin y al cabo, podía haber rumiado que Tremolaterra no se había inventado aquella historia, y quizá tuviera ganas de saber más de ello, aunque sólo fuera para quitarse la duda, para tranquilizarse…

—No, no lo he hecho. Además, Armida siempre está en la tienda, y si me pongo a hablar de estas cosas, ella…

—¿Le ha hablado a Armida de esta historia de la doble W?

—No, desgraciadamente. Ahora tendré que contárselo, y ya la imagino: me dirá que soy un tonto por buscarme problemas, y que…

Parecía un niño temeroso de confesarle una travesura a su madre, consciente del bofetón que podría acarrearle. Y estaba orgulloso de pertenecer a la Confraternidad, que le hacía sentirse importante. El tormento de aquel hombre, sumado a la opresión de la celda acolchada sin ventanas y quizás al humo del puro que le quemaba la garganta, le daba a Corrado una sensación de sofoco.

—No te preocupes por tu querida esposa y quédate un ratito más con nosotros.

Al oír aquellas palabras, Petrocchi se giró hacia Quadraccia, que aparentemente se había cansado del juego y había dejado de dar vueltas a las llaves. Se las metió en el bolsillo de los pantalones deformados y volvió a mirar a Archibugi en busca de ayuda.

—Pero ¿qué dice éste? ¿Qué he hecho yo? Sólo he cumplido con mi deber..., excelencia, usted no creerá...

—No soy «excelencia» y no creo en nada. Sólo que tendremos que repasar mejor su declaración de ayer por la mañana.

—Pero yo sólo he dicho...

—Ha dicho que había señales en el vientre de aquel niño, y que quizás eran una doble W. Y ahí las cuentas no salen. ¿Sabe que declarar en falso se castiga con la cárcel?

—¿Declarar en falso? Pero ¿quién ha declarado en falso? ¡Yo incluso he hablado antes con don Vincenzo...!

—No obstante, si la falsa declaración se corrigiera...

—Venga, vamos, ya estoy harto de esto.

Quadraccia cogió a Petrocchi por un brazo; éste intentó soltarse, pero Quadraccia apretó fuerte, sin apenas mover una ceja. Archibugi vio su mano seca y nudosa que se volvía blanca, vio a Petrocchi que hacía una mueca y se retorcía, un hombre grande como él, y, sin embargo, tan indefenso... Corrado abrió la puerta, miró afuera y luego le indicó a Quadraccia con un gesto que había vía libre. Se encaminó por aquellos pasillos aristocráticos, siempre un paso por delante de ellos.

Estaban a punto de salir de la zona de la presidencia cuando vieron venir a Scialoja en su dirección, a paso ligero.

—¡Aquí estáis! —dijo el delegado, que les lanzó sendas miradas y detuvo la vista en el brazo de Petrocchi, asido por Quadraccia. Se dirigió a Corrado—: Antes de salir hacia las sucursales, quería contaros las novedades... Me he enterado hace pocos minutos, por el agente de guardia frente al despacho de Panicacci —añadió. Bajó la voz—. Panicacci no ha ido a ver a Tosetti. Esta mañana el juez instructor ha desaparecido en *sanitate róspite*, y en su lugar...

—¿Eh? —reaccionó Archibugi. Luego comprendió—: ¡Ah! *Insalutato hospite.*

—¿Y yo qué he dicho? Sin previo aviso, vamos, así que Tosetti queda fuera y en su lugar entra el viejo Posapiano. ¿Lo has entendido?

Scialoja, Quadraccia y Archibugi intercambiaron una serie de miradas. Posapiano era el apodo del juez instructor Rolando Primicerio, muy formal, de decisiones meditadas y avaro en cuanto a las firmas de autorización, casi como si tuviera miedo de ejercer sus responsabilidades.

Archibugi hizo como los pelícanos: cogió aquella información, hizo un bolo y la almacenó en un rincón del cerebro, para repasarla en un futuro. Ahora había trabajo urgente que resolver.

Scialoja casi se molestó, ante el breve gesto de la cabeza con que liquidó la noticia Archibugi. En voz más alta, añadió:

—Otra cosa. También ha venido esa señora, la secretaria de Tremolaterra.

—Adele Ortolani. Pero no la llames secretaria, que se ofende.

—La he metido en el despacho de Sabbatini, que se ha escaqueado, como siempre. Ve a verla tú; yo me voy.

—Yo también me voy —dijo Quadraccia—. ¿Te quedas tú con el pollero?

—¿Y usted adónde va?

Quadraccia soltó a Petrocchi, que se puso a frotarse el brazo, y se acercó a Corrado.

—¿Por qué iba yo a tener que darte explicaciones de mis movimientos, inspector Archibugi?

—Para evitar que interfieran de nuevo con los míos, inspector Quadraccia.

Scialoja se quedó mirando a un inspector y luego al otro: luego decidió que era mejor salir de allí, por lo menos así aquellos dos llamarían menos la atención. Así pues, cogió a Petrocchi y se lo llevó al despacho de Archibugi, que era el mismo que el de Quadraccia.

—Yo sólo quería ser útil —continuó Quadraccia cuando estuvieron solos—. Petrocchi es importante en esta historia, y yo me levanto pronto. Y esta mañana se han precipitado los acontecimientos.

—Lo sé, por eso he ido yo también a ver a Petrocchi y a Tremolaterra, y no me ha gustado saber por otros, y además durante un interrogatorio, que las fuerzas de seguridad ya habían estado por ahí. No he quedado muy bien, ¿entiende? Panicacci lo ha enredado todo, muy bien, y a usted esta investigación le interesa, aunque no entiendo bien por qué: pero, por lo menos, pongámonos de acuerdo antes.

—Muy bien, entonces te informo de que tengo otros asuntos de los que ocuparme. Ahora, por ejemplo, me dispongo a seguir el rastro a la «vejiga», si no tienes nada en contra, y te dejo el campo libre. ¿Contento?

—La «vejiga»... Pero el asunto Doble W ha dejado en segundo plano la noticia —dijo Archibugi, que señaló un bolsillo del abrigo de Quadraccia, del que sobresalía una copia del periódico. ¿Cómo se las apañaría?

Habría querido morderse la lengua: había soltado aquello sólo para atacar a su colega, como un niño. Se había dejado llevar. De hecho, era evidente que la noticia sobre las consecuencias del informe sobre el «cadáver de Ripa Grande» la había pasado a los periódicos el propio Homilías, esperando obtener así alguna ayuda para la identificación; pero ningún voceador la había hecho pública; todos se dedicaban a gritar lo de Bellacuccia y el homicidio de un niño y lo de la doble W. Así que todos los analfabetos de la ciudad de Roma, es decir, la mayoría de los romanos, se quedarían sin saber nada de la «vejiga».

Contra toda previsión, Quadraccia permaneció en silencio, lo que hizo que Corrado se sintiera aún más incómodo. Entendió que el inspector estaba estudiando el modo de atacarle.

Se miraron un momento más a los ojos y luego Quadraccia hizo ademán de irse, pero se lo pensó mejor y se detuvo, se giró y dijo, subrayando bien cada palabra:

—Tú ten en cuenta que yo no he puesto el pie en casa del periodista, porque si daba con él, se me iban las manos. He ido directamente a la tienda de Petrocchi. Así que cuidado, inspector Archibugi: hay más de una mosca revoloteando alrededor de esta mierda.

Se giró con una sonrisa de satisfacción y dejó a Corrado Archibugi al inicio del ala reservada a la Presidencia del Gobierno.

3

Archibugi alteró completamente el programa del día: decidió que Adele Ortolani se quedara un ratito macerando su orgullo herido en el despacho de Sabbatini, mientras Petrocchi reflexionaba sobre los riesgos de declarar en falso en el despacho de Corrado; los dos bien aparcados a la espera de que él estuviera del humor necesario para un interrogatorio formal, quizás ante el juez, dado que el tribunal siempre ejercía cierto efecto.

Y precisamente en I Filippini, en aquel momento, el «nuevo» magistrado y Panicacci intentaban en vano determinar el origen de las informaciones publicadas por el periódico, mientras Enrico Mezzasalma y su periodista reflexionaban y usaban todos sus trucos para obtener otras noticias con las que enriquecer la crónica e hinchar los titulares. Archibugi pensó en lo mucho que le habría gustado también a él hablar con Mezzasalma. Porque aquel interrogatorio también prometía: ¿cómo habría hecho *El Eco di Roma* para enterarse del asunto?

¿Y quién se habría presentado en el estudio de Tremolaterra aquella mañana?

Corrado maldijo el lío en el que se había metido, maldijo a Quadraccia, a Panicacci y a aquel Tremolaterra, pequeño y sediento de sangre en la que mojar su pluma, saludó al agente de guardia con un gruñido y salió del Palazzo Braschi hecho una furia.

Se dirigió a paso ligero hacia la pensión de Il Tre Re. El aliento se le condensaba al contacto con el aire gélido, los vendedores ambulantes encendían brasas en las esquinas, las porteras eran unos bultos con chales, abrigos, mandiles y chaquetas en varias capas. Incluso el hedor habitual de las callejas, una mezcla de peste de cloaca, madera quemada, verduras hervidas y agua estancada, parecía suspendido, congelado.

Tremolaterra desaparece. El día antes, había recibido amenazas, por lo menos según decía.

Los periódicos dan amplia cobertura a la muerte de un niño, noticia que debía ser reservada.

Los arañazos en forma de W aparecen y desaparecen en la piel del pobre muerto.

¡Y Corrado Archibugi deja que le pase por delante en la investigación Onorato Quadraccia e incluso otro señor, de momento desconocido! ¿Quizá De Matteis? Recordaba que el señor delegado le había hecho comentarios curiosos y malintencionados, por no entrar a considerar que había sido De Matteis quien había tomado declaración a Petrocchi, y que, por tanto, tenía motivos para sentirse implicado, aunque la investigación hubiera sido asignada a la comisaría central.

Había también otro punto, tan vago que era el que más preocupaba al inspector, que ya conocía el aire malsano que se respiraba en el Palazzo Braschi: el cambio del juez encargado de la investigación, de la mañana a la noche.

Sólo había dos posibilidades: que fuera una simple coincidencia, o una voluntad precisa. Pero una voluntad precisa implicaba un poder, implicaba la política..., implicaba que tras aquella historia hubiera algo más que un niño muerto, que un pollero posiblemente mentiroso y un periodista desaparecido.

Le volvió a la mente, como un escalofrío, lo que había sucedido en el Palazzo Braschi poco tiempo antes.

Al cabo de pocos días se iba a nombrar en Palermo una comisión parlamentaria constituida para indagar sobre las condiciones económicas y sociales de Sicilia, es decir, para comprobar si realmente eran necesarias las medidas extraordinarias de seguridad reclamadas por el Gobierno para acabar con el incontrolable «bandidaje» y si existía realmente «una forma de asociación establecida con el nombre de *maffia*».

Corrado pensaba también que en aquel caso había habido una

«coincidencia» parecida: la oportuna sustitución, por parte del ministro de Justicia, del presidente primero del Tribunal de Apelaciones y del procurador del Rey en Palermo, así como de diversos funcionarios. ¿Quién no iba a pensar que habían querido deshacerse de algunos miembros de la comisión, sin duda informados sobre los hechos? Tanto es así que la comisión posteriormente le pediría al ministro que no ordenara más traslados, al menos durante un año: no le hicieron caso.

Archibugi sacudió la cabeza, por la que le pasaba un torbellino de ideas. Volvió a pensar en una carta que conservaba en el despacho. Llevaba la fecha del 27 de octubre de 1873. Se la había escrito el senador R. que, en honor a la amistad que le había unido al padre de Corrado, se había tomado como algo personal la suerte del joven inspector y había conseguido convencerlo de que se trasladara de Turín a Roma. Corrado recordaba aquella carta casi de memoria.

> Realmente me alegra mucho tu decisión de trasladarte a Roma, aunque imagino el dolor de tu madre…
>
> En la capital hay una verdadera necesidad de gente experta en investigaciones criminales y, sobre todo, sensible, diría casi diplomática, que sepa moverse en ciertos ambientes. Hasta ahora, aquí los delitos tenían como único origen la miseria y la ignorancia, como únicos culpables los pobres (por no entrar en disputas familiares de la nobleza). Pero yo creo que los callejones oscuros y las tabernas dejarán de ser el escenario de miserables delitos de juego o de atracos, «delitos del hampa», por llamarlos así, y en su lugar aparecerán los salones nobles y los pasillos de los palacios. El traslado de la capital a Roma ha despertado —y despertará— intereses incalculables… El Trastevere cederá su triste liderazgo a Trinità dei Monti, es sólo cuestión de tiempo. Por eso hace falta gente experta, hábil, que sepa comprender…

El senador lo había acertado: Roma se estaba convirtiendo en una telaraña de tramas políticas, estafas económicas y delitos turbios, como en un capítulo de Bellacuccia. Y ahí volvía a aparecer Guido Tremolaterra.

Un periodista desaparecido…, un periodista que había trabajado hasta pocos meses antes para *La Capitale*. Corrado había soltado el nombre del periódico ante Panicacci sólo para incordiar, pero la coincidencia era realmente inquietante. Un periódico en el centro de varias polémicas, un instrumento de lucha política cuyo director, Raffaele Sonzongno, había muerto acuchillado el carnaval anterior. Un delito ordenado por personalidades destacadas, ahora encerradas en los calabozos del juzgado a la espera de sentencia, en la misma sala por donde habían desfilado, como testigos y como personas informadas sobre los hechos, Felice Cavalloti, Menotti Garibaldi y Costanzo Chauvet. Nombres importantes, nombres famosos, nombres habituales en los salones de la nobleza…

—¡Inspector! ¡Inspector Archibugi!

Corrado dejó atrás el laberinto de sus agobiantes pensamientos y vio a De Matteis, que se acercaba a paso rápido. El delegado alcanzó al inspector, le saludó y se encorvó para retomar el aliento, sosteniéndose la voluminosa barriga.

Archibugi lo examinó, hizo un gesto con la cabeza y se puso de nuevo en marcha. De Matteis se apresuró a seguir su paso, rebufando.

—¿Por qué me sigue? —le espetó Corrado.

—Bueno, *inspetto'*, no podía quedarme así, con la curiosidad… Yo ya sabía que hoy sería una jornada importante. Y además, he oído a los voceadores, he leído el periódico…

—Y quería satisfacer su curiosidad.

—Es culpa suya, inspector, si me permite. Me he presentado en la comisaría y me han dicho que usted acababa de salir, así que…

—Perfecto. ¿Cómo dicen por aquí? Enseguida le quito la sed con jamón. Pero primero explíqueme por qué se ha presentado esta mañana en el estudio de Tremolaterra. Estas iniciativas personales…

—¿Yo? ¿En el estudio de Tremolaterra? No se me ocurriría, inspector. Ahora comprendo esa cara…, quería decir, bueno, que parece irritado. ¿Y por qué habría tenido que presentarme en casa de Tremolaterra? Usted es el encargado de las investigaciones, no yo. Esta mañana he llegado a la sucursal con el periódico en la mano, pensando en quién habría dado el soplo a la prensa, he dado las órdenes para la mañana a mis agentes, he firmado algunos documentos y he venido corriendo a la central.

Doblaron la esquina y de pronto Archibugi se detuvo en seco y se quedó mudo. No porque le hubieran desmentido su suposición, sino por lo que estaba sucediendo frente a la pensión de Il Tre Re.

4

¿Shakespeare no metía todo un mundo dentro de un cascarón de nuez?

Arthur Barrington es capaz de encerrar toda una eternidad en un parpadeo, en una respiración, en el tiempo de dar una bocanada a la larga pipa de cazoleta minúscula que desliza entre sus dedos temblorosos, en el tiempo que tarda un hilillo de humo en elevarse en espirales hacia el techo en penumbra.

La distorsión temporal es también espacial. De hecho, las dos estancias de Il Tre Re se disolvieron hace tiempo, no son más que la clave del arco de entrada a la inmensa y lóbrega estructura en la que se encuentra Barrington una vez más, una torre que no asciende hacia el cielo, sino que se sumerge en el subsuelo por un abismo de escalones.

Del fondo de aquella sima de piedra proviene un quejido, un grito ahogado, un lamento que —bien lo sabe el inglés— es el lamento de los niños.

Para entrar en la torre invertida, Barrington tiene que apartar, como siempre, una enorme traviesa, cruzada frente a la entrada; lo hace sin esfuerzo, como si el tronco no fuera más que una vara o un objeto de cartón piedra, de teatro. Pasa bajo el arco y mira hacia arriba, a la clave de bóveda, en la que ve dos minúsculos espacios; en el interior de uno de ellos hay un hombre hundido en una butaca, con un brazo colgando, la mano abierta sobre una pipa tirada por el suelo, un hilo de humo que asciende en volutas hacia el techo.

Vuelve a mirar abajo, hacia la escalinata que se abre ante él, único acceso a la vorágine rodeada de colosales muros de tono ferroso. Por el edificio hay otras escaleras que suben, bajan y se retuercen como en un grabado de Piranesi.

Barrington duda en el primer escalón: ya ha estado allí, varias veces. ¿Quién dice que el pasado es pasado? En todo caso es lo contrario, el pasado nunca pasa. Desde el fondo del abismo y casi desde el interior de los muros siguen llegándole débiles gemidos.

Así, tras un profundo suspiro, empieza a bajar lentamente las escaleras. Apoya la mano en la pared y la retira al momento, manchada de una horrible sustancia pegajosa en la que reconoce la exudación de las piedras y el alma misma del lugar, una mezcla de polvo de carbón, niebla, lágrimas, sudor y sangre.

A medida que desciende, lo precede como una guía un resplandor que parece abrirle paso y que a veces se hace a un lado o al otro para mostrarle cosas que no querría ver, pero que conoce bien. Un escalón equivale a mil escalones: pocos pasos y ya está en el fondo de aquella sima, cuya entrada, en lo alto, ha perdido de vista, al igual que al hombrecillo que, escondido y protegido en la clave de bóveda, sigue aturdiéndose con la fina pipa cargada de opio.

De pronto la luz ilumina un espacio a su izquierda. La primera cosa que ve Barrington es una serie de puntos luminosos en la oscuridad. Después las formas se perfilan, es un largo almacén de techo bajo. Los puntos luminosos son ojos de jóvenes, está lleno de jóvenes, incluso niños y niñas que, sentados en largos bancos, se ganan la vida desollando animales o arrancándoles el pelo de la piel: ratones, perros, gatos, conejos, en un revuelo de pelos que se meten en la nariz, en los ojos, entre los labios. De vez en cuando, los capataces les permiten una pausa y entonces algunos de estos desgraciados sacan de un cestito un trozo de pan y se ponen a beber y a comer: en un vaso de cerveza tibia Barrington ve mechones de pelo flotando. Una niña con la mirada perdida se lleva el vaso a los labios.

Tal como había aparecido, el almacén de los desolladores de animales desaparece, engullido por el muro, ese muro que a veces parece blando y maleable como una mucosa. Barrington reemprende el descenso, mientras tras él, en la oscuridad, oye a los capataces que llaman de nuevo a los niños al trabajo.

La pared vomita y regurgita otras situaciones, otras escenas, a medida que Barrington va sumergiéndose en el abismo, guiado por la luz. Se pregunta: si esto es el Infierno, ¿cuál es su pecado?

Envasadores de limonadas y otras bebidas levantan los ojos tristes de las máquinas para saludarle, agitando unas manitas a las que les faltan dos o tres dedos. Las amputaciones parecen frecuentes en las escenas que —imagina Barrington— el muro contiene en su interior como si de recuerdos de una memoria se trataran. Y que, como los recuerdos, escupe al exterior en los momentos menos pensados, a menudo en contra del deseo de su propietario, que habría preferido mantenerlos bien encerrados tras aquellas paredes.

Jovencísimos operarios trabajan al servicio de ruidosas máquinas cromolitográficas, en las que hay que verter un líquido tóxico que desprende vapores letales. Estas máquinas producen las encantadoras tarjetas navideñas para los regalos de los niños más afortunados, decoradas con muérdago, dulces y chimeneas encendidas. Los operarios se dedican a verter el líquido con cautela, llevan incluso un sucio pañuelo con el que se cubren la boca y la nariz. Tienen los ojos de un rojo encendido, ojos de Caronte. En el interior de aquellos cuerpos, esófago y pulmones se corroen lentamente.

Barrington aleja la mirada de una mano señalada por el ácido y reemprende el descenso, pero casi tropieza con un obstáculo imprevisto. De un agujero del muro sale una fila india de niños, negros como el carbón, que extraen de las Indias Negras, respiran a pleno plumón el aire puro y vuelven a desaparecer en la oscuridad, correteando como ratones.

Y Barrington ve otros más, arremolinándose al final de la interminable escalera que recorre sin cansarse, como sucede en los sueños o en las pesadillas, más afortunados que los anteriores: niños medio desnudos, sucios, con los cabellos pegados, pero aun así libres de correr y saltar entre callejones y galerías con ventanas que no son más que agujeros que se tapan con mantas y trapos y que, de algún modo, se abren sin motivo aparente en aquel edificio de tormentos; niños descalzos que se ríen cuando patinan sobre sus propios excrementos mezclados con el hollín impregnado en la niebla gris, que se alegran simplemente si son capaces de arrebatarle una corteza de queso a un perro. Afortunados porque la sociedad los considera tan irrecuperables que se olvida de ellos: ratas callejeras, vagabundos..., son muchos los nombres con los que se los conoce.

Todos sus gritos, todos sus llantos y sus suspiros, Barrington los va dejando atrás a medida que desciende en el abismo. Las paredes los absorben, las paredes los escupen de nuevo, las paredes los exudan. Lo único que no pueden hacer las paredes es impedir que estas escenas se repitan.

Barrington recuerda otros viajes por aquel lugar: la luz entonces le había mostrado otras miserias, porque el descenso nunca es idéntico, siempre se pueden encontrar cosas nuevas, niños comprados y vendidos, niños lanzados al Támesis por sus propios padres, ladronzuelos condenados a duras penas de cárcel por hurtos irrisorios... El descenso nunca es idéntico, pero el final del abismo siempre es el mismo.

El «final» es el fondo de un pozo. Estrecho y oscuro. La luz ha desaparecido, pero una luminiscencia parece colarse por los intersticios entre las piedras de la pared, formando una maraña de señales en la que —piensa ociosamente Barrington— podrían distinguirse letras.

En la pared hay unas puertas de hierro provistas de mirilla, puertas de prisión. Tres puertas, para ser exactos. Tres puertas tras las que Barrington sabe bien lo que hay. La pared se lo esconde, pero no eternamente.

Barrington piensa que tendría que abrir las tres puertas: pero sabe lo que encontraría. «Y sin embargo, si las abriera..., si las abriera, quizás esta vez no sería demasiado tarde», piensa. El inglés se acerca a una de las puertas, levanta la mano temblorosa hacia la mirilla. Querría que le llegaran lamentos desde el interior, alguna petición de auxilio... El silencio le aterra.

—El pasado no pasa, querido Arthur. Así pues, ¿para qué sirve todo esto?

Barrington grita, aterrorizado. Se gira de golpe, apoyando los hombros contra la puerta de hierro. ¿Qué es lo que está pasando? No tiene a nadie delante, por lo menos eso le parece, porque la luminiscencia viscosa que se cuela por entre los muros no elimina las sombras del fondo del pozo. Por algún lado, ahí abajo, hay escaleras, pero están en una oscuridad casi completa...

¿Qué es lo que está pasando? Barrington conoce bien su pesadilla, se regodea en ella desde hace tiempo, casi no puede evitarlo; como los enamorados de novela romántica, que lloran siempre ante el retrato de su amor perdido, en vez de romperlo en pedazos, tirarlo al río y buscarse otro, en vez de seguir el curso de la vida.

Y ahora, de pronto, aquella novedad. Aquella voz. Del pasado.

—¿Sorprendido, Arthur?

Conoce aquella voz perfectamente. Barrington abre los ojos como platos en la oscuridad, entre los débiles rayos de luz que surgen de entre las piedras de la oscura pared, de espaldas a la puerta de la que no procede lamento alguno, ni un leve llanto, ni rastro de vida. Es absurdo: la vida no está del otro lado de aquellas puertas, como él querría, sino en aquella voz, que tan nítida oyó hace más de cuatro años, pero nunca tanto como ahora.

—¿Qué haces aquí abajo, querido Arthur?

En los sueños, como en las pesadillas, es normal hablar con los muertos. Barrington piensa: «Ahora hablo con un muerto, así estaré seguro de que esto no es más que una pesadilla. El pasado no pasa, yo nunca llegaré a abrir a tiempo esas tres puertas y los muertos no regresan».

—Ya lo sabes, Roger. Las tres puertas... —responde, dirigiéndose a la oscuridad, con voz temblorosa.

—Tal como te dije aquella vez, querido primo, me temo que has llegado tarde. Llegarás siempre tarde, Arthur, por mucho opio que fumes.

¡Ahí está! Entre la oscuridad, en las escaleras, ¿no ha visto algo, como el movimiento de una sombra más oscura?

—¡Estás loco! ¿Por qué? ¿Por qué?

Arthur intenta zafarse de su primo, que lo tiene agarrado por una manga en la biblioteca, iluminada por el fuego de una gran chimenea.

—Porque ya me he aburrido de este juego, Arthur.

—¡Déjame! A lo mejor aún estamos a tiempo, no puedes mancharte las manos con una culpa así...

El pasado no pasa. Barrington vuelve a verse en la biblioteca de la vieja y elegante casa de los Devine, con aquella alfombra burdeos, el fuego en la chimenea y el atizador cerca de la mano, libre de cualquier opresión. Sabe exactamente cuáles serán sus movimientos. Ya ve la mano que, al cabo de unos instantes, empuñará el atizador. Siente ya los músculos del brazo tensándose y atacar con violencia, la sangre y el chasquido de la nuca contra el parqué. Pero antes Roger tiene que soltar sus ocurrencias, como siempre ha hecho y como siempre hará.

—¿Yo no puedo mancharme las manos? Querido primito mío, tú sabías lo mismo que yo. Siempre has sabido lo mismo que yo.

—¡No! Yo no conocía tus intenciones. No sabía que allí, en aquella casa... Pero a lo mejor te equivocas, a lo mejor llego a tiempo... A lo mejor aún no estoy... ¡Déjame!

—¿Dónde quieres ir? Eres más tonto de lo que pensaba. ¿De verdad no has comprendido cuáles son mis intenciones? ¿Tan estúpido eres? Sea como sea, ahora ya no hay nada que hacer, hace tiempo que no voy por allí, es imposible que aún estén vivos. ¿Entiendes que es imposible?

Ahora sí: todo lo que había que decir, está dicho. El tiempo no pasa.

La mano de Barrington llega casi sin querer hasta el atizador junto a la chimenea; como entonces, casi patina sobre la alfombra, frenado por el brazo de Roger Devine, que intenta convencerlo de que, en el fondo, todo ha sido un juego; como entonces se gira, torciendo el torso y agitando el atizador hacia el rostro de su primo; como entonces, grita como un soldado en primera línea de fuego; como entonces...

Un silbido, el hierro que atraviesa el aire.

Roger, con un movimiento inesperado, se agacha lo justo para no recibir en pleno rostro (a diferencia de lo que ocurrió entonces) el impacto que lo habría lanzado hacia atrás con un chorro de sangre manándole de la nariz, que lo habría mandado al suelo y dar con la cabeza contra el parqué.

Nada de todo aquello. Un silbido y Arthur queda desequilibrado, gira sobre sí mismo y se encuentra en el suelo.

Barrington mira hacia arriba, sorprendido, y ve frente a él al primo, con un mechón de cabellos rubios sobre la frente, un par de ojos fríos que lo miran divertidos y una boca sensual que traza una sonrisa compasiva.

—Querido primo, tengo una novedad que te gustará: a veces puede suceder que hasta el pasado cambie. Me temo que nunca salvarás a los tres pobres niños de su suerte. Pero, a cambio, yo estoy aquí. De nuevo. Después de tanto tiempo. Y esta vez no tendrás la ventaja de la sorpresa.

En la mano de Roger Devine aparece un cuchillo.

Barrington se echa atrás, mientras Devine se acerca y se inclina hacia él, con aquella sonrisa maligna en el rostro, la misma sonrisa con la que cuatro años antes, con un bostezo, le había comunicado que «se había cansado de hacer de benefactor».

—¡Vete! Estás muerto. ¡Te he matado yo! —grita Barrington.

De la puerta de la biblioteca llega un ruido de golpes y gritos, como si alguien intentara entrar. Barrington pide ayuda a gritos, aterrorizado no tanto por la pesadilla —porque en el fondo sabe que se trata de una pesadilla— como por la imprevista novedad, por aquel gusano de Roger Devine, que se está inclinando hacia él con el ceño fruncido, casi preocupado, mientras le dice...

—¡Barrington! ¡Barrington! ¿Cómo está?

Archibugi le levantó un párpado al inglés, que se agitaba sobre el viejo sillón, presa de sus pesadillas, y no vio más que la córnea blanca y el ojo del revés.

De Matteis, aún frotándose el hombro con el que se había lanzado contra la puerta, se dirigió a la ventana, la abrió y subió la persiana. Respiró el aire gélido y limpio de la calle; el olor acre que inundaba la habitación era nauseabundo.

—Llame a un médico —dijo Archibugi al dueño de la pensión, que acababa de hacer su aparición, jadeante.

—No irá a estirar la pata aquí, ¿no? Da mal fario a la pensión, si...

—¡Silencio! ¡Llame a un médico y mande traer café, rápido!

Desde la ventana, De Matteis vio a las personas que se habían reunido frente a Il Tre Re y que ya estaban confabulando, preocupadas, cuando habían llegado el inspector y él.

—¡Todo bien! —les dijo, para tranquilizarlas.

Al llegar frente a la pensión, aquellas personas, clientes y trabajadores, les habían indicado las persianas aún cerradas a aquella hora y les habían hablado de los ruidos, como de muebles corridos, en las habitaciones del inglés, y del repentino silencio que había seguido a aquel ruido furioso. El dueño había subido y había llamado a la puerta: ninguna respuesta. Entonces había intentado entrar, pero Barrington había dejado la llave puesta. Y estaban ahí abajo, pensando en qué podían hacer, cuando había llegado la Policía.

De Matteis miró a su alrededor: por el suelo estaban esparcidas las hojas de un periódico. Levantó la mirada hacia Archibugi, que también había empezado a dar vueltas por la estancia.

—Debe de haber leído lo de Doble W —comentó el delegado.

—Será —dijo Corrado entre dientes, con el ceño fruncido, mirando alrededor con expresión hosca—. Esta noticia ha provocado un terremoto, no hacemos más que seguirle la estela. Y no es más que el rugido de un volcán: la erupción aún está por llegar.

De Matteis reflexionó sobre la extraña profecía; después pasó a la sala de al lado. Cuando volvió al estudio, le dijo a Archibugi:

—Ha colocado el armario contra la puerta de la habitación de al lado.

Corrado cerró la caja de madera con un golpe seco y volvió a ponerla en la librería.

—También ha tomado varios granos de opio. No sólo se ha atrincherado; ese idiota se ha lanzado en un viaje a otros mundos. Sólo que, a juzgar por sus gritos, estos otros mundos probablemente no fueran más que... Ah, ahí está. Venga, doctor. Usted deje el café en esa mesita.

Pasó una hora antes de que Arthur Barrington volviera en sí, una hora en la que se bebió mucho café, en la que las ventanas permanecieron abiertas helando la sala, en la que llenaron varias veces de agua fría la jofaina para las abluciones y en la que Archibugi fumó un puro tras otro, caminando adelante y atrás por el estudio del inglés, encorvado.

—¿Ha visto, inspector? ¿Ha visto?

Cuando Barrington estuvo en disposición de pronunciar esas palabras, con el tono de voz de un niño amedrentado, señalando el periódico, el reloj de bolsillo de Archibugi marcaba las diez y veinte. Adele Ortolani seguiría apretando los dientes un buen rato, y Fabio Petrocchi seguramente seguiría preguntando por su mujer. ¿Y qué estarían tramando en aquel momento Panicacci, Quadraccia y Scialoja? ¿Quién era «la otra mosca que revoloteaba alrededor de aquella mierda», como había dicho el Homilías? ¿Dónde estaba Tremolaterra? ¿Y quién era y cómo había muerto realmente aquel pobre niño? ¿Y Mezzasalma, cómo se había enterado y por quién?

—¿Si he visto qué? —gruñó Archibugi.

—Al final tenía razón yo. ¿Ha visto? Doble W...

—Deje de comportarse como un crío —gritó el inspector—. Usted no tiene razón en absoluto. Hay dos posibilidades: o usted miente, o está loco.

—Pero...

—¡Silencio! —Archibugi se acercó al sillón donde estaba acurrucado el inglés, se inclinó sobre él, apoyando las manos en los brazos de la butaca como si quisiera inmovilizarlo, y le dijo—: No hay peros que valgan. Su primo está muerto, señor Barrington, muerto. Me lo confirmó la embajada inglesa cuando, en su tiempo, hice indagaciones. Si realmente Doble W era Roger Devine, como usted asegura, y no el ahorcado que encontró la Policía, entonces murió hace cuatro años, oficialmente por un accidente.

De Matteis se había puesto a analizar de nuevo las curiosas acuarelas del inglés, metidas en una carpeta sobre la mesa de trabajo. Eso sí, sin perderse una palabra, aunque Archibugi ya le había explicado a grandes rasgos la declaración de Barrington y el asunto de la Doble W mientras esperaban que el inglés recuperara el sentido.

—Sin embargo, los periódicos... ¡He oído a los voceadores esta mañana, y se me ha helado la sangre! —susurró el inglés, con los ojos desorbitados, los labios lívidos y los dedos temblorosos sobre la boca.

—Ya nos hemos dado cuenta. Y su reacción ha sido atrincherarse y lanzarse en un viaje por el mundo de los sueños con sus granos de opio. Pero el remordimiento le ha perseguido hasta allí.

—Era mi primo…, y yo lo maté. El ruido que hizo la cabeza al chocar contra el suelo…

—Usted tiene otros remordimientos. Aquellos niños… Usted se siente culpable por esos niños. ¡Venga, dígalo!

Barrington miraba a Archibugi sin decir nada, con las manos sobre el rostro. Archibugi prosiguió:

—¡Dígalo de una vez! Usted sabía de los niños que Devine había «adquirido»… Quizá no supiera el verdadero motivo, o no había querido saberlo. Pero su remordimiento es ése: Devine le dijo que los niños estaban muertos, y usted le creyó; se pelearon y lo mató; días más tarde se descubrieron los cadáveres de los niños. Desde entonces, usted se pregunta: «Pero ¿estaban ya muertos? Si hubiera ido a aquella casa, en lugar de esconderme, ¿no habría podido salvarlos?». ¿No es así? Por cobardía, se negó a ir enseguida a comprobar si Devine le había dicho la verdad. Y ahora…

El inglés estalló en unos sollozos desesperados. Archibugi no apartaba las manos de los brazos, seguía rodeando a aquel pobre hombre, con expresión dura y mirada inquisidora. De Matteis posó la vista en una acuarela que representaba, frente a un cielo lívido surcado de hilillos de denso humo, la silueta de Roma, sobre la que flotaba un globo aerostático; y en el centro del globo había un reloj que parecía un ojo abierto y surcado de venitas.

—Señor Barrington, yo no creo una palabra de lo que me dijo el pasado mes de mayo. Usted no ha visto a ningún primo. Lo único de lo que tiene miedo es de sí mismo. Usted es como aquel personaje de Dickens…

—¡No! —gritó el inglés—. No estoy loco. No me imagino las cosas, no veo fantasmas. Ese pobrecillo que han encontrado en la Morte Desolata… ¿es acaso también una pesadilla?

—No. Pero no es obra de su Doble W.

—Yo no…

—¡Basta!

Archibugi se levantó, con las mejillas rojas. Consultó el reloj y torció la boca. Miró a su alrededor sin ver nada, en busca de inspiración. De Matteis estudiaba otra acuarela, una Piazza

Navona atravesada por una maraña de tubos metálicos, una fuente de cristal en lugar de la Fontana dei Fiumi, de nuevo los hilillos de humo que se lanzaban como serpientes contra un cielo gris plomo, globos luminosos que proyectaban sombras sobre la plaza desierta.

—Deje esos dibujos. Déjelos enseguida donde estaban.

El inglés estaba en pie y miraba a De Matteis con aire desafiante, con los puños cerrados colgados de unos brazos esqueléticos, estirados a los lados del cuerpo. El delegado miró a Archibugi. Ambos estaban sorprendidos de aquella estúpida demostración de fuerza, de aquel intento de recuperar la dignidad con un desafío patético.

Entonces Archibugi reaccionó como una furia.

—Venga, coja enseguida el abrigo y venga conmigo.

—¿Dónde?

Por toda respuesta, Archibugi dio un tirón al abrigo colgado, se lo lanzó a Barrington, que lo cogió al vuelo, hizo un gesto decidido a De Matteis y aferró al inglés por un brazo, haciendo caso omiso de sus protestas, y casi lo sacó a rastras de la habitación, llevándoselo escaleras abajo.

5

Onorato Quadraccia trabajaba todo el día, y a veces también gran parte de la noche.

Por otro lado, no tenía nada más que hacer: no tenía esposa, aunque llevaba siempre consigo, escondida en un bolsillo del chaleco o en el fondo de los del abrigo, una alianza que, a veces, sin darse cuenta, hacía girar entre los dedos; y no tenía amigos, a diferencia de lo que parecía lógico en un ex agente pontificio convertido en policía, en un trasteverino pasado a la Policía de la corte piamontesa, un enemigo de los camorristas, de los proxenetas, de los chulos, de los navajeros con estómago..., a fin de cuentas, de los personajes más admirados por los romanos.

La noche anterior, nada más acabar la interminable reunión con Panicacci, con los huesos rotos tras la jornada al fresco del campo romano y con los nervios agotados por la tensión que tan pronto le impelía a hacerse con la investigación de la Morte Desolata como a poner tierra de por medio, había decidido dedicarse un poco a su «vejiga»: ¡se iba a enterar, el Toscano!

Así que distribuyó el informe y las fotografías sobre la mesa de la *trattoria* cerca de su casa, donde hacía años que comía a precio fijo sin que nadie le dirigiera nunca la palabra, algo que él apreciaba más aún que la comida, y empezó a pensar en todo aquello mientras se bebía su cuarto de vino diario.

La mujer tenía unos cincuenta años, pero en vida debía de parecer mucho mayor. El cuerpo presentaba indicios de varios golpes asestados con violencia, y el forense consideraba probable que fueran consecuencia de una brutal paliza, de una pelea furibunda. La nariz estaba hundida, más que rota, y aquello no era obra ni del Tíber ni de los peces, sino de alguien muy cabreado y muy violento. Posteriormente habían tirado a la mujer al Tíber, donde el tiempo, los peces y las ratas habían dejado poco que examinar. Probablemente las algas de la nariz llevaban una semana creciendo: el informe afirmaba que, dado que había sido recuperada del río el 1 de noviembre, lunes, probablemente habría sido asesinada el lunes anterior. Por último destacaba la presencia de una cuerda atada al tobillo: probablemente le habrían atado un peso para que se hundiera.

Quadraccia sacudió la cabeza, mientras leía todas las posibilidades y probabilidades que el matasanos de turno había diseminado por el informe, como si todas las certezas de la profesión médica se hubieran podrido en el Tíber junto a la carne de la muerta. No era ningún regalo, pensaba mientras comía habas con salchichas frente a las fotografías del cadáver, apoyadas en el bocal de vino. Realmente aquello no era ningún regalo. Una vieja, quizás una vagabunda, seguramente mal vestida, una por la que nadie hasta entonces se había preocupado, asesinada a golpes y tirada al río con una piedra atada al tobillo.

Una investigación miserable, aburrida: y Panicacci, naturalmente, se la había asignado a Quadraccia. Y Quadraccia —también naturalmente— la había aceptado y la resolvería. Lo suyo era sobre todo la basura, todas las investigaciones que nunca le darían problemas al superintendente. Si no hubiera sido por una emergencia —que, por otra parte, estaba toda en la mente retorcida del Toscano—, Quadraccia no se habría encontrado implicado en el asunto Morte Desolata-Tremolaterra-pollero, y no le habrían liado otra vez, no: él no se habría metido en aquel asunto por voluntad propia. ¡Ya sabía él por qué! Pero ahora ya estaba metido y se iban a enterar de si sólo servía para remover la basura…

En cualquier caso ahora tocaba dedicarse a la «vejiga». Era un asunto que podía despachar en ratos libres, se trataba de rastrear entre el fango en busca de alguna pista. No era ningún regalo, pero tampoco era para tirarse de los pelos.

Salió de la *trattoria* con un palillo en la boca, dejando tras de sí suspiros de alivio, pues nadie había tenido el valor de pedirle que quitara de la mesa aquellas asquerosas fotografías, y él no se había dado cuenta siquiera de que todas las mesas a su alrededor se habían quedado vacías y que los parroquianos estaban todos concentrados en el otro extremo del local.

Con aquel palillo, en realidad Quadraccia se hurgaba la mente y había dado con una idea no muy original, pero que podía dar sus frutos, y que puso en práctica aquella misma tarde, cuando se presentó en casa de algunos periodistas y les dio el soplo, mientras ellos miraban, asqueados, el palillo que se hundía entre los dientes amarillentos del inspector.

Al día siguiente, en cuanto oyó a los vendedores voceando los periódicos por los callejones, comprendió que la idea no funcionaría. Mientras se dirigía a buscar al pollero para un nuevo interrogatorio, los vendedores seguían repitiendo el nombre de Bellacuccia y de Doble W, y voceando el asesinato del niño a voz en grito. Efectivamente, los periódicos habían publicado la noticia de que el cadáver de Ripa Grande había sido apaleado antes, que era de una mujer de unos sesenta años, quizá de una vagabunda, pero nadie voceaba la noticia, así que poquísima gente llegaría a enterarse.

El asunto de la Morte Desolata había barrido al de Ripa Grande. Pero el inspector Onorato Quadraccia no se rendiría.

Ahora estaba mirando Ripa Grande desde la orilla opuesta, con los ojos entrecerrados: el hospicio de San Michele, el pequeño puerto con tres o cuatro barcas atracadas junto al faro. En medio del río, un par de redes de pesca giratorias parecían grandes arañas mecánicas de madera y de tela. Y precisamente a sus pies, en la base de la loma donde se encontraba encaramado, entre las cañas secas y estropajosas como el pelo de una bruja, estaba el punto donde un barquero había avistado el cadáver hinchado. Siguió el río con la vista hacia la derecha, en dirección de la isla Tiberina, imaginando el recorrido del cuerpo por el río.

¿Lo habrían lanzado desde un puente? Difícilmente. Roma ya no era una ciudad tan oscura como antes, había luces, y también había más Policía municipal; alguien habría podido verlo. No, lo más verosímil era que alguien —desde luego más de una persona— hubiera descendido hasta la orilla para desembarazarse del cadáver.

Pero ¿por qué? ¿Por qué no habían dejado a la muerta donde la habían asesinado? Una riña entre mendigos, algún porrazo... ¿Por qué arrastrar el cadáver hasta el río y atarle un peso a las piernas?

Sacudiendo la cabeza, Quadraccia se encaminó hacia el coche que le esperaba cerca de un abrevadero. Seguía reflexionando. El río seguía un recorrido tortuoso, era improbable que el cadáver hubiera sido abandonado más allá de la isla, se habría quedado encallado antes; así que tenían que haberlo echado al Tíber entre la isla y Ripa Grande.

Quadraccia esbozó una sonrisa de triunfo: aquello restringía mucho el campo de búsqueda. De hecho, en la orilla derecha estaba el Trastevere, pero en la izquierda estaba el Gueto, y allí las casas estaban apretujadas como sardinas en lo alto de un despeñadero sobre la orilla. Difícilmente podían haber elegido el Gueto para echar un cadáver al río, los judíos seguían viviendo hacinados unos sobre otros incluso después de la eliminación de las vallas; en el Gueto siempre había algún ojo o alguna oreja alerta; sólo más allá, hacia Ripa Greca, aumentaban de nuevo las probabilidades.

Y había otra posibilidad no tan remota: que la hubieran matado en las proximidades del punto en que la habían tirado al río. ¡No podían ir por toda Roma con un bulto cubierto en harapos sangrantes!

Se apoyó contra el respaldo del coche que lo llevaba de nuevo hacia Santa Maria in Cosmedin y se relajó, pensando que ahora, por lo menos, tenía una zona delimitada donde llevar a cabo el viejo y entrañable trabajo del policía de a pie. Pero primero tenía que resolver otro asunto.

Así que se puso a peinar las callejuelas a una y otra orilla del Tíber, de Ripa Greca y el Trastevere, con un puñado de monedas para los voceadores que se encontraba por el camino, a los que siempre les decía lo mismo.

—¿Quieres ganarte un dinerito, chaval?

Los ojos legañosos le miraban sospechosamente desde debajo de la visera de la gorra sucia: los muchachos intuían enseguida que era policía, algunos incluso lo conocían, dado que Quadraccia era el policía más odiado de Roma. Pero el dinero nunca iba mal y ninguno protestaba cuando le pedía que voceara también un poco aquella otra noticia, el asesinato de la vieja tirada al Tíber, por unas monedas que caían en unas manos sucias de polvo y de tinta.

Sólo uno dijo, con aire de suficiencia:

—¿Y tú qué te crees que estoy haciendo?

Quadraccia respondió con una sonrisa. Un momento después, el chico estaba con el culo en el suelo y se frotaba la mejilla donde se había estampado como un relámpago la mano del inspector. Los periódicos, por su parte, yacían desparramados, empapados, sobre un reguero de agua negruzca.

En ocasiones, Onorato Quadraccia pensaba que tenía el mejor trabajo del mundo.

6

En ocasiones, Oreste Scialoja pensaba que tenía el peor trabajo del mundo. Por ejemplo, cuando tenía que organizar una operación de peinado por toda Roma —y participar en ella— en busca de una aguja en un pajar, repitiendo mil veces las mismas preguntas a las que casi todos responderían poniendo morros o sacudiendo la cabeza.

De la agenda de direcciones seleccionó sobre todo algunos hoteles, en los que probablemente Tremolaterra se habría alojado antes de instalarse en la Via della Mercede y de los que conservaba los datos. Estaban todos en la zona de Campo Marzio, donde había alquilado después su estudio-vivienda. Marcó también los nombres de un médico, de un dentista, de algunos restaurantes, de un par de casas de huéspedes e incluso de un pintor, es decir, de todos los lugares y las personas con los que trataba el periodista, según la agenda, y a las que quizás habría podido pedir refugio o consejo; a todas aquellas direcciones iría personalmente. Añadió también a la lista los nombres de las secretarias de Tremolaterra, excluyendo a la fiera que esperaba en el despacho de Archibugi: seguramente Corrado ya las habría llamado en cuanto hubiera tenido un momento de respiro. Pero ya puestos, podía acercarse él.

A las diez sucursales de la central repartidas por Roma les tocaría realizar una batida de caza más metódica: todos los hoteles, las pensiones, las habitaciones de alquiler. Para ello redactó una descripción de Tremolaterra lo más precisa posible, rascándose la melena blanca con la punta del lápiz unos minutos, mientras buscaba las palabras justas. Se le ocurrió de nuevo pensar que era un trabajo, seguramente, inútil, porque si un tipo como Guido Tremolaterra quería esconderse (de quién y por qué, no tenía ni idea), no lo encontrarían nunca. Y se puso en marcha.

Recorrió Campo Marzio a lo largo y ancho, a pie, en coche y en ómnibus, bajo un cielo azul y gélido. A veces, su trabajo era realmente el peor del mundo. Y se volvía aún peor cuando tenía que preguntar por los hoteles, los de la agenda, más exactamente, no los que les tocaban a los agentes de las sucursales, en los que deberían conocer a aquel maldito chupatintas.

—¿Conoce a Guido Tremolaterra? ¿El periodista, el escritor?

—No.

—Un señor bajo de poco pelo, oscuro, con la raya en medio, ojos pequeños y también oscuros, un poco de barriga, acento del sur… Alguna vez se ha alojado en este hotel. Querría saber…

—No lo he visto nunca. Espere, que pregunto… Franco, ven aquí.

—¿Qué desea?

Y vuelta a empezar, un hotel tras otro. Las mismas respuestas, aunque con variaciones temáticas: uno le dijo incluso que ya había pasado otro policía haciéndoles las mismas preguntas. «Probablemente algún agente de la sucursal que no había entendido bien la misión», pensó Scialoja encogiéndose de hombros. Y uno más.

—Hum. No me suena. ¿Un escritor, ha dicho?

—Sí, escritor y periodista.

—¿Qué escribe?

—¿Por qué? ¿Así se acordará mejor de si ha venido por aquí?

—No. Era por curiosidad.

Y tampoco valía la pena cambiar el orden de las preguntas ni hacerlas más concretas o precisas: el resultado era siempre el mismo.

—Estoy buscando a un señor bajo, con acento del sur, cabello oscuro con la raya en medio, que a lo mejor vino a este hotel anoche.

—¿Anoche, ha dicho?

—Anoche o ayer por la tarde.

—Entonces tendrá que preguntarle a quien ha hecho el turno de noche.

—¿Y dónde está ahora?

—Durmiendo.

—Hagámoslo así: dígame quién vino anoche al hotel.

—Espere que mire el registro. Veamos, veamos... Pues aquí sólo constan el señor y la señora Remigi... Ya sabe, el frío, la temporada baja...

—Comprendo. Oiga, ¿no recordará a un cliente suyo, el escritor Guido Tremolaterra?

—El nombre me suena. ¿Qué escribe?

—Gracias de todos modos.

El dentista y el médico no lo veían desde hacía tiempo, aunque el señor Tremolaterra sufriera de un trastorno hepático, según el médico. A propósito: ¿no sabría el señor delegado Scialoja si el señor Tremolaterra había seguido por fin aquella cura termal que le había aconsejado?

—No, doctor, no lo sé. Pero sé que mi hígado tampoco está muy bien.

El pintor le dijo que sería un placer para él que Tremolaterra diera señales de vida, ya que aún le debía un retrato.

Scialoja salió del estudio impregnado de olor a aguarrás. Era casi la una. Le dolían los pies, tenía las orejas y la nariz congeladas, la garganta ardiendo, la moral por los suelos y mucha hambre.

La *trattoria* en la que entró era una de las que estaban en la lista de Tremolaterra. «Debe de haberla apuntado cuando tenía poco dinero», pensó Scialoja al ver las telarañas colgadas de las vigas del techo, el serrín acumulado por el suelo, los pocos clientes que, a pesar de tener la mirada apagada, habían intuido enseguida a qué se dedicaba y que escondían la cabeza entre los hombros, como tortugas. Se sentó en una mesa labrada con la punta de muchas navajas, de espaldas a la pared con el típico gallo pintado y la inscripción habitual: «Aquí no se fía hasta que este gallo cante».

Era jueves, así que un camarero de barba mal afeitada le trajo a Scialoja un plato de *gnocchi al ragù* y un cuarto de vino tinto.

—Espera un momento.

El camarero se detuvo, como si se esperara que el policía le hiciera alguna pregunta. Scialoja se ató al cuello la gran servilleta a cuadros y probó los *gnocchi*. Sin mirar al camarero, que ya no era tan joven, lo que hacía pensar que trabajaba en aquella *trattoria* desde hacía un tiempo, atacó:

—¿Cuánto hace que no viene por aquí Guido Tremolaterra?

—¿El napolitano?

Scialoja asintió, sin dejar de comer.

—¿Por qué me lo pregunta?

Scialoja se encogió de hombros.

—Tengo que encontrarlo. No ha vuelto a casa. Vive no muy lejos de aquí, en la Via delle Mercede. ¿Y bien?

Oyó el crujido de los zapatos del camarero. Se echó vino en el vaso y se lo llevó a los labios, con aire de indiferencia. Las sombras de los carros y de los peatones se reflejaban en los vidrios polvorientos, haciendo ondear la luz del sol sobre las mesas.

—Viene de vez en cuando.

—¿Cuándo fue la última vez?

—Me parece...

Scialoja levantó la vista del plato y la clavó en los ojos del camarero.

—Tú tienes pinta de buen chico. Si hubieras querido esconderme algo, enseguida habrías dicho que hacía años que no lo veías, no me habrías preguntado por qué ni te habrías tomado tu tiempo, como un idiota. ¿Cuándo vino aquí?

Scialoja salió de la *trattoria* con la convicción de que tenía el mejor trabajo del mundo. En la lista de nombres y direcciones que había extraído de la agenda de Tremolaterra estaban los de las secretarias: una de ellas vivía a poca distancia de la *trattoria* donde había ido a cenar el periodista la noche anterior, solo, con el ceño fruncido y pocas ganas de hablar.

Scialoja se olvidó del frío, de las respuestas negativas de toda la mañana, del dolor de pies y, tras dar cuatro pasos, entró, confiado, en un viejo edificio. La portera le dijo que la señorita Gualtieri vivía en la buhardilla número cuatro. No había visto a ningún extraño en el edificio, ni aquel día ni el anterior, y por lo que ella sabía la señorita Gualtieri vivía sola. No, no la había visto salir aquella mañana. Trabajaba, sí, pero no recordaba los horarios: «Y ahora perdone, el niño, ¿lo oye? Discúlpeme…».

Mientras subía las escaleras, menos confiado a cada escalón, Scialoja pensó que, en vista de lo apartado de la portería, del estado de limpieza de los cristales de la garita y de lo ocupada que estaba aquella portera, Tremolaterra podría vivir allí dentro, sin llamar la atención de nadie, si no se hubiera montado aquel lío.

—Ahora que lo dice… Oiga…

Scialoja se asomó desde lo alto de las escaleras y en el fondo del hueco vio a la portera con un bebé en brazos.

—¿Qué hay?

—Pensándolo bien, sí que he visto a un desconocido esta mañana… No lo he visto entrar, desde luego, pero lo he visto salir. Ha bajado las escaleras corriendo y ha salido…

—¿No sabe de qué piso venía?

—Bueno, el edificio estaba muy tranquilo; nadie me ha dicho nada. He pensado que podía ser algún recado. Ahora perdóneme, ya sabe…

7

La situación en la comisaría empezó a salirse de madre hacia las tres de la tarde.

Frente al portal del Palazzo Braschi, Scialoja encontró una pequeña aglomeración de personas. Entre ellos, tres o cuatro periodistas a los que conocía y a los que no hizo caso; pero por las preguntas comprendió enseguida que se había extendido la voz de la desaparición de Tremolaterra, y que la relación entre la doble W de Bellacuccia y la muerte del niño era una presa que los periódicos no soltarían fácilmente. Los periodistas habían congregado a un corro de curiosos que no dejaba de crecer. Scialoja lo atravesó a paso de carga, hizo caso omiso a las preguntas de los periodistas y se encontró de nuevo en la gélida penumbra del edificio.

De la escalera llegaban unas voces estridentes. En el primer piso, los peripuestos funcionarios de la presidencia miraban hacia el segundo piso, comentando que antes o después alguien tenía que expulsar del edificio a aquel pequeño grupo de oficiales de la Seguridad Pública, absolutamente incapaces de comportarse como correspondía al lugar. ¡Y menos mal que aún no habían descubierto cómo usaba Quadraccia la sala insonorizada!

Ante los ojos de los trajeados funcionarios, Scialoja subió hasta el segundo piso, hacia el despacho de Panicacci. La voz, cada vez más clara, estridente y potente, era de una mujer. Otras voces, más bajas, intentaban calmarla.

En el pasillo había agentes que no sabían qué hacer. La puerta del despacho de Panicacci estaba cerrada, pero el olor de la pipa indicaba que él estaba encerrado allí dentro. La puerta de la pequeña sala de espera, en cambio, estaba abierta: de allí procedía aquella voz estridente.

—Pero ¿quién es esa loca?

El agente de guardia se encogió de hombros:

—Señor delegado, yo no lo he entendido bien. La mujer de un tipo que ha sido retenido por el asunto de aquel niño...

—¿Y no hay manera de que se calle?

—Lo está intentando el inspector Archibugi; ha llegado hace diez minutos...

—¿Y el superintendente?

—Está encerrado con el portero del edificio donde vive ese periodista... Desde la mañana que aquí hay un jaleo tremendo. Y esos chillidos... ¡Han venido incluso a quejarse de la planta de abajo! De aquí nos echan a todos.

Scialoja entró en la sala de espera. Archibugi tenía enfrente a una señora pequeña, gorda, que le llegaba al pecho y que aun así lo miraba de abajo arriba con expresión desafiante. Corrado estaba rojo, tenía los ojos hinchados y las mejillas hundidas.

—¡Ah, Oreste! —dijo, aliviado.

La mujer clavó en el delegado dos pequeños ojos verdes, de comadreja.

Le estaba explicando a la señora Armida Petrocchi...

—Tienen que soltar a mi marido —replicó ella. ¿De dónde sacaba una voz tan potente aquella mujer, que era como un gnomo?—. ¡Fabio es un pobre ingenuo, pone velas a los muertos que encuentra en el campo y se pega en el pecho con esos cofrades suyos, pero no mataría una mosca!

—Señora, como le decía... —la cortó Corrado con un suspiro.

—¡Yo quiero hablar con mi marido! ¿Qué ha hecho? Ese atontado es un simple pollero y apenas si sabe cómo retorcerle el pescuezo a una gallina. Yo no puedo tirar del negocio sola, ¿lo entienden o no?

Corrado se decidió:

—Oreste, hazme un favor. Lleva a la señora con su marido, a mi despacho, a ver si así se tranquiliza...

—¡Ya era hora!

Scialoja asintió y miró a Corrado con intención, guiñándole un ojo. Corrado frunció el ceño. Con un gesto le indicó a la señora que esperara un momento; tras cinco minutos más de discusión consiguió dejarla en la sala de espera y salir al pasillo con el delegado.

—¿Qué más hay? —soltó Archibugi, que se encendió un puro.

—Corra, ante todo calma. Quería decirte un par de cosas importantes: primero, que he encontrado el rastro de Tremolaterra.

—¡Estupendo! ¿Y dónde…?

—Espera. Después de muchas vueltas, he descubierto dónde cenó anoche. Solo y de morros.

—Así que anoche aún estaba vivo —dijo Archibugi, con un suspiro de alivio que dejó al delegado de piedra.

—¿Vivo? ¿Por qué? ¿Pensabas…?

—No pienso nada, pero Tremolaterra sabe de la historia de esa maldita doble W: muere un niño y quizá, digo quizá, lleva ese símbolo grabado en la piel, y Tremolaterra desaparece después de haber recibido amenazas… He pensado de todo. Sin embargo, está vivo.

—Escúchame: sé dónde cenó. Y mira por dónde, precisamente a unos pasos de allí vive una de sus secretarias, Maria Gualtieri. Así que fui a verla. Y ahí llega el segundo punto, Corra…

Scialoja miró alrededor y bajó la voz al pasar a su lado un agente.

—¿Y bien? ¿Y ese aire de enterrador, Oreste?

—Ahora te cuento. El segundo punto…

—¿Tremolaterra estaba escondido en la buhardilla de esa secretaria?

—Pero, bueno, ¿te callas un momento? En casa de la secretaria no había nadie, aunque a mí me da la impresión de que no me ha dicho toda la verdad. Pero lo importante es que…

La puerta del despacho de Panicacci se abrió de golpe y salió el rostro redondo y fatigado del superintendente.

—¿Qué habéis hecho con esa arpía? Ah, aquí está el inspector Archibugi.

Scialoja contuvo una imprecación. No había manera de acabar una frase.

—¡Llevo todo el día buscándole! Hágame el favor de no volver a desaparecer; acaba de prestar declaración el portero del edificio de Tremolaterra. He pensado en profundizar en esa historia de las amenazas —dijo, para aclarar que alguien tenía que hacerlo.

—Yo también he profundizado en varias cosas, *dottor* Panicacci.

—Mejor. Espere aquí fuera cinco minutos y hablamos.

Panicacci volvió a cerrar la puerta de un portazo.

—Bueno, escúchame, es importante... —prosiguió Scialoja. No había nada que hacer: Armida salió de la sala de espera hecha una furia en miniatura.

—¿Qué, se lo han pensado mejor? ¡Yo tengo que trabajar, no me pagan por perder el tiempo, como a ustedes!

—¡Bueno, bueno, ya está bien! —explotó Archibugi—. No siga chillando de ese modo o... Oreste, llévala abajo y que vea a su marido; sobre todo que sea en tu presencia.

Scialoja torció la boca.

—Señora, espérese un minuto calladita y le juro que la llevo con su marido. Corrado, déjame que te cuente esto: he descubierto, decía, que en casa de la secretaria de Tremolaterra...

En aquel momento, Archibugi levantó la vista y Scialoja observó de pronto que miraba agitado, fijamente, algo que quedaba a sus espaldas. Se giró: por las escaleras había aparecido Terenzio Sabbatini, con un aire menos fanfarrón que de costumbre. Miró a su alrededor como si se esperara una emboscada, luego saludó con un gesto a Corrado y avanzó a paso lento hacia ellos, con expresión de perro apaleado.

—Escúchame, Corrado... —insistió Scialoja.

Pero Archibugi no le escuchaba. Con el ceño fruncido y los ojos entrecerrados, iba mirando por turnos hacia el inspector Sabbatini, que avanzaba hacia la puerta cerrada del despacho de Panicacci, como si estuviera calculando la entidad de un probable e inminente enfrentamiento. Hasta que se decidió y se acercó por fin, al inspector. Scialoja se lo quedó mirando mientras se alejaba; luego cruzó una mirada con Armida y le hizo un gesto para que le siguiera.

—¡Caray, Corrado!

Scialoja observó, que Archibugi se acercaba a toda prisa a

Sabbatini, haciéndole un gesto para que se detuviera, y le oyó decir:

—Calla. Ven conmigo.

Sabbatini se detuvo, perplejo y preocupado a la vez. Archibugi lo alcanzó y le cogió del brazo, casi le obligó a dar media vuelta y los dos se dirigieron hacia las escaleras.

Scialoja le siguió, con la señora Petrocchi tras ellos, agitando aquellas piernas cortas y robustas a toda prisa para seguirle el paso al delegado.

Eran casi las tres de la tarde. La situación se precipitó en el preciso momento en que se abrió la puerta del despacho de Panicacci, de donde salieron el superintendente y un hombrecillo pequeño que llevaba en la mano una gorra con visera.

—¡Archibugi! —espetó Panicacci, que había visto al inspector justo en el momento que se disponía a bajar las escaleras.

Corrado fingió no haberlo oído. Es más, intentó acelerar, pero el tonto de Sabbatini se giró. Entonces el portero exclamó:

—¡Mira por dónde! ¡Entonces lo han pillado!

Sabbatini se quedó de piedra, como si le hubieran pegado un tiro. Archibugi se giró y Scialoja le vio en el rostro una expresión de fastidio. Panicacci miró al portero, que señalaba al inspector.

—¿Cómo ha dicho? —le preguntó, mirando, incrédulo, hacia donde señalaba su dedo.

—Pues eso. Que ahí está el que ayer por la mañana amenazó al señor Tremolaterra. Aquel calvo de allí.

—¡Sabbatini! ¡Archibugi! Vengan a mi despacho. ¡Enseguida!

Era casi ridículo. Mientras Archibugi daba aquellos pocos pasos hacia el despacho del superintendente, sintiendo a su lado que crecía la inquietud de Sabbatini, vio a Panicacci plantado en la puerta, con aquella expresión severa, y tuvo la impresión de haber vuelto a sus días de colegio.

—Corra —dijo Scialoja. Archibugi se giró—. Pero…, entonces, ¿ya lo sabías?

—He hablado con el portero antes de que se lo llevara Panicacci —le susurró a toda prisa el inspector, guiñándole el ojo.

—Pero ¿ya sabes que Terenzio esta mañana también ha ido a interrogar a Maria Gualtieri? Era eso, lo que yo quería decirte.

Archibugi lo miró con cara de sorpresa, después le indicó con un gesto que ya hablarían más tarde y, bajo la mirada incendiaria del superintendente, siguió a Sabbatini, que entraba en el despacho con la cabeza gacha.

Scialoja vio cerrarse la puerta tras ellos y pensó: «¡Terenzio Sabbatini que primero amenaza a Tremolaterra y después investiga sobre su desaparición!».

—¿Y bien? —graznó Armida—. ¿Ahora podré llevarme a mi marido a la tienda o no?

—¡Señora mía, si yo fuera su marido, preferiría que me llevaran a hacer trabajos forzados de por vida!

8

Como siempre, al cabo de un rato Corrado Archibugi se distrajo. Por lo que a él respectaba, la situación de Terenzio Sabbatini estaba clara: le quedaba alguna duda por resolver, pero eran sólo detalles, nada grave, y ya la satisfaría más tarde, en privado, a su modo.

Para Panicacci el problema era otro: un periodista y escritor, que quizá tuviera datos importantes sobre el asesino de un niño aún desconocido, desaparecido a su vez el día anterior, aunque, según parecía, por iniciativa propia; ¡y ahora resultaba que el periodista había sido amenazado aquella misma mañana por un oficial de la Seguridad Pública, nada menos!

—*Dottor* Panicacci, el descubrimiento del delegado Scialoja, según el cual Tremolaterra estaba vivito y coleando anoche mismo, suaviza, por así decirlo, la posición de Terenzio... —dijo Archibugi, intentando llevar de nuevo a sus raíles el tren descarrilado del superintendente.

—¿Ah, por así decirlo? —replicó Panicacci—. A sus secretarias, Tremolaterra les ha hablado de amenazas...

—¡Pero, *dottor* Panicacci, no hará caso de lo que dice un mentiroso recalcitrante como Tremolaterra! —dijo Sabbatini, que se levantó de la silla de un salto, con el cráneo brillante de sudor y la corbata suelta. Era la primera vez que su actitud habitual, fanfarrona y elegante a la vez, se tambaleaba ante el riesgo de duras sanciones disciplinarias.

—¿Qué modos son ésos? ¡Siéntese! También le ha oído el portero. ¡Le ha oído! ¡Ni que fuera un pescadero! ¡Usted, un inspector de la Seguridad Pública!

—¡Pero si el propio portero admite que no oyó lo que nos dijimos! Es cierto, levanté..., levantamos la voz, ayer por la mañana, pero ya sabe cómo son las discusiones de negocios... ¡Hay jugadores de cartas que se las dicen más gordas!

—Deje estar a los jugadores de cartas, ya sabemos que en Roma las partidas de las tabernas suelen acabar en el hospital, maldita ciudad. Y además usted es un agente de la Seguridad Pública. ¿Me quiere decir qué tipo de negocios podría usted tener con un tipo como Tremolaterra?

—¡Ya se lo he dicho! ¡La idea de la novela de Bellacuccia es mía, mía! Y ese maldito no quería aflojar ni una lira.

—¿Aún seguimos con esa tontería de Bellacuccia? ¡Ya está bien!

—¡Es la verdad!

—Y hay otra cosa incalificable. Ayer me dijo que no había asistido a la reunión semanal por no sé qué investigación... ¡Y en cambio estaba ocupándose de sus asuntos con Tremolaterra! ¡Tendrá que responder también por ello!

Archibugi alzó la vista al cielo. Era increíble cómo las discusiones, en aquel despacho, seguían siempre círculos perfectos: al cabo de un rato volvían siempre al punto de partida. Se puso en pie y se dirigió hacia la ventana, con la excusa de abrir para que entrara un poco de aire.

En la Piazza Navona las farolas ya volvían a estar encendidas: con la mirada fija en ellos, Corrado Archibugi volvió a perderse en las cansinas espirales que traza a veces la memoria.

—Inspector, yo le digo que los muertos vuelven, que los muertos pueden volver —repite de vez en cuando Arthur Barrington, mientras un agente recoge su declaración.

—El abajo firmante, Arthur Barrington —dicta Archibugi sin hacer caso de la interrupción, en un despacho desnudo y gélido, ya que el suyo está ocupado por Petrocchi y, que en el de Sabbatini, cerca del suyo, aprieta los dientes Adele Ortolani—, declara asimismo no conocer a Guido Tremolaterra y no haberle contado nunca, por tanto, ni en su totalidad ni en parte, el asunto del asesino londinense llamado Doble W.

—¿Usted cree que estoy loco?

—¿Qué importa?

—Usted no es romano, ¿verdad?

Archibugi niega con la cabeza.

—Porque los romanos creen mucho en el regreso de los muertos, en su presencia junto al hogar. Un día vi al dueño de la pensión, que dejaba velas encendidas en la chimenea del comedor…, y me dijo que era el Día de los Muertos y que aquellas velas servían para que las almas de los difuntos encontraran el camino de vuelta. ¿Entiende? ¿Sabe que los romanos preparan comida para los muertos, incluso dulces, las habas de los…?

—Lo sé —le corta Archibugi, a quien las habas de los muertos le traen recuerdos muy diferentes—. El abajo firmante sostiene, como ya declaró en su tiempo, que a primeros del pasado mes de mayo vio a su primo Roger Devine…

Barrington firma la declaración con la mano temblorosa, Archibugi estampa su rúbrica y luego el inspector ordena al guardia que se la lleve al superintendente. Luego se levanta del polvoriento escritorio y se arquea hacia atrás para estirar un poco la espalda.

—Venga conmigo.

—¿Ahora dónde me lleva?

De salida, Archibugi pasa a toda prisa frente a las puertas tras las que siguen esperando Fabio Petrocchi y Adele Ortolani.

En la lápida de John Keats hay grabada una lira griega, con cuatro de sus ocho cuerdas rotas: la voz del poeta, rota prematuramente. Archibugi intenta leer el epitafio, pero está escrito en inglés.

—¿Lo ve? —interviene Barrington, que durante todo el trayecto hasta el cementerio de los Ingleses ha estado en silencio, salvo por alguna frase sobre el destino, el remordimiento y las almas de los muertos—: «Aquí yace uno cuyo nombre fue escrito en el agua». ¿No es maravilloso? ¿No le da una sensación de paz, de plácida precariedad?

Archibugi querría asentir, pero hace un esfuerzo por mantener las distancias: no quiere tener mayores consideraciones con aquel inglés perdido en sus remordimientos por haber matado accidentalmente a su primo y no haber salvado a los niños. Querría asentir porque comparte la belleza de la frase y del pequeño cementerio a la sombra de la pirámide de Cayo Cestio, casi una sucesión de tumbas que atraviesan los siglos bajo la pirámide, que en el ambiente helado de la mañana adquiere un delicado color azulado y proyecta sobre el prado cubierto de escarcha una sombría punta de lanza. Parte del cementerio está rodeado por una muralla romana, aquí y allí despuntan los cipreses. Lápidas y estatuas aparecen diseminadas entre la hierba como juguetes olvidados.

Corrado querría decirle a Barrington que tiene razón, que a él los cementerios siempre le han gustado, que nunca le han inspirado el miedo a la muerte, sino, al contrario, la paz de un sueño sin sueños. Pero aún le esperan dos personas en comisaría, a lo mejor Scialoja ha encontrado algún rastro, alguna pista sobre la desaparición de Tremolaterra, quizá Panicacci ha tenido la inmensa suerte de que los periodistas le hayan revelado sus fuentes, quizás alguien se haya presentado cubierto de lágrimas diciendo que el niño muerto era su hijo…, así que no tiene tiempo para perder con el inglés atormentado por los recuerdos.

—Señor Barrington, dejemos de lado los epitafios. Usted estaba aquí, cuando vio a su primo, Roger Devine. Aquí, frente a la tumba de John Keats, donde ahora estamos nosotros. Levantó la vista y…

Barrington abre los ojos como platos, como si de nuevo se encontrara frente al fantasma del primo muerto.

—Lo vi.

La nubecilla que crea el aliento al condensarse en el aire pone punto final a aquella frase seca y susurrada.

—¿Lo vio…? ¿Dónde? ¿Dónde lo vio?

Barrington mira a su alrededor, turbado.

—Déjeme pensar…

—¿Cómo iba vestido? ¿Qué estaba haciendo? ¿Qué le ha dicho?

Barrington sacude la cabeza.

—Un momento…, calle un momento, por favor. Me confunde con todas esas preguntas. Sí…, estaba allí. Ahí, casi bajo el muro… ¿Lo ve?

Archibugi hace una mueca. Cada vez está más convencido de que aquella visita es una pérdida de tiempo, una caza al fantasma, mientras hay un asesino real y del que aún no sabe prácticamente nada. No obstante, se acerca a paso lento hacia el punto indicado por Barrington. El viejo muro presenta manchas de musgo y proyecta una sombra fría; al llegar allí, procedente de la parte soleada del cementerio, de pronto le recorre la espalda un escalofrío de muerte. A su alrededor hay algunas lápidas, otras están dispuestas contra el propio muro. Un gato duerme en brazos de un ángel con las alas plegadas.

—¿Es aquí?

—Sí. Estoy seguro…

—¿Qué hizo su primo cuando lo vio?

Mientras habla, Archibugi desarrolla escrupulosamente su trabajo de policía: en un cuaderno toma nota de los nombres que llevan las tumbas, subrayando los que tienen flores frescas.

—Ya le he dicho que no lo sé… Yo estaba como loco, encontrarse de frente con una persona que se cree haber matado… He salido corriendo, he subido al carro que me esperaba fuera del cementerio…

—Lea estos nombres: ¿hay alguno que conozca, que le diga algo?

Barrington lee con atención, luego sacude la cabeza.

—De modo que él también se fue. Su coche le esperaba fuera.

—Sí.

—¿Vio si había otros coches fuera del cementerio? ¿Caballos?

Barrington se queda mirando a Archibugi como si quisiera leerle el pensamiento. Por otra parte, no es difícil comprender lo que piensa el inspector: allí sólo se puede llegar a caballo o en carro. El cementerio de los Ingleses se encuentra en campo abierto; más allá, en el monte de Testaccio, se abren las grutas donde los romanos celebran sus clásicas salidas campestres de octubre: las *ottobrate.*

—Usted no me cree.

—¿Vio otros carros, sí o no?

Barrington no responde; mira a su alrededor y después

baja la mirada, se muerde los labios. Archibugi percibe en aquellos ojos enrojecidos un reflejo de lágrimas y a su vez aparta la mirada.

En ocasiones, piensa que tiene el peor trabajo del mundo.

—¡Adelante!

Scialoja asomó la cabeza, se encontró con la mirada de fastidio de Panicacci, la mirada triste de Sabbatini, que pese a todo intentó dedicarle una sonrisa indiferente, casi jactanciosa, y por último la mirada distraída de Archibugi.

—Perdone, *dottor* Panicacci, buscaba a Archibugi... Es cuestión de un segundo.

Salieron al pasillo, que se había quedado desierto, a excepción del agente de guardia sentado ante la mesita, leyendo —seguro— un episodio de Bellacuccia.

—Sólo quería decirte que la mujer de Petrocchi se ha ido.

—¿Todo bien?

—Sí. Una pareja extraña... No sé qué decirte, como una mamá que hubiera venido a buscar a su hijo al despacho del director del colegio por alguna travesura, ¿me entiendes? Petrocchi, tan grandón, parecía aterrorizado ante la idea de que aquella mujer pudiera soltarle un bofetón...

—Pero a él no le has dejado que se vaya.

—No. Ella se ha ido por fin, para atender la tienda... Pero no he tenido valor de decirle que quieres dejar a Petrocchi al baño María. De todos modos, ¿para qué?

Archibugi se encogió de hombros. ¿Para qué? No lo sabía ni siquiera él. Pero tenía la sensación de que, hasta que su declaración no fuera clara, coherente con los hechos, no debía soltar la presa. Y Petrocchi era un hombre débil: con un trato enérgico bajaría la guardia y saldría a la luz la verdad, si es que tenía algo que esconder. A aquello lo llamaban «tener a alguien al baño María»: no en la cárcel, pero sí en una de las salitas sin ventanas de la misma comisaría, con un jergón y poco más, que usaban cuando se prolongaban los interrogatorios. La propia Armida podría revelarse útil; con una sonrisa Corrado pensó que, si retenían a aquel gigantón en comisaría, le darían más miedo las eventuales represalias de la mujer que aquello.

—Comunícame adónde llevas a Petrocchi y luego manda un agente a avisar a la mujer. Pero tarde, muy tarde. ¿Y el resultado de la batida de caza de esta mañana? ¿Ya te han informado las sucursales?

—Nada de nada; es como si Tremolaterra hubiera desaparecido de Roma. El único rastro es su presencia anoche en aquella *trattoria*... Aunque tengo la sospecha de que esa Gualtieri sabe más de lo que dice, como si intuyera dónde podría estar..., pero no es más que una sensación, y parece que no tenemos tiempo para seguir sensaciones.

—En cualquier caso dame la dirección; si tengo tiempo, me pasaré yo también.

De detrás de la puerta les llegaban la voz enojada del superintendente y los balbuceos atemorizados de Sabbatini.

—¿Cómo va ahí dentro?

—No lo sé. Terenzio es tonto, se ha metido él solo en una situación increíble, pero desde luego Tremolaterra no ha desaparecido por temor a sus amenazas. Dice que esta mañana, en cuanto se ha enterado de la desaparición del periodista, se ha puesto en marcha para intentar averiguar qué le había pasado, quizá porque ha entendido que estaban por caerle encima un montón de problemas... Así que primero se fue a ver a la Ortolani, él, y no Quadraccia, como había pensado yo; después ha dado él también el paseo por los hoteles y, por último, ha llegado a casa de la secretaria antes que tú. Eso es lo que hay. De lo que querrá hacer Panicacci no tengo ni idea. Tengo que volver.

—Espera. Una cosa más: ¿esta noche vienes a cenar?

Archibugi le dio a Scialoja un apretón en el brazo y sacudió la cabeza:

—Saluda a Lucrezia de mi parte. Si no se me hace demasiado tarde, quizá pueda pasar después de la cena, para dar las buenas noches..., pero no le digas nada; es poco probable. Tengo *in mente* darme un paseo por el campo.

De las escaleras llegaron voces sofocadas. Archibugi y Scialoja se miraron a los ojos y luego se lanzaron hacia una de las ventanas del pasillo, que daba al patio del edificio; la abrieron. Las voces venían de la entrada, donde montaban guardia los agentes; eran voces excitadas que preguntaban qué le había pasado a Tremolaterra, qué hacía la Seguridad Pública por capturar a un asesino de niños, si se estaba indagando entre la comunidad de extranjeros de Roma...

—Dentro de poco saldrán los diarios vespertinos —comentó Archibugi—. Esta vez a Panicacci le da un infarto.

Cuando Archibugi volvió a entrar en el despacho, lo primero que observó fue el silencio. La plumilla encajada en la pluma tallada de Panicacci graznaba al rascar el papel como un buitre. Sabbatini levantó la vista hacia Archibugi, con los ojos tristes y vacíos. No obstante, enderezó la espalda y esbozó una sonrisa de suficiencia, como si fuera un niño castigado que no quisiera darle la satisfacción de admitirlo. Aquellas manos tan cuidadas estaban hechas un ovillo y lívidas.

Archibugi se quedó en pie junto a la puerta, esperando. Panicacci mojó la plumilla un par de veces más en el tintero, garabateó una ostentosa firma, secó la hoja con el papel absorbente y pasó el documento a Sabbatini, que lo cogió de mala gana.

—Lea. Archibugi, venga aquí.

Sabbatini hizo un breve gesto de asentimiento y le devolvió la hoja a Panicacci. El superintendente le acercó la pluma a Sabbatini.

—Firme. Inspector Archibugi, debo informarle de que he tomado la grave decisión de suspender del servicio de forma cautelar al inspector Terenzio Sabbatini. Además, naturalmente, de un comportamiento execrable que pone a la Policía del Reino de Italia en peligro de caer en manos de los periodistas... ¿Los ha oído, ahí, en la calle? Pues bien, además de eso, y del hecho de que ha mentido con gran ligereza a su superior con respecto a sus movimientos, hay otro motivo..., una sospecha, y esperemos que sea sólo una sospecha. Sabemos que Tremolaterra, con quien Sabbatini admite haber discutido en diversas ocasiones, ha referido en una de las entregas de ese Bellacuccia suyo la historia del asesino Doble W...

«Ahí está», pensó Archibugi, apretando los dientes. ¿Por qué aquel imbécil no se lo había contado todo aquella misma mañana, cuando se habían encontrado por las escaleras y le había insinuado que tenían que hablar? Le había puesto la mano sobre el hombro, y hasta ahora no se daba cuenta de que con aquel gesto pedía ayuda, protección.

—La cuestión es —prosiguió Panicacci— cómo sabía Tremolaterra de la historia de Doble W, de la que tenía constancia la comisaría desde el pasado mayo, cuando aquel inglés vino a hacer aquella extraña declaración. ¿Pura coincidencia? ¿No es más fácil pensar que haya sido el propio inspector Sabbatini el que le ha dado la ideal al escritor?

—*Dottor* Panicacci, le repito, le juro que yo nunca...

—Por favor, inspector, no es cuestión de juramentos y, en cualquier caso, me permitirá que dude de su palabra, en vista de su comportamiento. Usted ha comprendido el problema, Archibugi.

Corrado asintió.

—Bien. Pues entonces le pido que sea escrupuloso y objetivo a la hora de depurar los hechos y las eventuales responsabilidades del inspector Sabbatini. Le ruego profesionalidad. Olvídese de que se trata de un colega, aunque soy consciente de que no es empresa fácil. En cuanto a usted, Sabbatini, tenga cuidado con lo que hace. Nada de iniciativas personales: camina por un terreno que podría llevarle fuera de esta comisaría, y quizás incluso a la cárcel.

9

La noche llegó fría y serena. Al salir de las calles o plazas principales, las únicas iluminadas correctamente, se caía en la oscuridad arcana que los romanos temían por instinto, apenas interrumpida aquí y allá por las velitas de las hornacinas con santos o vírgenes, y sólo las estrellas se dejaban ver, a racimos, sobre los tejados y entre las coladas tendidas.

Voces roncas anunciaban las novedades de la noche. El autor del célebre Bellacuccia estaba desaparecido desde el día anterior y la Policía lo buscaba por todas partes; aún seguía sin nombre el pobre niño asesinado por el misterioso Doble W. ¿Qué sabía el periodista? ¿Conocía quizá la identidad del asesino?

Con menor frecuencia, alguien gritaba que una pobre vieja había sido asesinada a golpes y lanzada al Tíber, y tampoco de ella se sabía aún nada.

La curiosidad había impulsado a muchas personas a comprar la última entrega de la novela, que se agotó enseguida. Se titulaba *En el cementerio de París*, y aparecía en forma del típico fascículo de ocho páginas a doble columna, con una portada lúgubre que presentaba a un gorila sobre el muro de un cementerio y dos hombres que salían corriendo de una capilla fúnebre apuntando al animal con sus revólveres, ajenos a que una sombra los observaba desde detrás de una lápida:

> La noche era oscura y tempestuosa, ideal para las criaturas que huyen de la luz. El inspector Sperelli y su fiel ayudante Carini habían entrado de día en el inmenso cementerio situado en el turbulento

barrio parisino de Montmartre, y se habían encerrado en él. A un lado del muro, en un punto por donde podía treparse fácilmente desde fuera, había una tumba familiar. Consideraron que sería el mejor lugar para una emboscada y se apostaron allí. Efectivamente, la construcción en forma de capilla bajo la que se había enterrado el cadáver los protegía del viento, y la puerta de hierro perforada les permitía observar aquella parte del cementerio por donde, sin duda, entraría su acérrimo enemigo...

En los puestos de lotería se consultaba el mugriento *Libro del arte* en busca de los números que mejor interpretaban las novedades; los taberneros escribían en sus pizarras el menú de la noche; en casa, los ojos de los padres se levantaban del periódico para posarse, protectores, sobre sus hijos pequeños y las persianas se cerraban con un golpe; el parloteo de los vecinos resonaba en los rellanos y las chimeneas dispersaban un olor a leña quemada; los porteros retiraban las sillas de la acera frente al portal y se sacaban del bolsillo manojos de llaves.

Oreste Scialoja se dejó caer con un bufido sobre la cama quejumbrosa, se quitó los zapatos y los tiró por el suelo con desgana.

—¿Se os ha caído el lápiz? —protestaron desde el piso de abajo.

Scialoja se encogió de hombros y se quedó sentado en la cama, haciendo un poco de gimnasia con los doloridos dedos de los pies. Se soltó el cinturón y respiró hondo. Estaba destrozado, pero sobre todo deprimido.

—¡Desde luego, Oreste...!

La señora Cleofe había entrado en el dormitorio y había cerrado la puerta a sus espaldas. Su marido la miró con expresión de cansancio.

—¿Desde luego qué?

—¿Se puede saber qué te pasa? Te mueves como un elefante y...

—Estoy cansado, Cle. Llevo unos días horribles.

Scialoja se levantó de la cama. Frente al espejo, se quitó la corbata y el cuello de la camisa y se dio una friega en el enrojecido cuello. Cleofe se le acercó y le miró a los ojos a través de la imagen reflejada en el espejo.

—Oreste, te conozco bien —dijo—. Lucrezia se ha quedado mal, pobrecita.

Scialoja se giró de golpe.

—Ah, ¿Lucrezia se ha quedado mal, pobrecita? ¿Y yo qué?

—¿Tú? ¿Qué tienes que ver tú?

—Uno llega a su casa, y en cuanto su hija lo ve, le pone mala cara. ¡Eso tengo que ver!

—¡Eso no es verdad!

—¡Vaya si es verdad! Y tú lo sabes. Antes yo llegaba a casa y ella salía corriendo a buscarme. Y ahora…

—¡Pero ya no tiene cinco años! Y además está preocupada, Oreste. Hace dos días que no viene Corrado, esperaba verlo contigo y, en vez de entenderla, tú la tratas… —Cleofe se interrumpió y miró a su marido, perpleja—. Oreste, ¿estás celoso hasta ese punto? Sí, tú estás celoso. ¡Celoso!

—Yo no estoy celoso —gruñó Scialoja mirando al suelo.

—Estás celoso por tu hija. ¡Tú! Un hombre hecho y derecho, que ha visto de todo en la vida, y estás celoso como…

—Estoy celoso como un padre. ¡Nada más y nada menos! ¿Por qué? ¿El bueno de tu padre no estaba celoso? Lo recuerdo perfectamente, como si lo tuviera aquí delante, cuando me llamó aparte y me dijo que, si te ponía una mano encima antes del matrimonio, me dejaría como al capón… Y me puso la navaja a un palmo de la barriga, ya te lo he contado. —Mientras Scialoja hablaba, su esposa lo miraba intentando mantener la compostura, pero el impulso de estallar en una carcajada se volvió de pronto tan irrefrenable que tuvo que ponerse una mano frente a la boca—. ¿Y no te acuerdas, el día de la boda, cuando se me acercó hecho un mar de lágrimas y me rogó que te tratara bien? ¿Pues de qué te sorprendes? ¡Tú qué vas a entender! ¡Tú eres mujer! —Cleofe se giró con la excusa de un acceso de tos y sofocó una risita—. ¡Yo no tengo nada contra Corrado!

—Aunque últimamente, de vez en cuando, haces comentarios ácidos sobre él.

—¿Ácidos? No soy ácido, es que no los aguanto, a esos dos. Siempre colgado uno de los labios de la otra: es para preguntarse cómo podían vivir antes de conocerse. ¿Qué puedo hacer yo? Si no viene a casa, si no ve a Lucrezia, yo estoy más tranquilo; si no, me toca hacer de vigía, como un halcón en lo alto de una pértiga. Ya está, ya te lo he dicho. Sé que es un buen chico, lo sé, y sé que Lucrezia ha tenido suerte, pero él también la ha tenido. Sólo que no soporto la idea..., la idea... ¡Pero qué vas a entender tú!

Cleofe se puso seria al darse cuenta de que Scialoja se había ruborizado y tenía los ojos brillantes. Entonces se le acercó y le acarició la mejilla.

Se separaron de golpe cuando oyeron cerrarse la puerta principal. Luego se abrió la puerta de la habitación y Lucrezia entró con un periódico en la mano, jadeante.

—He bajado a comprar el periódico. ¿Lo habéis oído? ¿No es ésta la investigación de la que se ocupa Corrado? ¿Doble W, el periodista y aquel pobre niño? ¿No es ésta, papá?

Scialoja pensó en lo guapa que era su hija, con las mejillas rosadas por la carrera a la calle, en contraste con el cabello y los ojos negros, el hoyuelo en el mentón, idéntico al suyo, que nadie veía desde hacía años, escondido bajo aquella gran barba atormentada. En aquel momento la vio tan emocionada como cuando él volvía a casa y ella salía a buscarle, convencida de que le habría traído un juguete, alguna chuchería... ¿Dónde habían ido a parar, de pronto, todos aquellos años?

—En realidad, el caso también es mío, querida. Tengo los pies esta noche que ni los camareros —subrayó, intentando no alterarse, porque sentía la mirada amonestadora de Cleofe.

Lucrezia resopló, le cogió del brazo y Scialoja la siguió dócilmente hasta el salón, descalzo.

—Sí, claro, papá, pero piensa también en Corrado. Tú estás en casa, calentito, mientras que él está ahí fuera, solo; a lo mejor ni siquiera ha cenado.

Cleofe sintió de pronto tanta ternura por su marido que hizo algo que no había hecho nunca en tantos años de matrimonio: cogió las pantuflas del dormitorio y se las llevó al marido, que estaba sentado en el sofá junto a Lucrezia, que en ese momento levantaba la vista del periódico y preguntaba:

—¿Y qué significa esa doble W? ¿Qué quiere decir?

—Sencillísimo. William Wilson.

Archibugi y Calistri miraron, anonadados, a Terenzio Sabbatini, que, después de soltar aquella frase como quien no quiere la cosa, se estaba bebiendo un vaso de vino. Se había aflojado la corbata y el cuello, tenía un aspecto lozano y la mirada despierta: parecía como si no tuviera ningún problema en el mundo. En su completa e infantil inconsciencia, el inspector Sabbatini era capaz de metabolizar un golpe como la suspensión del servicio en un par de horas, con unas cuantas risas y un buen vino seco.

Corrado y Sabbatini habían salido a cenar juntos, a la *trattoria* de Pepp'er Tosto, próxima a la comisaría donde solían reunirse los policías. A pesar de su desfachatez, Sabbatini había salido del despacho del superintendente verdaderamente deprimido, y a Corrado le había disgustado dejarlo solo, a pesar de que hubiera decidido ir a darse una vuelta por la Morte Desolata aquella misma noche. Mientras tanto había regresado a la comisaría el inspector Ettore Calistri, después de haber callejeado por toda Roma en busca de unos candelabros desaparecidos del arca de un monseñor; al enterarse de la suspensión, había decidido apuntarse. Panicacci se habría asombrado al ver que en su pequeño grupo de inspectores había a veces más espíritu de equipo del que dejaban traslucir sus reuniones semanales.

—¿William Wilson? —repitió Corrado—. ¿Y quién es?

Sabbatini cogió una cucharada del plato del día, lasaña con asaduras de pollo, que a Corrado le revolvía el estómago sólo de mirar, y respondió mascullando con la boca llena:

—Un hombre que tenía una especie de gemelo, sólo que él era bueno, y su gemelo, malo; los dos se buscan durante toda la vida hasta que se desafían a duelo y mueren juntos, porque en realidad cada uno formaba parte del otro. ¿Entiendes? Un relato de Edgar Allan Poe.

A Corrado le volvieron a la mente las palabras de Edwin Drood que Barrington había subrayado. El bien y el mal que vivían separados, en una misma persona. La parte desconocida de nosotros mismos. ¿También Roger Devine intuía la sombra que escondía dentro de sí mismo?

—¿Y tú conoces a este..., este escritor? —preguntó Calistri, que ya había dado cuenta de su ración de lasaña y que buscaba con la vista al dueño del local por entre el jaleo de público y el humo de pipas y cigarrillos.

—Lo conozco, sí. Es el que inventó al caballero Dupin, un policía novato que sólo sale de noche y resuelve casos imposibles sin moverse de casa. Entre ellos, Corrado, un delito horrendo cometido por un mono enorme. ¿No te recuerda nada?

Archibugi asintió.

—¿Sugeriste tú la historia del gorila a Tremolaterra? ¿Por eso querías que te reconociera los derechos?

—Qué va. Mira, Corrado —dijo Sabbatini, que apartó a un lado el plato vacío—, yo tuve una idea sensacional para una novela por entregas. Te decía que he leído mucho de eso, y hasta ahora me da la impresión de que todos han copiado a Poe y a su caballero Dupin, al menos por lo que yo sé. En cambio yo me pregunté: ¿por qué no hacer una novela en la que el protagonista no sea el policía, sino el criminal? Sí, un criminal inteligente y un poco pirado, como los investigadores, con sus manías, malvado, que amenace a toda la sociedad con sus planes, que siempre consiga escapar de la Policía... ¿No es una idea formidable?

Archibugi se quedó para sí la objeción de que ya estaba Rocambole, tan conocido para Tremolaterra que el periodista usaba el mismo método de trabajo de su creador, los monigotes de papel que se paseaban por los escritorios de su fábrica de novelas por entregas.

—¿Y le contaste la idea a Tremolaterra?

—Entiéndeme, Corra, a mí lo de la pluma no se me da muy bien... Así, después de tanto ver a Tremolaterra acudiendo a comisaría en busca de noticias macabras, pensé que podría ser la persona idónea y me decidí a hablarle de la idea, con la condición de que, si llegaba a publicar la novela, yo recibiría mi compensación. Sin embargo, aquel desgraciado va y escribe su Bellacuccia y me va dando largas, se me escapa de entre las manos como una anguila, va haciéndome promesas y posponiendo el asunto.

—¿Y las referencias a la doble W? —intervino Calistri, mientras desmigajaba el pan—. ¿Cómo sabía eso el escritor? Ningún periódico habló del tema en aquellos días.

Sabbatini recuperó por un momento una expresión seria, casi ofendida.

—Mira, Ettore, de una vez por todas: yo nunca le hablé a Tremolaterra sobre la declaración del inglés; nunca. Entre otras cosas, porque no estaba al corriente. ¿Qué quieres que me importen a mí las declaraciones que toma otro inspector? Ya me tocan bastante las narices las mías.

En aquel momento, Archibugi levantó la vista hacia la puerta. Calistri y Sabbatini vieron la sorpresa en el rostro del inspector y se giraron. Ahí estaba el inspector Quadraccia, con el rostro inexpresivo y las manos hundidas en los bolsillos del abrigo, acercándose hacia ellos. Un soplo de aire frío entró con él y llegó hasta donde se encontraban, como un tétrico anuncio.

—Te buscaba a ti, inspector Archibugi.

—Siéntese, Quadraccia.

—No, yo como solo. Pero quería decirte que esta noche he trabajado para ti.

—Venga, Homilías, no hagas como siempre —dijo Calistri, y apartó una silla.

Quadraccia se quedó mirándolo un rato y por fin se decidió a sentarse; se sentó sin sacar las manos de los bolsillos y con las piernas estiradas. Calistri le llenó un vaso de vino. Quadraccia se giró para no mirar hacia Sabbatini, ni siquiera por error. El viejo inspector lo detestaba de un modo particular: en parte porque le recordaba, con su actitud, los chulos a los que él perseguía; en parte porque estaba convencido de que no entendía en absoluto su trabajo y que pensaba únicamente en las mujeres; y en parte porque, cuando le habían disparado, habían confiado la investigación precisamente a Sabbatini, que, como siempre, no había sabido sacar el agua clara.

—Sólo quería decirte que ayer, a última hora de la mañana, tu querido Tremolaterra se fue a la Morte Desolata.

Archibugi se inclinó hacia el inspector. Casi gritó:

—¿A la Morte Desolata? ¿A hacer qué? ¿Y cómo lo has sabido?

Moviendo los pies, cómo voy a saberlo. Tu viejo ha trabajado bien: hoteles, restaurantes, etcétera; él también trabaja con los pies, el trabajo de los polis consiste sobre todo en patear. Pero no ha pensado en una cosa: suponiendo que Tremolaterra hubiera decidido coger un carro al salir de casa, se habría dirigido a la Piazza di Spagna, donde hay muchos libres.

Así que he preguntado por ahí. El cochero dice que se limitó a vagar alrededor de la Morte Desolata, manteniéndose a distancia. Cuando han llegado ellos ya estaban allí el coche fúnebre y nuestra calesa… Yo no he notado nada, se ve que estábamos en el cementerio. En cuanto al motivo, eres tú quien se ocupa del caso.

—En la Morte Desolata… —reflexionó Corrado—. Ayer por la mañana. Cuando fuisteis a exhumar el cadáver.

Quadraccia hizo ademán de levantarse, pero Calistri lo detuvo.

—Pero ¿dónde vas, Homilías? Siempre malhumorado… Tómate un trago, qué diantres. Terenzio nos estaba hablando de sus lecturas.

Quadraccia emitió un gruñido y se giró lo mínimo imprescindible para ver al inspector por el rabillo del ojo. Archibugi detectó un brillo maligno en los ojos de Calistri. Estaba preparando un golpe y requería la colaboración de Quadraccia: desde luego no era algo que hiciera todos los días. Se comió un trozo del queso tierno que había pedido en lugar de la lasaña, mientras examinaba con atención a sus colegas.

—Sí —dijo Sabbatini, que se aclaró la voz. Era evidente que Quadraccia le hacía estar incómodo y, sin embargo, por carácter, se esforzaba en ser agradable incluso con alguien como él—. Decía que la mayoría de estas novelas se construyen sobre la figura de un investigador muy hábil. Por ejemplo ahora estoy leyendo una novela en la que el protagonista es el inspector Lecoq, de la Policía de París…

—¡Un inspector de París! —Calistri le dio un codazo a Quadraccia—. ¿Has oído, Homilías?

—He oído.

—Quién sabe cómo harán sus investigaciones los inspectores de París…

—En francés.

—Sí —prosiguió Sabbatini—. Pero lo bueno es que este inspector, cuando no consigue desenredar la madeja, va a pedirle ayuda a una especie de Policía, uno que se pasa la vida sentado en un sillón, un jubilado.

—¿Y qué hace sentado en el sillón? —preguntó Quadraccia.

—Un policía en un sillón... Pero ¿dónde se ha visto? —exclamó Calistri fingiendo incredulidad y dándole un codazo a Quadraccia—. ¡Yo ni siquiera tengo un sillón!

—Esperad, olvidaos del sillón —prosiguió Sabbatini, que cogió aire. Archibugi, en silencio, veía el cráneo del inspector como una calabaza cada vez más brillante y colorada—. No es un policía de verdad, ¿entendéis?, sino un personaje inteligentísimo que combate la delincuencia...

—¡Pues vaya! —soltó Quadraccia.

—Pero él no tiene problemas de dinero. Es un antiguo empleado del Monte de Piedad.

—Un usurero —espetó Calistri.

—¡Qué usurero ni que...! Ha mantenido durante años a su padre, al que creía en la miseria y, a su muerte, ha descubierto que el tipo tenía un montón de dinero guardado y que se aprovechaba de él.

—¡Un poli que ni siquiera se da cuenta de que su padre le toma el pelo! ¿Tú qué dices, Homilías?

Archibugi metió baza.

—Venga, dejemos que hable el inspector Sabbatini. Al fin y al cabo nos está contando una historia, no un suceso.

—¡Oh, menos mal, gracias Corrado! Decía que este tipo del sillón se llama *père* Tabaret, un filósofo, un tipo que aparentemente sabe resolver los casos sin moverse de casa...

—Yo tenía un tío que te sabía decir el tiempo que haría al día siguiente palpándose los cojones —dijo Quadraccia, y por fin tomó un trago de vino.

Calistri soltó una risita convulsa.

Sabbatini se quedó de piedra; después se levantó de la mesa con aire solemne, los miró a todos con desprecio y se fue.

—¡Dios mío, pobre Terenzio! —dijo Calistri, secándose las lágrimas con la servilleta.

Quadraccia se levantó y apoyó una mano en el hombro de su colega. Calistri vio por el rabillo del ojo la mano huesuda y nudosa del inspector sobre su hombro y soltó una sonrisa nerviosa.

—¿Y bien? ¿Qué hay, Homilías?

—Sólo esto: no te atrevas nunca a mofarte de mí, querido Ettore.

10

Lorenzo Panicacci estaba sentado en su escritorio, descompuesto.

Eran más de las ocho de la tarde; los pasillos estaban desiertos, ya no se oían los pasos acelerados, los tacones contra el suelo, las carrozas rondando por el patio, las voces. Se habían acabado los problemas de gestión, las reuniones con los jueces instructores, las instrucciones operativas a aquel puñado de inspectores incautos, los sapos que había que tragar, los periodistas... Ahora sólo había que dejar pasar la resaca de la jornada, aquel insistente zumbido en el cerebro.

Con el cinturón de los pantalones aflojado y el chaleco desabrochado, fumaba su pipa con delectación, encerrado con llave. Incluso había apartado a una esquina del escritorio los informes, como para distanciarse del trabajo. Diez minutos en silencio, el tiempo de consumir la pipa; luego a cenar al restaurante de siempre y por fin a casa, un apartamento alquilado cerca de allí, donde vivía solo, porque su familia se había quedado en Lucca.

Echaba bocanadas lentas, dado que la lengua le picaba tras una jornada de humo inquieto, y dejaba vagar los ojos por la sala; el único punto en el que no podían posarse era el retrato de Joseph Fouché. Habría tenido que colocarlo en la pared frente a él, pensó, no a sus espaldas: así los desgraciados de los inspectores no levantarían la vista mientras él hablaba.

Fumando en aquellos momentos de silencio, Panicacci conseguía alejar el ansia y las preocupaciones; se desvanecían las imágenes de Sabbatini, del juez Posapiano, de Quadraccia con su «vejiga» y su actitud insolente del que cree que puede hacer siempre las cosas como le parece, de Archibugi retorcido como una serpiente aplastada por un carro, del director Mezzasalma, que se permitía negarse a responder a cualquier pregunta tranquilamente...

Lanzó la última bocanada de la pipa y echó un vistazo a la cazoleta: apagada. Se acabó lo que se daba. Limpió la pipa con mimo, se levantó con un suspiro, se recolocó el cinturón y el chaleco y se acercó al colgador para coger su abrigo.

Llamaron a la puerta.

—¿Quién es, a estas horas?

Ninguna respuesta. En el silencio, se oyeron nuevos golpes, ligeros y decididos. Alguien estaba tanteando la manija.

—¡Un momento!

Giró la llave y abrió la puerta, contrariado, ya preparado para echarle la bronca a la inoportuna visita. Pero en cuanto vio a aquel hombre en el umbral, se quedó con la boca abierta. Realmente no encontraba palabras; se aclaró la voz y, por fin, tras dos o tres intentos, mientras procuraba acostumbrarse lo antes posible a la idea de que la jornada no había acabado, sino que más bien acababa de empezar, consiguió decir:

—Adelante, excelencia, póngase cómodo...

11

—¡Matilde! ¿No has oído nada?

Qué iba a oír. Estaba sorda como una tapia. Don Vincenzo abrió la ventana y se encontró frente al muro compacto de la noche. «En algún lugar, por ahí —pensó—, hay un cementerio con un hoyo abierto como una herida». Cerró la ventana con un escalofrío, se quedó pensativo por un momento y bajó las escaleras con una palmatoria en la mano.

La luz de la vela se dispersó por la rectoría, una amplia estancia austera, con apenas una gran mesa, una silla, el armario de la ropa y, dispuestos junto a una pared como condenados a fusilamiento, otros pequeños armarios...

Don Vincenzo dio un respingo. En la oscuridad, se dio cuenta de que la puerta de uno de los armarios estaba abierta. Por el suelo había dos o tres cerillas quemadas. En el aire flotaba el olor a azufre. Miró a su alrededor y aguzó el oído.

—¿Matilde?

Se acercó al armario semiabierto. Había algo que no cuadraba. El relincho de un caballo, aquellos golpes y ahora... Abrió ambas puertas y levantó la palmatoria para iluminar el interior.

La seda negra de algunas túnicas emitió un reflejo a la luz de la vela. El cura pasó la mano por uno de los uniformes de los cofrades, acarició el escudo bordado de la Morte Desolata, la calavera con lágrimas, y luego volvió a cerrar el armario.

—¡Dios mío! —exclamó—. ¿Y usted quién es? ¿Qué quiere? ¿Cómo ha entrado?

—Los ojos de Corrado Archibugi eran dos fisuras enrojecidas por el frío. Tenía las mejillas palidísimas, con las manos ateridas se retorcía los bigotes y estaba despeinado. La luz de la vela temblaba sobre su rostro cansado y nervioso.

—He entrado por la puerta de la iglesia, don Vincenzo; estaba semiabierta. He llamado, pero no me ha respondido nadie.

—No es un buen motivo para...

—Mire, he venido al galope desde Roma para hablar con usted. De noche. No ha sido fácil, orientándome sólo con la luz de la luna, y con este frío. Me llamo Corrado Archibugi y soy inspector de Seguridad Pública.

—¡Otra vez!

—Sí, otra vez. ¿Ya sabe que ese niño murió asesinado? Una pedrada en la cabeza. ¿Ya sabe que alguien se aprovechaba de él? ¿Entiende lo que quiero decir?

Don Vincenzo se rascó la cabeza y bajó la mirada. Por la puerta de la rectoría entró una mujer pequeña con una vela en la mano.

—¡Ah, ahí estás! —dijo el cura, brusco pero casi agradecido por la interrupción.

—Don Vince, ¿qué pasa? ¿Qué sucede?

—Nada, Matilde, vete... Tenemos visita de Roma.

—Un momento, Matilde. Tenga la amabilidad de hacerme un café. He galopado un buen trecho —dijo Archibugi, que sentía un dolor terrible en la pierna lesionada. Se produjo un rápido intercambio de miradas entre los tres, el cura hizo un gesto de aprobación y la pequeña mujer salió de allí a pasitos cortos y rápidos.

—Ya respondí ayer a las preguntas de la comisaría —dijo don Vincenzo, abriendo el camino hacia la iglesia, donde se sentaron en uno de los primeros bancos, entre la luz de las velas. Sobre las pilas había calaveras de mármol con las tibias cruzadas. Archibugi estiró la pierna y suspiró.

—Fabio Petrocchi. ¿Es un buen cristiano? ¿Un buen... mandatario?

Hablaban mirando hacia delante, como en una confesión. A la derecha del pequeño altar se encontraba la estatua de una Virgen de las Angustias amenazada por una batería de siete puñales afilados. Un octavo cuchillo hendía el corazón sangrante. Santa Maria della Morte Desolata.

—Por lo menos así es como se comporta —respondió don Vincenzo—. ¿Quién sabe cómo es de verdad un hombre? Un cristiano no es quien dice que lo es, sino quien se comporta como un cristiano.

—Es cierto. Se lo pregunto porque las pruebas parecen negar la presencia de las famosas señales en el cadáver de las que nos habló.

—No sé qué decirle.

—Y Guido Tremolaterra... Quizá sabrá ya que es el autor de la novela en la que aparece esa doble W que tanto impresionó a Petrocchi... Tremolaterra, ¿lo conoce? ¿Lo ha visto alguna vez?

—No, no creo.

—Pero podría haber venido a la iglesia sin que usted supiera su nombre, ¿no es cierto?

—Por supuesto; pero ésta es una pequeña iglesia de campo, inspector... Yo conozco a todos mis parroquianos, y si apareciera alguien desconocido en misa, yo me acordaría.

—Así que no ha aparecido ningún desconocido en la iglesia últimamente.

—No.

—Aun así, Tremolaterra cogió un coche y vino hasta aquí, a la Morte Desolata, mientras se procedía a la exhumación.

—Yo no vi a nadie. ¿Y sus colegas? Estaban aquí, ¿no?

—Sé que el 2 de noviembre hubo una especie de misa solemne de la Confraternidad... ¿Estaban presentes todos los miembros?

Don Vincenzo se rascó la nariz.

—Muchos.

—¿También los oficiales? ¿El dignatario?

—¡Veo que se ha preparado!

—Un poco. Gracias, Matilde.

La sirvienta se alejó en silencio y Archibugi se bebió el café.

—Bien —prosiguió—, cuénteme un poco cómo está organizada la Confraternidad.

Don Vincenzo se aclaró la voz.

—En primer lugar está el dignatario, o cardenal vicario. Después, los oficiales de primer orden: son, déjeme pensar, seis guardianes y un prefecto del coro. Bueno, tenga en cuenta que los nombres son puramente formales; nosotros, por ejemplo, no tenemos coro, como puede ver, pero sí tenemos prefecto del coro. Los oficiales de segundo orden: son trece, si no me equivoco, entre ellos dos delegados de los muertos, un delegado de la iglesia, dos instructores... —Contaba con los dedos—. Los sigue la hermandad común, en la que me cuento yo, es decir, el sacerdote, y la secretaría. Y por último están los sirvientes, tres mandatarios y tres clérigos.

—Así que los cargos son formales. Lo que importa es el rango, la jerarquía. ¿Es así?

—Sí. Pero la jerarquía es reflejo de la espiritualidad de las personas, de su dedicación a la causa, a la caridad, a la beneficencia. ¿Entiende?

Archibugi comprendía en parte, y en parte no. Seguía mirando fijamente la estatua de la Virgen, que tenía las palmas de las manos orientadas hacia arriba, la mirada triste, un puñal clavado en el pecho y siete puñales alrededor que acosaban a la figura completamente indefensa. Como en el caso del niño muerto cerca de allí. Y luego estaban los cofrades con aquellos nombres extravagantes, que oficiaban los ritos sacros escondidos bajo aquellas túnicas con capucha negra y una muerte lagrimosa en el pecho...

—Los siete puñales representan los siete pecados capitales —dijo Don Vincenzo, siguiendo la mirada de Archibugi—. El puñal hundido en el corazón, en cambio, representa su dolor más grande, la muerte del Hijo.

Echó una mirada más a la estatua de yeso y a los puñales, que parecían muy afilados y peligrosos.

—¿Qué dice la inscripción de abajo, en el pedestal?

—¿Esa placa? Sólo que la estatua procede de una capilla privada propiedad de un senador siciliano. La donó a nuestra iglesia. Le pareció que Santa Maria della Morte Desolata en el fondo se parecía mucho a Nuestra Señora de la Soledad, como se llamaba la estatua en origen. Que vendría a ser una Dolorosa.

—¿Un senador siciliano? Qué curioso que regalara una estatua de la Virgen a una iglesia, por decirlo así, de periferia, alejada de todo. ¿No le parece?

Don Vincenzo sonrió, enigmático.

—No, no me lo parece en absoluto.

Archibugi posó la mirada sobre el sacerdote. Reflexionó y luego añadió:

—¿El senador también vestía el uniforme con la capucha y la calavera llorosa?

Don Vincenzo no pestañeó.

—Sí, en ocasiones.

Entonces Archibugi comprendió el mensaje del cura. Lo que el cura no había entendido, en cambio, era que aquel mensaje no bastaría para apartar al inspector de sus investigaciones; es más, aquella presencia destacada en la jerarquía de la Confraternidad no hacía más que avivarle la curiosidad, como había sucedido con la noticia del juez trasladado en otro caso. No obstante, de momento prefirió cambiar el rumbo del interrogatorio.

—Don Vincenzo, ¿Petrocchi pudo haber mentido?

—¿Por qué debería?

—¿Le pareció sincero? Habló con usted, ¿no?

—Yo hago de cura, no de policía.

—Hay por medio un niño muerto, don Vincenzo.

—¿Y cree que pueda haberlo matado Fabio? ¡Venga, hombre! Se ha hecho tarde, muy tarde. —Se levantó y se quedó mirando a Archibugi: ¿había entendido o no con quién estaba hablando, a quién estaba buscándole las cosquillas? Casi de mala gana, añadió—: ¿Vuelve a Roma o quiere quedarse aquí? No es bueno ir por ahí a estas horas. Ya sabe que de noche…

—… todo puede pasar, sí. Una cosa más: existe un registro de cofrades, imagino.

De pronto, el silencio.

—Existe.

Archibugi se levantó y don Vicenzo lo miró, expectante, con aire de desafío.

—No tenía dudas: si no, la Confraternidad tendría características de secta secreta, algo que, como sabe, es ilegal.

—Nosotros no somos carbonarios, querido inspector, ni masones. Aunque su Gobierno nos considere delincuentes.

—Dejemos estar el Gobierno y la masonería; también podría formar parte el senador tan generoso con sus estatuas. Querría disponer de la lista. Si lo prefiere, puedo copiar los nombres enseguida; al fin y al cabo, no serán un regimiento.

—¿Por qué?

—Porque Fabio Petrocchi, mandatario de la Confraternidad, en el ejercicio de su caritativo servicio, se encuentra con unas marcas misteriosas sobre el cuerpo de un niño asesinado y víctima de actos contra natura, señales que podrían ayudarnos a arrojar luz sobre quién lo asesinó, pero después se descubre que estas señales parecen únicamente fruto de su fantasía, de una alucinación o de una mentira. —La última palabra resonó en el silencio, diáfana, y a continuación Corrado concluyó—: Así que necesito saber todo lo que pueda sobre Petrocchi. ¿Y quién puede iluminarme mejor que sus cofrades?

—Ya le he respondido yo. Fabio Petrocchi es una persona integérrima: haría cualquier cosa por la Confraternidad.

«Haría cualquier cosa por la Confraternidad...»

—Entonces no veo ningún problema en pedirles a otros cofrades que me lo confirmen.

—El hecho de que exista un registro no quiere decir que pueda ser consultado por cualquiera.

—Don Vincenzo, yo represento a la Seguridad Pública.

—Ya le he dicho que Fabio Petrocchi no mataría ni una mosca.

—Pero podría mentir. Y yo tengo que saber si lo ha hecho, y por qué.

—No puedo ayudarle, lo siento. Créame que tengo la conciencia tranquila: lo único que nos vincula a ese pobre niño es el cementerio donde descansaba.

—No tengo motivo para no creer en su buena fe. ¿Se niega a darme los nombres?

—No puedo hacerlo, ni que quisiera: y no quiero. El registro no se encuentra en esta iglesia. Lo custodia el cardenal vicario. Si quiere, vaya a pedirlo al Vaticano. Y yo tengo muy mala memoria.

El nuevo mensaje pasó de los ojos del cura a los de Corrado. Primero un senador, ahora el Vaticano. Con todo, el cura estaba sinceramente convencido de que Petrocchi era inocente, de que la Confraternidad se preocupaba exclusivamente de ofrecer un servicio caritativo y de que la jerarquía reflejaba, como en un microcosmos, la Jerarquía Celeste. Los nombres de los cofrades eran como los nombres de los ángeles, custodiados en el Vaticano por el cardenal vicario; aquello era lo que quería decir el último mensaje de don Vincenzo, que la Santa Sede los avalaba, así que la Seguridad Pública podía y debía olvidarse del asunto. Aquel cura de campo ni siquiera se daba cuenta de que, según cómo se tomara aquello...

Por otra parte, podía ser que aquella madeja de pensamientos y muestras de sorpresa no fuera más que un reflejo de la tensión, del cansancio.

Mirando por el rabillo del ojo, Corrado Archibugi buscó a la virgen: ¿era posible que don Vincenzo no viera que estaba sangrando no sólo por el Hijo, sino también por un niño sin nombre del que habían abusado y que había muerto a pedradas?

12

Lorenzo Panicacci decidió que al día siguiente cambiaría el retrato de Fouché a la otra pared. Porque ahora también el *cavaliere* Francesco Saverio Tinebra, mientras hablaba con su característico tono bajo de voz, lanzaba miradas curiosas al retrato.

Su excelencia no se había hecho de rogar; tras invitarle ceremoniosamente a entrar, en el tiempo que había tardado Panicacci en cerrar la puerta del despacho, el *cavaliere* se había sentado frente al escritorio de Panicacci.

Y ahora Panicacci se estremecía, aguzando el oído para entender las palabras que pronunciaba aquel maldito, al límite de la comprensibilidad. Oía su estómago, que se retorcía: ¿cuál era el problema que traía a Tinebra a su despacho? ¿Por qué no iba al grano? Hasta aquel punto todo había sido excusarse por la hora, por la molestia, estaría a punto de irse a cenar, ¿verdad?, le entretendría sólo unos minutos, era un asunto tonto, pero al mismo tiempo delicado, ¿no era ese Joseph Fouché? También su padre fumaba en pipa; él no, prefería el olor de la pipa al del puro, ¿la estufa ya estaba apagada?

Todo sutilezas de ministerio romano, que a Panicacci le hacían perder la paciencia, como un sermón interminable en misa cuando se siente la vejiga llena. Fijó la mirada en su excelencia.

Francesco Saverio Tinebra era un hombre alto, delgado, seguro de sí mismo a sus apenas cuarenta años, con ojos oscuros de reflejos dorados, cabellos rubios que llevaba largos, al estilo Garibaldi, traje negro de refinada factura, un par de bigotes largos y finos; un hombre atractivo que, por lo que se sabía, no parecía preocuparse en exceso por el otro sexo, pese a ser un codiciadísimo soltero.

Francesco Saverio Tinebra también era un catalizador de apodos: todos susurrados, todos desconocidos para él, suponiendo que aquel viejo lobo de las estepas ministeriales pudiera ignorar algo. Panicacci recordó algunos de ellos, mientras en un rincón de su mente se preguntaba si no hubiera estado bien tener a mano en aquel momento al diplomático Archibugi; porque a Panicacci le costaba leer entre líneas, y estaba convencido de que a menudo Tinebra escribía precisamente en esos espacios.

El apodo más obvio era «Tiniebla»: una pequeña modificación que indicaba la predilección del *cavaliere* por las zonas de sombra, por los tonos grises, por los matices difusos. Luego estaba «Trattino», que daba a entender que él hacía precisamente de *trait d'union* entre el Ministerio del Interior, en el que tenía contactos desde hacía años, y el de Justicia. El más chistoso de todos, no obstante, era «Ubiquique Suum», deformación del lema del odiado *Observador Romano,* que en un latín macarrónico quería decir «ubicuo en todos sus asuntos». En el fondo, era lo que se decía de Fouché; lástima que Archibugi no estuviera allí para revelárselo a Panicacci.

—Se preguntará qué motivo me trae por aquí, superintendente.

¡Ya era hora! Una sonrisa de ánimo afloró en el rostro de Panicacci.

—Pues voy al grano. Me encuentro en ciertas dificultades, a decir verdad. —«A decir verdad» era una muletilla típica de Tinebra—. Intentaré explicarme. Debe saber que existe, en el piso inferior, en el ala reservada a las oficinas de la presidencia, una sala…

Panicacci frunció el ceño. ¿Una sala reservada? ¿Y a quién le…?

—¿De verdad?

—Una sala, en fase de reforma. Esta mañana, unos funcionarios han detectado movimientos poco comunes de personal de la Seguridad Pública, supuestamente agentes suyos…, que han ocupado durante un tiempo la sala en cuestión.

—¿Una sala de la presidencia? —dijo Panicacci, a quien se le estaba helando la sangre en las venas.

—Una sala de la presidencia. Lo he comprobado: incluso olía a puro.

—¿A puro?

Tinebra se quedó mirando a Panicacci unos instantes.

—Olor de puro —confirmó por fin—. Debo añadir que, a decir verdad, ya han ocurrido episodios similares otras veces. He considerado conveniente advertirle, de modo que, dado lo delicado de esas instalaciones, no se repita. Comprenderá que…

—¡Comprendo perfectamente, figúrese! —dijo Panicacci, que se levantó y le estrechó la mano a Tinebra, para reforzar las excusas en que se prodigaba.

Siguieron algunos minuetos verbales. En el fondo, Panicacci estaba contento de que el problema acabara allí, que fuera algo que podía resolver con algún grito a Archibugi al día siguiente. Se entretuvo a hablar unos minutos más con Tinebra, pensando que en el fondo aquellos apodos podían achacarse solamente a la envidia natural de los subordinados (¡a saber cómo lo llamarían sus inspectores!). En el diálogo amistoso que siguió aparecieron frases del tipo: «Hoy he visto que charlaba con el *dottor* Mezzasalma; ¿de verdad?; es increíble que los periodistas puedan negarse a revelar las fuentes de sus informaciones; sí, me doy cuenta; por otra parte, no se puede tapar la boca a la prensa, usted ya me entiende; tendremos que encontrar un *modus vivendi*; ¿y qué me dice de aquel pobre niño?; no, no conozco a Tremolaterra; Bellacuccia, ¡qué nombre más curioso!; espero que aclare pronto este sórdido asunto; ¡realmente no envidio su trabajo, querido *dottor* Panicacci!».

—Entonces puedo contar con usted, superintendente —dijo Tinebra desde la puerta del despacho.

—Por supuesto, excelencia. No sucederá más; realmente, no consigo entender cómo…

—Bueno, no se hable más. Es, en todo caso, un asunto de escasa importancia, pero como la convivencia entre presidencia y Seguridad Pública es más bien delicada… Bueno, le dejo, usted aún no ha cenado y también a mí me esperan a cenar. ¡El juez Primicerio estará ya picoteando el pan!

—¿Cena con el juez Primicerio? Qué coincidencia, es el juez instructor de la investigación sobre el niño de la Morte Desolata.

Un momento después, Lorenzo Panicacci se quedaba solo en su despacho, con la sensación del apretón de Tinebra aún en la mano; en sus ojos aún permanecía la sonrisa inefable con que Ubiquique Suum, comentando la coincidencia «realmente curiosa», se había despedido.

Había algo que se le escapaba.

Tercera parte

5 de noviembre de 1875, viernes

1

Corrado estaba tan nervioso que ni se había dado cuenta del aspecto relajado del viejo delegado, el que se tiene tras una noche de haber dormido a gusto, o cuando de pronto desaparecen las preocupaciones.

Sobre las rodillas llevaba una bolsita de tela: el objeto que contenía podía ser lo que diera por fin un vuelco a la investigación.

La calesa avanzaba veloz por las calles grises, azotadas por el siroco que se había alzado con las primeras luces del alba y que había traído consigo temperaturas más soportables y un cielo de color óxido y con nubes bajas. En las ventanas, las mujeres trasteaban con cañas de bambú para recuperar la ropa tendida antes de que llegara la lluvia, que ya se podía sentir en el aire cargado de electricidad. Los caballos parecían más nerviosos, el viento levantaba polvo mezclado con pequeñas bolitas de estiércol, algún sombrero salía volando, los papeles tirados por la calle se levantaban en torbellinos de aire. Una ventana batió sobre sus cabezas y se oyó el ruido de cristales rotos.

—Oreste, ¿tú qué sabes del *cavalier* Francesco Saverio Tinebra?

—Es propiedad del conde Girolamo Cantelli —respondió Scialoja, torciendo la boca al nombrar al ministro del Interior, objeto de duras censuras por parte de los republicanos, de los radicales y de los internacionalistas por el antiliberalismo del que lo acusaban—. Un político: tú sabes lo que pienso de los políticos. No los soporto, al menos los ladrones entiendo lo que piensan, aunque mientan. A los políticos no los entiendo. No es que no me fíe, es que no los entiendo.

—Cuando dices «propiedad», ¿quieres decir que forma parte de la secretaría particular del conde?

Scialoja asintió.

—Entonces no es un político propiamente dicho..., sino más bien un funcionario del ministerio.

—Corra, estas sutilezas se las dejo a los curas. Tinebra salió de la manga de Su Excelencia Cantelli. Ya estaban juntos en tiempos del Gobierno Menabrea, en Florencia, en la época del escándalo de la Regia Tabacchi, para que te hagas una idea.

Saber que Tinebra trabajaba en Florencia, en algún despacho del Interior, durante el asunto de la fábrica de tabacos del reino, no tranquilizó a Archibugi; en los últimos días parecía que no dejaba de encontrarse con escándalos del pasado.

Y el de la Regia Tabacchi había sido un escándalo muy sonado: una amplia trama de corrupción que había aparecido tras la decisión del Gobierno Menabrea de otorgar el monopolio de los tabacos a un grupo de financieros para hacer caja. La corrupción salpicó incluso al rey Víctor Manuel II, destinatario de un «azucarillo» de seis millones de liras. Y la implicación de grandes poderes en el escándalo quedó demostrada y ratificada con el clamoroso atentado al diputado Cristiano Lobbia, que había dado a entender que tenía en su poder información comprometedora. De hecho, el diputado, tras salir con vida de puro milagro, había sido acusado incluso de ser un farolero, un demente, y gracias a la complacencia de los magistrados de turno, posteriormente ascendidos, fue condenado a un año de prisión militar, pena que después quedaría reducida a la mitad.

—Bueno, anoche Tinebra se presentó en el despacho de Panicacci —dijo.

Scialoja puso los ojos como platos y empezó a retorcerse la barba.

—¿Fue a ver a Panicacci? ¿Y por qué?

—Ése es el problema. Según Panicacci, fue a quejarse del uso impropio que hemos hecho Quadraccia y yo de su sala insonorizada.

—¿De verdad? Dentro de poco se dedicará también a vaciar los ceniceros del ministerio cada noche.

—Es lo que he pensado yo —dijo Archibugi.

Al llegar a la Piazza Colonna, Corrado, pensativo, echó un vistazo al café Ronzi e Singer, que ya tenía las luces encendidas. Aquella mañana, a primera hora, había ocurrido un pequeño incidente en aquel elegante café, y gracias a aquel incidente ahora Corrado llevaba en el regazo una bolsita de tela, el objeto que podía dar un giro a la investigación. Y no obstante, mientras la calesa pasaba rápida frente a los escaparates tras los que se distinguían las sombras de los clientes que degustaban especialidades de confitería suiza, sombras de políticos, periodistas, empresarios, Corrado no pensaba tanto en el incidente como en una tarde de un tiempo atrás en el Corso, cuando Lucrezia y él caminaban cogidos del brazo unos metros por delante de Scialoja y señora, precisamente en dirección a los *marron glacé* y a la fruta escarchada de Ronzi e Singer.

—¿Otra vez ustedes? —exclamó el portero que el día anterior había reconocido a Sabbatini, y que estaba sentado fuera del portal, junto a un escobillón y un cubo lleno de agua enjabonada en la que flotaba una bayeta bien sucia.

Subieron las escaleras. Una cabeza asomó desde lo alto.

—¿Son ustedes?

—¿Todo bien, delegado De Matteis?

Sí, todo estaba bien, les confirmó De Matteis mientras les estrechaba la mano en el rellano. Ya dentro, por indicación de Corrado, que había mandado a un agente que fuera a toda prisa a la sucursal del delegado para pedir instrucciones, estaban las cuatro secretarias de Tremolaterra y la «madre abadesa», tal como llamó De Matteis a Adele Ortolani.

—Si las miradas mataran, señor inspector…

—Sí, conozco a la señora Ortolani.

Y así, ahora, Corrado Archibugi estaba sentado en el escritorio de Guido Tremolaterra; De Matteis y Scialoja daban vueltas por la sala curioseando entre libros y cuadros; Adele Ortolani se mantenía inmóvil y seria, no muy lejos del escritorio de su jefe; y las cuatro señoritas, todas de aspecto profesional, cada una sentada a su mesa, miraban con curiosidad mal disimulada el objeto guardado en la bolsita de tela.

A su vez, Archibugi estudiaba a las cuatro secretarias. Iban vestidas de un modo parecido, como si llevaran uniforme, pero cada una llevaba al cuello un pañuelo de color diferente. Adele ya le había explicado que formaba parte de las instrucciones del señor Tremolaterra: un color para cada episodio, había que evitar en lo posible las confusiones. En el transcurso de una jornada, Tremolaterra podía pasar de un episodio a otro, a su antojo, por lo que el color del pañuelo y los personajes recortados en cartón y colocados sobre los escritorios como soldaditos de plomo formaban parte de su particular método de trabajo.

—¿Usted es la señora Maria Gualtieri?

A medida que pronunciaba los nombres, como pasando lista, ellas bajaban la mirada, parpadeaban, daban vueltas a la pluma o a un pañuelo con las manos y apretaban la mandíbula para evitar que una sonrisa mal interpretada pudiera comprometer su seriedad.

Vincenza Amadìo, Silvia Marziani, Giovanna Squartini.

Cada vez, la corrección: «señorita, por favor». Un gineceo de señoritas ni jóvenes ni viejas, ni guapas ni feas, todas de aspecto serio, que cada día asistían a la explosión creativa del célebre Tremolaterra, y que seguían con admiración y estremecimiento las truculentas e incluso eróticas andanzas del tal Bellacuccia.

Como si fuera una institutriz prusiana, de pie, con los dedos de las manos cruzados, Adele Ortolani escudriñaba a sus pupilas y a los intrusos. Era la única del grupo que no había protestado ni una vez por el «señora» que había empleado el inspector desde el principio para dirigirse a ellas.

Corrado Archibugi hacía el papel de maestro de escuela o, más bien, de profanador, sentado al escritorio del gran escritor. Se retorció los bigotes, hizo girar entre los dedos la primera mitad de puro toscano de la jornada y a continuación lo encendió.

—Tú que estás cerca, Giovanna, ¿querrías hacer el favor de abrir la ventana?

Archibugi, con los ojos entrecerrados tras el humo áspero, casi sonrió ante aquella salida de la madre abadesa. Esperó a que la señorita Squartini volviera a sentarse, compuesta, mientras notaba una ráfaga de aire tibio que entraba haciendo que las cortinas se hincharan indolentes.

—Señoritas, saben bien que hace unos días que su jefe está desaparecido…

—Eso lo dice usted.

—¿Ha tenido quizá modo de verlo, de hablar con él en estos dos días, señora Ortolani?

—No.

—¿Y ustedes, señoritas? ¿Ninguna de ustedes lo ha visto?

Todas negaron con débiles noes.

—¿Usted tampoco, señorita Gualtieri?

—No. Ya se lo he dicho a ese señor de atrás, y también…

—De modo que nadie ha visto a Tremolaterra desde hace dos días, al menos nadie que sepamos nosotros. Así que, señora Ortolani, llamaré a este hecho «desaparición».

La madre abadesa inclinó la cabeza. De Matteis y Scialoja se acercaron a la ventana y se pusieron a mirar hacia fuera. En aquella luz mortecina, la única nota de color en la sala eran los cuatro pañuelos.

—Aun así es cierto que existen rastros, por decirlo así, del señor Tremolaterra. Son éstos: el miércoles por la mañana, después de completar el episodio de próxima publicación… A propósito, señora Ortolani, ¿se sigue respetando el ritmo de producción? Quiero decir: ¿en qué punto está el fascículo siguiente?

Adele no respondió.

—¿Lo ve? Esta ausencia prolongada podría llegar a tener repercusiones sobre el ritmo de publicación de Bellacuccia. ¿Realmente se atrevería Tremolaterra, por voluntad propia, a interrumpir la obra que le ha dado fama y dinero? No, no podemos tomarnos a la ligera esta desaparición ni debemos ponernos a discutir sobre cómo definirla. El miércoles por la mañana, decía, Tremolaterra se dirige en calesa a la Morte Desolata.

—¡A la Morte Desolata! —exclamó Maria Gualteri, que se llevó una mano a la boca.

—¡Maria! —la regañó Adele.

La mirada de Archibugi pasaba de una a la otra.

—Sí, a la Morte Desolata, donde mis colegas estaban desenterrando a un niño de apenas doce años, muerto por un golpe violento en la cabeza. Aquella misma noche, Tremolaterra aparece en un restaurante aquí cerca, próximo a donde vive usted, señorita Gualtieri… —¿Se enciende de pronto una lucecita en los ojos de Adele Ortolani? Si es así, no dura más que un abrir y cerrar de ojos—. Está encerrado en sí mismo, mudo, parece preocupado. ¿Por qué? Las amenazas de la mañana, de las que ha hablado a las señoras, no parece que le hayan dejado tan afectado. Después, ayer por la mañana, en los periódicos, o mejor dicho en un periódico, aparece la noticia del niño muerto y, sobre todo, de las señales sobre su cuerpo, una doble W, como la que aparece en una historia de su novela. Está claro que nos encantaría interrogar a Tremolaterra: pero no sabemos dónde está.

—¿Creen que correrá algún peligro? —preguntó la señorita Squartini.

—¿Algún peligro? —intervino la señorita Amadìo—. Pero ¿qué cosas se te ocurren?

—¡Oh, Señor! —susurró la señorita Gualtieri.

—¡Dejémonos de tonterías, Giovanna! —protestó la señora Ortolani, bajo la mirada asombrada y ansiosa a la vez de las secretarias—. A lo mejor al señor Tremolaterra no le apetecía hablar con los señores de la comisaría, eso es todo. Y con motivo, por lo que he visto yo misma.

Archibugi sonrió.

—Quizá tenga razón usted, señora Ortolani. A lo mejor Tremolaterra ha desaparecido porque no quiere revelarnos lo que sabe.

—Yo no he dicho eso —precisó la Ortolani.

—Se lo ruego, ¿puede apagar ese puro? Ese olor..., no me encuentro bien.

Todas las miradas se posaron en Maria Gualtieri, que se frotaba el cuello como si le faltara el aire. Archibugi siguió fumando su puro.

—Sin embargo —prosiguió—, la historia se complica. Nosotros perdemos completamente el rastro de Tremolaterra. No sabemos dónde duerme. No sabemos dónde ha...

—Se complica para ustedes —objetó Adele. Por el rabillo del ojo, la madre abadesa controlaba a Maria Gualtieri, que se había quedado pálida.

—No, señora Ortolani, las cosas se complican para Tremolaterra.

Archibugi se levantó de golpe del escritorio, miró un buen rato a las secretarias y detectó en ellas perplejidad, ansiedad y miedo. Parecía como si Adele Ortolani estuviera haciendo de todo para tranquilizar a «sus» señoritas, instilándoles confianza en el gran escritor y desprecio por aquellos polis. Y sin embargo, también ella se frotaba las manos con fuerza, hasta el punto que se le marcaban finas venas azules en el dorso.

—¿Reconocen esto?

Con un gesto teatral, cogió la bolsita de tela por el fondo y la volcó sobre la mesa. Con un débil ruido, cayó un bombín de color antracita, que sobre el escritorio de Tremolaterra creaba una imagen irreal, como una gamba junto a una estatua de Zeus en los jeroglíficos de las revistas.

—¡Dios santo! —exclamó Gualtieri, que se puso en pie de un salto.

La silla cayó por el suelo ruidosamente. También las otras se pusieron en pie, todas se acercaron al escritorio, cogieron el sombrero y lo miraron, casi arrancándoselo de las manos la una a la otra. Frases fragmentadas, hipótesis, preocupaciones. Adele Ortolani les ordenó a todas que volvieran a su sitio, pero comprendió que la situación estaba perdida. Aquel sombrero la había impresionado también a ella: de pronto se había quedado pálida, desencajada por un momento. No obstante, recuperó enseguida el autocontrol.

—No es más que un sombrero como otros miles —dijo, con aire de desprecio, casi sin mirarlo.

—No, señora, éste es el sombrero de Guido Tremolaterra, y todas ustedes lo saben, a juzgar por su reacción. Un bombín caro, comprado en Sebregondi, en la Piazza Capranica, tal como se ve por la marca. Además, hay una etiqueta con el nombre de su propietario.

—¡Es cierto, señora, aún huele a la loción del señor Tremolaterra! —dijo la señorita Amadìo con voz histérica; después se ruborizó.

—Este bombín estaba en posesión de un vagabundo que, según dice, lo encontró por el suelo. Se lo ha puesto en la cabeza y con ese truco ha conseguido hacer creer a los camareros de Ronzi e Singer que tenía dinero para pagar unos dulces esta misma mañana: la típica historia del hábito que no hace al monje. Y no tenía dinero. Así que los agentes lo han llevado ante el delegado competente que, al ver de quién era este bombín…

—Lo encontraría en el suelo. El señor Tremolaterra lo había perdido. Este viento... —dijo Ortolani, que seguía intentando suavizarlo todo, que seguía sin ver las cosas, o procurando que las otras no las vieran. Con todo, su voz sonaba menos decidida, menos vibrante de emoción o de aprensión.

—En absoluto. Ni lo perdió ni se lo llevó el viento. El vagabundo ha contado que, junto al sombrero había también una chaqueta, un cuello de camisa y un par de pantalones, todo hecho un ovillo, como si alguien se hubiera deshecho de todo. Las prendas se las repartió con un par de amigos suyos que aún estamos buscando. Todas estarán de acuerdo conmigo, señoritas, que si estas prendas fueran del señor Tremolaterra, debe de haberle sucedido algo grave. Así pues, si saben algo, es necesario que hablen ahora, enseguida, para que no perdamos ni un solo segundo. Podría depender de ello la vida del señor...

Del gineceo surgió una frase en voz baja, pero coincidió con un trueno que la hizo incomprensible. Archibugi miró a su alrededor con expresión enojada. También De Matteis y Scialoja aguzaron el oído.

—¿Quién ha hablado?

Silencio. Corrado dio un puñetazo en la mesa y gritó:

—¡Adelante! ¿Quién ha hablado?

—Es culpa mía.

Archibugi tardó unos instantes en entender de quién era aquella voz quebrada procedente de la maraña de señoritas que se aglomeraban y confabulaban alrededor del bombín, como si fuera la reliquia de un santo.

Dio con los ojos hinchados y llenos de lágrimas de Maria Gualtieri, que se cubría con las manos las mejillas temblorosas e, inmediatamente, siguiendo una intuición, desvió la mirada hacia Adele Ortolani. Tal como imaginaba, los ojos de la madre abadesa estaban clavados en Gualtieri, que estaba rodeada de colegas que intentaban reconfortarla o, más bien, conocer sus motivos, pero Corrado no consiguió penetrar en aquella mirada gélida. Intuyó un intercambio de mensajes, pero el código le era desconocido.

—¡Es culpa mía, oh, Dios mío! —repitió la secretaria, mirando a su alrededor como si esperara ser lapidada.

2

Desde el principio, Onorato Quadraccia había tenido la esperanza de no tener que hacer lo que estaba a punto de hacer.

Desde el principio había comprendido que el niño muerto era como un piojo, que se te mete entre los pelos y te planta millones de huevos que ya no te quitas de encima, y te quedas ahí rascándote hasta que empieza a sangrarte la piel.

En el cementerio de la Morte Desolata: aquél había sido el peor momento. Habría preferido no ver siquiera al niño, aunque sabía perfectamente que no verlo significaba otros tantos millones de huevos entre los pelos, que le darían que rascar durante mucho tiempo. Al final la estúpida conmoción de Scialoja había sido la que había marcado los acontecimientos: él lo había visto; sin embargo, aquello tampoco había cambiado nada. Tampoco habría podido cambiar. Lo viera o no, tenía las de perder.

Desde el principio sabía que aquél era un juego al que no podía ganar.

La noche anterior, después de perder el tiempo en el local de Pepp'er Tosto, había ido a la posada de siempre en el Trastevere: pero no había cenado; tenía el estómago hecho un nudo, enredado como los pelos de una bruja. El posadero se había quedado de piedra al ver que se dirigía hacia él en vez de sentarse en la mesa de siempre —que nadie pensaba siquiera en ocupar desde hacía años— y esperar la llegada del plato del día y el vino tinto. Y más de piedra se quedó cuando le dijo que tenía que hablar con la cocinera, que además era la esposa del posadero. Así que había pasado por delante de él y había entrado en una gruta de paredes oscuras y resbaladizas, llena de humeantes cazuelas requemadas.

A la cocinera, una mujerona con un delantal salpicado y dos brazos como jamones, casi le dio un espasmo.

—¡Onorato! —dijo. Lo conocía desde que eran jóvenes, cuando él no tenía aún la cicatriz ni la nariz rota, pero sí algunos cabellos blancos, cuando trabajaba para el Papa Rey en vez de para el Rey, aunque el resultado era siempre el mismo: huesos rotos y esposas.

Quadraccia fue enseguida al grano, sin saludar, con las manos metidas como siempre en los bolsillos del abrigo y la nariz arrufada ante aquellos olores que le atacaban al hígado. Un gato enorme comía restos en un rincón de la caverna, junto a una pila de verduras reblandecidas, asaduras, espinas de pescado y cortezas de queso.

—¿Has visto a Patrizia últimamente? ¿Sabes algo de ella?

Ella abrió los ojos como si el Papa hubiera soltado una maldición. ¡Patrizia! Aquel nombre estaba prohibido, no se podía mentar ante Onorato Quadraccia; y ahora el inspector lo soltaba con su habitual tono indiferente. ¿Patrizia?

—¿Te has vuelto sorda?

No, no la había visto, no sabía nada. ¿Qué iba a saber? Sí, seguía allí, donde había estado siempre desde que... Pero la cocinera se detuvo prudentemente y se quedó mirando al inspector con escepticismo.

Entonces Quadraccia se encogió de hombros y gruñó:

—Mejor así.

Un minuto más tarde ya estaba fuera y la puerta de la posada se cerraba a sus espaldas, ante la mirada sorprendida del posadero, que se precipitaba a la cocina para saber qué era lo que había hecho su esposa.

Naturalmente —había pensado Quadraccia mientras se desnudaba en su pequeña y gélida habitación—, el hecho de que no hubiera novedades no significaba nada. Patrizia y la cocinera habían sido amigas, y aún lo eran, pero vivían lejos y, aunque hubiera ocurrido algo, desde luego Patrizia no habría venido a la ciudad para llorar sobre el hombro de aquella bruja de las cazuelas.

No obstante, aquella noche se metió en su cama hundida y chirriante con la sensación de que los piojos le picaban menos. Aunque a la mañana siguiente seguían ahí, rascándole el alma.

Se fue a comisaría a buena hora para que Panicacci le firmara una orden. El superintendente ya vociferaba reclamando la presencia de Archibugi, con un ridículo bombín sobre la mesa que parecía más importante que la corona de espinas de Jesucristo. Salió a toda prisa del edificio y en el portal se encontró con Archibugi.

—¡Ah! El inspector Archibugi.

—Llevo un día de perros, Quadraccia —le advirtió Corrado, con los ojos rojos por el viento, con ojeras por la noche pasada en la Morte Desolata y los músculos doloridos por la galopada.

—Ya me lo dirás dentro de un rato —dijo Quadraccia, que ya sabía del bombín que tenía tan interesado a Panicacci—. Sólo quería decirte que me voy a pedirles a los *carabinieri* que nos echen una mano. Llevo en el bolsillo una petición formal, firmada por el Toscano. Sólo por hacer las cosas bien: pensaba hacerles dar una batida por la zona de Lo Sprofondo, a ver si alguien conoce a aquel niño o está al corriente de alguna desaparición. Pensé que deberías saberlo.

Archibugi iba a responderle que era una buena idea (él mismo había pensado en ello el día anterior y llevaba en el bolsillo una carta que iba a darle a firmar a Panicacci, para poder realizar la solicitud al juez); pero Onorato Quadraccia se le había adelantado y era ya una figura enjuta y enfundada en aquel abrigo negro que se alejaba con los hombros gachos por entre el viento, pensando que ya era hora de quitarse de encima aquellos piojos, de un modo u otro.

Quadraccia llevó la solicitud formal de Panicacci a la legión de la benemérita, el cuerpo de los *carabinieri* de Roma, situada en la casa profesa expropiada a los jesuitas, no muy lejos del hotel en el que acababa de despertarse Arthur Barrington, tras un sueño agitado y dominado por el miedo —y quizá la esperanza— de que muy pronto le pudiera atrapar el fantasma de Doble W.

Desde la legión, y después de la consabida espera en el mostrador, mientras en la calle se oía a los vendedores de periódicos que voceaban la «misteriosa desaparición del creador de Bellacuccia», olvidándose completamente del cadáver de Ripa Grande, se puso en marcha, orden en mano, hacia el cuartel de los *carabinieri* de San Paolo, acompañado de un subteniente, a quien le explicó en breve la situación: el lugar donde habían encontrado al pequeño, las conclusiones del informe y, sobre todo, qué es lo que había que buscar y qué había que preguntar a los miserables habitantes de aquella zona desolada del campo romano asolada por la malaria.

—Realmente, ¿cree que tiene algo que ver ese tal Doble W? —le había preguntado el subteniente, que era de los que leían los periódicos.

—Los fantasmas no matan niños, subteniente. Esas patrañas se las dejo a los burócratas chochos y a los escritorzuelos de tres al cuarto.

—¿Burócratas? ¿Qué burócratas?

Pero Quadraccia ya había hablado demasiado, y no estaba de humor para charlar: nunca lo estaba, pero aquella mañana los piojos lo atormentaban como nunca: necesitaba librarse de ellos como fuera.

Cuando la calesa llegó al cuartel de San Paolo, el subteniente bajó y se giró hacia Quadraccia; pero el inspector se limitó a decir:

—Esta tarde volveré para saber qué han encontrado.

Y, ante la mirada sorprendida del *carabiniere*, hizo un gesto al cochero para que se pusiera en marcha hacia el campo, con un viento que arrastraba polvo y hojas muertas y curvaba las ramas secas de los árboles.

3

En aquel preciso instante, Corrado Archibugi le pide a Maria Gualtieri que se siente, mientras los delegados Scialoja y De Matteis hacen esfuerzos por alejar a las otras secretarias de su colega para que pueda respirar mejor, y Adele Ortolani se aparta lo justo para evitar el contacto con los policías.

En aquel preciso instante, Fabio Petrocchi aporrea la puerta de la salita de la sucursal de la comisaría, con los ojos encendidos y los cabellos enredados como las serpientes de Medusa, gritando que le dejen salir o que al menos le dejen hablar con su querida esposa.

En aquel preciso instante, Armida Petrocchi sirve a una clienta que le pregunta: «Armida, querida, pero ¿qué te pasa? ¡Vaya cara larga! ¿Y tú marido?». Y la pequeña mujer se encoge de hombros y se limita a responder que no está muy bien, con una expresión pétrea que no ha puesto nunca antes, al tiempo que destripa un pollo con movimientos rápidos y seguros.

En aquel preciso instante, Arthur Barrington se asegura de que la puerta de su apartamento esté bien cerrada (ha insistido en que se la repararan enseguida, limitándose a asentir ante la petición del hostalero de que al menos no dejara la llave metida en la cerradura) y aguza el oído para oír los gritos de la Piazza San Marco a lo lejos, con la esperanza de que no anuncien un nuevo delito de Doble W. En la librería, la larga pipa ya está lista para llevarle de nuevo al pasado.

En aquel preciso instante, Onorato Quadraccia le indica al cochero el camino que debe seguir, un sendero de tierra entre matojos raquíticos y hierba húmeda, charcas de barro, agujeros y alguna ruina romana que otra, barrido por el tibio viento.

Y también en aquel preciso instante, dos hombres, uno en el hospital y el otro en campo abierto, se ven implicados en la trama que la culpa y el azar han tejido en los últimos días.

—Profesor… —dice, como excusándose, el hombre de la barba incipiente, con una especie de delantal antes blanco, al señor distinguido que abre la puerta en el momento preciso en que él se dispone a entrar.

—Arduino —responde sin abrir apenas la boca el profesor, molesto por encontrarse frente a un canalla semejante, con aquel antojo de color vino que le baja desde la frente y le crea una mancha que le cubre toda la mejilla izquierda: en el Santo Spirito le llaman «Mancha Roja»; sólo los médicos y las monjas que hacen de enfermeras lo llaman por su nombre, es decir, los que lo tratan como lavaplatos y no como amigo. Cuando alguien le grita «¡Arduino!», no hay excusa: toca trabajar.

El profesor sale mirando de arriba abajo al sirviente y llevando tras él a cuatro o cinco jóvenes alumnos que siguen su curso de Anatomía Patológica en la universidad, y retoma su discurso con voz impostada, alejándose con un repiqueteo de pasos por el pasillo, con el grupo de chicos pendientes de sus palabras que esperan llegar un día a ser como él (ellos también le llaman Arduino, piensa el sirviente. ¡Quién se creerán que son!).

Arduino observa al grupo que se aleja, espera a que el pasillo quede libre, por si alguna monja entrometida aparece de pronto; y a continuación se cuela en el museo Anatómico y cierra la puerta a sus espaldas.

No le echa ni un vistazo a la amplia sala: le basta con que esté desierta. Un rayo de sol se abre paso entre las rápidas nubes e ilumina las altas estanterías de palisandro, casi devolviendo a la vida las monstruosidades que recogen: malformaciones del esqueleto, bustos teratológicos, deformidades neonatales o morbosas, cráneos de fetos, minúsculos cráneos macrocéfalos o bicéfalos, en todos los casos presentaciones anatomopatológicas en seco de finales del s. XVII. Después el rayo de sol es engullido por la nube y todo cae de nuevo en la penumbra, como un monstruo oculto en una gruta.

Arduino atraviesa veloz la lóbrega sala y se dirige hacia una pequeña puerta. La abre y entra en un cuartucho sin ventanas, originalmente un trastero para los útiles de limpieza, en el que hay espacio para una vetusta butaca que él mismo ha traído de algún sitio, y para una silla sobre la que hay una vela de sebo. La enciende con un fósforo e inmediatamente un olor a cabra se extiende por el cuarto. Luego se saca una llave del bolsillo y se encierra en su interior.

Es su reino. Aquí Arduino se repone del esfuerzo que supone el trabajo por los pasillos, en muchos casos antes incluso de fatigarse. Algunos amigos de confianza saben dónde encontrarlo si hay problemas. También su viejo amigo de la comisaría sabe que puede encontrarlo aquí: «A propósito, hace tiempo que no da señales de vida», piensa Arduino. En un trozo de papel ha escrito el nombre de los desgraciados que se han presentado en el Santo Spirito los últimos días con las tripas en la mano o con una oreja hecha jirones, una docena de ellos, y a ojo de buen cubero aquel trozo de papel vale una cena, si juega bien sus cartas.

Curioso personaje, aquel poli, con su manía de pedir la lista de los acuchillados. Arduino se acuerda de cuando los muertos por asesinato eran tan frecuentes (en Roma todos morían acuchillados) que los dejaban al fresco en las parroquias y la gente los iba a ver por curiosidad. Los niños preguntaban: «Papá, ¿me llevas a ver a cuántos han matado hoy?».

«El poli es un poco como esos niños», piensa Arduino, mientras se acomoda en su butaca y estira los pies sobre la silla con un suspiro de placidez. La vela emite volutas de un humo apestoso, pero el enfermero no le presta atención: ya tiene la nariz acostumbrada al hedor de los pasillos.

Se estira, nota los párpados pesados, se acomoda en la butaca. De pronto siente algo duro contra la nalga; emite un improperio, palpa con la mano y recupera una jeringa de latón, toda sucia y conectada a un tubito de goma asqueroso. Es la jeringa de Mauriceau, una pieza de museo, que en otro tiempo se usaba para introducir agua bendita en la cavidad uterina, con el fin de bautizar *ante partum* a los fetos que corrían el peligro de perecer durante el parto. Unos días antes Arduino había tenido la ocurrente idea de usarla, con éxito, para combatir sus problemas de estreñimiento.

La tira por el suelo y en ese momento de la jeringa se desprende un fragmento de papel que planea despacio hasta posarse en el suelo cubierto de pelusa.

Arduino frunce el ceño. Sabe por experiencia que en su butaca se encuentra de todo; sin embargo, tarda un momento en recordar cómo ha llegado allí aquel trozo de papel. Pero no es más que un momento, porque enseguida le vuelve todo a la mente: si la semana anterior no hubiera tenido aquellos problemas intestinales, piensa, no estaría tan confundido. El trabajo duro y la enfermedad eran su condena.

Recoge el papelito con un suspiro, lo mueve entre los dedos: es un trozo de fotografía, de color sepia, con los bordes arrugados. Lo que ve es una pierna de mujer desnuda, una pierna bien torneada que acaba en un gracioso piececito con la punta apoyada en una alfombra. Una de aquellas fotografías prohibidas que los señores miran con el monóculo en el ojo y los labios entrecerrados.

Una bonita pierna. Lástima que Arduino no tenga el resto de la fotografía. Habría querido ver cómo continuaba la cosa.

Coloca con delicadeza el fragmento de fotografía sobre la silla y se deja llevar por pensamientos licenciosos, hasta que se sume en el sueño, lejos del estrépito y del olor de los pasillos.

El otro hombre se despierta sobresaltado. Busca alrededor con los ojos, por instinto animal, no porque le haya asustado algo específico. La vista se le ha acostumbrado enseguida a la oscuridad de la gruta, que no es más que un agujero en una colina, un refugio que conoce bien: en la cabeza tiene un mapa de los refugios practicables, de los arroyos de agua limpia, de los frutales silvestres, de los corrales y los huertos desprotegidos.

El techo de la gruta es un laberinto de finísimas raíces que recuerda la maraña de cabellos que a veces quedan pegados al cráneo; sabe que puede ocurrir que el cabello se quede pegado al cráneo; ha visto muchos cadáveres y esqueletos en su deambular por los campos de Umbria, la Toscana y Lazio, y alguno aún llevaba encima algo útil.

Pensar en los cadáveres le recuerda que la última vez que estuvo en esa gruta no estaba solo. Emite un gruñido. ¿Por qué ha vuelto ahí abajo, y por qué ha ido a parar precisamente a ese agujero? No lo sabe con exactitud, su vida nómada y salvaje le ha privado de la mínima lucidez mental. La sombra que le había acompañado entonces —y que ha vuelto a su memoria de la mano de esos pensamientos sobre la muerte y de la sensación de familiaridad del lugar— desaparece.

En el refugio huele a orina y a tierra húmeda. El hombre se levanta, con los huesos aquejados de unos dolores familiares, y percibe un movimiento confuso justo enfrente: ratones. Inmediatamente mete la mano en la alforja, rebusca y se da cuenta, aliviado, de que sus pocas provisiones están intactas. Patea el suelo y el correteo de los roedores se aleja. Entonces, como un animal, libera vejiga e intestino y coge una piedra, con la que se limpia. Para acabar, se frota las manos contra los calzones informes.

Se acerca con cautela a la salida de la gruta, por la que entra una luz neblinosa, señal de que el tiempo ha cambiado; efectivamente, su olfato asilvestrado le dice enseguida que aquel viento cálido huele a salitre, viene del suroeste y trae calor y lluvia. «El calor está bien, la lluvia no», piensa con un gruñido.

Frunce el ceño cuando sale al aire libre y pasa de la oscuridad del refugio a la pálida luz del día. A su alrededor, hierba mojada, no ya cubierta de escarcha como en los días anteriores, árboles desnudos con la base hundida en una masa pastosa de hojas amarillas. Las montañas, a lo lejos, resultan invisibles tras la niebla.

¿Adónde ir?

No lo sabe.

Con paso incierto se dirige hacia un bosquecillo cercano, porque sabe que cuanto menos camine a campo abierto, mejor. Tiene hambre, pero sus provisiones de alimento están bajo mínimos y prefiere esperar; a lo mejor encuentra algo, raíces o achicoria.

Tiene hambre, pero como sucede a veces, especialmente por la mañana, siente también el deseo sexual.

Y vuelve la sombra del pasado. Esta vez es decidida, clara, límpida, toma la forma de la carne fresca de un niño, de piel delicada bajo la suciedad, con las nalgas blandas pese a su delgadez. Él y la sombra, dos seres marginales, dos parásitos del campo. La sombra lo llamaba «papá», es cierto, pero él no sabe realmente si era su padre, ni qué ha sido de la madre, aunque le viene a la mente la palabra «cólera».

El niño, el amigo, el hijo, el compadre, el apoyo, el amante.

¿Qué ha sido de él? ¿Por qué no está ya a su lado?

No lo sabe.

Pero ve, como en un fogonazo, al niño que intenta escapar, y una piedra que le golpea. Nada más.

El niño ya no está, pero el deseo sigue ahí.

El hombre está a punto de aflojarse los calzones, cuando su olfato percibe un olor extraño. Levanta la cabeza como un ciervo cuando detecta el peligro. Inmóvil, inhala el aire como un fuelle, saboreándolo, analizándolo, buscando pistas sobre la naturaleza del enemigo que le acecha.

Después saca el cuchillo de la alforja, lo empuña con fuerza y aprieta las mandíbulas.

4

Maria Gualtieri iba contando, en un barullo de sollozos, plegarias, lamentos y expresiones de conmiseración. Hablaba, sentada junto a la ventana abierta, retorciendo el pañuelito y las puntas del fular.

Archibugi había decidido que permanecieran en la sala únicamente Gualtieri, Scialoja y Ortolani, con la esperanza de poder descifrar aquel intercambio de miradas. De Matteis había acompañado a otra sala a las otras secretarias, que charlaban al otro lado de la puerta cerrada, con voz en muchos casos irritada o alterada, como si se estuvieran echando en cara quién sabe qué la una a la otra.

El bombín, apoyado en medio del escritorio de Tremolaterra, emanaba un aire de muerte, como un vaso canópico, símbolo de un hombre ya desaparecido.

El miércoles por la mañana, Guido Tremolaterra le había hecho una confidencia a Maria Gualtieri: le había revelado que tenía necesidad de desaparecer unos días. Que no le preguntara por qué, por favor, un caballero no podía meter en líos a una señorita como ella, y pese a todo se había rebajado a pedirle ayuda y esperaba que ella lo entendiera, o eso es lo que había dicho. Había recibido noticias, una nota (Maria no sabía qué ponía ni quién se la había traído) que requería su atención. Tendría que dejar sus ocupaciones habituales, apartarse de todo durante un tiempo, para reflexionar sin agobios. ¿Podía ayudarlo?

—Naturalmente, me sentí honrada…

¡Naturalmente! Mientras caminaba arriba y abajo, Corrado Archibugi se preguntaba qué poder tenía Tremolaterra sobre aquel grupo de señoritas: ¿las seleccionaba adrede, detectaba su debilidad? ¿Se quedaba con la que reconocía inmediatamente su loción para el cabello? Era ridículo. ¡Y las miradas de horror y celos de las otras, cuando la Gualtieri había hecho aquella confesión! Y en todos aquellos cambios de humor, en aquel erotismo más o menos reprimido, ¿qué papel tenía Adele Ortolani, la madre abadesa, la vestal del escritor? Archibugi había querido que ella estuviera presente en la declaración de Gualtieri, pero resultaba del todo imposible extraer emoción alguna de su expresión gélida: aquella mujer estaba acostumbrada a controlar las emociones, a enmascararlas.

¿Y la nota inesperada? ¿Qué ponía, que requiriera su atención de un modo tan urgente y reservado? Había llegado el miércoles por la mañana, poco antes o poco después de la visita de Sabbatini, mientras Petrocchi hacía su explosiva declaración en el despacho de Panicacci: una sospechosa coincidencia que invitaba a buscar un vínculo entre ambas cosas.

Scialoja le llevó un vaso de agua a Gualtieri, y ésta se lo bebió con avidez.

—Gracias. Guido, es decir, el señor Tremolaterra, sabía dónde vivo: yo no podía alojarle, ustedes lo entenderán —explicó, ruborizada, mirando a Adele Ortolani, que, sin embargo, parecía más interesada en la alfombra en aquel momento—. Por otra parte, él mismo comprendía que no era posible… que yo le diera cobijo. Pero sabía que al lado de mi casa había una buhardilla vacía, de la que yo tenía la llave, porque la señora que vivía allí me había hecho una copia. Estaba sola y era mayor, ¿saben…?

—Así pues, ¿Tremolaterra durmió en la habitación contigua a la suya el miércoles por la noche? —inquirió Archibugi, pasando por alto cómo Tremolaterra podía saber que había una buhardilla apartada y disponible junto al piso de Gualtieri.

Sí, había dormido a su lado, es decir, en la habitación al lado de la suya (otra vez se ruborizó, y Archibugi pensó en cuántas veces más habría dormido el periodista junto a la joven, es decir, en la habitación de al lado). Todo ello en el mayor secreto, evitando que le viera la portera, algo por otra parte nada difícil: ya habían visto qué tipo de persona era. Tremolaterra no le había pedido nada y se había portado como un perfecto caballero (otra mirada a la madre abadesa). No le había parecido agitado ni nervioso, quizás algo reservado, silencioso.

—¿Como quien no consigue entender algo?

Gualtieri se quedó mirando a Archibugi.

—Sí, quizá sí.

Aquel miércoles por la tarde, Tremolaterra había cenado en una *trattoria* cercana, solo: le había dicho que habría querido invitarla a cenar, pero que no era conveniente, en aquellas circunstancias, que alguien podría imaginarse dónde se escondía.

—¿Y cuando usted ha sabido por el *Eco di Roma* lo del niño muerto, lo de la doble W? ¿Cómo ha reaccionado? ¿Qué ha pensado? ¿Y qué le ha dicho Tremolaterra?

Maria Gualtieri se llevó las manos al pecho y juró que no sabía nada de aquella historia; se había enterado de que Tremolaterra había estado en la Morte Desolata por Archibugi, poco antes. El jueves había hablado de aquel artículo con Guido, es decir, con el señor Tremolaterra, pero él había sacudido la cabeza y le había dicho que no se preocupara, que todo era una cortina de humo, un complot —dijo incluso «un complot»—. Y después lo vio poquísimo en todo el día, estuvo todo el rato por ahí, quién sabe dónde. Cuando el día anterior se habían presentado primero el inspector y después el señor delegado, él no estaba en la habitación de al lado: había salido. No sabía donde había ido, lo juraba con la voz quebrada.

Archibugi se acarició el bigote, pensativo. Con el rabillo del ojo controlaba a Adele Ortolani, que parecía una esfinge. Lo que más le interesaba en aquel momento era precisamente ella, la madre abadesa, sus pensamientos: y le pareció que el único modo para llegar a ellos sería usando una piedra de toque. Por eso había querido que estuviera presente en el interrogatorio a Gualtieri.

—¿Usted se explica por qué le pidió ayuda Tremolaterra precisamente a usted?

¡Ah! Esta vez la madre abadesa sí había acusado el golpe. Corrado, que ni siquiera oyó la respuesta de Gualtieri, vio que la señora Ortolani cruzaba los brazos sobre el pecho y torcía los labios para luego abrirlos, casi como si fuera a hablar. Fue sólo un instante, un momento suspendido en el tiempo en el que Archibugi concibió esperanzas de que Ortolani se quitara aquella máscara, pero al poco aquel rostro volvió a mostrarse igual de inexpresivo que antes.

—Siga —dijo—. Dígame qué sucedió el jueves por la tarde.

¡Había sido un calvario, una espera terrible! Por fin Tremolaterra volvió, cuando ya había oscurecido, hacia las seis, nervioso e irritable. Le había mandado a buscarle un bocadillo de jamón y una botella de cerveza. Gualtieri vio que algo grave flotaba en el ambiente. Le llevó de comer y de beber y lo dejó solo, pero lo oía paseándose arriba y abajo por la buhardilla.

—Después, hacia las siete, salió de nuevo: llamó a mi puerta y me dijo que tenía una cita, que volvería pronto, que no me preocupara. Y sin embargo, parecía que hubiera envejecido diez años. ¿Cómo? Sí, llevaba el bombín que han encontrado.

Maria Gualtieri había pasado la noche en blanco; de vez en cuando, cuando salía del duermevela, iba a llamar a la puerta de al lado, con la esperanza de que Tremolaterra hubiera vuelto. Nada. Y esa mañana, cuando el agente de Policía había acudido a llamarla para que se presentara en comisaría, por un momento tuvo la esperanza de que hubiera regresado…

—Tenía que haber venido enseguida a comisaría, contarlo todo. ¡Nunca más podré estar tranquila, si le pasa algo a Guido! Si hubiera venido antes quizá no le hubiera pasado nada. ¿Qué dicen ustedes? Pero ¿cómo podía imaginármelo? Y además, después de todo, ¿estamos seguros de que…, de que…?

Los ojos de Maria buscaron ayuda en los de Adele Ortolani, inflexibles. Luego se llenaron de lágrimas y la joven estalló en un llanto histérico.

Archibugi torció la boca.

—Deme la llave de la buhardilla en la que se ha refugiado Tremolaterra.

—¿Eh? Ya no la tengo. Se la di a él, y no sé…

—Entonces tendrás que pedírsela a la portera —le dijo Corrado a Scialoja—. Ve a echar un vistazo.

—Pero entonces todo el mundo sabrá que él… —protestó Gualtieri.

Archibugi estaba a punto de replicar, pero sorprendentemente llegó antes Adele Ortolani, con voz seca y baja:

—Habrías podido pensártelo antes.

Se produjo un cruce de miradas silenciosas y a lo lejos se oyó el murmullo de una tormenta. Las cortinas se hincharon majestuosamente y luego se deshincharon. Los sollozos de la Gualtieri eran regulares, como guiados por un metrónomo.

—Bien. Oreste, ve enseguida: nos vemos después, en comisaría, con Petrocchi. ¡Delegado De Matteis, venga, por favor!

La sala volvió a llenarse con las otras secretarias, que intentaban comprender lo sucedido, susurrando entre sí. De Matteis tenía la mirada curiosa que Archibugi conocía ya tan bien.

—Ahora le pongo al día de la situación, delegado, no se preocupe. Pero primero tenemos que pasar un momento por la comisaría. ¿Petrocchi sigue al baño María?

—Sí, inspector. Aunque entenderá que hoy tenemos que soltarlo, o si no…

—Sí, claro. Pero primero quiero hablar con él. Espero que la noche le haya hecho reflexionar.

De Matteis volvió a meter el sombrero en la bolsa.

Archibugi, de pronto, se giró hacia Adele Ortolani y, con voz clara y fuerte, como si quisiera que todos —y, sobre todo, todas— le oyeran bien, dijo:

—Y usted, señora, ¿cómo se explica que el señor Tremolaterra se dirigiera a la señorita Gualtieri en busca de ayuda, que fuera a esconderse en su casa?

Todas las secretarias se quedaron mirando primero a su colega y luego a la madre abadesa. Una vez más, como cuando Archibugi había dirigido la misma pregunta a Gualtieri, se produjo una suerte de escalofrío en aquella máscara inmóvil, los labios de la mujer se entreabrieron y volvieron a cerrarse. Apretó los puños.

—No lo sé —dijo por fin, con voz firme, en el silencio de la sala—. Pero el pobre señor Tremolaterra, si realmente le ha sucedido algo, debe de haberse dado cuenta de su error al fiarse de ésa…, de la señorita Gualtieri. De hecho, anoche, después de abandonar la buhardilla del edificio de Maria, como dice ella, vino a mí. A mi casa.

Un murmullo se propagó por los labios de las cuatro secretarias. La madre abadesa estaba henchida de orgullo y de rabia a la vez.

—¿Y cuándo tenía pensado informarnos, señora Ortolani? —dijo Archibugi, subrayando cada sílaba.

—¿Y por qué tenía que hacerlo? —rebatió ella—. Fue una charla privada, que duró poco más de media hora, y no veo cómo puede ayudarlos en su trabajo. El señor Tremolaterra vino a mi casa anoche hacia las siete y media: no habíamos quedado antes, como parece que le dijo a Maria. Así que si tenía una cita, sería con otra persona. Efectivamente, estaba preocupado.

—¿Por qué?

—No me lo dijo. A decir verdad, no quería decírmelo. A mí me parece que se trataba de deudas. Para ser honestos, la moderación en el gasto nunca ha sido una cualidad del señor Tremolaterra.

—¡A mí no me ha hablado nunca de deudas! —intervino Gualtieri.

—¿Y qué querías? ¿Qué te confiara sus cosas? —protestó Adele—. Tú tenías la buhardilla disponible y por eso se dirigió a ti, no te engañes. Pero vino a mí…

—¿Cómo se permite? —gritó Maria.

De Matteis le apoyó una mano sobre el brazo, decidido, para hacerla callar.

—Yo no me permito nada, repito lo que tú misma has dicho. A mí vino en busca de consuelo espiritual, de consejo…

—¡Sí, muy espiritual, lo tuyo! —espetó Gualtieri.

Las voces se solaparon durante un rato. Finalmente, Corrado pudo reemprender el discurso.

—Bueno, señora Ortolani, usted dice que no entendió cuál era el motivo de angustia de Tremolaterra, su problema —dijo Archibugi—. Así pues, ¿qué consejo podría usted darle?

Adele suspiró.

—Ninguno, efectivamente. Debo decir que el señor Tremolaterra me irritó. Mucho.

—¿Porque él le dijo que se alojaba en casa de la señorita Gualtieri?

Una mirada de Medusa golpeó a Archibugi.

—También. Consideré una falta de respeto el hecho de que el señor Tremolaterra no hubiera decidido recurrir a mí en primera instancia, que no contara con mi ayuda, con mi…

—¡Con tu cama! —gritó Maria, desencadenando una nueva tormenta.

Fueron necesarios unos minutos para recuperar la calma; De Matteis tuvo que sacar de allí a todas las secretarias, que parecían dispuestas a cualquier cosa por quedarse.

Por fin Archibugi prosiguió:

—Así que se sintió dolida.

—Sí, lo confieso. Me mostré fría. Él se dio cuenta, farfullaba excusas, explicaciones a medias.

—¿Y después?

—No crea que fui maleducada. No, incluso le ofrecí café de cebada, estaba cenando cuando se presentó, café y pan con mermelada. Pero levanté..., cómo lo diría..., un muro entre él y yo. Después de los nervios que me había hecho pasar...

—Nunca lo habría dicho —atacó Archibugi, con toda la intención.

—Me da igual lo que habría dicho usted, inspector. No tengo que demostrarle a usted ni a nadie mis sentimientos. Le decía que se fue media hora después. Sí, claro, visto lo que pasó después, me siento culpable. Pero, en realidad, yo no he hecho nada mal. En todo caso, él.

—Y no nos habría dicho nada si yo no la hubiera obligado prácticamente a hablar, provocándola con las palabras de la señorita Gualtieri.

—¿Y qué habría cambiado? ¿Qué es lo que saben ahora? No sé qué hizo, dónde fue, con quién tenía esa famosa cita, ni cómo acabaron por el suelo sus ropas. No sé nada.

Con desgana, Archibugi prosiguió:

—¿Usted conoce a los acreedores de Tremolaterra?

—No. Sé que gastaba mucho, mucho más de lo que ganaba. Era espléndido.

—Usted también está convencida de que está muerto...

Adele Ortolani bajó la mirada y se sentó en una pequeña butaca, con movimientos que a Corrado le parecieron artificiosos y que significaban: «No tengo nada más que decir».

A Archibugi le pasó de pronto por la cabeza una idea extraña, que no tenía nada que ver con lo que había oído hasta entonces. ¿Era posible que...?

Se acercó a la pared y se quedó mirando un cuadro que

mostraba una panorámica de Roma desde el puente Sisto. No, no era de Barrington. Archibugi tuvo la certeza cuando lo separó de la pared, le dio la vuelta y en la parte trasera de la tela leyó la firma: un italiano, 1857.

—¿No es del inglés? —preguntó De Matteis por encima del hombro de Archibugi.

—No, en absoluto. Diferente estilo, óleo y no acuarela; y la fecha, además...

Corrado volvió a mirar un momento el cuadro, sosteniéndolo entre las manos y dejándose llevar por sus pensamientos.

—¿Y esas marcas en las cuatro esquinas del marco? —insistió De Matteis.

—Sí, yo también las he visto la otra vez que vine por aquí. Deben de ser signos caligráficos árabes.

—¿Y cómo lo sabe?

Archibugi sonrió mientras volvía a poner el cuadro en su sitio.

—No ponga esa cara, delegado, no conozco la lengua árabe. Pero he visto sus signos alguna vez, y detrás del cuadro, junto al nombre del artista, pone el nombre de la tienda donde lo compraron: L'Antico Bazar, la Via Giulia 67. Así que es fácil imaginar que esos signos estén inspirados en la caligrafía árabe. Tome nota de esa dirección. Y ahora vamos a ver a Petrocchi.

Bajaron las escaleras a toda prisa; en el portal casi chocaron con dos agentes de la Policía y con el inspector Sabbatini.

—¡Corrado! Entonces, ¿es verdad? Me han dicho que estabas aquí, y al venir me he encontrado con estos dos agentes con...

—¿Tú qué haces aquí? Terenzio, debes quedarte en casa. Te han suspendido, ¿lo entiendes o no?

—¡Bueno, bueno! ¿Y tú ahora qué haces? ¿Méritos para ocupar el puesto de Panicacci? ¡Yo sólo quería saber cómo iban las cosas, caray! Me juego mi trabajo. Y aquí, este polizonte me dice que habéis encontrado la chaqueta de Tremolaterra, tirada por el suelo. ¿Qué pasa, Corrado?

Archibugi casi le arrancó la chaqueta a un agente, que la

llevaba bajo el brazo; la examinó, vio la etiqueta con el nombre del propietario y hurgó en los bolsillos.

Enseguida el Policía le informó de que habían atrapado al compañero del vagabundo del bombín, y que aún buscaban al tercero. Archibugi pensaba y al mismo tiempo sentía que el tiempo transcurría rápido, demasiado rápido. No había indicios de lucha en la chaqueta, tirones, cortes ni sangre; sin embargo, tanto chaqueta como sombrero habían aparecido tirados por la calle, por lo que decían aquellos tres. ¿Quién lo habría hecho?

—No habréis soltado a esos vagabundos…

—No, señor inspector. Aún están siendo interrogados.

Archibugi asintió, convencido. Que aquellos desgraciados hubieran encontrado por el suelo las ropas de Tremolaterra le parecía tan creíble como que Francesco Saverio Tinebra hubiera ido a ver a Panicacci sólo para quejarse.

—¡Ahí está! ¡Sólo nos faltaba el agua! —exclamó el portero.

Era como si un velo de ceniza se posara sobre la calle: todo quedó apagado. En pocos segundos, una cortina de agua cayó a plomo sobre la Via della Mercede. Archibugi, De Matteis, Sabbatini, los dos agentes y el portero permanecieron en el portal, en silencio, mientras unos riachuelos de agua se abrían camino por la calle en pendiente.

—Terenzio —dijo Corrado—, ya que estás aquí, hazme un favor: sube y abre bien los ojos, mira por ahí. Intenta descubrir si Tremolaterra se llevó consigo algo cuando se fue, ya sabes. Espera. Dime una cosa: ¿la mañana que estuviste con él no te hablaría de una nota que habría recibido?

—¿Una nota? ¿Qué nota?

—Déjalo. Venga, te espero aquí. Date prisa.

—Así pues, ¿qué le ha pasado al señor Tremolaterra? —dijo de pronto el portero.

Nadie le respondió.

5

Onorato Quadraccia había esperado en el coche que cesara la lluvia, protegido bajo la capota desplegada por el cochero que, a su vez, envuelto en una lona impermeable, esperaba bajo un enorme castaño, apoyado contra el tronco, inmóvil como una figurita de un belén.

El chaparrón duro unos veinte minutos. Cuando Quadraccia bajó del coche aún caía alguna gota, y casi resbaló sobre el suelo encharcado. Se levantó el cuello del abrigo y le ordenó al cochero que le esperara allí mismo. Suspiró como si se dirigiera a su fusilamiento y embocó el sendero, entre piedras y charcos de agua, bajo un cielo plomizo.

Era el mismo camino que había emprendido unos meses antes, en mayo: ahora parecía otro mundo. Patrizia vivía allí desde hacía años, y él nunca se había preocupado de saberlo hasta su última visita al hospital. Cambió el curso de sus pensamientos y se preguntó si los *carabinieri* habrían suspendido la búsqueda con aquel aguacero: no es que le importara mucho, pero así distraía la mente.

Caminó casi un kilómetro, sin prisa, atento adónde metía los pies. El campo estaba desierto, como alisado a cepillo; sólo alguna corneja rompía el silencio con sus graznidos. No vio a nadie. No era época de temporeros, de «deambulantes» en busca de trabajo en los campos de los terratenientes, como los que se reunían en la Piazza Montanara, llenando las aceras, a la espera de algún capataz que los contratara para la jornada. No había vendimia, recogida de castañas ni de avellanas, ni siquiera los pastores iban en trashumancia; todo aquello quedaba atrás, el campo estaba muerto y las gotas de agua que caían de las ramas secas parecían lágrimas.

¿De dónde vendría aquel niño? Recordó el brazo azulado que colgaba de la camilla.

Quadraccia sintió un escalofrío y se refugió en el abrigo, ajustándose el viejo sombrero azotado por el viento. Los zapatos le pesaban del fango que arrastraban. Remontó una loma cubierta de hierba alta y desde allí miró hacia abajo, en dirección al tugurio que había visto en mayo, a la luz del sol.

La otra vez había llegado hasta allá arriba y había dado marcha atrás. Le había bastado con quedarse un momento a mirar, hasta verla a ella, tan vieja como él, quizás aún más estropeada, porque no debía de haber llevado una buena vida. Quizá, con un poco de suerte, podría quitarse de encima aquellos malditos piojos sin hablar con ella, únicamente analizando la situación, pero no confiaba en ello.

A pesar de la camisa y el suéter de lana, el anillo en el bolsillo del chaleco parecía presionarle contra el costado como si estuviera al rojo vivo. Sentía claramente el contacto sobre la piel: era lo único que conservaba de ella, aparte de un retrato que tenía en la habitación.

Sin embargo, algo más debía de conservar, en algún lugar, si nada más salir del hospital, después de meses de pesadillas y recuerdos provocados por la fiebre, el dolor y la soledad, había partido en su busca.

Después de todos aquellos años. Patrizia. Sacudió la cabeza y se dijo: «De locos».

Sin embargo, estaba allí de nuevo. En la loma, mirando. Y esta vez tendría que seguir adelante: lo comprendió enseguida, después de escrutar la llanura a sus pies con los ojos entrecerrados por el viento. La última y débil esperanza de librarse de la responsabilidad de encontrarla se desvaneció. Tenía que ir y hablarle.

Suspiró y emprendió el descenso con cuidado, con los pies hundiéndosele en el terreno húmedo y los ojos fijos en la mujer que trasteaba alrededor de un caldero, de espaldas a él.

La mujer tenía los cabellos grises al viento; estaba envuelta en un chal negro y llevaba botas de hombre en los pies. Daba la impresión de que estaba intentando encender el fuego. Parecía casi un animal, un ser pagano, sin alma. A su lado, en un soporte que chirriaba peligrosamente, había ropa tendida: «Habrá esperado a que acabara la tormenta para tender», pensó. Allí cerca, una barraca construida con tablones, ladrillos, paja, todo lo que hubiera podido encontrar. Una especie de chimenea escupía un humo negruzco, madera mojada, pero él estaba seguro de que la mayor parte debía de quedarse en el interior de la casa, apestándolo todo y a todos. Luego había un cercado con tres o cuatro cabras en su interior, que emitían tristes balidos y, alrededor del cercado, botes para recoger agua. Por el suelo, aquí y allá, azadas, podadoras, palas, trozos de cuerda.

Mejor que las cabañas de los temporeros o que los carros de los nómadas, pero aun así no dejaba de ser una ratonera, un lugar donde había que ganarse la vida con uñas y dientes, día tras día. Y ella llevaba allí años.

Ella, Patrizia, la mujer. El único ser vivo a la vista: por eso Quadraccia tenía que hablarle. Habría podido ver lo que le interesaba, habría podido rascarse aquel picor como deseaba, con gusto habría dado media vuelta y habría vuelto corriendo a su «vejiga», liberado finalmente.

Un perrillo se levantó de golpe y empezó a ladrar, ronco: una cuerda lo retenía atado a un palo. Estaba agazapado y Quadraccia no lo había visto. Sin embargo, la otra vez también estaba ahí; habría debido recordarlo.

La mujer se giró de pronto, aún inclinada sobre el fuego. Vio al inspector y se puso en pie, se llevó una mano a la frente, protegiéndose los ojos de la pálida luz. Quadraccia se detuvo y sintió que el corazón se le paraba por un instante.

El viento silbaba y el perro ladraba, dando furiosos tirones a la cuerda. El balido de las cabras fue en aumento. Tres o cuatro gotas de lluvia le cayeron sobre la cara.

Fue la mujer la que reaccionó primero. Corrió a la casa arrastrando torpemente sus enormes botas y salió un minuto más tarde con un viejo fusil que empuñó con decisión. El cañón apuntaba directamente a Quadraccia, que se había detenido a unos metros de distancia con las manos en el bolsillo y el sombrero pegado a la cabeza.

—Baja esa escopeta, Patrizia —dijo—. Ya tengo todos los agujeros que necesito.

El perro seguía ladrando. A la nariz de Quadraccia llegó un olor a establo. El humo de la chimenea descendía hacia ellos y se le pegaba a la garganta.

La mujer lo miraba con el ceño fruncido. Parecía esculpida en madera, rugosa pero sólida, enérgica, inamovible. El cañón del fusil no se movió un milímetro. Se preguntaba por qué aquel forastero sabía su nombre. Cuando alguien te busca, mala señal: Quadraccia casi podía leerle el pensamiento.

—En primavera estuve a punto de estirar la pata... —prosiguió. ¿Por qué le habría dado por ahí? ¿Por asociación de ideas con los agujeros de los que había hablado antes? ¿O esperaba quizá que Patrizia se interesara por su salud? ¡Cómo detestaba aquellos momentos en los que no se explicaba su propio comportamiento!

Los ojos de la mujer escrutaban a un hombre que la conocía y que la llamaba por su nombre, sin conseguir encontrar en la memoria los recuerdos necesarios. Tenía los labios apretados como si estuviera a punto de encender un fuego y el viento le apagara cada vez la cerilla entre los dedos.

«Aún no me ha reconocido», pensó él. Así que sacó una mano del bolsillo, lentamente, con el cañón del fusil siguiendo cada uno de sus movimientos, y con un gesto indolente se pasó el dedo por la cicatriz excavada en la mejilla enrojecida por el viento y por el paseo.

Los ojos de la mujer primero hicieron un guiño; luego se entrecerraron y por fin se abrieron como platos. El cañón del fusil bajó, incierto. Hizo un gesto al perro, que dejó de aullar y se puso a agitar el rabo como un poseso. Ella abrió la boca dos o tres veces antes de emitir palabra alguna.

—¿Qué quieres? —le espetó.

—Tengo que saber una cosa.

Al grano, sin perder tiempo, sin tonterías: Quadraccia se sintió casi aliviado. Habían pasado tantos años, tantos, que ella lo había reconocido por lo único que no podía cambiar: una cicatriz. Y hablaban como si hubiera pasado una hora.

Patrizia no respondió de inmediato. Le dio la espalda, volvió a la casucha y salió de ella sin el fusil. Le tiró una caja de fósforos que él agarró al vuelo, sin mostrar sorpresa, y dijo:

—Pues haz algo e intenta encender ese maldito fuego.

Quadraccia se la quedó mirando un buen rato.

—¿Se puede saber qué miras?

—Has envejecido.

—Ha hablado el muchachito. Lo único que te ha quedado intacto es ese chirlo.

No parecía inmutarse: lo único bueno que tenía Patrizia es que nunca hablaba demasiado. Quadraccia asintió, se acercó al caldero y se agachó: las rodillas protestaron con un crujido. Tocó los papeles colocados sobre las ramitas: estaban secos. El viento soplaba con fuerza.

—Acércate; así me tapas el viento y además me ahorro tener que gritar para hablarte.

La sombra de ella le cubrió. Tuvo que encender un par de fósforos antes de conseguir que el papel prendiera. La llama se extendió rápidamente con el viento y las ramitas empezaron a crepitar. Quadraccia volvió a ponerse en pie con un lamento y se la encontró enfrente.

Los mismos ojos descarados de tantos años atrás: Quadraccia recordó de pronto que había habido un tiempo en que ella lo miraba de otro modo. Aunque a decir verdad había durado poco.

—Espabila y dime qué buscas aquí, que no tardará en volver —dijo ella, con las manos sobre las caderas. El recuerdo se desvaneció.

—Estuve aquí hace unos meses.

—¿Aquí? ¿Y cuándo? ¿Para qué?

¿Realmente pensaba que estaba allí por algún otro motivo que no fuera volver a verla? No, ahora sabía que cuando había estado allí, en la colina, hacía unos meses, era sólo para tomar medidas, para preparar el terreno. Había esperado a tener la excusa ideal, y hasta ahora no la había encontrado. Pero ¿por qué sentía la necesidad de volver a ver a aquella vieja bruja? «No tardará en volver…»

—¿Qué quieres, Onorato? No me digas que te has puesto nostálgico.

Ésa era Patrizia, la maldita arpía de siempre, que siempre sabía cómo hacerte perder los estribos.

—¿O es que al hacerte viejo has descubierto que necesitas una mujer? —prosiguió—. ¿Necesitas a alguien que te lleve la comida a la cama?

Quadraccia resopló.

—Mira, ya es bastante difícil sin que te emplees a fondo conmigo.

—Pues date prisa.

—La otra vez que vine…

—Aún no me has dicho por qué.

—… la otra vez que vine esto no estaba desierto como ahora. Me detuve en aquella loma de ahí arriba. Alrededor de esta ratonera pululaban varias personas: tú, un jovencito y un niño. —Los ojos de la mujer ahora eran dos aguijones con unas ganas locas de atravesarlo de parte a parte—. ¿El jovencito es…?

—Mi hijo —respondió ella, subrayando el «mi».

—Tu hijo, sí —respondió él, subrayando el «tu»—. ¿Y ese mocoso?

—Pero ¿se puede saber qué coño quieres de mí?

—¿Por qué no intentas responder, por una vez?

—Si realmente te interesa, ese mocoso es mi nieto. El hijo de mi hijo. Soy abuela. ¿Lo has entendido ahora? ¡Soy abuela, Onora!

—¿Cuántos años tiene?

—Nueve.

«Demasiado pequeño», pensó Quadraccia. El corazón se le paró de nuevo por un momento, pero esta vez era de alivio. Asintió en silencio. No podía ser el niño muerto en Lo Sprofondo.

—¿Y cómo es que hoy no hay nadie por aquí? ¿Dónde están todos? ¿Recogiendo achicoria?

Patrizia no respondió. Lo miraba de refilón, y él estaba seguro de que intuía algo, quizás había percibido su alivio, a pesar del comentario irónico con el que había intentado ocultarlo inmediatamente. Pero Patrizia conocía sus jueguecitos, sus tácticas: «Tú empleas la maldad para protegerte», le había dicho una vez. «¿Para protegerme de qué?», había replicado él. Y ella se había encogido de hombros. ¡Aquella desgraciada también sabía usar los silencios!

—A ti te pasa algo, Onorato.

—No me ves desde hace un siglo. Tú que sabes lo que me pasa…

—Uno como tú no cambia: sólo empeora. A ti te pasa algo,

hay algo que te reconcome. Estás preocupado. Sí, estás preocupado. Pero ¿por qué?

—¿No has sabido nada de lo que ha pasado por aquí?

No se quitaba de encima aquellos aguijones, que buscaban, hurgaban, horadaban.

—¿Por qué viniste a espiarme aquella otra vez?

—No lo sé —respondió él, con una mueca de desgana—. Quizá quería saber si estabas viva. Yo mismo estoy vivo de milagro, me dispararon, hacía poco que había salido del Santo Spirito. Quizá se me pasara por la cabeza que tú también podías estar muerta...

Ella agitó los dedos frente a la cara a modo de cuernos, para ahuyentar la mala suerte, y dijo:

—¡Mira por dónde! Ya lo digo yo: tú has salido del lazareto con la idea de que no te iría mal una enfermera. ¿Tú te has visto? Tienes una nariz que da asco: alguien te ha marcado a conciencia.

—Dime dónde están todos.

—Pero ¿a ti qué te importa? Están por ahí. ¿No ves cómo vivimos? Habrá que comer, ¿no? Y yo soy la única mujer de la familia que sigue viva. Ya lo has dicho tú: estarán recogiendo achicoria. ¡Ojalá la encontraran!

No había nada más que decir. O mejor dicho, habría mucho que decir, pero aquella vieja fulana no había cambiado en absoluto: el mismo pellejo de siempre, sólo que más vieja y más fea. A Quadraccia le venían ganas de darle un bofetón. Lo había hecho un montón de veces, cuando vivían juntos, pero, por otra parte, ella tampoco estaba de broma: la cicatriz de la cara, que todos creían obra de algún chulo callejero, se la había hecho ella, con una cuchillada que, si hubiera ido a parar dos o tres centímetros más hacia el centro, le habría dejado con dos agujeros en lugar de nariz.

—Me voy, Patri. Y vigila al pequeñajo de tu nieto. Por aquí se mueve mala gente.

—Espera, espera..., que yo lo entienda... ¡No! —gritó ella, sorprendida—. Ahora lo veo. ¡Tú hablas de la Morte Desolata! No es posible. ¿Has venido hasta aquí para ver si mi nieto estaba vivo? ¿Si el muerto era él? ¿Para avisarnos? ¡Vaya, ésta sí que es buena!

Patrizia estalló en una carcajada burda y forzada. Quadraccia se dio media vuelta y se puso en marcha: la tormenta se acercaba. La voz de ella chirriaba como una tiza sobre una pizarra y él ahora la recordaba perfectamente, aquella voz. ¡Mira que venir a mezclarse con aquellos ovejeros! Sintió la tentación de coger el anillo y tirárselo, pero no lo hizo. Siguió alejándose. El viento le traía sus palabras, alterándolas: a veces claras y fuertes; otras, débiles, lejanas.

—¿Ahora te viene el instinto del abuelo, cuando nunca has tenido el de padre?

Él se giró de golpe y le gritó, mientras el perro le volvía a ladrar:

—¡No me la colaste entonces y no me la colarás ahora, puta! ¡Yo no tengo hijos ni tampoco tengo nietos!

Escupió al suelo y reemprendió la subida a la loma, a paso ligero, jadeando, sintiendo la hierba alta que le mojaba los pantalones, trastabillando e imprecando, mientras Patrizia le tiraba una piedra que, sin embargo, cayó lejos, y seguía vociferando.

—Fuera de aquí, viejo idiota, o vuelvo a buscar la escopeta. ¡Santo Dios, qué chocho estás! ¿Para qué habrás venido aquí, tullido asqueroso? ¡Ahora te da por hacer de abuelito preocupado! Tienes suerte de que mi hijo no haya vuelto; si no, te llevabas una somanta de palos...

Quadraccia llegó a la calesa y se dejó caer en el asiento, ante la mirada de asombro del cochero. Jadeaba como un fuelle y tenía la frente cubierta de sudor frío. Miraba el cielo gris y se preguntaba por qué habría ido hasta allí, a dejarse pisotear de aquella manera por su mujer; sin embargo, a pesar de la rabia, el estómago encogido, el dolor en los pulmones y el fango que le recubría los zapatos; a pesar de la humillación que había soportado voluntariamente; a pesar de todo, entre aquella maraña de sensaciones, de algún modo se sentía aliviado.

Sí. Se le escapó una mueca burlona. ¡Sí! A pesar de la vieja y de todo lo que le recordaba, se sentía aliviado. Había hecho lo que tenía que hacer. No tenía hijos y, por tanto, no tenía nietos: cuando Patrizia se había quedado embarazada, él había comprendido de inmediato que le había puesto los cuernos. No se había dejado engañar. No obstante, le habría disgustado que el niño asesinado en Lo Sprofondo hubiera sido el nieto de Patrizia. ¡Qué narices, al fin y al cabo, había sido su mujer! Pero, por lo demás, que se fueran todos al cuerno.

Se hundió en el asiento de la calesa, como si quisiera buscar protección, excavar una madriguera. El vaivén del coche resultaba agradable, relajante. Sí, poco a poco el niño exhumado en la Morte Desolata volvería a ser un simple cadáver como todos los demás, como la «vejiga» de Ripa Grande junto a la que le habían inmortalizado.

Onorato Quadraccia se había librado de los piojos que lo atormentaban y había recuperado la serenidad necesaria para su trabajo. Hasta el punto que de pronto gritó, como si sintiera la necesidad irrefrenable de hablar con alguien, con cualquiera:

—Cochero, escucha este chiste. Son marido y mujer, dos viejos que han pasado la vida juntos, que aún se quieren, y de pronto ella muere…

El cochero ni siquiera se giró.

—¿No será el del saliente de la pared?

Quadraccia frunció el ceño. Asintió, sabiendo ya lo que le respondería el cochero.

—Es más viejo que andar a pie.

No volvieron a cruzar palabra hasta el Palazzo Braschi, y Quadraccia no le dejó ni un céntimo de propina.

6

Corrado Archibugi tiró sobre el catre el bombín de Tremolaterra: Petrocchi se lo quedó mirando con los ojos incendiados de ira. Tenía el rostro cetrino, la camisa abierta y arrugada, el cabello y la barba eran una madeja de rabia, miedo y ansiedad.

Después, Archibugi le echó encima la chaqueta de Tremolaterra. El pollero dio un respingo, la cogió entre las manos y se le quedó mirando estupefacto. Un temblor nervioso se había apoderado de sus brazos.

—¿Reconoce estas prendas?

Fuera de la «salita» (nadie la llamaba celda porque oficialmente las personas encerradas allí dentro quedaban retenidas únicamente para profundizar en algún dato, o por su incolumidad, o por otros confusos pero caritativos motivos, nunca para someterlas a un interrogatorio *sui generis* ni para ablandarlas), De Matteis esperó a que llegara Scialoja y luego se llevó a su colega y le dijo que tenía una pista que quería verificar, que tardaría una horita, quizá dos: ¿podría encargarse Oreste de decírselo al inspector?

—¿Una pista? ¿Qué pista?

Terenzio Sabbatini, que estaba en el pasillo, paseando arriba y abajo a la espera de que su colega lo librara de toda sospecha, levantó la cabeza hacia los dos delegados, curioso.

—Me he acordado de una cosa que vi al ir con el inspector Archibugi… Bueno, ahora no tengo tiempo. Tú díselo y basta. Evidentemente, mis agentes están a tu disposición.

—Pero ¿dónde le digo que has ido?

—A la imprenta. Él lo entenderá. En cualquier caso, le gustan las adivinanzas.

De Matteis se fue a toda prisa, antes de que Sabbatini llegara a su altura, y dejó tras de sí dos pares de ojos que lo miraban perplejos.

—Pero ¿qué le ha dado? —preguntó Sabbatini.

—Dice que tiene una pista que seguir. Una imprenta.

—Aquí cada uno hace lo que le da la gana, ¿no te parece? Y yo, bailando sobre las brasas.

Scialoja se encogió de hombros, aunque estaba de acuerdo con el inspector, salvo en lo de las grasas, ya que en cualquier caso el fuego lo había prendido él mismo y, como se suele decir, quien juega con fuego, al final se quema. Pero luego ambos dieron un bote, cuando Archibugi cerró de golpe la puerta de la salita, que había quedado entreabierta, para dejar bien claro que estaban montando demasiado jaleo.

Petrocchi miraba ansioso al inspector, que tenía una expresión sombría.

—¿Por qué ha cerrado la puerta? —dijo, jadeando—. ¡Quiero ver a mi mujer!

—Dentro de poco la verá hasta el hastío. Por última vez: ¿reconoce estas prendas?

—No sé… ¿No serán del señor Tremolaterra?

—Exacto. Sólo que, cuando las hemos encontrado, dentro no estaba el señor Tremolaterra. ¿Entiende?

—¿Le ha pasado algo al señor Tremolaterra?

—¿Usted qué cree? —le exhortó Archibugi, que le dio un empujón.

Petrocchi cayó de culo sobre el chirriante jergón. Corrado hacía un esfuerzo para comportarse de aquel modo, pero había que vencer las últimas resistencias de aquel desgraciado lloricón que llamaba a su mujer como un niño a su madre.

—Y ahora quiero la verdad. Con toda probabilidad, Tremolaterra está muerto…

—¿Han avisado a Armida de que aún estoy aquí?

—… y usted, querido Petrocchi, es una de las piezas clave de esta investigación: quizá Tremolaterra esté muerto porque sabía demasiado sobre Doble W, o quizá... quién sabe. Pero usted ha encendido la mecha; tras su declaración, en los periódicos se ha hablado del niño muerto y de aquellas marcas, Tremolaterra ha desaparecido y, sin embargo antes ha tenido tiempo de pasarse por la Morte Desolata. ¿No le parece extraño?

Mientras hablaba, Archibugi reflexionaba: «Si tuviera el valor de soltarle un bofetón, estoy seguro de que hablaría. El hielo se quebraría y el agua manaría por todas partes —pensaba—. A lo mejor me diría incluso nombre y apellido de los cofrades y hasta del cardenal vicario. Si en mi lugar estuviera, qué se yo, por ejemplo, Quadraccia, lo que costaría es hacer callar a este estúpido, en vez de hacerle hablar».

Petrocchi, mientras tanto, agitaba las manos como para alejar un fantasma.

—Yo no lo sé. Yo he cumplido con mi deber, he hablado incluso con don Vincenzo, tenía dudas que pesaban en mi conciencia, señor inspector, pensaba que aquellas marcas estaban ahí, lo pensaba de verdad.

—¡Usted es imbécil! ¿Quién ha hablado con el *Eco di Roma*? ¿Quién?

—¿Y yo qué sé? Pregúnteselo a ellos, ¿no? Yo no, desde luego. ¡No podría distinguir siquiera a un periodista!

—Sin embargo, a Tremolaterra lo conoce bien.

—Se lo he dicho, es un cliente, sólo un cliente.

—¿Tremolaterra fue a su tienda y vio la vela que le había puesto al niño?

Petrocchi miró fijamente los ojos grises y profundos de Archibugi, clavados en él.

—Si quiere salir de aquí, tiene que decirme la verdad.

—Ustedes no pueden...

Archibugi le plantó las manos sobre los hombros, lo sacudió y lo miró fijamente a los ojos.

—Si resulta que Tremolaterra de verdad está muerto, y usted, ahora que puede, no me cuenta la verdad, nadie le creerá después, porque nadie podrá confirmar nada. ¿Lo entiende? Si Tremolaterra está muerto, nadie podrá sacarle del atolladero: así es como están las cosas. Tiene que hacerlo usted mismo. Ahora.

Los ojos de aquel hombretón, incapaz según su propia esposa de retorcerle el pescuezo siquiera a una gallina, se llenaron de lágrimas. Los labios le temblaban.

—¿Después podré irme a casa con Armida? ¿Está bien, Armida?

Las manos de Archibugi presionaron aquellos hombros robustos y temblorosos.

—¿Aunque a lo mejor haya liado las cosas?

¡Corrado le hubiera dado de bofetones! Un niño: tenía razón la mujer.

—Ahora llamo a un delegado para tomarle declaración. Después se irá a casa. Declarar en falso es delito, pero si se retracta puede salir de ésta bastante indemne. Siempre que no haya nada más, y que sus tonterías no hayan provocado la muerte de una persona.

Sin embargo, mientras Fabio Petrocchi modificaba su declaración, a Corrado Archibugi le asaltó una idea: que un niño es el mentiroso perfecto. El mejor que existe.

Archibugi fumaba su puro y al mismo tiempo pensaba en lo que le había dicho Sabbatini: sobre su escritorio, Tremolaterra tenía una pitillera de plata con un extraño rayazo. Y esa pitillera, que la mañana del miércoles de la disputa en cuestión estaba en su lugar de siempre, ya no estaba ahí: Sabbatini estaba seguro.

Una pitillera de plata... Mientras Petrocchi contaba en voz baja lo que él ya se imaginaba —y, sin embargo, curiosamente, a él aquellas palabras le sonaban a falso—, Archibugi intentaba recordar dónde había oído hablar últimamente de una pitillera de plata.

7

Eran las cuatro de la tarde y volvía a llover, una lluvia ligera que más bien parecía agua pulverizada; y en la callejuela ya estaba oscuro. No había luces, salvo por algún farol sobre las puertas abiertas en las que las mujeres, con el chal sobre la cabeza para protegerse, pasaban el rato charlando a la espera de que fuera la hora de preparar la cena.

En la oscuridad de aquella habitación que daba directamente a la callejuela despuntaba la llama de una vela, temblorosa ante los embates del siroco. Onorato Quadraccia, resguardado tras su habitual expresión pétrea, miraba a su alrededor.

Tras una sábana tendida en una cuerda que hacía de separador, oía el borboteo del pipí del viejo: el Pulga, como todos le llamaban.

De orina parecía impregnado el aire de la estancia, un olor que se pegaba a la garganta. Había dos camas separadas: una alborotada, con las sábanas sucias; la otra hecha. Unas cajitas de fruta servían como contenedor de objetos varios, recogidos por la calle. En la pared había un crucifijo: los clavitos de las manos del Cristo se habían despegado y la estatuilla estaba colgando por los pies, cabeza abajo. El techo era una única mancha negra inmunda que ninguna luz podía disimular.

—¿Así que el *padron* Grigorio ha ido a contarlo, eh? —dijo la voz del viejo desde el otro lado de la sábana. Soltó una risita—. Siempre ha tenido ese vicio de comer con el culo y cagar con la boca. Sin ánimo de ofender, excelencia.

Quadracia refunfuñó. Tenía razón el Pulga: el tal *padron* Grigorio se metía en todo desde tiempos del Papa Rey. *Padron*

Grigorio tenía un horno en el otro extremo del callejón, y también era dueño de la habitación en la que vivía el pobre Pulga, ahora ya solo. Grigorio había intentado echarlo varias veces para quedarse con la habitación y hacer un almacén, pero la última vez se había producido casi una sublevación popular, y Grigorio había salido corriendo mientras desde los pisos de arriba vaciaban los orinales por las ventanas. Así, ahora que la vieja que vivía con el Pulga posiblemente hubiera muerto asesinada, Grigorio había pensado en informar a la Policía de que ella vivía allí, con él, aunque no se hubieran hablado nunca ni supiera cómo se llamaba. A lo mejor incluso se ocuparían los propios polis de librarle del pesado del viejo.

Quadraccia curioseó en las cajitas de fruta dándoles unas pataditas y escarbando con la punta del pie. Encontró otro cabo de vela y lo encendió, lo levantó y lo movió a los lados para iluminar a derecha e izquierda.

—Ya está.

El inspector echó un vistazo rápido al viejo baboso, pequeño y sucio, que acababa de aparecer tras la sábana, aún abrochándose la cuerda que le sujetaba los pantalones. Cuanto menos lo miraba, mejor se sentía. No podía entender qué hacía en el mundo gente como aquel tipo. Grigorio era una basura, pero también el Pulga...

—¿Era ésta la cama de Lorenza? —preguntó, indicando con el pie la cama hecha.

—Sí, excelencia. Dormía ahí, la pobre Lorenzuccia. ¡Pero camas separadas, no se vaya a creer!

—No he pensado ni por un momento que ese pellejo te sirviera para nada que no sea mear.

El viejo parecía resentido. Volvió a ocultarse tras el separador y salió con el orinal.

—¿Me permite?

Quadraccia se encogió de hombros.

—Es que está prohibido —explicó el hombrecillo, vaciando el orinal en un charco de la calle.

Quadraccia seguía mirando alrededor; de vez en cuando se fijaba en algo, una medallita, una cuerda, un trozo de papel, una pinza...

—¿Cómo es que hace días y días que Lorenza no viene por

su casa y tú no te has presentado en comisaría? *Padron* Grigorio será un metomentodo, pero si no fuera por él, ni siquiera hubiéramos podido poner un nombre sobre la lápida de la vieja.

—Excelencia, yo me meto en mis asuntos. Pensé: «Ya verás, se habrá encontrado mal, o quizás esté muerta. Esas cosas pasan. Estará en el hospital o bajo algún ciprés», pensé. Estaba mal, la pobre. Después he oído que los vendedores de periódicos hablaban de esa vieja que ha aparecido en el río, y que había desaparecido poco más o menos el mismo día que Lorenza...

—Y has seguido sin decir nada.

—Ya he pensado en ir a la comisaría, ya... Pero ya sabe cómo son estas cosas. Lo dejas de un día para otro... Total, ya ha ido Grigorio, ¿no? Él se conoce bien el camino.

—Así pues, Lorenza: y no sabes el apellido. ¿Qué más sabes? ¿Cómo se las arreglaba? ¿Con quién se veía? ¿Qué decía?

—El apellido desde luego no lo sé. ¿Para qué? Me bastaba «Lorenza», tampoco iba a llamarla con un silbido, pero con el nombre tenía más que suficiente. Compartíamos la casa, bueno, esta habitación. Yo vendo castañas asadas, ¿lo ve? —dijo, señalando el trípode, el quemador y un saco de castañas en un rincón—. Castañas en invierno y altramuces en verano. Vivíamos juntos desde hace años y no hablábamos más que de tonterías, lo justo para hacernos compañía. Pero de vez en cuando ella también ponía algo de dinero, claro, para el alquiler y para comer...

—¿Y de dónde sacaba el dinero? ¿Qué hacía durante el día?

El viejo se encogió de hombros y se metió en la cama, tapándose.

—Perdone si me meto en la cama, pero hace frío, ¿lo nota? Sobre todo es la humedad: mire el techo, si no se cae es por el moho...

—¿Y a mí qué me importa el moho? ¡Te he preguntado por Lorenza!

—Salía de día, volvía por la tarde, con sus trapos y un largo bastón en el que se apoyaba, como el del cura, ¿sabe cuál le digo? Pero una cosa sí la sé: cada miércoles cogía el ómnibus en la Piazza Venezia, y una vez incluso la vi bajar en la Piazza del

Popolo. La llamé, pero no me oyó. Bien agarrada al bastón, emprendió el camino hacia Ripetta. ¿Ha visto los campos donde tienden la ropa?

—¿Y no le preguntaste adónde había ido?

—Claro, aquella misma noche. No me respondió. Es más, me miró mal, como si hubiera descubierto un secreto. Estaba un poco loca. Bebía, sí, por la noche bebía bastante. Caía redonda, como una pera, y roncaba como un tractor, a veces. Pobrecilla.

El viejo sacó de debajo de la almohada un gorrito de noche y se lo caló hasta los ojos, mientras Quadraccia reflexionaba. Un secreto en Ripetta... Demasiado lejos del lugar donde apareció como para que la mataran allí, pero el único modo de llegar hasta el asesino era descubrir cómo vivía Lorenza. Un secreto en Ripetta. Los miércoles. Quadraccia se llevó un dedo a la nariz, reflexionando.

Podía hacer dos cosas: la primera, pedir información por los alrededores de aquel tugurio en el que vivían; pero si Lorenza se mostraba tan poco comunicativa con su compañero de piso, era probable que lo fuera con todos; la segunda, pedir información por Ripetta y seguir el rastro de la mujer como si fuera un caracol, hasta llegar a su secreto. Decidió que optaría por lo segundo.

—Una cosa más.

Al fin y al cabo, aquel viejo sólo le había revelado que su compañera de piso había desaparecido el mismo día en que probablemente habían matado y arrojado al río a la «vejiga», cuya descripción correspondía más o menos... Pero podía ser una simple coincidencia; quedaba bien poco que reconocer en el cadáver. Con una sonrisa, Quadraccia decidió que le mostraría las fotografías al hombrecillo. Quizá podría reconocer los trapos. Se sacó del bolsillo el sobre amarillo, regodeándose por adelantado ante la impresión de infarto que le daría al Pulga.

—Quiero que veas estas fotografías...

La impresión de infarto se la llevó Onorato Quadraccia.

El viejo se irguió y señaló con ojos como platos el sobre amarillo, como si fuera un cadáver que se levantara de la tumba para condenar a su asesino.

—¡Ah, pero entonces lo sabían!

Quadraccia frunció el ceño, mirando el índice del viejo y luego el sobre amarillo.

—¿Saber qué, viejo idiota?

—Pero... el sobre, ¿no? Es como los que tenía ella.

Quadraccia hizo una mueca de hastío y le dio una patada tan violenta al catre que el viejo cayó por el suelo con un grito. De la maraña de sábanas y mantas salió una peste que le penetró al inspector hasta la garganta.

—Bueno, atontado, ¿a qué jugamos? ¿A las adivinanzas? ¿Qué es eso de los sobres? ¡Ten —le echó el sobre al regazo—, mírala bien y habla!

El viejo volvió a sentarse en la cama con cierto esfuerzo. Examinó el sobre que sostenía con manos temblorosas y luego volvió a mirar con ojos alarmados al inspector, que se cernía sobre él.

—Pero ¿qué he hecho yo, excelencia? ¿Qué he dicho? ¡Espere, espere! ¡Qué maneras! Decía que Lorenza a veces salía con sobres como éste... Yo la he visto varias veces sacárselos de debajo del jergón, antes de salir, y esconderlos entre todos los trapos que se ponía encima; parecía una cebolla...

Quadraccia se lanzó inmediatamente hacia el catre de Lorenza, pero el viejo lo detuvo.

—¡Espere, excelencia! No hace falta que mire; ahí abajo no hay nada, ya he mirado yo... Cuando Lorenza tenía sobres de ésos en la cama, se sabía enseguida, porque no se movía de allí, los empollaba como una clueca. Los traía vete tú a saber de dónde, se los sacaba de debajo de la ropa y los metía bajo la cama. Después volvía a llevárselos. No es que quisiera escondérselo, es que no me acordaba... Luego, cuando usted ha sacado éste...

—¿Eran sobres amarillos como éste?

—Sí, así es. ¿Qué hay dentro?

—Espera a abrirlo y verás. Pero antes dime: la última vez que Lorenza salió de casa, el día en que ya no volvió, ¿no llevaría por casualidad alguno de esos sobres?

—Sí, me acuerdo muy bien, ahora que lo pregunta. En un primer momento...

—Iba a Ripetta los miércoles. ¿No volvería también los miércoles con esos sobres escondidos bajo la ropa?

—Espere. Veamos... Ahora no me acuerdo si era todos los miércoles o sólo los miércoles, pero me parece que... Tengo una cabeza, excelencia, yo creo que depende del pipí, por eso lo miro bien antes de tirarlo... ¡Y qué maneras, espere! Sí, en fin, podría ser como usted dice...

—¿Y cómo digo yo? —repitió Quadraccia, que no necesitaba estudiar el orinal del viejo para saber que tenía la cabeza en las nubes.

—Bueno, que esos sobres, la pobre Lorenza los traía de algún lugar de Ripetta, los miércoles...

Quadraccia se pasó el índice por la cicatriz un buen rato, con la mirada perdida. Por fin dijo:

—Ahora sí, abre el sobre.

8

—¿Qué haces, viejo? ¿Le calientas la silla al inspector Archibugi?

Quadraccia había vuelto a la oficina y había visto a Scialoja sentado en el despacho de Corrado, mesándose la barba con aspecto pensativo, enfundado en su abrigo y con el sombrero puesto.

—Al menos podías encender la estufa —prosiguió Quadraccia.

Renunció a quitarse las prendas húmedas y encendió la lámpara de petróleo de su escritorio: con la luz, aparecieron sobre la mesa unas cuantas medias lunas blanquecinas, las uñas que el inspector se igualaba con la navaja en los momentos de aburrimiento. Después sacó del cajón una botella de vino y un vaso de taberna, probablemente propiedad del Pepp'er Tosto.

—¿Quieres un dedo?

—No, ahora me voy a casa. ¿Ya sabes que Panicacci te está buscando?

—No.

Quadraccia se sirvió el vino y le dio un largo trago; luego se pasó la manga del abrigo por la boca. El cristal de la ventana estaba surcado por la lluvia.

—Bueno, eso está mejor. Y además, hoy me lo he ganado. ¿Y por qué dices que me busca?

Scialoja sonrió.

—A lo mejor porque te lo has ganado.

—¿Y él qué sabe? Si todo va como creo, quizá mañana mismo atrape al que ha matado a la vieja. Se trata de patearse la zona de Ripetta. —Entrecerró los ojos y se quedó mirando a Scialoja—. Pero, obviamente, a Panicacci mi «vejiga» no le importa un bledo. ¿Así pues?

—El niño de la Morte Desolata.

—No me digas que los *carabinieri* han conseguido atrapar...

—Lo han conseguido, sí. Un vagabundo, una especie de animal. Aún no han entendido cómo se llama, sin duda acabará en el manicomio de Santa Maria della Pietà; ni siquiera se sabe si el niño era hijo suyo o sólo un compañero de desgracias...

Quadraccia sacudió la cabeza y esbozó una sonrisa. Se dio cuenta de que con los dedos estaba dando vueltas al anillo en el bolsillo del chaleco, retiró la mano y miró a Scialoja como para asegurarse de que el delegado no hubiera intuido algo. Pero el otro seguía explicando.

—... No se entiende cómo ha sucedido. Quizás este desgraciado haya querido aprovecharse de él una vez más, se hayan peleado y el niño se haya golpeado la cabeza. O a lo mejor ha sido él mismo el que le ha dado una pedrada, quién sabe, ese tipo habla a trompicones, confunde los días... Sin embargo, una cosa sí que la ha dicho, yo estaba presente y te digo que es verdad: que lo echa de menos, al niño, quiero decir, y que después de huir ha vuelto allí abajo, a aquella zona, como para sentirlo cerca. Decía que no podía moverse de allí, como si estuviera encadenado. Ni siquiera él sabe por qué.

—Nadie lo sabe, casi nunca.

Scialoja fijó la mirada por un momento en Quadraccia, que, tras emitir aquella sentencia, bebía un nuevo trago de vino. Después siguió con su exposición.

—¿Sabes qué se le ha ocurrido al toscano? Ahora está hablando con cinco o seis periodistas. En su despacho. Los ha hecho subir; ellos están siempre aquí abajo tocando las narices, y él los está informando, o eso ha dicho. Una reunión con periodistas.

—Primero se inventa la reunión semanal con los inspectores, luego con los periodistas... Vete con cuidado; dentro de poco os tocará a los delegados. Así pues, ¿cómo está el asunto Doble W? Por lo que dices, ese tipo ni siquiera sabe qué es una W.

—Por una parte se simplifica; por la otra, se enreda. Tremolaterra sigue desaparecido; en cambio hemos encontrado su ropa.

—Entonces dentro de poco le encontraremos a él también. Tieso.

—Sí, pero eso no creo que se lo diga Panicacci a los periodistas. Lo que sí les está diciendo es que Tremolaterra había convencido al pollero de que se inventara la patraña de la doble W marcada en el cuerpo del niño. Le había convencido de que nadie sabría nunca que no era verdad, al haber pasado tanto tiempo desde la muerte. Bellacuccia habría obtenido una gran publicidad, sobre todo porque el periodista pensaba desaparecer unos días, para evitar preguntas incómodas y aumentar la curiosidad. Cuanta más publicidad, más ingresos: y parece ser que Tremolaterra los necesitaba; tenía la costumbre de gastar más de lo que tenía. Y a Petrocchi un dinerito extra tampoco le iría mal. Así que, sin decírselo a la arpía de la mujer (lo habrá repetido doscientas veces; ¡no se entiende qué es lo que tendrá ese hombre en la sesera!), se deja engatusar por Tremolaterra. Se inventan una doble W sobre el cuerpo de un niño muerto a manos de un energúmeno, y creen que les lloverá el dinero sin ningún problema porque, al fin y al cabo, ¿cómo se demuestra una cosa así? Y en todo caso, ¿qué es lo que han hecho? Sólo dejar volar la fantasía, ellos no tienen nada que ver con la muerte del pobre niño. Pero Petrocchi es medio tonto: un buen interrogatorio en tu salita insonorizada, una noche al baño María...

—Enseguida me di cuenta de que era un calzonazos.

Scialoja se levantó con un gruñido y se dirigió a la puerta.

—En fin, que casi todo queda claro. Pero, entonces, ¿dónde está Tremolaterra?

—Alguien lo habrá mondado como una mandarina. Se trata sólo de ir a ver dónde ha escupido las semillas: la piel ya la tenemos.

—Desde luego eres un poeta, Homilías. Bueno, yo me voy a casa.

—Espera. Sólo por curiosidad: ¿quién se lo ha dicho, a Tremolaterra, lo de la doble W? ¿Cómo es que conocía la historia? Ese bocazas de Sabbatini, supongo.

—Qué va, pobre Sabbatini. Ahora vaga por el segundo piso como un alma en pena; espera que Panicacci lo readmita. No, Sabbatini no tiene nada que ver. En cierto modo, a Tremolaterra la historia se la contó Barrington, el inglés. En cierto modo. —Se detuvo por un momento y luego prosiguió, con expresión de fastidio—: Parece ser que eso lo ha descubierto De Matteis. Ahora él y Corrado van de camino a casa de Barrington.

Quadraccia miró al delegado de arriba abajo, con un ojo entrecerrado, como si estudiara la calidad de una piedra preciosa.

—¿Qué pasa, viejo? ¿Ahora también tienes celos de De Matteis?

—Cuidadito, Homilías —le advirtió Scialoja sin abrir apenas la boca.

—Diantres, primero tienes celos de Corrado, que se compromete con tu hija, luego tienes celos de De Matteis, que le da en parte la solución del problema a Corrado… Lo próximo será que tengas celos de mí, si me llevo una palmadita en el hombro del jefe… Venga, no te cabrees, que hoy vengo contento.

Scialoja estaba encendido. Aquello podía aguantárselo a su mujer y a su hija, pero desde luego no a Quadraccia. Sobre todo, no soportaba que sus emociones estuvieran tan a la vista, tan claras. Y no obstante, la extraña ligereza en la actitud del inspector, absolutamente inédita, hizo que su rabia se desvaneciera. De modo que, cuando puso la mano sobre el pomo de la puerta, su ira se había convertido en simple irritación.

—¿Y qué te pasa para estar tan contento?

—Nadie lo sabe, viejo —dijo Quadraccia, y añadió—: Casi nunca.

9

—¡Espera, mamá, ya lo hago yo!

Lucrezia cogió la olla y el cazo de manos de la señora Cleofe, que se sentó a la mesa, entre Oreste y Corrado, repasando a ambos hombres con una mirada escrutadora que la dejó tranquila. Sobre todo cuando vio que se relajaba el ceño de Scialoja, satisfecho porque le había servido a él primero.

El aroma de la sopa llenó el salón, al igual que la charla.

—Te veo contento, Corrado —dijo Cleofe—. ¿Es que la investigación va por buen camino?

—Estoy contento, pero no por la investigación. —Oreste estudiaba con atención la sopa de su cuchara: sabía que, si levantaba la vista, se encontraría con la habitual mirada empalagosa entre Corrado y su hija, y no quería que se le atravesara la cena—. Hacía dos días que no tenía un momento para pasar por aquí, a ver a la que es casi mi familia, si me permiten. Y además, la pasta con brécol y caldo de raya es mi plato romano preferido. Nunca lo había comido en otra parte.

—¿Y dónde ibas a encontrar «en otra parte» el brécol romanesco? —dijo Scialoja, sorbiendo ruidosamente una cucharada de sopa—. Curiosamente, Quadraccia hoy se ha puesto filósofo y me ha dicho que nadie sabe nunca por qué está contento. Eso ha dicho.

—Sin embargo, Corrado sí lo sabe —protestó Lucrezia.

—Sí, por la raya —proclamó Scialoja.

Lucrezia hizo ademán de abrir la boca, pero la señora Cleofe se le adelantó.

—¿Y el inglés? ¿No ibas hoy a ver a ese inglés misterioso?

Corrado habría querido darle un abrazo.

—Arthur Barrington —dijo al vuelo—. He ido esta tarde. Pensábamos que así descubriríamos por fin de dónde venía todo el asunto del tal Doble W... Quiero decir, que tanto en la novela de Bellacuccia como en la mente de Barrington...

—¿Y lo habéis descubierto? —preguntó Scialoja, haciendo hincapié en el «habéis». Pero sólo por incordiar, no porque estuviera realmente enfadado. Al menos, eso esperaba Archibugi.

El que lo había descubierto había sido De Matteis, aparentemente tan ingenuo. Cuando le contó a Archibugi lo que se le había ocurrido al escrutar mentalmente las vitrinas polvorientas de la imprenta de Campo de' Fiori, el inspector casi se dio de bofetadas por no haberlo pensado él. Pero, en realidad, en aquel momento, Corrado estaba buscando en otra dirección: le interesaba el contenido de la novela, no la publicidad que le habían hecho.

—¡Santo Cielo, otra vez!

El posadero estaba esparciendo serrín por el pasillo de entrada a Il Tre Re y miró mal a los dos policías que iban mojándolo todo. En el hogar del comedor ardía un gran fuego. La Via dell'Arco di San Marco, que de por sí solía encontrarse en una penumbra perenne, tan estrecha, flanqueada de edificios y atravesada por el arco en cuestión, se había convertido en un callejón tenebroso, negro como el interior de un ataúd.

—No serán muchas más —se disculpó Archibugi.

—¡Esperemos! ¡Si esto sigue así, yo al inglés lo echo!

—¿Por qué? ¿Qué hace? —preguntó De Matteis.

—¡Porque trae mala suerte, eso es lo que hace! Siempre encerrado con llave, siempre moviendo muebles, grita en sueños... Y cuando baja a comer, parece la muerte en vacaciones. Yo gano dinero, pero no puedo mantener un buen cliente y perder a todos los demás, ¿qué dicen ustedes? Y además, basta que un hotel adquiera mala fama, y ya puede cerrar: y entonces, no me queda más que mirarme el culo en el espejo.

Tras un par de frases de ánimo, los dos policías subieron las escaleras de madera, casi a oscuras, y llegaron a la puerta que tenía clavado el as de bastos. Por primera vez, Archibugi tuvo la impresión de que la carta tenía un significado siniestro, como una señal dejada por el demonio para marcar la habitación. Una señal de propiedad.

Barrington tardó un poco en abrir a los dos policías: estaba atrincherado.

—Inspector…, pase, por favor. ¿Qué hay de esos nombres? ¿Ha descubierto algo? —dijo, mirando con aire perplejo el cartel enrollado que De Matteis llevaba en la mano.

—¿Nombres? ¿Qué nombres?

—Pues los del cementerio… Los nombres de las lápidas…

Barrington hablaba susurrando, y con aquella oscuridad daba la impresión de que estuviera preparándose para desaparecer.

La única luz era una vela sobre una mesa de trabajo, junto a un caballete en el que había apoyado un cartón. Las persianas estaban cerradas, pero no olía a opio, sólo a tabaco de Oriente.

—Señor Barrington —suspiró Archibugi—, esos nombres no tienen nada que ver con Doble W, nada. Tiene que meterse en la cabeza que su primo está muerto…

—¡No!

—… y tiene que aprender a afrontar sus remordimientos.

—¡Yo lo he visto! ¡En mayo, mucho antes de que mataran a aquel pobre niño! Lo he visto, y usted no me cree.

Pese a su agitación, seguía hablando en susurros. Sólo que, con el énfasis, sus palabras se volvían sibilantes.

De Matteis se acercó al caballete y su sombra recorrió la pared.

—Ya hemos cogido al asesino del niño. Esta tarde. Y obviamente no es su primo.

En la penumbra, los ojos de Barrington brillaron como los de una pantera. De Matteis miró el dibujo y frunció el ceño. Ojos. Decenas de ojos que navegaban por el cielo de Roma. Sacudió la cabeza.

—Los *carabinieri* han efectuado una batida en el campo, por los alrededores de la Morte Desolata, donde había aparecido el cuerpo. Han arrestado a un sospechoso que ha intentado oponer resistencia con una navaja, un loco, un vagabundo… —Barrington había encontrado el sillón a tientas y se había lanzado entre sus brazos, como un niño al regazo de su madre—, y sus palabras son inequívocas, señor Barrington. Ese hombre abusaba del niño, del que ni siquiera recuerda el nombre y que quizá fuera su hijo, y en el transcurso de una disputa lo ha matado. Eso es lo que sabemos hasta el momento…, pero está claro que ningún Doble W ha matado al pobre niño. El informe médico excluye la presencia de señales…

—¿Está seguro? ¿Sin ninguna duda?

—De Matteis, por favor, traiga aquí esa vela. Gracias. ¿Le importa que la apoye en la librería, señor Barrington? Me gusta ver la cara a la gente con la que hablo.

A la luz de la vela, en el rostro afilado del inglés destacaban dos sombras bajo los ojos y unas gotas de luz sobre la frente empapada.

—Estoy seguro —prosiguió Corrado—. Por otra parte, dígame, sinceramente: ¿usted nunca ha sufrido alucinaciones?

De Matteis miró fijamente al inglés. La llama de la vela se mantenía perfectamente vertical: parecía esculpida, firme, como si también ella esperara una respuesta.

—Usted se echa la culpa de varias cosas: una, haber matado a su primo, aunque fuera accidentalmente; la segunda, haber contribuido posiblemente a matar a aquellos niños, por no querer ver en primera instancia lo perverso de las iniciativas filantrópicas de Roger y posteriormente por no comprobar si aún seguían vivos en aquella bodega.

Barrington susurró algo.

—Desde entonces usted huye. De todos los modos posibles: atrincherándose aquí, en Roma, y recurriendo al opio. Y sin embargo, todos esos remordimientos siguen enterrados en su interior, ¿no es así? Es más, al huir se hacen más intensos. Las pesadillas lo persiguen; en su mente salen a flote extrañas visiones, como burbujas de aire en un pozo, que luego plasma en sus acuarelas secretas. De Matteis, haga el favor…

Barrington se giró, sorprendido, hacia el delegado. Tampoco el propio De Matteis se esperaba que le tocara tomar la palabra. Tras un instante de vacilación, se aclaró la voz y rompió el papel que llevaba en las manos, mientras Archibugi se encendía un puro.

—Bueno, señor Barrington, mire con atención este cartel…

De Matteis desenrolló el cartel y pisó la parte inferior con el pie, adoptando una posición forzada.

—Es uno de los carteles que cubren las fachadas de Roma, sobre el lanzamiento de la novela por entregas de Tremolaterra...

—¿El escritor desaparecido?

—Sí. Pero aquí tampoco tiene nada que ver Doble W. Al menos, no en el sentido que usted se imagina —intervino Archibugi.

El delegado lanzó una mirada a Corrado, pero el inspector se había puesto a fumar de nuevo: no tenía intención de seguir hablando él. Aquella parte era fruto del trabajo del delegado, y le correspondía a él presentarla. Se limitó a examinar a Barrington con sus penetrantes ojos grises. En aquel momento, sus rasgos parecían aún más afilados.

—¿Lo ve? —prosiguió De Matteis—. Está claro que el ilustrador, a instancias de Tremolaterra, se basa en el episodio inspirado en el crimen de Londres. No hay duda: la advertencia a las madres, «¡Cuidado, mamás!», y el niño que, se intuye, corre el peligro de ser capturado. En el fondo, una carroza negra de aspecto inquietante. Una cosa: usted quizá no sepa que Bellacuccia es el nombre de un simio, poseído por el diablo, que en una vieja fábula romana rapta precisamente a un niño y se lo lleva consigo por los tejados, para desespero de sus padres...

—¿Dónde quiere llegar?

—Quiero explicar dos cosas: por qué tuvo usted aquella alucinación y cómo se enteró Tremolaterra de lo de la doble W. —Archibugi seguía fumando en silencio, envuelto en espirales de humo azul, como un faquir—. Mire bien el dibujo. ¿No hay nada que le resulte sorprendente?

Barrington entrecerró los ojos, mirando el dibujo con atención. Sacudió la cabeza.

—La carroza, señor Barrington, la carroza. ¿Lo ve? Al principio sólo me parecía que tenía algo raro. Luego me di cuenta de que no era rara, sino extranjera. Es una carroza inglesa —señaló De Matteis, que sin querer casi se había hinchado de la satisfacción—. He descubierto que se llama Victoria. Me han explicado que se trata de un modelo de mucho éxito, creado por un carrocero inglés para el príncipe de Gales en ocasión de una visita suya a París y dedicado precisamente a la reina Victoria. Apuesto a que su primo usaba el mismo modelo. La carroza negra de la que hablan las crónicas del delito.

Barrington agarró el cartel y se lo acercó a la cara.

—Sí..., es cierto... La misma carroza que Roger... Pero ¿cómo...?

—¿Realmente no se acuerda?

El inglés miró a Archibugi y luego a De Matteis, con la mirada perdida, jadeando en busca de ayuda. Daba la impresión de que estuviera a punto de echarse a llorar. Corrado pensó de nuevo en las palabras de Edwin Drood, en las que Barrington había hecho hincapié: los dos estados de conciencia, la imposibilidad de recordar. ¿Cuándo haría las paces Arthur Barrington con su otro yo, con William Wilson?

Al inglés se le escapó el cartel de las manos.

—Mire este dibujo —dijo el delegado con una sonrisa, tras sacarse del bolsillo una hoja plegada que pasó a Barrington— y lo entenderá todo.

La hoja, una vez abierta, mostraba un dibujo a lápiz y carboncillo: una carroza negra, aquella carroza negra, con tres niños dentro, y un cochero con una calavera en lugar de rostro que conducía al galope en plena noche, por callejuelas iluminadas únicamente por un farol.

Barrington lo miró un momento; luego abrió la boca como asolado de pronto por un recuerdo repentino, emitió un gemido y lo contuvo inmediatamente.

—Sí —susurró—. Sí, lo hice yo. Hace mucho tiempo... ¡Esperen! Sí, vino aquí, el anticuario, vino aquí...

—El propietario del Antico Bazar —puntualizó De Matteis.

—Sí, él mismo. Vio este dibujo, le gustó... Lo compró junto con las acuarelas de siempre. Pero aún no...

—¿El anticuario no le preguntó cómo se le había ocurrido un dibujo como éste, tan macabro? —sugirió el delegado. Archibugi no era más que una sombra que escuchaba—. Y usted le hablaría, a grandes rasgos, de un delito ocurrido en Londres años atrás, y de una doble W. ¿Es así?

—¡Sí! Sí, es así, ahora me acuerdo. No sé siquiera por qué se lo conté... Quizá sólo porque quería hablar con alguien.

Pero no le dije nada de mi primo, y mucho menos de que yo lo hubiera matado.

—Es normal. Pero este dibujo llegó a manos del ilustrador del cartel. Y se lo dio el propio Tremolaterra, con el encargo de que lo usara como inspiración. ¿Lo entiende? Tremolaterra, que es cliente del Antico Bazar, ve este dibujo, despierta su curiosidad, lo compra y el anticuario le menciona la historia que hay detrás. Basta para que el escritor teja a su alrededor un episodio de su Bellacuccia, y para que use el dibujo para sus carteles.

Barrington volvió a hundirse en la butaca. Archibugi intentaba comprender si aquellas revelaciones le reconfortaban en alguna medida: ¿le aliviaba o no saber que en Roma no había ningún fantasma, que nadie le persiguiera, más que los fantasmas de su mente debilitada por el opio?

—Señor Barrington —intervino Corrado. El inglés dio un respingo y lo miró con expresión asustada—. En mayo, usted vio por las paredes de Roma estos carteles. Desde el fondo de ese pozo negro que tiene dentro emergió una burbuja, y esa burbuja explotó, y no es casual, en el cementerio de los Ingleses, y eso fue lo que le hizo ver de nuevo a su primo. No es más que una pesadilla con los ojos abiertos, una sombra de la linterna mágica.

Al cabo de unos segundos, Barrington esbozó una sonrisa forzada, lejana, y dijo en voz baja, para sí mismo, porque nadie más podía entenderle:

—¿Nada más?

En el silencio que siguió, Corrado se movió. Pasó junto a la butaca, apoyó una mano sobre el hombro de Arthur Barrington, luego se dirigió a la ventana y la abrió. Todos entrecerraron los ojos ante la luz, la llama de la vela tembló y se apagó.

—Abra las ventanas, señor Barrington, y tome una bocanada de aire.

—¡Corrado, come tranquilo, que no he echado ni un grano de pimienta! —dijo la señora Cleofe, mientras Lucrezia servía el segundo.

—Entonces, ¿me echas un poco a mí, Lucrezia? —solicitó

Scialoja—. ¡El bacalao con cebolla y aceitunas, si no lleva pimienta, no sabe a nada!

—Si tú lo dices…

—Pero entonces —dijo Lucrezia sentándose a la mesa—, ¿toda la historia de la doble W no es más que una broma? ¿Una mentira, una fantasía?

—No. Alguien ha usado esa historia en su interés.

—¿Y cuál es ese interés?

—Si lo supiera, podría dormir tranquilo —dijo Corrado, sonriendo y cogiéndole la mano a Lucrezia—. Pero a lo mejor… ¿Ya te he hablado, Oreste, de la pitillera de plata que Sabbatini dice que estaba sobre el escritorio de Tremolaterra y que ha desaparecido misteriosamente?

Scialoja asintió, mientras miraba una espina que se acababa de sacar de la boca.

—Ya me lo has dicho. Pero ¿te fías de ese tontorrón de Terenzio?

—Sí. Además, lo han confirmado Ortolani y las otras secretarias, que han añadido que Tremolaterra nunca llevaba consigo aquella pitillera…, salvo el día que desapareció.

—¿Y eso qué significa, Corrado? —preguntó Lucrezia.

—Lucrezia, guapa, si de vez en cuando le sueltas la mano a Corrado, a lo mejor consigues probar este bacalao sin pimienta.

—¡Papá!

—En fin —prosiguió Archibugi, sin hacer caso de la discusión, pero soltando la mano de la joven—, que para nosotros es una suerte que el pobre Terenzio fuera a ver a Tremolaterra poco antes de que desapareciera. ¿No te recuerda nada, esa pitillera de plata?

—A mí no.

—A mí sí. He pensado en ello todo el día, y por fin me ha venido a la cabeza. ¿No te acuerdas de…?

—¿De qué? —dijo Cleofe, alarmada.

Todos se quedaron callados. Archibugi y Scialoja se miraron a los ojos, aguzando el oído.

Del hueco de las escaleras les llegó un ruido de pasos apresurados y voces confusas, quizá curiosos que se habían asomado. La lluvia golpeaba con fuerza contra la ventana.

El ruido de pasos se interrumpió bruscamente. Al cabo de un instante, llamaron a la puerta.

En el rellano oscuro, dos agentes de Seguridad Pública se cuadraron y saludaron a Scialoja y a Archibugi, que ya había cogido el abrigo y el sombrero del colgador. El viejo delegado miró el charco de agua a sus pies y suspiró.

Cinco minutos más tarde, los dos agentes, algo violentos, estaban sentados frente al bacalao con cebolla y aceitunas (pero sin pimienta) que —tal como decía la señora Cleofe, que había insistido para convencer a los dos muchachos empapados por la lluvia de que comieran algo—, si no se comían, habría acabado convirtiéndose en cena para los gatos.

10

Frente al decrépito edificio, en el callejón apenas iluminado por un farol, se concentraban decenas de paraguas brillantes por la lluvia. A Corrado le recordaban cuervos que se dieran un festín con una carcasa de animal.

De las ventanas iluminadas asomaban siluetas de mujeres que hablaban en voz alta entre sí, con un pañuelo sobre la cabeza para protegerse del agua. Unos cuantos agentes intentaban imponer orden entre la pequeña multitud. En el otro extremo de la calle había una hilera de carrozas con la capota levantada: los caballos mascaban en el interior de sus sacos; los cocheros, enfundados en hules, estiraban la cabeza, de pie sobre el pescante.

En el aire flotaba una ligera neblina que suavizaba las cosas. A veces, según los movimientos de la multitud, aparecían repentinos destellos procedentes de algunas lámparas de aceite.

Archibugi y Scialoja bajaron del coche y avanzaron bajo los paraguas, hacia el centro de la concentración. El callejón estaba justo por detrás de la Via dell'Angelo Custode y tampoco quedaba lejos de Sant'Andrea delle Fratte y de la Via della Mercede: toda aquella historia se estaba desarrollando en pocos metros cuadrados. Habían buscado a Tremolaterra por todas partes, y él siempre había permanecido en la misma zona de Roma: y allí había muerto.

De la multitud emergió una figura que se les acercó.

—Venga, Archibugi —dijo Panicacci, con voz fatigada—. Está aquí el señor juez.

—¿Cómo lo han encontrado?

—Al final aquellos desgraciados se han decidido a confesar.

—¿Los vagabundos? —preguntó Scialoja.

—¡Esos delincuentes! —dijo el superintendente con desprecio—. Lo han matado y se han repartido la ropa y el poco dinero que llevaba encima.

—¿Llevaba también una pitillera?

Panicacci miró a Archibugi con escepticismo.

—Sí, la tenía escondida uno del grupito. Pero ahora…

—¿Han encontrado la pitillera? —repitió Corrado, sorprendido.

—Sí, inspector, la hemos encontrado, pero ahora olvídese de esa pitillera y vamos…

—¿Ése no es Mezzasalma, el director del *Eco di Roma*?

—Archibugi, por favor… Espere, ¿adónde va?

Corrado ya se había alejado y se dirigía, pensativo, hacia el elegante personaje que se mantenía ligeramente distante de la multitud, como si le molestara, con abrigo y chistera, en una mano el paraguas mientras con la otra se acariciaba la perilla.

—¿El señor Mezzasalma?

Dos ojos penetrantes se clavaron en Corrado, más molestos que perplejos. La mano derecha soltó la perilla y fue a esconderse en el bolsillo del abrigo, elocuente señal que dejaba claro que no tenía intención de estrechar la de aquel tipo inoportuno.

Panicacci se quedó un instante sin saber qué hacer; luego se contentó con Scialoja y con él atravesó el grupito de curiosos y periodistas.

—Soy el inspector Corrado Archibugi. Ahora quizá ya pueda revelarnos usted la misteriosa fuente de la historia de la doble W y del niño.

La oscuridad del callejón no permitía distinguir con claridad la expresión del rostro de Mezzasalma, pero el tono de la respuesta denotaba sorpresa e irritación al mismo tiempo.

—¿Le parece el momento?

—No hay momento mejor —respondió Corrado con dureza.

Del grupito de personas emergía Panicacci, que con el dedo indicaba a un señor pequeño y gordo con gafas la posición de Archibugi. Scialoja había entrado en el edificio.

—¿Cómo lo ha sabido?

—¿Por qué no responde a las preguntas?

Mezzasalma soltó un soplido de hastío y volvió a mirar hacia el corrillo de paraguas. Luego dijo, sin apenas separar los labios:

—El pobre Tremolaterra vino y me dijo…

—¿Cuándo?

Otro suspiro de mártir.

—El miércoles por la tarde. Suficientemente tarde como para no poder verificar sus declaraciones.

«Poco antes de cerrar nuestra edición…» Así empezaba el artículo del *Eco*. Aquella tarde, Corrado se había hecho con un ejemplar y había recortado el artículo, que ahora llevaba en el bolsillo: quizá le resultara útil.

—¿Y le dijo…?

—Lo que publicamos al día siguiente. ¡Qué pregunta! Me pidió que mantuviéramos el anonimato de la fuente y me reveló que la Policía había exhumado el cadáver de un niño del cementerio de la Morte Desolata aquella misma mañana, y que había señales en el cuerpo que hacían pensar…

—¿Le dijo cómo había tenido conocimiento de esa información?

—No. A pesar de que insistí, como es obvio. Me encontraba ante una decisión difícil: publicar una noticia basándome sólo en una declaración.

—¿Realmente fue tan difícil? Una noticia jugosa, muy pocos periodistas se lo pensarían dos veces —dejó caer Archibugi con indiferencia, pero Mezzasalma se quedó rígido, parapetado tras aquella imagen elegante y distante.

Por unos segundos, entre ellos sólo hubo gotas de lluvia. El coche fúnebre llegó, traqueteando; un par de cocheros se rascaron con gestos exagerados.

—¿El artículo lo escribió usted?

—Personalmente.

—¿Por qué?

—Porque Tremolaterra se sinceró conmigo, evidentemente fue así.

—¿La conversación la tuvieron usted y Tremolaterra a solas?

—Sí, inspector.

—¿Ningún testigo?

—No.

Los dos camilleros farfullaban; un agente les había dicho que se esperaran, probablemente porque Archibugi aún no había examinado el cadáver.

—Al menos alguien podrá testificar que Tremolaterra se presentó en la redacción del *Eco di Roma* el miércoles por la tarde, ¿no?

—¿Testificar? ¿Testificar? ¿Qué quiere decir? ¿Que pone en duda mi palabra?

—Bueno, inspector, ¿estamos listos o no? —dijo una voz desde detrás de Corrado.

Se giró y se encontró enfrente a Panicacci y al hombre gordo con dos ojos de ternero y los pómulos y la nariz marcados por la cuperosis: el juez Primicerio.

Archibugi se alejó a regañadientes con Panicacci y Primicerio; Mezzasalma se quedó mirándolo como un duelista a punto de disparar, a menos que el árbitro detuviera el duelo.

Pasaron frente al pequeño grupo, en el que se encontraba también un periodista del *Eco* enviado a primera línea por su director, evitaron las preguntas de rigor, bajaron tres escalones y, tras vadear un charco, atravesaron una puertecita completamente mojada y entraron en una leñera.

El local era pequeño y olía a moho, a cerrado y a muerte. Dos lámparas apoyadas en el suelo bastaban para iluminar y teñir de amarillo las paredes negruzcas, algunos haces de leña y un viejo barril. Scialoja estaba de pie en un lado, dejando un charco a sus pies y proyectando una sombra enorme en la pared.

Corrado se colocó entre Panicacci y Primicerio, mientras un agente salía del local para dejar sitio a sus superiores: había tan poco espacio que era como estar en un ómnibus en dirección al campo durante las *ottobrate*.

Por un momento, con la carne desnuda de Guido Tremolaterra brillando a la luz de la lámpara, estuvo tentado de mandar a llamar a un fotógrafo. Era una «manía» suya: registrar para siempre en una placa el lugar del delito, porque sabía que la memoria era falaz y porque había oído que, en Francia, la Policía estaba empezando a desarrollar una metodología de análisis de la escena del crimen en la que la máquina fotográfica se consideraba una ayuda esencial para la investigación.

Pero era tarde, los agentes tendrían que sacar al fotógrafo de la cama; además, no se veía con ánimo de complicar más las cosas ante Panicacci y Primicerio. Así que se limitó a registrarlo todo mentalmente.

Corrado estudió al hombre que habían buscado durante dos días, que había encontrado su destino en aquella leñera abandonada, asesinado y desnudo, sin piedad. Estaba en calzoncillos y camiseta de lana, con un calcetín bajado, la piel grisácea, la carne flácida, tendido boca abajo con los brazos abiertos, probablemente tal como había caído después de que los tres buitres se lo hubieran quitado todo. Un hombrecillo pequeño y de aspecto indefenso, un pequeño zorro que había muerto atrapado por el último cepo, cuando ya casi llegaba al bosque.

Le volvió a la mente el gineceo de la Via della Mercede y se imaginó a aquellas mujeres en el funeral del célebre escritor.

—¿Dónde está la pitillera? —preguntó entonces, al tiempo que se inclinaba sobre el cadáver de rostro tumefacto, consecuencia de los golpes que le habían propinado, probablemente con un bastón de madera que tenía al lado. Había poca sangre. Poquísima.

—¿Qué pitillera? —preguntó Primicerio con una vocecita estridente.

Panicacci gruñó. Pasaba los ojos de Corrado a Primicerio, mientras mordía la boquilla de la pipa apagada.

El agente volvió a entrar abriéndose paso educadamente —«Permiso…»— y le entregó a Corrado una pequeña pitillera: no era de plata y no presentaba marcas. Dentro había unos cuantos cigarrillos. El inspector se la mostró con un gesto elocuente a Scialoja, que asintió levemente. Después se la devolvió al agente.

—¿La pitillera estaba en posesión de uno de los vagabundos? —preguntó, mientras examinaba las heridas del cadáver.

Tremolaterra había sido golpeado diversas veces, con violencia. Con el ceño cada vez más fruncido, Corrado observó que el muerto tenía los labios entrecerrados y saliva pegada a las comisuras de la boca. Los dedos de las manos parecían querer arañar el vacío.

Mientras tanto, el agente explicaba que la pitillera había

sido hallada en la leñera, semiescondida bajo las ramas finas, como si hubiera ido a parar allí de una patada.

—¿De verdad? —comentó Corrado.

—¿Cuál es su teoría, inspector? —preguntó Primicerio, como si ya tuviera bastante de aquella pantomima.

Pero antes de que Corrado pudiera responder se adelantaron los dos camilleros, empapados y malhumorados, decididos a volverse a su casa. Estaban de guardia en el San Giacomo, dormitando tranquilamente, cuando la monja los había llamado diciendo que la Policía estaba en la puerta. Y habían esperado bastante rato bajo el agua: no entendían para qué alargaba tanto aquello la Policía; total, aquel tipo no iba a resucitar para decirles quién le había mandado al otro barrio.

—Lo sentimos mucho, pero tienen que salir de aquí —dijo uno de ellos—, o éste se queda aquí. Sobre todo ustedes —añadió, dirigiéndose a Scialoja, y mirándole a propósito la barriga.

El delegado se hinchó:

—Mira, gracioso...

—¿No ha venido un médico con ustedes? —los interrumpió Primicerio, irritado ante la insolencia de aquellos dos tipos.

Panicacci y él salieron, mientras Corrado y Scialoja, inamovibles, echaban un último vistazo al cadáver.

—No, excelencia, ningún médico. Nos espera en el San Giacomo.

—Con los pies calentitos y los brazos cruzados sobre la panza —recalcó el otro.

Y asintieron como si fueran filósofos conocedores de todos los secretos de la vida.

—¿Tú qué crees? —le susurró Corrado a Scialoja.

—Diría que hace un día. Anoche, probablemente...

—¿Y la causa, naturalmente, los golpes asestados con ese bastón?

—Corra, si me lo dices así, quiere decir que tú tampoco estás convencido.

—Entonces, ¿qué? ¿Nos lo podemos llevar, o no? —insistió el camillero.

Archibugi y Scialoja salieron. Primicerio, con Panicacci al lado, hablaba con tres o cuatro periodistas bajo la lluvia, ya más fina.

—Confiamos en que esos tres delincuentes, tipos marginales que vivían ajenos a la civilización, confesarán en las próximas horas su inmundo delito...

La multitud se había disuelto y el número de carrozas había ido disminuyendo. Corrado estiró el cuello, pero no vio a Mezzasalma.

—Óyeme, Oreste, sigue a los camilleros al San Giacomo, habla con el médico y explícale la situación. El informe nos tiene que llegar lo antes posible. Ya has visto la saliva en la boca. Y prácticamente no había sangre.

Los camilleros salieron con el cadáver. Se encaminaron al carro con pasos cortos pero rápidos, como ocas, imprecando contra la lluvia. Scialoja se pegó a sus pies.

Archibugi se quedó a un lado, reflexionando bajo el paraguas. La mayor parte de las ventanas estaban ya cerradas y las luces apagadas. Unos minutos más tarde incluso los periodistas se habían dispersado y habían vuelto a sus respectivas redacciones. El callejón se quedó en silencio, hasta el punto de que se oía la lluvia repiqueteando contra los paraguas de Corrado, Panicacci y Primicerio. El agente de guardia esperaba bajo un portal, sosteniendo una de las lámparas de la leñera.

—Bueno —dijo Panicacci echando una mirada inescrutable a Corrado—, creo que la situación es bastante evidente.

—Yo también lo creo —confirmó Primicerio—. Inspector, tenemos que insistir con esos tres vagabundos: aún no nos lo han dicho todo, lo presiento. Ya sabemos que son unos desgraciados y unos mentirosos declarados; es de imaginar que seguirán mintiendo.

Panicacci puso al día a Archibugi. Además del hombre del bombín, habían arrestado asimismo a sus compadres, que también llevaban puestas ropas del pobre Tremolaterra. Durante todo el día habían mantenido la historia de la ropa encontrada por el suelo, y había hecho falta que un par de delegados los presionaran un poco para que cambiaran su versión e indicaran la leñera abandonada, uno de sus refugios, como lugar donde habían dado con el cadáver del periodista.

—Lo que demuestra que el trabajo de rutina es la base del trabajo de investigación, más que darle vueltas a fantasiosas ideas —comentó el superintendente mirando fijamente a Archibugi, a quien recriminaba su falta de interés por el interrogatorio de aquellos tres, que había dejado precisamente en manos de los delegados.

Los tres vagabundos, como explicaría Panicacci, afirmaban que Tremolaterra estaba ya muerto. Al principio lo habían registrado y se habían apropiado del dinero que llevaba encima; después lo habían desnudado y se habían repartido las ropas. No sabían decir a qué hora habían encontrado al periodista —estaban todos un poco achispados—, pero era noche cerrada.

—Y no vieron la pitillera. Es más, quizás en la oscuridad le dieran una patada y la mandaran junto a la leña... —masculló Corrado.

—¿Me quiere explicar, señor inspector, por qué da tanta importancia a esta pitillera? —preguntó el juez.

Una vez más, el rostro de Panicacci se ensombreció, y esta vez Corrado se dio cuenta. Observó por un instante al juez y luego dijo, casi marcando las palabras:

—Tremolaterra tenía sobre su escritorio una pitillera de plata, con un rayazo en el exterior. Nunca la llevaba consigo. Pero el miércoles por la mañana, cuando salió por última vez de su vivienda, la cogió. Lo bueno es que no la cogió para llevar cigarrillos: de hecho, en la leñera hemos encontrado la pitillera «habitual», por decirlo así... Y si los tres delincuentes no llevan consigo ninguna pitillera, ¿dónde ha ido a parar la de plata?

Primicerio y Panicacci se miraron, después bajaron la vista y, finalmente, el juez se aclaró la garganta y dijo:

—Bueno, bueno. No debemos dejar ningún punto oscuro, por supuesto, pero estoy convencido de que esa pitillera de plata estará, o habrá estado, en manos de uno de esos tres..., igual que creo que han sido ellos los que han matado al pobre Tremolaterra.

—Sin duda es la hipótesis más probable... —le respaldó Panicacci.

—Sí. La más obvia —subrayó Archibugi.

—Ahora esperemos al informe y a las nuevas declaraciones de esos canallas, que por supuesto vendrán aquí mañana. Infórmeme de cualquier novedad, superintendente. Buenas noches.

Unos minutos más tarde, el traqueteo de la carroza de Primicerio se había perdido entre los callejones.

Ahora quedaban sólo dos carrozas esperando, y los cocheros lanzaban miradas implorantes. La lluvia se había reducido a unos hilillos de agua que colgaban del cielo negro, compacto.

Panicacci y Archibugi se miraban sin decir palabra; cada uno refugiado bajo su paraguas.

De la leñera venía la tenue luz del farol dejado en el suelo, junto a la sangre coagulada del periodista: parecía un ectoplasma emergente de la puerta del Infierno.

—Agente, váyase a casa —dijo Archibugi—. Mañana vuelva aquí con su delegado e interrogue a todo el mundo: a ver si alguien sabe cómo llegó hasta aquí Tremolaterra, o quizás a qué hora volvieron a la leñera los tres maleantes. En fin, su delegado ya sabrá qué hacer.

El agente golpeó los tacones entre sí y se alejó rápidamente, chapoteando por en medio de los charcos.

Corrado cerró el paraguas. Panicacci lo imitó.

Un cochero se aclaró la garganta, como si se hubiera tragado un adoquín.

—Un momento —dijo Archibugi.

Sacó su puro toscano y lo encendió. Panicacci cargó la pipa y también la encendió.

—Inspector Archibugi…

—Sí, *dottor* Panicacci.

Panicacci se movió y Corrado se le puso al lado. Empezaron a caminar hacia la Via dell'Angelo Custode, mientras los dos cocheros se miraban, indecisos sobre si convenía ir detrás. La niebla era cada vez más densa y, a falta de viento, engullía hasta las cuerdas tendidas entre un edificio y otro. A lo lejos, las casitas hacinadas sobre el Tíber habían quedado ya ocultas tras aquel manto húmedo.

—Cuénteme lo de esa pitillera de plata, Archibugi.

Corrado esperó un instante antes de responder; se trataba de una situación particular, que al día siguiente se apresuraría a contar a Scialoja, y quería grabársela bien en la mente. Panicacci le preguntaba algo sin vociferar y, sobre todo, sin partir de ideas preconcebidas. El toscano había entendido algo…

—*Dottor* Panicacci —replicó Corrado, que había decidido

no ponérselo demasiado fácil—, si me pregunta por la pitillera, quiere decir que ya ha intuido algo, ¿me equivoco?

—Usted es un hombre retorcido, inspector.

«Y tú eres un simplón, superintendente.»

—Usted se entendería bien con ese tipo, el tal Tinebra.

—¿Le ha parecido retorcido, el *cavalier* Tinebra?

Panicacci se detuvo y observó a Corrado para averiguar si le estaba tomando el pelo; se quedó con la duda, porque el rostro de Archibugi carecía de toda expresión. Reemprendió el paseo.

—Le diré una cosa, inspector, algo que nunca admitiré haber dicho. De pronto me ha dejado completamente bloqueado, cuando me ha puesto en evidencia con esa maldita pitillera de plata...

¡Aquel hombre era increíble! Corrado le dio dos o tres caladas al puro para contenerse. Quizás hasta se lo contaría a Quadraccia.

—Guido Tremolaterra trabajaba para *La Capitale*. Eso nos lleva al asesinato de Sonzogno, del que, gracias a Dios, un día de éstos emitirán sentencia —subrayó, para tapar definitivamente aquella caja de Pandora que le había amargado la digestión durante buena parte del año—: Un objeto que Raffaele Sonzogno llevaba siempre consigo, y que nunca volvió a aparecer, era una pitillera de plata.

—Exactamente lo mismo que he pensado yo, *dottor* Panicacci. El caso Sonzogno.

—Imaginaba. ¿Y cómo encajan estos dos homicidios? ¿Qué tiene que ver esa pitillera? No me diga que algún cómplice de Frezza, otro sicario de Sonzogno, ha escapado a la Policía y que ahora...

—No digo nada ni sé nada: esperemos. Usted, en cambio, me hablaba del *cavalier* Tinebra.

Panicacci dio media vuelta. Se dirigieron hacia los coches, señal de que la charla estaba a punto de acabar. Los cocheros los recibieron sentándose en el pescante, compuestos, listos para dar la orden a los caballos.

—A lo mejor no soy tan retorcido como debiera, querido Archibugi —suspiró Panicacci—. Quizá, para hacer bien este trabajo, habría que tener la costumbre de pensar mal. Hace un momento, por ejemplo, mientras estaba junto a Primicerio y hacía cábalas sobre la pitillera, se me ha pasado por la mente que Tinebra me dijo que conoce al juez, que estaba incluso a punto de ir a cenar con él…

—Sí, ahora lo entiendo —dijo Archibugi, al tiempo que reparaba en que, pensándolo mejor, no le diría a nadie nada de aquel Panicacci desconocido—. Ubiquique Suum, le llaman así, ¿sabe?, no vino a su despacho a quejarse por lo de la sala insonorizada. Vino a avisarle de que conoce al juez nombrado para el caso Tremolaterra.

Panicacci asintió y subió a su coche.

—Ya. Pero ahí se acaba mi capacidad de ser retorcido. Por otra parte, ahora estoy tranquilo; usted es lo suficientemente retorcido como para seguir por su cuenta. Pero no se fíe, inspector Archibugi, que usted sabe de qué pasta soy. Buenas noches.

Mientras el coche lo llevaba a la pensión, donde ya imaginaba que pasaría una noche insomne, Corrado Archibugi se preguntó si había alguien que consiguiera llegar a saber de qué pasta era realmente otra persona. ¿Cómo había dicho Quadraccia? Uno casi nunca sabe por qué está contento. Corrado habría apostado a que en aquel momento Panicacci se estaba preguntando por qué le había revelado aquel aspecto de la reunión con Tinebra, en vez de cortarle las alas, justo cuando sabía perfectamente que el inspector estaba a punto de lanzarse en un peligroso vuelo de fantasía hacia el caso Sonzogno.

Quizá no había sido más que el reconocimiento de las intrigas que rodeaban a un pobre muerto hallado medio desnudo en una leñera.

El día después, Panicacci volvería a pensar en ello, se retiraría; por sugerencia de Primicerio, quizás habría acusado a los tres vagabundos de robo con homicidio.

El misterio de la doble W es un descubrimiento del propio Tremolaterra. Petrocchi se deja engatusar por el periodista, que vive cerca y que ve la vela puesta al niño hallado en la Morte Desolata, y cuenta una patraña. Tremolaterra hace que publiquen la noticia en el *Eco di Roma*. La fiebre de Bellacuccia explota en la ciudad, alimentada por la enigmática desaparición del periodista.

Y, de pronto, Tremolaterra aparece asesinado de verdad, a

manos de tres muertos de hambre. Por casualidad. Y todo se hunde como un castillo de naipes.

—¿Qué, *dottore,* qué hace? ¿Se ríe solo? —exclamó, perplejo, el cochero.

«Pues sí. Es realmente divertido», pensó, acomodándose en el asiento. Primicerio podía hacer que arrestaran a quien él quisiera, pero aquella reconstrucción era un chiste mucho mejor que los que contaba Quadraccia cuando estaba inspirado.

Cuarta parte

6 de noviembre de 1875, sábado

1

Aquella mañana, si no fuera porque había quedado un charco de agua de lluvia en el suelo del edificio, Corrado Archibugi habría pensado que todo había sido un sueño.

En realidad, podía perfectamente tratarse de un sueño, porque por primera vez en su vida, cinco minutos después de quitarse el abrigo empapado y de sentarse en su despacho, se había dormido con la cabeza apoyada en los brazos. Aún llevaba en los huesos el cansancio de la excursión nocturna a la Morte Desolata, y a aquello se le sumaba el hallazgo del cadáver de Tremolaterra, noticia que corría por toda la ciudad. De modo que, con la luz mortecina de aquella mañana nubosa y húmeda, no había podido evitar dormirse.

Luego vino lo que le pareció un sueño. Y después no conseguía mantener la cabeza derecha, pese a todos los esfuerzos. Como un colegial en clase.

Le despertó un chasquidito. Levantó la cabeza de golpe, abrió los ojos hinchados por el sueño y enfocó a Onorato Quadraccia, que se igualaba las uñas con la navaja, sentado en el escritorio de enfrente. No se había quitado el abrigo, señal de que estaba de paso, el tiempo justo para ordenar las ideas y organizarse el día. Sobre la mesa tenía abierta una guía de comercios que estudiaba con atención.

—Ya te he dicho más de una vez que no por mucho madrugar amanece más temprano —le dijo Quadraccia.

—Sí. Pero los cadáveres aparecen de noche —respondió Corrado, que se desperezó. Entonces observó el charco de agua y se dio cuenta de que no había sido un sueño.

Quadraccia, que seguía haciendo chirriar las uñas bajo la hoja de la navaja como una tiza contra la pizarra, dijo sin levantar la vista:

—Ya lo he oído. Tremolaterra ha estirado la pata por fin. Bueno, es asunto tuyo; yo te eché una mano cuando estaba de por medio aquel niño, pero el periodista no es cosa mía. Yo hoy pienso pillar al que se cargó a la «vejiga». Se llamaba Lorenza, por cierto. Hoy o mañana, como mucho.

Escribió algo en un cuaderno y luego pasó página a la guía.

—¿Qué está buscando? —preguntó Corrado.

—Fotógrafos. ¿Quién ha dejado ese charco?

—Armida Petrocchi.

—¿Y ésa quién es? ¡Ah, sí, aquella loca!

Armida Petrocchi había abierto la puerta del despacho de un golpetazo, despertando a Archibugi de golpe, y con aquella terrible voz estridente se había puesto a decir que su marido era un pobre hombre, que no hacía otra cosa que llorar desde que había vuelto a casa, que estaba tan distraído que de poco no se había cortado una mano aquella misma mañana, con lo que no le habría quedado ya más que mirarse el culo en el espejo: ¿dónde se había visto un pollero con una sola mano? ¿O pensaban los señores comisarios que habría podido hacerse cargo del negocio ella sola?

—Dígale a su marido que han matado a Guido Tremolaterra —había respondido Archibugi en cuanto había encontrado un hueco entre el diluvio de palabras de Armida, que mientras hablaba le apuntaba con un paraguas empapado—. Nadie puede confirmar su declaración; la última, quiero decir. Dígale que iré a verle muy pronto.

Armida no había notado la velada amenaza tras las palabras de Corrado; la mayor parte de su exposición debía de resultarle incomprensible. Hasta pasado un rato el inspector no se dio cuenta de que la mujer había dejado la tienda a primera hora y había llegado hasta el Palazzo Braschi, bajo el agua, sólo para meterse con la Policía y, a su modo, defender a su marido.

Más que su esposa, Armida parecía la mamá de Fabio, la mamá de un niño repelente al que quizá no le haría arrumacos, pero al que sin duda quería. Y Fabio era realmente un niño: tal como pensaba Corrado, los niños son los que mejor mienten y esconden sus mentiras tras otras mentiras.

—¡O sea, que a ver si le dejan en paz! ¡Nosotros tenemos que trabajar! ¡Si no, no comemos!

Y habían desaparecido del despacho, ella y su paraguas, dejando tras de sí únicamente un charco de agua en el suelo, y debía de haber vuelto a la tienda a la carrera, a seguir cortando la cabeza a los pollos y a regañar a aquel inútil del marido, que debía de ir por ahí —Archibugi estaba seguro— con cara de funeral.

—Sí, aquella loca —le dijo Corrado a Quadraccia, sacudiendo la cabeza.

Se levantó con un suspiro y sintió un dolor en la pierna lesionada. Esta vez había salido de casa con el bastón. A veces, con la humedad y el ajetreo de aquellos días, le parecía volver a sentir la bala de fusil que le había disparado accidentalmente uno de sus solados, atravesándole la pierna, como en Custoza en 1886. La herida le había librado de aquella infausta batalla, en la que dos divisiones se habían quedado aisladas, combatiendo durante horas contra los austriacos, que estaban más frescos, mientras el Rey y sus generales intentaban ponerse de acuerdo sobre quién debía acatar las órdenes de quién (y, casi diez años después, en Italia aún había censura sobre aquella guerra). El soldado que había herido a Archibugi había aparecido posteriormente con un agujero en la frente, un disparo tan certero que debía de ser también fruto de la casualidad.

La única buena noticia del día era que Panicacci había pillado un resfriado la noche anterior, y que ahora estaba en la cama con fiebre. Por otra parte, pensó luego Corrado, también podía tratarse de una enfermedad estratégica: ¡al fin y al cabo, en el ministerio había gente que ocupaba desde hacía años cargos de responsabilidad y nadie conocía su firma!

Quadraccia seguía apuntando alguna dirección en el cuaderno de vez en cuando, y luego seguía consultando el volumen, pasando enérgicamente las páginas, finas como las de una Biblia. «Fotógrafos», pensó Archibugi. A saber cómo había pasado de la «vejiga» a los fotógrafos. Pero no valía la pena preguntarle nada más: el Homilías sólo hablaba cuando quería él.

—¿No le ha dicho nada el superintendente Panicacci? —dijo, en cambio.

Quadraccia cerró la guía con un sonoro golpe y se puso en pie.

—Panicacci me evita, y yo a él. Así que es difícil que me diga nada. Y además, hoy está enfermo, ¿no? Y yo ayer estuve todo el día en la calle.

Se metió el cuaderno en el bolsillo interior de su chaqueta negra de siempre, se acercó a la ventana y miró las nubes compactas con cara de asco. Para él la discusión estaba cerrada: el superintendente Panicacci no existía.

—Alguien se ha quejado de un uso indebido de la salita insonorizada —añadió Archibugi.

Quadraccia trasladó la expresión de asco del cielo a Corrado.

—¿Y eso quién? ¿El pollero? ¿Su mujercita?

—No. El *cavalier* Francesco Saverio Tinebra.

Quadraccia se rascó la cicatriz.

—¿Alguien como Tinebra viene a quejarse de que alguien pisa el suelo fregado de los pasillos? ¿Y quién se lo va a creer?

—Panicacci.

—Él sí, se lo puede creer.

—Parece que, mientras se quejaba, con mucha educación, por supuesto, el *cavalier* Tinebra le ha dejado caer a Panicacci que conoce personalmente a Primicerio, el juez que se ocupa del caso Tremolaterra.

Quadraccia se quedó inmóvil unos instantes, de pie, y siguió rascándose la cicatriz. Se oyó, a lo lejos, el ruido de unos pasos agitados. Archibugi tuvo la sensación inequívoca de que había novedades de camino y aguzó el oído, sin mover un músculo. No obstante, el viejo policía demostró que conocía a Corrado mejor que Scialoja, quizá mejor incluso que Lucrezia. Así, como si se diera cuenta de que tenían poco tiempo, dijo con su voz arrastrada e indiferente de siempre:

—Es un poco como la *porta de reto*; la puerta de atrás, para ti, que no eres romano.

Los pasos se acercaban. Pasos regulares, de militar. Un agente de la Seguridad Pública. ¿Quizás el agente de guardia?

—¿Qué significa?

—Ni siquiera yo lo sé; me ha venido a la mente de pronto.

Pero en Roma, una vez, antes de que llegarais los del norte, se decía que el Papa tenía una puertecita, en la parte de atrás del Vaticano, y que al anochecer se asomaba a esa puertecita y un par de espías acudían a contarle todo lo que había sucedido en los teatros, en los cafés, en las posadas…

Los pasos se interrumpieron de golpe. Alguien llamó a la puerta.

—¿Y quiénes son los espías en esta historia? ¿Quién es el Papa? —susurró Archibugi.

Quadraccia se encogió de hombros.

—Yo me dedico a vejigas y chulos, inspector. Y es por algo. Puestos a tratar con la mierda, prefiero la que no disfrazan de chocolate. Y ahora abre, que han llamado.

—Adelante —dijo Corrado, malhumorado.

Un agente se asomó y saludó con un taconazo. Quadraccia se escabulló por la puerta y se alejó en busca de su asesino, despreocupándose por completo de las noticias que pudiera traer el agente.

—¿Y bien? —espetó Corrado, mientras con el rabillo del ojo seguía a aquel viejo espantapájaros que se dirigía hacia la escalera, sin dejar de pensar en la «puerta de atrás», no en la del Vaticano, sino en la del Ministerio del Interior.

El joven, con la cara marcada por el acné, le dio a Corrado una tarjeta de presentación.

—Hace poco se ha presentado en la entrada un empleado de este señor, inspector, el señor que dice aquí… Ha dicho, el empleado, que el señor le esperaba cuando usted tuviera ocasión.

—¿A mí?

—Ha explicado, el empleado, que el señor le había ordenado que le hiciera llegar la invitación al oficial al cargo del caso de la muerte de Tremolaterra. Es decir, usted, inspector…

Corrado Archibugi se quedó inmóvil en la puerta mientras el agente se alejaba. En la mente le giraban como un remolino todos los hilos de aquel asunto, como si con aquel movimiento continuo esperara que acabaran entretejiéndose. En la mano daba vueltas a la tarjeta de visita de un notario.

Un notario que solicitaba hablar «cuando tuviera ocasión» con el oficial de Seguridad Pública al cargo del caso de la muerte de Tremolaterra.

Un minuto más tarde bajaba a paso ligero por las escaleras del Palazzo Braschi, sintiendo a cada paso un pinchazo, aunque no hacía caso, preocupado como estaba por entretejer los hilos. Se cruzó con Scialoja nada más salir del portal y, escuetamente, le ordenó que se fuera en busca del médico del San Giacomo y que se las arreglara para conseguir el informe, aunque fuera preliminar, aquel mismo día.

—Pero ¿qué son estas prisas? ¿Dónde vas?

Archibugi lo miró, casi malhumorado.

—¿Tú conoces la historia de la *porta de reto*?

—Pero ¿de qué hablas? ¿De la puertecita del Vaticano...?

—Exacto. Sólo que la que yo digo no está en el Vaticano. Así que, Oreste, cuanto menos sepas, mejor. Así no podrás responder a según qué preguntas y te evitarás encontrarte en situaciones embarazosas. Ahora me voy, luego te cuento. Tú consigue ese informe. ¡Es importante!

2

¿Por qué precisamente en miércoles? Y, sobre todo, ¿por qué sólo el miércoles? Lorenza arrastra sus trapos y su bastón desde la Piazza del Popolo por Ripetta hasta algún lugar. Los miércoles. ¿Por qué?

Quadraccia recorría el Corso en el mismo ómnibus que tomaba Lorenza, un carricoche tirado por caballos atormentados por las costras y con las crines enredadas como la barba de un mendigo.

¿Qué narices habría en aquellos sobres amarillos que custodiaba con tanto celo? ¿Sacaría de aquellos sobres el dinero que le pasaba al viejo Pulga para pagar el alquiler?

Onorato Quadraccia había partido de la idea de que aquellos sobres pudieran contener estampas fotográficas. Las fotografías se podían vender. Pero no era más que una idea, una hipótesis de trabajo. Aquella idea le permitía hacer preguntas a los fotógrafos de la zona de Ripetta, y aunque en aquella zona había muchos, siempre era mejor que ir dando vueltas en busca de una vieja mendiga, preguntando a porteros, comerciantes, polis y barrenderos.

Dado que Lorenza tomaba aquel ómnibus, Quadraccia había decidido tomarlo también él, aunque sólo fuera para preguntarle por ella al vendedor de billetes, que estaba más ocupado soltando coscorrones con la bolsa de la recaudación en la cabeza a los mocosos que se colgaban de los estribos que distribuyendo billetes.

El vendedor de billetes no recordaba a ninguna Lorenza. De mendigos y pedigüeños Roma está llena, y por tanto también el ómnibus, dijo señalando a la multitud. Después se giró de golpe hacia la ventana sin cristales y asestó un golpe violento con la bolsa que le dio en la cabeza a un chaval, que lanzó un grito, soltó su presa, rodó por la calzada del Corso, se levantó de golpe, buscó a su alrededor como un obseso, recogió una piedra y la lanzó con rabia contra el ómnibus; se oyó un golpe sordo en el techo y los pasajeros protestaron con algún gruñido que otro. Si aquella piedra se hubiera colado en el interior, sin duda le habría abierto la cabeza a alguien. Pero Roma también estaba acostumbrada a las pedradas. Roma estaba acostumbrada a todo.

Quadraccia estuvo pensativo a lo largo de todo el trayecto, zarandeado de aquí para allá, aplastado entre criadas que habían llenado el capazo en Campo de' Fiori y obreros que aquel día se habían quedado sin jornal y tenían la mirada perdida en el paisaje urbano. Quadraccia miraba la calle que iba quedando tras él, sin verla, mientras el conductor hacía sonar la campanilla para pedir paso o detenía de golpe a los caballos, maldiciendo a una patrulla de *bersaglieri* que pateaba la calzada a paso de marcha, e imaginaba a Lorenza haciendo el mismo recorrido, cada miércoles, en dirección a un lugar desconocido; pensaba en los sobres amarillos que guardaba bajo el catre; y se reía al recordar el cadáver hinchado que alguien había intentado que se tragara el Tíber.

Bajó en la Santissima Trinità, donde el Corso cruza con la Via de' Condotti, evitando por un pelo la meada de un mulo que pasaba por ahí. Respiró a pleno pulmón el aire tibio y húmedo de lluvia, limpio en comparación con el hedor a establo y a vestidos impregnados de humores corporales que emanaba del ómnibus, y echó una mirada desganada al lugar.

Algunas señoras vestidas a la moda aprovechaban la tregua ofrecida por la lluvia para dar su habitual paseo, acompañadas de amigas o seguidas por sus criadas, y unos señores elegantes las miraban de refilón y, a veces, se acercaban a las pueblerinas que vendían flores para ofrecerles a las señoras un regalo improvisado. Los escaparates de las tiendas presentaban las últimas novedades de la moda inglesa y francesa, muebles antiguos y biombos chinos recién importados, y numerosos turistas cerraban sus guías Baedeker para dedicarse al estudio de aquellas bellezas: «*Très joli*», «*Very fine*». Se oían voces españolas, guturales voces nórdicas, el grito ronco de una frutera ambulante.

Entre aquel punto y la Piazza del Popolo se encontraba la mayor concentración de talleres y laboratorios fotográficos de Roma, y quizá del Reino de Italia. Todo había empezado a mediados de siglo, cuando entre el Antico Caffè Greco y la Trattoria del Lepre, ambos establecimientos sitos en la misma Via de' Condotti, se había ido formando un pequeño círculo de apasionados que había tomado el nombre de Scuola Romana di Fotografia, y que había acabado desarrollando una floreciente actividad comercial. Quadraccia había conocido personalmente a uno de los miembros del círculo, el francés Flacheron, que había sufrido el robo de varios aparatos que habían acabado misteriosamente en la tienducha de un usurero.

Flacheron había querido hacerle un retrato al inspector Quadraccia, «un rostro tan particular, tan vivo, profundo, ¡en sus ojos podría retratar todas las sombras de esta ciudad!», pero él no había resistido mantener la pose más de tres minutos. No obstante, se había sacado del bolsillo el daguerrotipo de Patrizia, que en aquel tiempo aún llevaba consigo (ella ya se había ido), y se lo había enseñado; y mientras miraba la línea recta que llevaba a Trinità dei Monti se preguntó, una vez más, por qué había sido tan imbécil. Por otra parte, nadie lo sabe, casi nunca.

Quadraccia giró la cabeza a izquierda y derecha, como olisqueando un rastro, con la alianza de boda entre los dedos (hacía ya tiempo que el daguerrotipo lo dejaba en casa). A su alrededor veía el fantasma de Lorenza, que cada miércoles recorría aquellas mismas calles y entraba en la tienda de uno de aquellos fotógrafos, estaba seguro, hasta el día en que un tipo le había abierto la cabeza y le había atado una piedra al tobillo.

Enseguida eliminó de la lista los fotógrafos de prestigio, porque pensaba que una mujer como Lorenza nunca habría podido ser cliente suya; así que quedaban fuera Alinari y Cook, Cuccioni, Altobelli y Molins. Aun así, quedaban una docena de direcciones. Siempre que su razonamiento fuera correcto.

Echó un vistazo al cuaderno y se dirigió hacia la tienda más próxima de la lista, preparado para soltar su rosario de preguntas.

En ocasiones, Onorato Quadraccia pensaba que tenía el peor trabajo del mundo.

3

En ocasiones, Corrado Archibugi pensaba que tenía el mejor trabajo del mundo.

En aquel momento, por ejemplo, nada más salir de un portal que a la derecha presentaba una placa brillantísima: «Camillo Policastro. Notario. 2.º piso»; el cansancio y la depresión habían quedado olvidados y la Fontana de Trevi lanzaba espumarajos bajo el pálido sol que se había abierto paso entre las nubes.

Y todo aquello porque la situación estaba mucho más clara, aunque, precisamente por eso, muy delicada. El «problemón», como decía Quadraccia, la maraña tejida alrededor del pobre Tremolaterra, estaba deshaciéndose, pero había que controlar el proceso, o todo volvería a enmarañarse, y quizá para siempre.

—Señor Policastro, ¿cuándo vino a verle Guido Tremolaterra con esta extraña petición? —preguntó Corrado Archibugi.

—Está anotado en mis registros y también sobre el sobre, ¿lo ve? Ahí arriba.

El notario Camillo Policastro tenía unas muñecas finísimas, que bailaban en el interior de las mangas de una camisa decorada con gemelos de oro. El largo dedo rozó el sobre que Archibugi no había abierto aún, cerrado con lacre y con la firma del notario en toda su amplitud. 10 de febrero de 1875.

Febrero de 1875. No podía ser otra coincidencia, tras lo de la pitillera de plata.

—¿No le pareció extraña la petición de Tremolaterra?

—Señor inspector, a los notarios nos confían muchas cosas raras. Las últimas voluntades de un cliente son en muchos casos, como usted ha dicho, extrañas…

—De acuerdo, pero en las últimas voluntades no suele especificarse «si muriera asesinado» o cosas parecidas…

—En eso puedo darle la razón. Se trata, no obstante, de un deseo expresado por una persona en posesión de sus facultades.

Las manos del notario estaban ahora cruzadas entre sí, y con los dos índices se acariciaba los labios. Tenía los codos apoyados en el escritorio, y sólo sus ojos revelaban su curiosidad.

—¿Usted conocía a Tremolaterra?

—No.

—¿Por qué le eligió precisamente a usted? ¿Se lo dijo?

—No.

—¿Se ha enterado de la muerte de Tremolaterra esta mañana?

—Sí. El vendedor de periódicos le ha dado una gran publicidad.

—Y entonces ha decidido inmediatamente llevar a término estas voluntades… Es decir, que el oficial de Seguridad Pública que estuviera al cargo de la investigación recibiera…

Archibugi señaló el sobre que había en la mesa.

—Inmediatamente. Precisamente a causa de la naturaleza del deceso. He pensado que podría ser de interés para la investigación.

—¿Y no pensó en dirigirse a las fuerzas de seguridad cuando los voceadores anunciaron su desaparición?

—Señor inspector, las últimas voluntades, que por algo son «últimas», especificaban: «en caso de muerte violenta». El señor Tremolaterra no me había autorizado a comportarme de otro modo. Confieso que he estado un poco intranquilo en estos últimos días, oyendo continuamente esas noticias sobre la desaparición del escritor…, pero no podía hacer otra cosa.

Corrado asintió y abrió el sobre en presencia del notario, que había hecho ademán de salir y al que él había indicado que se quedara. Por un momento esperó leer un nombre, como si Tremolaterra, desde el más allá, le hubiera podido transmitir un mensaje revelador.

Lo que encontró, en cambio, fue una nota escrita sobre un cartoncito, por lo que frunció el ceño, y otro sobre, el que ahora llevaba en el bolsillo de la chaqueta. Esparció el contenido sobre una mesa, como si se tratara de piezas de un rompecabezas. El notario Policastro alargó el cuello para ver mejor, y esta vez fueron los dos los que fruncieron el ceño. ¿Qué significaba aquello?

—He hecho bien en pedirle que se quedara, señor notario. Necesitaré su firma para un inventario —dijo Corrado, sin levantar la vista de la mesa.

El notario hizo sonar una campanilla para que acudiera un pasante.

Corrado reflexionó. El dilema estaba claro: Tremolaterra deja un mensaje a la Policía, para que lo abran en caso de muerte violenta. Es evidente que el mensaje tiene que ver con el nombre del asesino o con el móvil; y dado que el sobre procede del mes de febrero, también el móvil tiene que estar relacionado con esa época. Y sin embargo, el mensaje es ambiguo, o incluso aparentemente inconsistente, hasta el punto de que podría no parecer un mensaje en absoluto... ¿Por qué? ¿Qué sentido tiene mandar un mensaje ilegible?

Después, durante el inventario, Corrado se dio cuenta de un detalle que tendría que verificar en una sucursal bancaria; o mejor dicho, en dos.

Archibugi apagó el puro aplastándolo con fuerza contra una pared.

Tenía que aclarar enseguida algunas cosas: conocer un poco mejor la dinámica del caso Sonzogno; conocer el contenido del informe de la autopsia de Tremolaterra, porque intuía que le daría claros indicios sobre el asesino; pero, sobre todo, tenía que dirigirse a una sucursal bancaria. Y realizar una consulta.

Se encaminó ayudándose del bastón a un banco cercano, una agencia del Banco di Napoli. Preguntó por el director y, una vez en su despacho, dijo:

—Buenos días. Soy inspector de Seguridad Pública. Necesito hacerle una pregunta.

4

—¿Una pregunta? Dígame.

—Es un asunto un poco raro…

—Usted dirá. Ya verá como estamos en disposición de satisfacer cualquier petición. ¿El retratado será usted?

—¿Retratado? ¿Qué retratado?

Quadraccia se quedó mirando al fotógrafo al otro lado del mostrador, en aquella tienda más bien oscura, como si estuviera loco. Éste le señaló algunas fotografías enmarcadas a sus espaldas, con curas, cardenales, garibaldinos sonrientes con una pierna sola o con un parche en el ojo, viudas sentadas en un sofá, hombres de negocios apoyados en columnas y hermanitos que se daban un tierno abrazo, como si aquellas obras de arte hablaran por él. Por algo en el escaparate ponía «TALLER DEL RETRATO».

—Sí, el retratado. Supongo que querrá hacerse un retrato. Si puedo serle franco, no debe preocuparse por la cicatriz; existen muchos métodos para esconderla; mire este cojo de aquí, por ejemplo, qué natural ha quedado. Venga, pase al estudio…

—Déjese de cojos y cicatrices —le espetó Quadraccia.

—¿Perdón?

—Si no dejé que me hiciera un retrato Flacheron, anda que me lo iba a dejar hacer por usted.

—Pero entonces…

—Quiero hacerle una pregunta, no que me haga un retrato. Quiero saber si tienen una clienta más bien vieja, que viene habitualmente un día a la semana y sólo ese día, debería ser un miércoles, y que de pronto ha desaparecido. ¿Entiende?

—Entiendo —dijo, gélido, el fotógrafo, que no había digerido la referencia a Flacheron—. ¿Y por qué debería venir por aquí precisamente los miércoles?

—¿La tiene o no la tiene, una clienta de esas características?

—No, no la tengo. Perdone, pero ¿qué sentido tiene que alguien venga sólo los miércoles?

Quadraccia salió de la tienda con un suspiro. Sabía que tendría que desgranar el rosario de preguntas unas cuantas veces, pero no estaba seguro de tener la paciencia necesaria.

En La Pittura Fotografica le dijeron que en realidad trabajaban sobre todo para turistas, fotografías de paisajes y recuerdos de Roma. De todos modos, un cliente que aparece sólo un día determinado de la semana es algo muy raro…

—¿No tiene idea de por qué esa clienta venía precisamente los miércoles? —le preguntó el dueño de la tienda que, según parecía, debía de hacer más bien pocas «pinturas fotográficas» y buscaba un modo de pasar el tiempo.

—En cuanto lo descubra se lo digo.

El profesor Raffaele Borino, que había llenado el escaparate de su tienducha de rótulos que hacían propaganda de sus «Estampas-Cuadros-Litografías-Paisajes» a precios negociables y que aseguraba que trabajaba todos los días, en cualquier circunstancia climática, pidió completa información sobre lo que buscaba el inspector, sin dejar de asentir con la cabeza, hasta el punto de que Quadraccia tuvo la esperanza de estar por el buen camino, y le pidió incluso que le enseñara las fotografías realizadas al cadáver. Se encajó las gafas y, tras un primer gesto de disgusto, las estudió con atención.

—¿Quién las ha tomado? —dijo entonces—. Ah, sí, ya veo, los hermanos De Bono. —Esbozó una sonrisa condescendiente—. Si necesitara fotografías para otras…, es decir, para otros trágicos incidentes, pongo a su disposición mi experiencia. Aquí tiene mi tarjeta. —Volvió a mirar las fotografías—. Pobrecilla, cómo ha quedado…

—Así pues, ¿quién era? ¿Qué hacía esta desgraciada en su tienda, los miércoles?

—¿En mi tienda? —respondió el profesor con una risita—. No, no, ha habido un error, lo siento. Mi tienda no abre más que el sábado y el domingo, para los turistas. El resto de la semana trabajo de contable. A esta pobre infeliz no la había visto en mi vida.

Quadraccia agarró al contable-fotógrafo por la solapa de la levita, lo zarandeó un par de veces contra la pared y le rugió en plena cara:

—Profesorcito, ¿te apuestas algo a que te hago cerrar también el sábado y el domingo?

Para colmo de males, cuando salió de aquella ratonera se había puesto a llover de nuevo.

Quadraccia no se desanimó: zigzagueando por los callejones entre San Carlo al Corso y la Piazza del Popolo, continuó recitando su batería de preguntas en cada uno de los laboratorios fotográficos apuntados en el cuaderno, más impaciente e irritable a medida que la lista se iba reduciendo y no encontraba ni rastro de Lorenza.

El Ars Photographica era el último de la lista. Quadraccia entró como una exhalación, pero tuvo que esperar un rato en compañía de una dependienta taciturna, porque el patrón estaba en el estudio contiguo, fotografiando a dos recién casados: de hecho se oían las risitas y frasecitas empalagosas que le revolvieron el estómago al inspector.

Entraron en la tienda cuatro ingleses, con el cabello brillante por el aguacero y los ojos extasiados de quien no ha visto nunca una ciudad que se cae en pedazos desde hace dos mil años. Observaron, pusieron cara de perplejidad cuando toparon con el morro arrugado de Quadraccia y acabaron por irse con un librito de fotografías de antigüedades romanas. La caja tintineó y la dependienta se puso a ordenar marcos, en el silencio roto únicamente por los arrullos del estudio y el traqueteo de alguna carroza que pasaba por la calle.

Quadraccia estaba agitadísimo. Resopló, se rascó el cabello.

—¿Tenemos para mucho?

Por debajo de la pesada cortina púrpura que cerraba el paso al estudio fotográfico se abrió paso un fogonazo azulado. A Quadraccia le volvieron a la mente los fogonazos con los que un hermano De Bono había inmortalizado el cadáver de la «vejiga» y su pie, que había permanecido allí diez minutos. «Una cosa es tener inmóvil un pie; otra es estar completamente inmóvil, como pretendía Flacheron», se dijo el inspector.

La cortina se abrió de golpe y por ella salieron los risueños novios, que se quedaron serios en cuanto vieron a Quadraccia. Permanecieron en un rincón, como si temieran molestar; el fotógrafo apareció, echó un vistazo al inspector y le hizo un gesto a la dependienta, que desapareció tras la cortina.

—La señorita se ocupará del revelado del negativo, lo hace estupendamente —le dijo el fotógrafo a los novios, que asintieron con una sonrisa y se pusieron a mirar las estampas colgadas de los muros—. He oído que es usted de la Seguridad Pública.

Quadraccia sintió los ojos de la pareja clavados en él.

—Efectivamente —dijo—. Y tengo prisa. Necesito cierta información...

Puso al fotógrafo al corriente de la situación con pocas palabras, apresuradas, como si el fantasma de Lorenza pudiera desvanecerse para siempre. Los novios escuchaban atentamente; la mujer se abrazaba al marido como si el asesino estuviera escondido en el interior de la tienda.

Cuando el inspector hubo acabado, el fotógrafo se lo quedó mirando. Quadraccia le devolvió la mirada, apoyado en el mostrador, indiferente ante la mirada de la parejita, mientras se oía un tintineo metálico procedente del estudio, donde la dependienta revelaba la fotografía de aquellos dos jóvenes provincianos, que décadas más tarde recordarían, al mirarla, al tétrico inspector de Policía con una cicatriz y la nariz rota que intentaba reconstruir los últimos días de una mujer asesinada.

—Señor inspector... —dijo entonces el fotógrafo.

—¿Sí?

—¿Realmente piensa que una vagabunda podría ser clienta de nuestro laboratorio?

Quizás el fotógrafo se esperara alguna explicación por parte de Quadraccia, o quizá que se excusara. Pero el inspector se quedó inmóvil, con el brazo apoyado en el mostrador. Valoró la posibilidad de recorrer al mazo de llaves, pero decidió que no era el momento: estaban aquellos dos, y la dependienta dentro de la tienda. Además, se sentía cansado. Así que se limitó a sacar el sobre de los hermanos De Bono y dijo, con la voz cansina de quien ya está harto de repetir siempre la misma historia:

—¿Ve este sobre? Aquella vieja llevaba sobres iguales. De

acuerdo, puede que no fueran fotografías, pero unos sobres así no sé qué otra cosa pueden contener. ¿Usted lo sabe? Cállese, no he acabado. Además, la vieja venía por esta zona, siempre y exclusivamente en miércoles. Y volvía a casa con estos sobres.

Quadraccia se calló, sin dejar de mirar al fotógrafo, que empezaba a tener la sensación de haber hecho algo mal. Luego volvió a guardar el sobre, se apoyó en el mostrador, acercándose al fotógrafo y dijo:

—¿Entiendes ahora, capullo, por qué creo que aquella vieja pudiera ser cliente de tu laboratorio? Sin entrar en que estos dos atontados de aquí no me parecen precisamente de la casa real, ¿tú qué dices?

Por unos instantes, los cuatro personajes del laboratorio parecieron figuritas de un belén. En el estudio, al otro lado de la cortina, se oía el débil chapoteo de los líquidos de revelado.

Fue Quadraccia quien rompió el silencio. Se levantó, miró por última vez al fotógrafo y a la parejita con cara de asco y, sin que nadie se atreviera a parpadear siquiera, abrió la puerta de la tienda con tal violencia que la campanita de encima se salió del gancho y fue a parar más allá del mostrador, tras el cual cayó rebotando con un lastimero tintineo.

Ya en la calle, Quadraccia miró a su alrededor. Pueblerinos y señores elegantes recorrían el Corso, al fondo del callejón. Una pueblerina de gesto provocador estaba colocando una flor en la solapa a un hombre. Ya no llovía, pero el cielo seguía gris y una capa de humedad tenía la ciudad asfixiada.

El inspector se encaminó hacia Ripetta, sólo porque su pésimo humor le sugería que se alejara de la gente, y, por tanto, del Corso. Allí, por los prados junto al río, vería a las mujeres que esperaban que el tiempo mejorara para tender la ropa, charlando sobre el nivel del Tíber, que empezaba a crecer. Allí podría reflexionar con calma sobre lo que podía hacer, pensar en sus próximos movimientos.

Sin darse cuenta, apretaba los dientes por la rabia y maltrataba el anillo dentro del bolsillo del chaleco. No soportaba perder una pista, quedarse sin resolver un problema, y desde luego no era por el placer de meter entre rejas al culpable y hacer que triunfara la ley, cosas que a Quadraccia no le importaban en absoluto, ya que opinaba que víctima y verdugo son de la misma pasta —es decir, carroña—, sino por el puro placer de la caza. Quadraccia tenía instinto de cazador, disfrutaba al caer sobre su presa cuando parecía ya que se le hubiera escapado. Y a aquellas alturas, en el caso de Lorenza, a su presa no debía de quitarle el sueño la posibilidad de que le pillaran.

—¡Inspector!

Quadraccia se giró de golpe, con un ímpetu excesivo. Un escalofrío de esperanza le recorrió la espalda; sintió la presencia de la presa muy cerca.

La dependienta venía a su encuentro, mientras por la puerta de la tienda asomaba el fotógrafo y los tortolitos se alejaban a paso ligero en dirección contraria, él mirando hacia atrás con el miedo en los ojos. Ella llevaba en la mano un sobre amarillo.

—Perdone, inspector, antes lo he oído todo, pero no podía salir porque estaba ocupada con el revelado…

—¿Y qué? Tu jefe me ha dicho que no sabe nada de la vieja —dijo él, escéptico, mientras estudiaba a aquella muchacha más bien fea, pero de mirada despierta.

—Es verdad, ésa nunca vino aquí. Pero a lo mejor yo sé algo… Era algo extraño, ¿sabe?, de lo que me habló hace un tiempo una amiga mía. Ella también trabaja para un fotógrafo, pero uno importante… ¡Claro que esas cosas un fotógrafo así no las hace! Pero allí a la mujer la conocían…

—¡Uno importante! ¡Y la mujer era conocida! ¿De qué «cosas» habla?

Quadraccia agarró a la muchacha y la apartó hacia un lado para dejar paso a un carro de la basura y apartarse del hedor que desprendía; ella empezó a contarle toda la historia lo más rápidamente que pudo.

5

También a Corrado Archibugi le contaron toda la historia con la máxima rapidez.

Había salido de dos bancos diferentes, la agencia del Banco di Napoli y la Banca Nazionale del Regno d'Italia, en San Lorenzo in Lucina, con el secreto desvelado y plena conciencia de lo que podía significar y de los intereses que movía.

Ahora, en la penumbra del patio del Oratorio dei Filippini, requisado por el Reino de Italia y convertido en tribunal, le informaban de los detalles del caso Sonzogno, de donde nacía todo.

Su confidente, que había decidido responder a las preguntas de Archibugi sólo por la antigua amistad que los unía, le decía cosas que, en su mayoría, él ya conocía. Y Corrado, pese a la impaciencia y a aquel sobre que casi le quemaba en el bolsillo, se esforzaba en contenerse, alzaba los ojos al cielo, hacia la lluvia fina que caía en el patio, y se limitaba a intercalar algún «De acuerdo, pero...» o «Entiendo, pero el móvil...».

¡Y pensar que precisamente en aquel edificio, bajo la bóveda del oratorio con el fresco de la Coronación de María en el Cielo —que junto a la estatua de san Felipe y al púlpito de madera destinado «*pe' li sermoni*», como decían en Roma, recordaba el origen sagrado de aquel lugar—, donde en otro tiempo se hacían ofrendas musicales a Dios, ahora se hablaba al diablo de delitos! Era el mismo edificio en el que estaba concluyendo el proceso del caso Sonzogno, por lo que los acusados ya no tendrían que soportar las miradas morbosas de la multitud muchos días más.

Los acusados eran: Giuseppe Luciani, ex redactor de *La Capitale*, ex diputado (destituido por fraude electoral contra su rival, Ruspoli), ex amigo de la víctima, Raffaele Sonzogno y amante de la esposa de éste, garibaldino ferviente e infatigable marrullero; Pio Frezza, leñador y ejecutor material del delito, tipo simplón y garibaldino fanático; Michele Armati, ex oficial de la Policía municipal, cómplice de Luciani en el fraude contra Ruspoli; y dos secundarios, Luigi Morelli, conocido como «el Medio Cabo», y Cornelio Farina, tejedor.

El 13 de noviembre de 1875, todos los acusados serían condenados a trabajos forzados de por vida; aquel 6 de noviembre, en la penumbra del patio del Oratorio, el confidente le susurra prudentemente a Corrado que la condena es probable, porque los hechos parecen razonablemente comprobados.

Los hechos.

La noche del 6 de febrero de 1875, sábado de carnaval...

—¿Sábado de carnaval? —repitió Archibugi, del otro lado del humo del puro, sintiendo que la puerta de aquel enigma empieza a oscilar sobre sus bisagras, abriéndose unos milímetros más.

—... sábado de carnaval. ¿Cómo se dice? El de antes del Miércoles de Ceniza, vamos.

El asesino es arrestado de inmediato, da la impresión de que no tenía intención de escapar. Es un leñador, Pio Frezza, según todo el mundo un tipo tranquilo, delgado, que debía de estar muy motivado anímicamente para poder degollar de aquel modo a un tipo robusto como Sonzogno. Y Frezza no sólo facilita su arresto, sino que da nombres y apellidos de los cerebros del plan, desbaratándolo. No podían haber escogido peor a su sicario.

—De cosas así van cargados los periódicos... Pero ¿y el móvil? El móvil. Y la pitillera de plata, ¿nadie ha investigado? ¿Qué dicen los acusados?

—La pitillera de plata es un elemento secundario —respondió el confidente con tono de fastidio—. Parece que Sonzogno la llevaba siempre consigo, desde hacía unas semanas, pero no apareció en el cadáver ni en la redacción, ni en el piso del director. Pio Frezza, que no se mostró en absoluto hermético, nunca dijo nada de aquella pitillera, y el proceso judicial parecía no importarle lo más mínimo; por otra parte, tienen un homicida confeso y cómplices, y todos los móviles necesarios... ¿Qué sentido tendría montar tanto jaleo por una pitillera desaparecida? ¡A lo mejor el tal Sonzogno la había extraviado media hora antes! Y además, ¿por qué te interesa tanto esa pitillera?

—De acuerdo. ¿Y el móvil? —Archibugi cambió de tema; en cualquier caso, sabía perfectamente que la pitillera de plata había acabado en manos de Tremolaterra y que con toda probabilidad ya se habría perdido para siempre—. De lo que he leído en los periódicos no he entendido bien el móvil...

—¡El móvil! Hay más de un móvil. Por ejemplo, el móvil de Pio Frezza, un pobre loco exaltado, es quitar de en medio a un peligroso reaccionario, difamador de su amado General, enemigo de la Patria Unida, contrario al proyecto de los muros de contención del Tíber tan apoyado por Garibaldi; según se dice, incluso podía estar haciendo un doble juego a favor de los austriacos.

»Es Luciani el que instiga a Frezza, durante sus encuentros en casa de Garibaldi, que por cierto vive justo debajo de la redacción de *La Capitale*. En aquellos encuentros entre exaltados, Frezza se siente henchido de ardor garibaldino y siente desprecio por los enemigos, y se convence, o es hábilmente convencido, de que Sonzogno debe ser eliminado. Y para reforzar su decisión, Luciani además le larga cinco mil liras.

—Pero ¿Garibaldi...? —preguntó Archibugi, perplejo.

—Pero ¿qué quieres que sepa Garibaldi de lo que se tramaba en su casa? Sólo lo han utilizado, una vez más. Olvídate de Garibaldi.

»Frezza cumple con su misión. Mata a Sonzogno, y lo hace con rabia, con una violencia inaudita. Habrías tenido que ver en qué estado se lo encontraron. Sólo que Luciani y sus compadres no imaginan que un exaltado como aquél, una vez arrestado, pudiera reivindicar la acción, que él ve casi como heroica y no como un terrible homicidio.

—Pero, entonces, ¿Luciani y los otros? ¿Qué móvil tenían?

—En primer lugar, la venganza. Al fin y al cabo, fue el propio Sonzogno quien lanzó una violenta campaña de prensa contra los chanchullos de Luciani y Armati. *La Capitale* era un arma letal, en manos de un hombre sin escrúpulos como Sonzogno. Sabes los duelos que ha tenido que afrontar el tal Raffaele, ¿no?

»Durante un tiempo Sonzogno y Luciani habían sido uña y carne: los dos marrulleros, los dos de la misma pasta. Después, Luciani se convierte en el amante de la mujer de Sonzogno. Los dos huyen y el escándalo es enorme; Sonzogno paga por duplicado: primero con los cuernos, y luego porque su imagen de cornudo se convierte en blanco de mordaces befas, y de mofarse de otros pasa a ser él el objeto de la mofa. ¿Te das cuenta, Corrado? ¡Una posición dificilísima!

»Luciani, que era el mejor amigo de Sonzogno, se convierte en un cerrar de ojos en su peor enemigo. El problema es que tampoco Luciani es un santo; y Sonzogno empieza a meterse con él a través de su periódico. Primero el asunto de los fraudes, luego los tejemanejes de Luciani y la corrupción, que usaba como arma para la lucha política, pero ¿con qué dinero?

—Eso, ¿con qué dinero?

—¿Y qué sé yo? El proceso es por homicidio, no por co-

rrupción o encubrimiento. Vamos, que el motivo principal parece ser la venganza y…

—El silencio de Sonzogno.

—… y el silencio de Sonzogno, exacto. Existe otro móvil, no de menor importancia. El periódico. Porque ¿quién se convierte en propietario de *La Capitale* una vez muerto Sonzogno? La esposa.

—¿La esposa?

—¡Pues claro! —resopló el confidente—. Será un putón, pero sigue siendo su esposa. Eso sí, de rebote, se entiende. Porque quien hereda es el hijo, eso está claro, sólo que el pobrecito es menor, así que la madre es su tutora. Y si la madre se convierte en tutora, Luciani, que se beneficia a la madre, ¿en qué se convierte entonces? Vamos, que de una pedrada —es decir Frezza, que la pedrada parece haberla recibido él, en la cabeza— matan dos pájaros: se quitan de en medio a Sonzogno y se quedan con *La Capitale*…

Pero Archibugi ya no seguía al confidente. Pensaba en el dinero que Luciani usaba para sus tejemanejes, e intentaba relacionarlo con lo que le habían dicho en el banco una hora antes. Y todo encajaba.

—Sólo una cosa más —le interrumpió, de pronto—, una cosa delicada.

El confidente se le acercó un paso. Corrado se aclaró la voz. A su alrededor, la multitud se condensaba frente a los diferentes juzgados, ajena a ellos.

—No sé cómo decírtelo, pero querría saber... Piensa en este caso, en el proceso, en los imputados, incluso en los abogados o el juez..., en todas las partes implicadas, vamos, y reflexiona: ¿te parece que haya habido alguna presencia extraña, algún personaje...?

—Corrado, ¿qué quieres decir con eso de una presencia extraña? Ah, no me digas más: ya lo entiendo.

Corrado observó a su confidente, que se quedó pensando, intentando recordar. Después le vio sacudir la cabeza.

—No, me parece que no. Por otra parte, a mí me es difícil saber esas cosas. Este caso, además, ha suscitado un gran interés, y es un asunto más bien delicado, así que a veces sucede que personas no relacionadas directamente con la investigación vengan a informarse de datos específicos... Pero ninguna presencia extraña.

—¿En quién estás pensando?

—En personas que tienen todo el derecho de pedir detalles, informes... Todo el derecho, entiéndeme bien, Corrado, en el ámbito de sus competencias, especialmente cuando muere el director de un periódico y hay por en medio un ex diputado y un ex oficial de la Policía municipal, un general nada menos...

—¡Sí, sí, ya lo he entendido! Pero dime de quién hablas.

—El caso Sonzogno, querido Corrado, es delicado. El hecho de que lo sigan en primera persona destacadas personalidades es normal, no es indicio de nada. —Archibugi alzó la mirada al cielo, en señal de impaciencia—. Y a lo mejor en el caso Sonzogno no todo ha quedado completamente claro, ¿no? Si no, no me habrías preguntado por la pitillera de plata ni por la procedencia del dinero que Luciani usaba para la corrupción... o por «presencias extrañas» que hubieran podido mostrar interés por el asunto.

—¡Ahora no te pongas a hacerte el listillo, venga! Te lo contaré todo en cuanto pueda. Dime a quién te refieres; tengo los minutos contados.

Y una vez más, en cuanto se pronuncia su nombre en voz baja, Ubiquique Suum repite el milagro de encontrarse simultáneamente en dos lugares: en este caso, en el claustro del tribunal del Oratorio y en su despacho del Palazzo Braschi, donde recibe la mala noticia de que el superintendente Panicacci está en la cama, resfriado, mientras analiza cómo hacerse con la mayor información posible sobre el descubrimiento del cadáver de Guido Tremolaterra, ahora que, dado lo delicado del caso, puede ocuparse de él personalmente sin que pueda considerársele una presencia extraña.

—Inspector Archibugi.

Corrado se dio media vuelta y se encontró frente a las rojas mejillas del juez Primicerio, cuyos ojos poco expresivos —y por tanto poco de fiar— pasaron de Corrado a su interlocutor. Después el juez hizo un gesto con la cabeza y con un simple «Abogado…» saludó y despidió al mismo tiempo al confidente, que se alejó por las escaleras del tribunal, aún impresionado por la frialdad que había observado entre los dos.

—Estoy siguiendo personalmente el interrogatorio de los tres vagabundos —dijo Primicerio—. Se encuentran en mi despacho, evidentemente bajo vigilancia. Había salido a tomar un café. ¿Quiere subir conmigo? Creo que no estamos lejos de obtener su confesión completa.

—No, señor juez, se lo agradezco.

Primicerio frunció el ceño y su mirada de desconfianza se agudizó:

—Usted se ha mostrado desinteresado con respecto a esos tres bergantes desde el principio, inspector.

—Al contrario. Me he mostrado interesado en su justa medida.

—¿De verdad? Así pues, ¿soy yo el que no los he valorado en su justa medida?

Archibugi sonrió, mientras apagaba el puro frotándolo contra un pilar del patio, con todos los sentidos alerta. A su alrededor se oían pasos y voces de abogados, jueces, acusados y *carabinieri* que revoloteaban a su alrededor.

—No lo creo en absoluto, señor juez. Es más, usted procede

de un modo muy ordenado: precisamente, si dedica su tiempo a los tres desgraciados que han hallado a Tremolaterra y que sin duda habrán cometido al menos un delito, el robo de sus efectos personales…

—«Hallado», pero no «asesinado». ¿Es eso lo que piensa? ¿Y por qué todo ese asunto de la pitillera?

—Es una historia más bien complicada. Tengo intención de volver a mi despacho, más tarde, y redactar un informe que le enviaré hoy mismo… Un informe en el que expondré mi teoría sobre la desaparición de Tremolaterra.

—Puede decírmelo en persona ahora mismo.

—Sí, claro, pero mi teoría se basa en algunas hipótesis algo delicadas, por decirlo así. Exponiéndola por escrito podré ser más preciso, claro y exhaustivo… Así no correré el riesgo de equivocarme, de decir algo fuera de lugar, vamos —concluyó, y se excusó con una sonrisa ingenua—. Espero que me comprenda, señor juez.

—¡No me diga que tiene miedo de quedar como un tonto, inspector! —rebatió Primicerio, con tono jocoso—. ¿Qué teoría es ésa, si teme hacer un mal papel al contarla?

Archibugi guardó el puro, ya apagado, en su portacigarros de piel, y se apoyó en el bastón, en ademán de despedida.

—Una de esas teorías en las que se mezcla lo sagrado y lo profano. Y ahora, si me permite…

—Espere. ¿Qué hacía usted hoy por aquí? ¡Inspector…!

Pero Archibugi ya se había alejado, y clavaba el bastón en el suelo a cada paso; al cabo de un momento, se encontró en la calle, en la Piazza della Chiesa Nuova.

En la calesa que le llevó de vuelta al Palazzo Braschi empezó a darle vueltas al informe reservado que tendría que escribir para el juez Rolando Primicerio; no podía hacer otra cosa.

La corriente de aire que se levanta siempre cuando se dejan abiertas las «puertas de atrás» ya se encargaría de soplarle en las narices el contenido de su informe a quien correspondiera…

6

El pequeño fotógrafo llevaba las solapas abiertas como las alas de una mariposa y la corbata torcida; tenía el rostro sudado, una mejilla violácea y no paraba de tragar saliva. Ya no estaba al nivel de la tienda: porque la tienda era elegante. Un silloncito, un pequeño sofá, una mesita de fumador, papel de empapelar de color vainilla con un estampado de inspiración pompeyana, diplomas y nombramientos en las paredes.

Desde luego, Quadraccia nunca habría pensado en buscar allí el rastro de la mendiga: aquel lugar era demasiado refinado. Y sin embargo, por lo que le había dicho la dependienta de Ars Photographica, allí conocían a la mujer. Una mendiga como Lorenza que entraba en una tienda así... era un misterio aún más oscuro que el de su muerte. ¡Y aquel enano retrasado jugaba a las adivinanzas, hablaba de reserva, de lo refinado de su clientela y de tonterías por el estilo!

La dependienta, amiga de la de Ars Photographica, se había hecho a un lado, y quizás hubiera adivinado la fuente de información del policía violento y tosco que había entrado en la tienda como una bala de cañón, porque seguía el interrogatorio con los ojos como platos, como si se temiera que su nombre apareciera en cualquier momento (en cuyo caso estaba claro que quedaría despedida).

Por otra parte, Onorato Quadraccia no había dicho nada que hiciera suponer que ya supiera algo. Sólo había hecho unas cuantas preguntas directas al dueño, y éste había respondido con las consabidas respuestas que ya se sabía de memoria. Entonces, en un decidido cambio de estrategia, le había propinado un bofetón que había mandado al hombrecillo contra la pared que tenía detrás. Dos o tres retratos habían caído al suelo y se habían roto en pedazos.

Al sonar el golpetazo contra la pared, una cabeza había asomado desde el interior del estudio, también en este caso situado tras una cortina —mucho más elegante y fina que la otra, por la que habían aparecido los recién casados—; e inmediatamente había vuelto a desaparecer.

—Repito la pregunta.

Quadraccia rodeó el mostrador tras el que se había atrincherado el hombrecillo, triturando con las suelas de los zapatos los fragmentos de vidrio de los marcos rotos, lo cogió por el chaleco y lo levantó a pulso, mientras él farfullaba alguna queja y ponía las manos por delante a modo de defensa.

—Te lo repito una vez más, luego te arranco los bigotes pelo a pelo, ¿me has entendido?

El fotógrafo asintió y se llevó una mano temblorosa al espeso bigote.

—Esa vieja, ¿venía o no a revelar fotografías cada miércoles?

—No, señor inspector —lloriqueó el hombrecillo. Luego vio la mirada pétrea de Quadraccia y se apresuró a añadir—: No, es decir, sí. Quiero decir…

—¿Sí o no, imbécil?

—¡Sí, venía, pero no cada miércoles! Dios Santo, si me deja hablar…

—Pues habla, ¿quién te lo impide?

—Pues venía los miércoles, sí, a buscar las fotografías, pero no todos los miércoles. ¿Entiende? Las retiraba el miércoles, y venía a encargármelas un par de días antes.

—Pero se las llevaba siempre en miércoles.

—Sí. Perdone… ¿Qué…, qué desea?

Había entrado un cliente. El inspector, que tenía los ojos clavados en los del huidizo fotógrafo, no había oído siquiera la campanilla. En cuanto se giró con una mirada rabiosa hacia la puerta, el hombre masculló una excusa, se tocó el ala del sombrero con la mano, dio marcha atrás y desapareció a paso ligero, mientras la puerta se cerraba de nuevo, lenta como un bostezo.

Quadraccia le ordenó a la dependienta que cerrara con llave y volvió a ocuparse del dueño. Tenía la expresión de quien ya ha perdido la paciencia y no tiene ningún interés en recuperarla.

—Decíamos que la vieja retiraba siempre las fotografías los miércoles —prosiguió, pensando ya en aquello de que las encargara dos días antes.

El Pulga no había hablado de otros días, salvo del miércoles. Podía ser que no se hubiera dado cuenta, sí, pero le daba la impresión de que algo no cuadraba: ¿Lorenza se iba hasta allí dos veces por semana?

—Sí, los miércoles.

—¿Y encargaba las fotos un par de días antes?

El fotógrafo asintió.

—¿Y te traía los negativos?

Silencio.

Quadraccia se lanzó hacia el fotógrafo y le hizo sentar en un silloncito de un empujón. Después se acercó a paso de carga al dueño, que estaba hecho un ovillo.

—¿Te traía los negativos? —repitió, apuntándole con el dedo.

—Eh, no. No, señor inspector. Los negativos los guardaba yo. Por favor, no me haga daño. ¡Se lo ruego!

—¿Qué miedo tiene? Yo soy de la Policía —sentenció.

A la dependienta, que estaba escondida tras una pequeña columna que sostenía un tiesto con un frondoso helecho, le dio la impresión de que aquel loco con la cara marcada, a su modo, creía en las cosas absurdas que decía.

—Entonces esos negativos los sigues teniendo tú, imagino.

El hombre negó con la cabeza, pero titubeó y dio la impresión de que balbucía algo. Quadraccia lo levantó de un tirón.

—No me haga daño, por favor. ¡Yo no he hecho nada!

—Quiero los negativos.

—No… No puedo. Se los daría, pero me es imposible. Créame, señor inspec… ¡Ay!

Quadraccia había agarrado la punta de un bigote del pobre desdichado y tiraba de él hacia arriba, hasta el punto de que el fotógrafo tuvo que ponerse de puntillas para evitar que el inspector se quedara con los pelos en la mano.

—¿Y por qué no puedes?

—¡Déjeme..., por favor, déjeme!

Quadraccia lo dejó, pero seguía pegado a él, hablándole entre dientes.

—¿Entonces?

—¡Inspector, por lo que más quiera, intente entender! —lloriqueó el hombre—. Ésta es una tienda seria, con la mejor clientela de Roma. Ese señor que ha ahuyentado hace un momento, por ejemplo, es...

—Te he pedido los negativos, no te he preguntado por el señor.

—Quiero decir que no podemos darle los negativos de un cliente a nadie sin más, ¿entiende? ¡No podemos, por Dios! Es una cuestión de respeto hacia nuestros clientes... Si trajera una orden formal...

—Si ése es el problema, te lo resuelvo enseguida. En primer lugar, la petición formal te la está haciendo un inspector de la Dirección General de Seguridad Pública. Calla, déjame acabar. En segundo lugar, la vieja ya no precisa de tu respeto, porque alguien la ha tirado al Tíber hace varios días, y yo estoy intentando descubrir por qué...

—¿La han tirado al Tíber? ¡Oh, Dios mío!

—Pero no... ¡No es posible! —gritó la dependienta.

La cabeza volvió a asomar por entre las cortinas. Seis ojos miraban fijamente a la muchacha, que estaba semiescondida tras las hojas del helecho y a la que se le había escapado la frase contra su voluntad. Intentó mimetizarse lo más posible, pero Quadraccia ya había localizado a su nueva presa y, tras superar el asombro inicial, se acercó a ella como un gato a una lagartija.

—Sal de ahí, no te voy a hacer nada. Parece que eres más despierta que este idiota. Dime por qué no es posible, venga. Explícate.

La joven salió de su escondrijo, sus ojos abiertos como platos entraron en contacto con la mirada penetrante de Quadraccia y, finalmente, con voz temblorosa, dijo:

—Pues porque... yo vi a esa mujer, señor inspector. Ayer por la tarde. Incluso me saludó... Era ella, sin duda, la señora de esas fotografías.

7

Frente al Palazzo Braschi, al otro lado de la Piazza San Pantaleo, donde empezaba la Via dei Baullàri, montaba guardia la figura inconfundible de Terenzio Sabbatini.

Archibugi lo descubrió inmóvil, en la esquina, en el lugar preciso desde donde podía controlarse al mismo tiempo la puerta del edificio que daba a la plaza y la otra, más alejada, que daba a la Via di San Pantaleo, por la parte de Pasquino. Resoplando y dolorido por el cansancio y por los constantes pinchazos de los muelles sueltos de los coches de pasajeros romanos, de los que había abusado en los últimos días, Corrado bajó de la calesa.

Sabbatini levantó la cabeza, como un vigía que avista finalmente algo y, tras un momento de duda, avanzó hacia su colega, esquivando un carro de verduras que abandonaba Campo de' Fiori tras el mercado matutino. Bajo el cielo grisáceo, varias mujeres regresaban a sus casas con la cesta llena, gritándoles a sus pequeños que fueran con cuidado, que no corrieran, que no tiraran piedras a los ómnibus: consejos que éstos olvidaban una y otra vez.

—¡Por fin! —exclamó Sabbatini, metiéndose las manos en los bolsillos del abrigo para sacarlas después y frotárselas entre sí. Miraba a su alrededor como si le persiguieran.

—¿Por fin qué, Terenzio? —respondió Corrado, que sentía que el tiempo se le escapaba entre los dedos—. Tengo prisa, vete a casa.

—Bueno, espera un momento, ¿no? ¿Tienes noticias? Me he enterado de lo de Tremolaterra.

—Ya.

—Ese tonto de Panicacci no creerá que…

Sabbatini no acabó la frase y Archibugi lo miró, intentando no mostrar sus impresiones. «Debe de estar realmente intranquilo», pensó, cuando observó la barba mal afeitada de su colega.

—Panicacci hoy está enfermo, así que no sé qué cree. Y ahora perdóname.

—De cualquier modo —dijo a toda prisa Sabbatini—, yo tengo una coartada. Díselo a Panicacci, si acaso… Bueno, ya me has entendido. Tengo una coartada.

Archibugi se quedó mirando a su colega: no sabía si enfadarse o compadecerlo. ¿Qué habría hecho Quadraccia en su lugar? Y enseguida se preguntó, perplejo, por qué se había planteado qué habría hecho Quadraccia y no cómo hubiera actuado Scialoja. Desaprobaba absolutamente el modo de actuar del inspector, su cinismo, la violencia y el desprecio que mostraba por todo el mundo… Sin embargo, se preguntaba qué habría hecho en su lugar.

Para huir de aquellas reflexiones, le dio una palmada al colega en el brazo y dijo:

—Muy bien. No te preocupes, ninguno te toma por asesino. Aunque antes de buscarte una coartada, tendrías que saber al menos cuándo han matado a la víctima, ¿no te parece?

Sin esperar respuesta, Corrado se alejó hacia Scialoja, que acababa de llegar con una carpetita de cartón bajo el brazo: el informe de la autopsia de Guido Tremolaterra.

Terenzio Sabbatini se quedó mirándolos desde el centro de la plaza, con su traje impecable y los zapatos que le hacían a medida a causa de que tenía el dedo índice más largo que el pulgar; se preguntaba por qué aquel ambiente de la comisaría le resultaba tan extraño.

¡Si al menos tuviera el talento de Gaboriau!

Eran las tres de la tarde. Archibugi había tenido que encender la luz de su despacho, porque el cielo de Roma se estaba cubriendo de unas nubes densas y negras impulsadas por el viento de siroco; por la ventana penetraba una tenue luz, propia de un eclipse.

En el silencio absoluto del despacho se oía el ruido de la pluma con la que escribía Corrado, con su característica caligrafía menuda, bajo el encabezamiento «Dirección General de Seguridad Pública». Sobre la mesa, a su lado, estaban el tampón de papel absorbente, con manchas de mil informes anteriores, una barrita de lacre, un cenicero en el que se consumía un puro, el informe de la autopsia y una pitillera de alpaca.

De vez en cuando crujían dos sillas: en una estaba sentado Scialoja, en la otra De Matteis. Los dos delegados observaban la mano de Corrado, que, con el ceño fruncido, escribía a ritmo ligero; de vez en cuando comentaban la escena cruzando una mirada en silencio.

De Matteis se había presentado en comisaría una hora antes, cuando Archibugi ya había explicado someramente su teoría a Scialoja: precisamente por eso el delegado no hacía otra cosa que peinarse la barba con la mano, pensativo, despertando la curiosidad de De Matteis, que intuía algo y que, como siempre, se consumía de curiosidad.

El delegado de Campo Marzio había efectuado las comprobaciones en la Via dell'Angelo Custode, pero nadie había notado nada raro ninguna de las dos noches anteriores. La leñera era un local abandonado que los tres vagabundos usaban como dormitorio ocasional desde hacía mucho tiempo; la puerta era de madera podrida y no tenía cerrojos. Nadie podía ayudarlos a establecer cómo había acabado allí dentro Tremolaterra. En cuanto a ellos tres, podía ser que el juez se hubiera obstinado en dar la respuesta más fácil, pero lo que estaba claro es que se trataba realmente de unos desgraciados. Por lo que parecía, uno de ellos, un tal Antonio Caprarello, sería incluso familiar de un bandido asesinado cerca de Nápoles años atrás, durante la represión, y con toda probabilidad había formado parte de la misma banda. Archibugi no había hecho comentarios al respecto.

Haciendo un inciso, De Matteis anunció:

—Poco antes de salir de la sucursal he visto llegar a su colega, el inspector Quadraccia.

Archibugi acababa de extraer dos billetes de un sobre que se había sacado del bolsillo de la chaqueta, plegándolos cuidadosamente por la línea de doblez que presentaban, tal como debían de haber estado durante mucho tiempo, y los había introducido en la pitillera, tras lo cual la había cerrado de nuevo con un suave ruido metálico.

—Encajan como un guante —había observado De Matteis.

Corrado no respondió al delegado: se quedó sopesando la pitillera por unos instantes y lanzó una mirada a Scialoja, que soltó un suspiro.

—¿Realmente estás seguro de que esta pitillera es idéntica a la que tenía Tremolaterra en su escritorio?

—Mira, Corra, yo he hecho lo que me has dicho. He ido corriendo a casa de esa arpía de Adele Ortolani, le he obligado a que me acompañara y a buscar en alguna tienda una pitillera así y asá… Ella, al final, me ha indicado, con su habitual cara de asco, la que tienes en la mano…, cuyo recibo, por cierto, tengo en el bolsillo.

—Tendríamos que haberle pedido a Sabbatini que nos lo confirmara. He hecho mal en mandarlo a casa.

De Matteis los escrutaba con la mirada, pero Corrado le cambió de tema:

—¿Y qué quería Quadraccia?

De Matteis disimuló como pudo su decepción: una vez más, aquel inspector disfrutaba lanzando la piedra y escondiendo la mano, como con Barrington. Así que se vio obligado a responder.

—Quería la dirección de una tal Rosa Ferracci, que, según dice, vive en mi barrio, una mujer mayor…

—¿Y para qué? —preguntó Scialoja.

—No lo sé —respondió De Matteis, encogiéndose de hombros, pero con aspecto de saberlo perfectamente.

—Rosa Ferracci, Rosa Ferracci… —reflexionó Scialoja, mirando al techo—. No sé por qué, pero ese nombre me recuerda algo…

Pero no recordó nada, y De Matteis desde luego no le ayudó. En cuanto a Corrado, cogió una hoja, le puso fecha y empezó a escribir: «Referencia: hechos y opiniones relativos a la desaparición y asesinato de Guido Tremolaterra».

Corrado había acabado por fin de escribir. Como para certificarlo, metió la pluma en el tintero y la dejó allí. Luego pasó el tampón secante por las hojas, sopló, las plegó y las metió en un sobre, que procedió a sellar con el lacre. En el sobre había escrito: «A la atención de S.E. el juez Primicerio. Reservado y personal». Después cogió el sobre que llevaba en el bolsillo de la chaqueta y el informe y los metió en el cajón de su escritorio, que cerró con llave. La pitillera, en cambio, se la metió en el bolsillo de la chaqueta. Finalmente, soltó un suspiro y encendió el puro, recostándose en la silla.

—Bueno, ya está.

Los dos delegados se miraron; la lámpara proyectaba un círculo claro sobre la mesa y el sobre dirigido al juez, pero dejaba en una tétrica penumbra el resto del despacho. Los dos delegados eran apenas dos sombras, y también Archibugi, que ahora se había echado atrás. En el reflejo sobre la ventana destacaba la brasa del puro, que de vez en cuando se encendía.

—Ahora necesito su ayuda, señores —prosiguió Corrado—. El sobre tiene que ser entregado inmediatamente en el tribunal, al juez instructor Primicerio en persona. ¿Te ocupas tú, Oreste?

—Sí, pero son las tres pasadas y es sábado; no habrá nadie en I Filippini.

—No te preocupes, el juez sí estará. Le he mencionado que le escribiría este informe. Estoy seguro de que lo está esperando. En cuanto al delegado De Matteis, que me ha ayudado mucho en esta investigación, es una suerte que esté aquí. Podrá proceder al arresto inmediato de Fabio Petrocchi.

De Matteis no lo veía claro:

—¿Con qué motivo?

—Dígale que por falsa declaración. Por la segunda falsa declaración.

—¿Y lo arresto por eso?

—No se preocupe, lo importante es que esté en prisión, controlado: me basta con eso. Por otra parte —añadió, al tiempo que introducía una mano en la mancha de luz, señalando el sobre—, en el informe ya he dado el arresto por ejecutado.

Se oyó el roce de una silla contra el suelo:

—Entonces más vale que me ponga en marcha.

—Sí, gracias. Y también tú, Oreste. Naturalmente, después se pueden ir a casa.

Oreste se aclaró la voz, incómodo por la presencia de De Matteis.

—¿Y tú qué haces? Quiero decir…

Corrado se levantó para despedirse, apartó hacia arriba la lámpara y la penumbra se vio confinada a las esquinas, quedando a la vista el ceño fruncido de De Matteis, el rostro preocupado de Scialoja y la expresión fatigada pero tranquila de Archibugi.

—Tengo que esperar aquí —respondió—. Lo sé, lo sé —añadió, interrumpiendo a Scialoja, que ya había abierto la boca—, pero espero que esta tarde haya quedado todo aclarado. Saluda a Lucrezia y a la señora Cleofe de mi parte. Dile a Lucrezia que…

Pero no acabó la frase. Dos apretones de manos y Corrado se quedó solo, en el edificio semidesierto. Scialoja se dirigía a De Matteis, al que tenía agarrado de un brazo:

—Ya he visto que antes has querido ser discreto y me parece bien, porque Corrado, cuando se pone, es un pesado. Pero ¿me dices ahora quién narices es esa Rosa Ferracci? ¡Lo tengo en la punta de la lengua, caray!

8

El piso de Rosa Ferracci era una muestra evidente de su fortuna, del mismo modo que el tugurio donde vivía Lorenza era la prueba de su infortunio, si es que hacía falta alguna prueba, teniendo en cuenta cómo había acabado.

El fotógrafo y su dependienta habían dado por fin el nombre de la señora que venía a encargar y a recoger fotografías en aquellos sobres amarillos; Rosa Ferracci, «una vieja con bastón», como la había definido Quadraccia, provocando así el equívoco, pero desde luego no una mendiga, sino más bien una señora muy elegante que el fotógrafo —al que aún le dolía el bigote— conocía bien desde tiempo atrás.

En cuanto a las fotografías, la cosa se había complicado más. El tira y afloja había durado bastante, pero al final Quadraccia había conseguido ver los negativos custodiados por el discreto fotógrafo. Había encargado un revelado para aquella misma tarde. ¡Que se saltaran la comida si hacía falta!

Después había pedido a De Matteis que consultara el registro de inquilinos y propietarios de pisos y locales comerciales del barrio de su competencia, registros que actualizaban periódicamente los agentes de ronda, y habían encontrado la dirección: Via del Divino Amore, número 24, una callecita estrecha próxima al puerto de Ripetta, encajada entre casas altas, en la que el sol daba de refilón, pero no una calle popular, donde hubieran podido esperar encontrarse a una conocida de Lorenza. Por otra parte, el fotógrafo ya había señalado que Rosa Ferracci era una señora, quizá viuda, en vista de las ropas oscuras que siempre llevaba, y por tanto no era de esperar que viviera en una chabola. El único elemento pintoresco del edificio eran un par de gallinas de la portera que deambulaban por el patio; por lo demás, escaleras y ventanas limpias, plantas en las macetas y silencio.

—Entre otras cosas, el apartamento es suyo —había observado De Matteis.

—¿Y qué? —había rebatido Quadraccia, mirando al delegado con cara de no ser amigo de las adivinanzas.

—¿No te acuerdas del apodo de Rosa Ferracci? —había insistido De Matteis.

Fue entonces cuando le vino a la mente: la Pelusillas, claro.

Mientras recorría a toda velocidad con la vista el apartamento de la anciana y elegante señora, Quadraccia no pudo evitar decir:

—Parece que le has sacado partido, a tu «chufito» de pelo...

Rosa Ferracci, que abría paso a Quadraccia por el pasillo, se giró y clavó en él dos pequeños ojos azules y penetrantes. El rostro se le cubrió de arrugas al sonreír:

—He tenido suerte —dijo.

Iba vestida de negro, y el inspector había observado en el colgador de la entrada un bastón de paseo de palisandro con una curiosa empuñadura de marfil en forma de pato. Se dirigieron a una salita donde se oía el tictac de un reloj de péndulo y el ronroneo de un gato enorme. La mujer se sentó y Quadraccia se quedó de pie, en el centro de la sala en penumbra, sobre una alfombra persa, con el abrigo puesto. Era difícil imaginar a aquella vieja ganándose la vida con su cuerpo en tiempos de Gregorio XVI, y quizás incluso antes, de Pío VIII; y con suerte, hasta el punto de llegar a ser conocida por su apodo, cosa que sólo conseguían las putas de categoría. Y todo ello, cuando aún había Papa Rey.

La Iglesia siempre había cerrado los ojos ante el meretricio, a excepción de ocasionales tomas de posición que duraban como mucho lo que duraba el papa reinante: como cuando tuvieron la idea de construir una especie de gueto para las putas, y en el transcurso de un mes la zona del Ortaccio, en el barrio de Campo Marzio, quedó cercada por muros y puertas. Pero en parte las continuas fugas y en parte la constante necesidad de ampliarlo acabaron con el «segundo gueto». Por otro lado, aparte de la reclusión, había surgido también la idea de la imposición de impuestos, por lo que la Via di Ripetta acabó siendo financiada con el sudor de la frente —por así decirlo— de las prostitutas romanas.

En cualquier caso —y Quadraccia lo sabía bien porque había militado en la Policía pontificia—, el Reglamento de Delitos y Penas, repetidamente revisado, nunca había contemplado la prostitución, sino, como mucho, la ofensa contra el pudor y las buenas costumbres, así como el lenocinio; aunque muchos delitos preveían penas menos severas si la víctima era una mujer «deshonesta». Los curas lo decían siempre, siempre con el dedo en alto: «La condena de la prostitución es total aunque no sea explícita, y viene de Dios, antes que de los hombres». Amén. El hecho es que el Reglamento callaba, así que los polis lo dejaban pasar, y a veces incluso corrían ellos; en cuanto al dedo en alto, que los curas hicieran lo que les diera la gana. Amén.

—Sí, he tenido suerte —repitió Rosa, estirando delicadamente una pierna—. Siéntate.

—¿En cambio, Lorenza? —Se quedó de pie—. A propósito, ¿cuál era su nombre completo?

—Lorenza Sorgiacomo. Era más joven que yo, aunque pobrecilla..., no tuvo suerte. Fue feliz, durante un tiempo.

Quadraccia dio un respingo. Acababa de aparecer una mujer por la puerta, con aire de interrogación, un delantal en la barriga y un trapo con el que se secaba las manos.

—Trae un poco de café, Carla.

—No, espera —intervino Quadraccia—. Trae también algo de comer. No te importa, ¿verdad, Rosa? Cualquier cosa. Llevo desde la mañana corriendo tras la pista de Lorenza.

Carla estaba a punto de alejarse sobre sus zapatillas deformadas, cuando el inspector tuvo una iluminación.

—Una cosa más.

La pequeña mujer se giró y lanzó una mirada a Rosa, antes de volver a mirar a Quadraccia.

—¿Tienes algún día libre?

—Responde, Carla.

—Todo el domingo. Y el miércoles por la tarde.

Quadraccia se metió los dedos en el chaleco, asintiendo satisfecho, y tocó el anillo como si fuera un amuleto. La mujer desapareció y el inspector se sentó en un sillón junto al sofá donde estaba Rosa, estirando sus piernas secas.

En parte porque necesitaba descansar, en parte porque necesitaba comer…, y un poco por curiosidad, Quadraccia se tragó sin protestar el relato de la vida de Rosa Ferracci. Carla ya le había puesto delante una mesita con una copa de tinto, un huevo al plato y un par de rebanadas de pan. Dado que el tiempo estaba empeorando y que todo estaba cada vez más sombrío, encendió un candelabro y desapareció, dejando tras de sí un ambiente de velatorio.

La suerte de Rosa Ferracci se había debido a un encuentro casual con un inocente jorobado al que había convencido de que acababa de llegar a Roma del pueblecito donde había dejado a padres y hermanitos pequeños. Rosa ya no era una niña y buscaba casarse, pero naturalmente tenía que encontrar a un bobo, porque la Pelusillas era muy conocida en Roma.

El hombrecillo se llamaba Eufronio…

—Mira por dónde —comentó Quadraccia con la boca llena.

Abrió la servilleta que le había traído Carla y descubrió un tejido blanquísimo, bordado a mano, que casi le dio reparo usar, él que para sonarse la nariz no usaba pañuelo, sino un ágil movimiento combinado de pulgar e índice.

—No sé por qué te hace tanta gracia. Eufronio era el nombre de un pintor, un escultor, un tipo así…, un griego antiguo.

Y era sobrino de un cardenal, su querido Eufronio. El cardenal sabía perfectamente quién era Rosa Ferracci, pero era inteligente y sabía también que una meretriz («¿Sabías que viene del latín? ¡Fíjate tú! No es ninguna palabrota») de capa caída podría ser una buena esposa para un pobrecillo que sabía poco de la vida y que estaba torcido como un anzuelo.

El tío cardenal no sólo había dado buenas referencias de Rosa a los recalcitrantes padres de Eufronio, sino que había añadido de su bolsillo una dote suplementaria de trescientos escudos, había procedido a una confesión larguísima, completa y definitiva (eso lo había subrayado con mirada amenazante), en fin, una verdadera lavativa para el alma de la Pelusillas, y por fin había celebrado el matrimonio.

—Que habrá sido de blanco, ¿no?

—¡Pero qué dices, de blanco! Incluso me había quedado embarazada, sólo que el niño lo perdí.

—¿Y el pobre Eufronio? Por las ropas que llevas…

Eufronio había muerto tres años antes, y había dejado a Rosa un montón de cuartos y aquel apartamento. Rosa había contratado a Carla y vivía estupendamente.

—Sí, desde luego has salido bien parada —comentó Quadraccia—. Ahora háblame de Lorenza Sorgiacomo. Tú sabías que estaba muerta, ¿verdad?

—Desde que los periódicos han empezado a hablar del cadáver en el río, he pensado… Me temía algo feo, el miércoles no había aparecido. Era la primera vez que lo hacía.

Al inspector le pareció distinguir una lágrima en los ojos desencantados de Rosa. Aquella idea le bailó en la cabeza unos segundos; luego emitió un gruñido que le sirvió para disimular un eructo y separó el plato y los cubiertos, poniéndose cómodo en el sillón.

—¿Y por qué no has venido a decir nada a la Policía?

—¿Para qué? Estaba muerta.

—A lo mejor para darle digna sepultura. Si erais tan amigas…

—No hace falta que uses ese tono. ¿Cuántos años hace que recorres las calles? Ya me has entendido: sabes perfectamente por qué no he ido a la policía. «Nosotras» no vamos a la Policía. Lorenza está muerta, ha acabado mal, estoy contenta de que hayas venido. Pero eso es todo, las cosas de casa no tienen por qué salir a la calle.

Volvió Carla y trajo consigo un momento de silencio. Retiró el servicio, casi le arrancó la servilleta de la rodilla a Quadraccia y desapareció de nuevo.

—Entonces, dado que te gustan los dichos —añadió el inspector—, no te olvides de que la verdad es como el aceite: siempre sale a flote. Y ahora escúchame. El miércoles por la tarde, Lorenza venía a verte, discretamente, sin que lo supiera la criada. Un reencuentro entre colegas, bonitos recuerdos, alguna lagrimilla… ¿Y luego qué hacía, pasaba caja?

—¡Nunca me pidió ni una lira, la pobre Lorenza! Nunca. Era orgullosa, soberbia… Rechazaba incluso lo que yo le ofrecía, así que imagina.

—Háblame de las fotografías.

—¿Las has visto?

—Los negativos. Esta tarde me darán copias.

—Era guapa, Lorenza, ¿verdad? Mucho más guapa que yo...

Al ver los negativos, Quadraccia se había quedado un buen rato perplejo. La muchacha era joven y guapísima, desnuda y lasciva, orgullosa de mostrarse al objetivo, vestida sólo con una cinta al cuello con un colgante. Podía ser Lorenza, pero podía ser también Rosa. Demasiados años separaban a la muchacha de aquella vieja del apartamento silencioso y del cadáver hinchado pescado en el río, y él sabía bien que el tiempo es un monstruo como esos de las fábulas, que devoran la juventud.

Ahora había quedado claro que la muchacha era Lorenza. Había tenido menos suerte que Rosa, pero, en cualquier caso, había tenido diversos amantes que, no obstante, habían sabido deshacerse de la joven en el momento oportuno. Irreflexiva, superficial y despreocupada como era, no había conseguido asegurarse un futuro decente, algo habitual entre las prostitutas, por otra parte; y en este punto del relato afloró un atisbo de orgullo.

Rosa se había hecho un nombre entre el pueblo llano, había apuntado bajo, pero sólo entre el pueblo llano podía esperar encontrar marido. Lorenza, más que puta, era una mantenida, pero la vejez de la mantenida, si no es muy astuta y previsora, puede ser peor aún que el de una pobre puta honesta...

—Déjate de filosofía, Rosa. Háblame de las fotografías.

Lorenza se había hecho esas fotografías a petición de un diplomático ruso: una excepción, no una costumbre. Fue algo hecho con gran secreto, costosísimo y agotador: ¡quedarse quieta un cuarto de hora para cada imagen! Y costoso porque en aquellos tiempos la fotografía con negativos apenas empezaba, se usaban los daguerrotipos, que eran una copia única, irreproducible...

—Y él quería los negativos. Yo creo que quería hacer reproducciones en serie para regalárselas a sus amigos como trofeo. ¿Qué crees tú? O quizá para venderlas. —Quadraccia no respondió—. ¿Te has fijado en el colgante? Se lo había regalado él. Se volvió a Rusia tan agradecido, pero ella, por despecho, le birló los negativos. De aquel ruso le quedaron los negativos y el colgante.

Quadraccia se irguió en el sillón.

—¿Conservaba el colgante?

—Sí, nunca quiso prescindir de él. Ya te he dicho que no le importaba mucho el dinero.

—¿Y lo llevaba siempre al cuello, como en las fotografías?

—Sí, era un bonito colgante, de oro y esmalte, y en el centro había una especie de amuleto, una mano que empuñaba algo. Nunca nos quedó claro qué era; yo decía que me parecía un cuerno y ella decía que le parecía un…

—Así que tenía algún valor.

—Claro que sí. Pero nunca quiso venderlo.

En cualquier caso, el cadáver no lo llevaba colgado del cuello. De acuerdo, el agua o los peces podrían haberse comido la cinta o lo que fuera…, pero el caso es que Lorenza no llevaba su colgante al cuello. Y eso a Quadraccia no le encajaba.

Por un momento se le ocurrió la hipótesis de que el viejo meón hubiera matado a Lorenza por aquel colgante. Pero no se lo imaginaba matando a porrazos a la mujer y arrastrando luego el cadáver para tirarlo al río. ¿Un cómplice?

—Además de a ti, ¿a quién más veía?

—No lo sé, pero creo que a nadie. Está el viejo con el que vivía, Nicola, me parece que se llama…

—¿Qué decía de él?

—Nada. Un pobre diablo, decía. Lo llaman, espera…

—El Pulga. Volvamos a las fotografías…

—Yo conocía a aquel fotógrafo, el tema surgió así, por casualidad. Ella parecía encantada: podría vender aquellas imágenes, hay un buen comercio de fotografías de ese tipo, ya lo sabes. Yo encargaba las copias y ella pasaba por mi casa a recogerlas el miércoles. Y me las pagaba. Hacía un pequeño negocio.

—¿Y dónde las vendía?

—Por toda Roma, a la salida de los teatros, de los cafés, por las calles, a los militares, a los señores. Pero ¿sabes por qué las vendía? Si te crees que era por el dinero, no has entendido nada de cómo era Lorenza. Nunca vendió el colgante; el dinero nunca le importó, ni siquiera quiso venir a vivir conmigo cuando murió Eufronio. No era por el dinero, Onorato.

A medida que Rosa iba contando su historia, Quadraccia estaba más sombrío, como si fuera adaptándose al tiempo que hacía fuera. El rastro se iba perdiendo, se le escapaba de las manos como una pastilla de jabón. ¿Cómo era aquello? Mejor viajar con el equipaje lleno de esperanzas que llegar... Pues bien, él había llegado.

¿Qué le importaba a él saber que la felicidad de Lorenza, envejecida antes de tiempo e irreconocible, con el patético colgante al cuello bajo los harapos, consistía en una chispa de lujuria en los ojos de señores y militares al mirar las fotografías que sacaban, escépticos, del sobre que les tendía aquella mendiga? En aquella chispa revivía la juventud de la vieja, el poder de hacer perder la cabeza a los hombres. Gracias a aquella chispa, Lorenza se sentía de nuevo deseada. Una alegría íntima, secreta, momentánea, que valía mucho más que el dinero que le ponían en la mano, procurando no tocarla, ellos que tanto habrían deseado tocar a la muchacha desnuda sobre el canapé, con la cinta al cuello y aquella sonrisa maliciosa.

¿Qué le importaba a él todo aquello?

—Pero ¿dónde vendía esas fotografías? ¿Dónde, exactamente?

Rosa no lo sabía. El miércoles por la tarde, tras la visita a su amiga acomodada, que era sobre todo un viaje al pasado, Lorenza se iba con sus sobres. Volvía al tugurio donde dormía y vendía durante un tiempo el recuerdo de sí misma; y luego volvía a empezar, gracias a Rosa y al discretísimo fotógrafo amigo que revelaba personalmente aquellos negativos que, de otro modo, nunca habrían entrado en su laboratorio.

Quadraccia volvió a encontrarse en la Via del Divino Amore, que estaba más tenebrosa de lo habitual, y por la que se colaba un viento pegajoso. Sobre los tejados, el cielo parecía una densa y sucia alfombra gris.

Se quedó inmóvil por un momento, indeciso sobre adónde ir y qué hacer, como el asno de Buridán. Después recordó que debía recoger las fotografías de la joven Lorenza.

Un perro de pelo estropajoso se le acercó con el paso torcido, prudente pero confiado, y él sintió la tentación de soltarle una patada. Le frenaron las muestras de vejez que observó en el animal tambaleante y polvoriento, y que hacían de él una de las presas que el monstruo de las fábulas devoraba con más satisfacción, como Lorenza Sorgiacomo, Patrizia y él mismo. Sintió una desagradable gota de piedad que le recorría el espinazo; se limitó a escupir al perro y luego le dio la espalda.

Con un humor apocalíptico, emprendió la marcha por entre las sombras de aquel atardecer precoz. El perrucho se puso a seguirle, recordándole aquella extraña sensación de quebranto.

9

—Hoy los calendarios lunares sirven de bien poco —pensó Corrado Archibugi mirando por la ventana a los faroleros que, bajo un cielo denso y un viento tibio que torcía los chorros de la fuente de los Ríos, empezaban a iluminar la Piazza Navona. Consultó el reloj, eran casi las cinco.

Abrió la puerta del despacho y echó una ojeada fuera: en el pasillo no había nadie. En la mesa, el agente de guardia dormitaba con la cabeza apoyada en la repisa. Salió y miró en el patio; un par de personas bien vestidas caminaban hacia la salida, charlando. Levantó la vista: alguna ventana iluminada, rectángulos cálidos en la semioscuridad en la que se había sumido el edificio. Volvió al despacho con una sensación de hastío y malestar.

Encendió otro puro y miró a su alrededor, con las manos tras la espalda y la pitillera en el bolsillo de la chaqueta.

¿Cuánto más tendría que esperar? ¿Habría provocado el informe una reacción inmediata, tal como esperaba? «Habría podido usar otras estrategias más sutiles», pensaba, mientras caminaba adelante y atrás. Pero la sutileza no parecía estar muy en boga en la Italia unida; al menos no tanto como lo estaba en la Italia fragmentada de Maquiavelo, por ejemplo. Es más, las estrategias eran lineales como el avance de un elefante en una cacharrería. Quizás el Príncipe no hubiera sido nada más que un personaje literario, como revancha contra la estupidez de la realeza.

¿Acaso en Sicilia no habían trasladado a altos funcionarios justo antes de la constitución de la temida comisión parlamentaria sobre la criminalidad en la isla, por orden de eminentes y arrogantes personalidades que trabajaban en el mismo Palazzo Braschi donde estaba él?

Archibugi sacudió la cabeza, cogió una hoja de papel y, metódicamente, fue sacando de la mesa de Quadraccia sus asquerosas virutas de uña, mientras le volvían a la mente otros recuerdos inquietantes.

El arresto arbitrario de republicanos en Villa Ruffi, por ejemplo, por orden del ministro Cantelli, coincidiendo con las elecciones en las que se habrían producido también los fraudes de Luciani, con la ayuda de un oficial de la Policía municipal. Cosas graves, que, sin embargo, se producían de modo natural.

Y luego se había registrado el atentado al diputado Cristiano Lobbia, en el asunto de la Regia Tabacchi, que había requerido una rápida reacción de los altos cargos directamente implicados para tapar el asunto.

E incluso en el caso Tremolaterra, un simple cura de campo, don Vincenzo, se aprestaba a dejar claro que en la Morte Desolata un senador siciliano les regala nada menos que una Virgen, macabra estatua cubierta de puñales y amenazas.

¡La Confraternidad de la Morte Desolata! Un bonito asunto. Un registro de miembros oculto en el Vaticano, vete tú a saber dónde, cofrades que se enfundan una túnica y una calavera llorosa en el pecho, apartados de todo el mundo, en el campo, en una iglesia que se aguanta en pie de milagro. Y aun así, un senador siciliano…

Seguía dándole vueltas a aquellos pensamientos, fumando, sin imaginar que muy pronto alguien le explicaría que no existía conjura alguna, porque las conjuras son montajes elaborados para las mentes débiles, que el asunto era mucho más sencillo y complejo a la vez.

Corrado rodeó el escritorio mellado por la navaja de Quadraccia, que se movía entre la delincuencia siguiendo la trayectoria de elefante de los modernos Maquiavelos en escala reducida, optando por los bajos fondos donde, tal como decía él mismo, al menos no disfrazan la mierda de chocolate.

Los cajones del escritorio estaban abiertos, se veía a simple vista. Archibugi se dejó llevar por la tentación y levantó la vista hacia la puerta cerrada, como un niño que acaba de descubrir dónde está escondida la mermelada.

¿Cuál era el secreto de Onorato Quadraccia? Había sido policía del Estado Pontificio junto a Scialoja, había sobrevivido como él a la formación del Reino de Italia, de vez en cuando le daba vueltas a una alianza de bodas entre los dedos, odiaba a todo el mundo y a todos los trataba igual, había pasado meses hospitalizado entre la vida y la muerte y sólo él y Oreste habían ido a visitarlo. («¿Qué vienes a hacer aquí, viejo? ¿Quieres quedarte con mi escritorio?») Era un poco como Javert (Corrado tenía una copia de *Los miserables* en el cajón de su escritorio), que había perdido la noción de lo que es la ley, pero que desde luego no se había suicidado; se había limitado a trasladarse a Roma y trabajaba en su mismo edificio...

Venció la tentación de curiosear en los cajones de otro y, turbado, se alejó del escritorio. ¿Qué diablos le ocurría? Debía de estar agotado física y mentalmente. Se sentó en su escritorio, resopló y se puso a tamborilear con los dedos en la mesa. Pensaba en Lucrezia, en la tranquila salita de casa de los Scialoja, y sintió un dulce estremecimiento, una voluptuosa nostalgia.

Oyó unos débiles pasos que se acercaban. Llamaron a la puerta. Se aclaró la garganta, irguió la espalda, abrió una carpeta para adoptar una pose digna y dijo:

—¡Adelante!

Un minuto después se ponía en pie y farfullaba, irritado:

—¿Y usted qué hace aquí?

Arthur Barrington retrocedió hasta quedar pegado a la estrecha puerta, entre una pequeña bolsa para documentos que llevaba en la mano derecha y un lienzo envuelto en papel de embalar que tenía bajo el brazo izquierdo. En la mano llevaba un paraguas.

—Perdone. Pensaba... Me han dicho que... —balbució, con un acento inglés más marcado de lo habitual.

Corrado tuvo que tragarse su decepción y ofrecerle asiento a su visita. Al fin y al cabo, al menos tenía a alguien con quien hablar. No obstante, estaba preocupado: ¿y si, al oír que estaba hablando con alguien, el esperado visitante hubiera desistido?

Pero Barrington no se quedó mucho rato.

—He oído lo de la muerte de ese escritor... Los periódicos no hablan de otra cosa.

No, Archibugi aún no tenía novedades; confiaba en que llegaran pronto.

—¿Ha visto? En el fondo, no es un muerto en vida —dijo el inglés con una leve sonrisa. Tenía el rostro consumido y los ojos hundidos.

—Estoy pensando en dejar la pensión de Il Tre Re —anunció, orgulloso.

A Archibugi le dio pena aquel hombre que se había traído una pesadilla desde Londres, la había alimentado durante años y que casi la había visto reencarnada en una ciudad que pintaba en secreto envuelta en una modernidad traducida en tubos, respiraderos y humo de carbón.

—¿Se vuelve a Londres?

—Sí y no. Me acerco a mis compatriotas. Estoy buscando algo por la Piazza di Spagna, ¡la Trafalgar Square de Roma!

Las frases se sucedían, incómodas, más formales cuanto menos había que decir. Corrado seguía escuchando, pendiente del pasillo, con una ansiedad que le cerraba la boca del estómago.

Por fin, Barrington arrancó el papel de embalar y dejó a la vista una acuarela enmarcada, una de sus puestas de sol sobre Roma, que había decidido regalarle. Tras las frases de rigor («No hacía falta», «Insisto», «¿Por qué motivo?»), que concluyeron con un apretón de manos, Barrington se puso a escrutar las paredes en busca de algún clavo, que por fin encontró y del que colgó el cuadro. Ambos se quedaron mirándolo un rato, haciendo ridículos movimientos a derecha e izquierda en busca del mejor punto de vista.

—Le diré, señor Barrington, que prefiero estos cuadros a los otros. —Se giró para mirarle—. Me refiero a sus extrañas acuarelas. Además, ¿qué significan?

—Vienen del fondo del pozo.

—Algunas, sin duda. Por ejemplo la que vendió en el Antico Bazar. Pero, ¿cómo decirlo?, la fuente de la inspiración… Las estructuras metálicas, las chimeneas altísimas, los trenes que corren sobre los edificios, los hombres que parecen esqueletos, la luz grisácea…

Inspector, yo vengo de una ciudad que representa el futuro.

—¿Y así ve el futuro de Roma?

El inglés se encogió de hombros. Se quedaron unos segundos más mirando el cuadro, la silueta de Roma contra un cielo que adquiría un tono melocotón. Y luego ya no tenían nada más que decirse.

Bueno, sí, una cosa. Algo patético que incomodó a Corrado y que, no obstante, consiguió responder con desparpajo.

Barrington sacó de la bolsa la cajita en la que rodaban alegremente las bolitas de opio y se la tendió a Corrado. La mano le temblaba ligeramente.

—Tenga… ¿Ve? Me doy cuenta de que… No obstante, querría… No sé…

¿No se daba cuenta el inglés de que aquel movimiento era absolutamente ridículo? Le daba el opio a él como muestra de compromiso formal, pero ¿de qué? ¡Él no era notario, qué diablos! Corrado se levantó y le pasó el brazo sobre los hombros, sin coger la caja, y lo acompañó lentamente hasta la puerta.

—Señor Barrington —dijo—. Dándome a mí sus provisiones de opio no se quitará el problema de encima. No creo que la complaciente farmacia donde lo compra, quizá con la excusa de algún dolor insoportable, haya cerrado. Así que quédese su caja, y pídale ayuda a un buen médico. Yo no soy más que un policía.

De nuevo alguna frase de circunstancias, de las que se pronuncian en el umbral. Corrado le dio por fin el paraguas a Barrington y le abrió la puerta con una sonrisa de ánimo.

—Pero, al final, esa historia de la doble W… —dijo en última instancia el inglés, ya en el pasillo, ante la mirada del agente de guardia—, ¿no tenía nada que ver?

—No, yo diría que no, señor Barrington —dijo Archibugi tras un breve momento de duda—. Hasta la vista.

¿Habría podido decirle que, sin la declaración de Arthur Barrington, las cosas habrían ido de otro modo? ¿O si Tremolaterra no hubiera pasado por el Antico Bazar y no hubiera visto la acuarela del inglés? Volvió al escritorio sacudiendo la cabeza. No, aquel tipo volvería a hundirse entre remordimientos, precisamente ahora que empezaba a levantar cabeza.

10

En la pizarra junto a la entrada de la *trattoria*, Quadraccia había leído: «Hoy el cocinero recomienda: pasta a la albahaca y callos».

Ahora, sentado en su mesa habitual del local, más ruidoso de lo habitual, comía su plato de callos cubierto de queso pecorino rallado, y enfrente, apoyadas en el bocal de vino, tenía las fotografías de Lorenza en vida, tal como había tenido anteriormente las de Lorenza muerta. Sin duda los parroquianos, que hacían equilibrios sobre las patas posteriores de las sillas para ver mejor, preferían las primeras. Quadraccia sentía el peso de quien, a su pesar, ve a la vez las dos caras de la misma moneda.

Había algo seguro: de momento, había perdido el rastro de Lorenza Sorgiacomo. Había recorrido el Corso, yendo de un fotógrafo a otro, había comido en casa de la Pelusillas y tenía frente a sus ojos la mercancía que Lorenza vendía por cuatro cuartos y la esperanza de algún cumplido; pero ahora no sabía qué hacer. El colgante, por otra parte, era otro misterio. ¿Estaría rodando por el lecho del río, empujado por la corriente? ¿O estaría en el bolsillo de alguien? ¿O en una estantería en el Monte de Piedad? ¿O colgado del cuello de alguna jovencita con un novio tremendamente violento?

Un grito subido de tono le hizo dar un respingo. Dos jugadores de cartas habían apartado las sillas de un empujón, se habían puesto en pie y ahora se estudiaban tras los vapores del vino, en el silencio expectante que había invadido el local. No había navajas a la vista, pero podían estar clavadas bajo la mesa. Dio un silbido de pastor, los dos lo vieron y volvieron a sentarse de inmediato.

Los dos borrachos le dieron una idea. Era sábado, noche de borracheras y navajazos. Y hacía tiempo que no iba de ronda por los hospitales. Necesitaba distraerse, echarle el guante a algún macarra, a algún chulo. Al día siguiente sería domingo, pero al menos uno de sus soplones habituales, el viejo Mancha Roja, estaría localizable. Se pasaba más tiempo en su almacén que en casa. Sí, decidió que al día siguiente iría a hacerle una visita a Mancha Roja.

Un delantal manchado de fritura entró en su campo visual. Levantó la mirada hacia la cocinera, que tenía los puños apoyados en los costados y el cabello hecho una madeja.

—¿Y bien? —dijo ella. El patrón miraba desde lejos, mientras rellenaba los bocales de vino de un barril y los iba colocando en fila sobre el mostrador.

—¿Y bien qué?

—Patrizia. ¿Primero entras en la cocina, me sueltas un rollo sobre Patrizia más inesperado que el milagro de Nuestra Señora de las Nieves, y luego no me dices nada más? ¡Yo estoy preocupada! ¿Qué ha pasado? ¿Está bien? ¿O...?

Se detuvo cuando se dio cuenta de que estaba a punto de mencionar al hijo. El hijo de Patrizia y de Quadraccia, aunque él nunca había querido creérselo.

El inspector la observó un momento, reflexionando sobre la frase dejada a medias, antes de rebatir:

—Tranquilízate. Está igual de viva y de insoportable que siempre.

Oyó la maldición mal contenida que salió de los labios entrecerrados de aquella bruja, pero no dijo nada. El delantal volvió a la cocina, y Quadraccia retornó a su mal humor.

El mal humor también flotaba en un piso de Mercati Traianei.

Cleofe estaba de mal humor porque veía a su marido contemplar a su hija con ojos de Santa Inquisición, con la servilleta prendida del cuello de la camisa y la cuchara en la mano.

Oreste estaba de mal humor porque hacía diez minutos que su mujer había traído el plato de arroz con endivias a la mesa y

Lucrezia no hacía más que darle vueltas con la cuchara y soltar suspiros dignos de Romeo y Julieta.

Lucrezia estaba de mal humor porque…

—¿Se puede saber qué te pasa? —dijo por fin Oreste.

—Nada, papá.

—¿Cómo que nada? —protestó él—. No haces más que darle vueltas…

—Oreste.

—¿Oreste qué? Uno se pone a cenar…

—¿Y por qué no ha venido Corrado? —dijo Lucrezia.

—¿Y por qué tendría que haber venido? ¡Esto no es un restaurante!

—Lucrezia quiere saber qué le pasa a Corrado —explicó Cleofe—. Viene, no viene, come y sale corriendo, cadáveres hasta la hora de la cena, el sábado por la tarde se queda en el despacho… Nunca lo había hecho.

—¿Ves como mamá me entiende?

«Porque las dos sois iguales», pensó Oreste. Pero no lo dijo. Suspiró e intentó explicar que había un asunto importante, algo gordo, que la muerte de Tremolaterra estaba relacionada con un secreto importante, y que Corrado tenía que quedarse en la comisaría a esperar novedades.

—Tú también estás preocupado, Oreste —dijo Cleofe—. Cuando has llegado a casa, tenías una cara bien larga.

—¿Corre peligro, papá?

—Pero, bueno, ¿qué se os ha metido en la cabeza, a vosotras dos? ¿Qué peligro queréis que corra? ¡Corrado está en el Palazzo Braschi, en comisaría, no en la trinchera donde le dispararon, de pie y pintado de amarillo!

—Era Custoza —precisó Lucrezia, con una punta de orgullo en su voz.

—En Custoza, entonces, donde le dispararon como a un tordo —precisó a su vez Scialoja, pero al ver que su hija se disponía a pasar al ataque enseguida precisó—: Lucre, no te preocupes, de verdad: es una mala época, un asunto feo, pero esta noche acabará. Y Corrado me ha dicho que mañana por la mañana vendrá temprano, para ir a misa todos juntos. ¡Y ahora hazme el favor, cómete la sopa en vez de remojar la cuchara!

Durante el resto de la cena, Scialoja comió sintiendo los ojos de su esposa clavados en él. Aquella mujer tenía que haber sido policía.

En la pizarra junto a la entrada de Pepp'er Tosto, Archibugi había leído: «Hoy el cocinero recomienda: pasta a la albahaca y callos». No era para él. Achicoria salteada (como siempre, con demasiado ajo y guindilla, pero qué le iba a hacer) y un trozo de queso. Y agua.

—¿Agua? —repitió el propio Peppe en persona, un hombretón que de joven enderezaba las herraduras con las manos.

—Me espera una noche de espanto —se justificó Corrado.

Porque no había aparecido nadie. Y sin embargo, aún había actividad en el edificio, con trámites ministeriales, comunicación de disposiciones, labores de archivo, y algunas ventanas estaban iluminadas.

Él estaba allí. Y quizá le estuviera vigilando, de algún modo.

Se preguntaba por qué Corrado le había escrito aquel informe al juez precisamente un sábado por la tarde.

Se preguntaba si el inspector Archibugi sabía leer entre líneas mejor que el superintendente Panicacci.

Se preguntaba si Corrado estaría esperándolo.

De pronto, a Corrado le entraron las prisas. Sí, estaba seguro: no era el único que estaba ansioso en aquellas circunstancias. ¡Quizás estuviera a punto de llegar el momento, y él se había ido a cenar!

—¡Peppe, la cuenta, por favor! —ordenó, desde un extremo al otro del local, que estaba invadido por el humo y por las risas, y se lanzó corriendo a la calle, oscura y húmeda.

Una fina niebla difuminaba la luz de los faroles y los perfiles del Palazzo Braschi, un bloque de antiguas piedras que había presenciado siglos de intrigas. El portal oscuro, flanqueado por dos agentes de guardia, lo engulló con un par de sonoros taconazos.

11

El pasillo estaba desierto. En el suelo, bajo los apliques de las paredes, había cálidas gotas de luz dorada. La mesa del agente de guardia estaba desierta: a aquella hora de un sábado, sólo quedaban los guardias de la entrada y los de la segunda planta, en el ala de la presidencia; y gente en la primera planta, en el ala de las oficinas.

Archibugi había subido las escaleras a la carrera y tuvo que apoyarse en la baranda, jadeante y con la pierna dolorida. Le pareció oír un ruido, unos pasos que subían lentamente las escaleras. Alguien se le había adelantado unos minutos. Pensaba que lo alcanzaría, pero no lo consiguió.

¿Dónde estaría ahora? Se oía el suave crepitar del aceite de las lámparas, casi como un susurro.

Se dirigió hacia el despacho. No lo había cerrado con llave: lo único que había de interesante era el contenido de la pitillera falsa que le pesaba en el bolsillo de la chaqueta, y algunas otras cositas que había en el cajón, bajo llave. Se sintió satisfecho de no haber cerrado el despacho con llave: si no, él habría podido pensar que Corrado se había ido a casa.

En cualquier caso, había cerrado la puerta. Y ahora estaba sólo entrecerrada.

Tras un momento de incertidumbre en el que percibió claramente que el corazón se le paraba por un segundo, la abrió del todo.

—Buenas noches —dijo.

¿Había conseguido eliminar del todo el tono de sorpresa de su voz? No quería dar a entender que esperaba una visita. Tenía que parecer que había mandado el informe a Primicerio de buena fe, sin sospechar que el juez se mostraría particularmente receptivo a los susurros del hombre que ahora estaba allí, de pie, contra la ventana, elegantemente vestido con su traje negro, expresión tranquila (un punto a su favor), el cabello bien peinado y el perfil delicado. Corrado le encontró un parecido al retrato de César Borgia pintado por Altobello Melone.

El hombre asintió levemente con la cabeza.

Archibugi se dirigió al escritorio y se sentó, evitando darle la mano a su invitado.

—Buenas noches —dijo Tinebra con su tono de voz bajo. Se sentó frente al inspector—. Me parece que ya sabe quién soy.

No lo había dicho con soberbia, sino sólo para informar a Corrado de que él sabía que el informe no lo había escrito para el juez.

—Sí. *Cavaliere* Francesco Saverio Tinebra. —Corrado se encendió un puro. La presentación de Tinebra dejaba el terreno libre de hipocresías, así que añadió—: Me he enterado de que ha presentado alguna queja.

—A decir verdad, hablar de quejas me parece excesivo. Digamos que he reconocido el olor de su puro donde no tendría que haber estado.

—Fue un error. No volverá a suceder.

Un gesto de asentimiento recíproco con la cabeza selló el pacto. Le siguió un breve silencio, en el que los dos hombres se estudiaron sin pudor alguno.

—Me he estado preguntando un buen rato —prosiguió por fin Tinebra— si debía venir a verle, cuándo, y cómo comportarme. ¡Al final me he decidido un poco tarde!

—Es la mejor hora: toda la planta está desierta, no está ni siquiera el agente del pasillo. De haberlo pensado mejor, habría podido salir después de comer y volver directamente a esta hora.

Los finos labios de Tinebra se curvaron trazando una sonrisa.

—Admito que estar aquí es, automáticamente, el reconocimiento de cierta *liaison*...

—Sí, de cierto vínculo o *trattino* —dijo Corrado, que no resistió la tentación de hacer referencia a uno de los sobrenombres del *cavaliere*.

—... con alguien en los tribunales —concluyó Tinebra, con un suspiro. Alzó sólo levemente la voz—. Por otra parte, a menudo las cosas no son como parecen. A decir verdad, estoy convencido de que usted se ha hecho una idea imprecisa de toda esta historia. Muy imprecisa.

Corrado aguantó la mirada al *cavaliere* sin mostrar la sensación que le habían causado aquellas palabras, la de que Tinebra pudiera tener razón, o que por lo menos confiaba en poder llegar a convencerlo.

—Le propongo un pacto —dijo Tinebra.

—Que sería...

—Una explicación sincera. A cambio de algo que usted posee.

Archibugi se sacó del bolsillo la pitillera y la dejó sobre la mesa, y la cubrió con la mano. Los ojos de Tinebra se posaron levemente sobre el objeto y volvieron a fijarse en los de Corrado.

—¿Están ahí dentro? —preguntó.

Archibugi asintió.

—Siempre han estado en la pitillera de Sonzogno. Usted lo sabe bien.

Tinebra dijo algo que Corrado no consiguió entender. Después se echó adelante y añadió:

—Tenemos que hablar, inspector.

—Aquí me tiene.

—Permítame al menos que escoja el terreno. Debo estar seguro de que lo que diremos será confidencial y, por experiencia, sé que las paredes del ministerio son muy finas.

—¿Podré fumar?

Tinebra sonrió y se puso en pie.

Corrado había cogido por sorpresa a Tinebra, saludándolo sin ninguna emoción, haciéndole comprender que le esperaba y que su juego estaba a la vista.

Ahora, un candelabro encendido sobre la salita de paredes acolchadas constituyó la pequeña revancha del *cavaliere*. Y las velas eran nuevas, apenas estaban manchadas por las primeras lágrimas de cera: Tinebra debía de haberlas encendido poco antes de subir, convencido de que acabarían allí.

El *cavaliere* cerró la puerta con llave. Corrado se sentó y siguió fumando su puro, pensando en el interrogatorio de Petrocchi con Quadraccia en aquella misma sala. A la luz de las velas, el aislante de la pared junto a la mesa había adquirido un color de brasa encendida; en el resto de la estancia reinaba una oscuridad violácea. Tinebra se sentó frente a él.

«Aquí estamos, en lo más profundo del ministerio, pero aislados de todo», pensó Corrado.

—Bueno, querido inspector... Confieso que me he llevado una sorpresa leyendo su informe.

—Que era reservado y personal.

—Será mejor eliminar enseguida esa duda. El juez instructor Rolando Primicerio es del todo ajeno al asunto. Es un hombre integérrimo, créame.

—También el juez Tosetti.

—Por supuesto, por supuesto. Pero yo conozco personalmente a Primicerio, y a menudo me habla de asuntos reservados. Ése es el único motivo del asunto que, imagino, le habrá dado qué pensar. No podía actuar en primera persona, de forma directa, aunque tendría derecho a hacerlo, dada mi posición con relación a Su Excelencia el señor ministro. Habría sido aún más evidente.

—Pero sí ha presentado sus protestas a mi superior.

—Tenía que moverme en varios frentes. Esperaba dejar claro, sin necesidad de ser demasiado explícito, que el asunto Tremolaterra tenía consecuencias muy delicadas, que no permitían una gestión rutinaria por parte de las fuerzas de Seguridad Pública. El riesgo de que trascendiera alguna información reservada... —la mirada de Tinebra se posó en la pitillera que Archibugi había vuelto a poner sobre la mesa— era elevado.

—Habría tenido que ser más explícito.

—Sí, me he dado cuenta de ello al hablar con el superintendente. Pero al final ha funcionado. Aquí estamos, ¿no? Estoy contento de que haya sido usted quien se ocupara del caso: ha tenido mucha vista, realmente.

—No podía hacer otra cosa: conozco una parte de la historia; necesito saber el resto.

Tinebra abrió los brazos con las palmas de las manos hacia abajo, como los prestidigitadores tras un truco bien elaborado.

—Una explicación sincera, a cambio de lo que usted posee —repitió.

—Una explicación sincera no me basta. Soy policía, ¿comprende?, no filósofo.

Tinebra entrecerró los ojos. La vieja silla crujió, como si hubiera detectado, con su sensibilidad secular, el espasmo nervioso de un músculo del *cavaliere*. Después se relajó. Archibugi observó que, en la sala insonorizada, Tinebra hablaba con un tono ligeramente más alto.

—Inspector Archibugi, permítame una cita: hasta ahora usted ha sido un león, atacando a su presa y sacándola de su madriguera. Pero debería ser un poco más zorro…

—*El príncipe*, de Maquiavelo. El príncipe sagaz debe ser tanto león como zorro, porque el león no sabe reconocer las trampas, los «lazos», mientras que el zorro no sabe defenderse de los lobos. ¿Es una amenaza?

—Amenazar es de tontos. Las cosas, o se hacen o no se hacen: desde luego, no se avisan. A decir verdad, es un consejo.

—Gracias. Pensaba que prefería el cardenal Mazzarino a Maquiavelo: «Simula y disimula».

—¿Me cree un simulador?

—¿Por qué no acabamos con los juegos de palabras y empieza con la explicación sincera? Así saldremos de dudas —propuso Corrado. Después se preguntó si el pequeño espasmo nervioso habría sido provocado o no.

—Sí. Pero ¿puedo ver primero el contenido de la pitillera? A decir verdad, no querría estar perdiendo el tiempo. Quién sabe, a fin de cuentas podría ser también un poco zorro, y ahí dentro podría no estar lo que creo.

Por toda respuesta, Corrado cogió la pitillera de la mesa, la sopesó por un momento entre las manos, presionó la lengüeta y un sonido metálico indicó su apertura.

Archibugi miró entonces a Tinebra, y llegó a tiempo de ver la ansiedad en sus ojos, antes de que el *cavaliere* consiguiera ocultarla de nuevo tras su máscara de impasibilidad.

—¿Sabe qué es lo que me parece raro? —dijo entonces, sin abrir más la pitillera.

—¿Qué?

—Que no me haya preguntado siquiera si esta pitillera era de Raffaele Sonzogno.

Tinebra no replicó; se limitó a hacer un leve gesto con la cabeza, para solicitar que acabara de abrirla.

Corrado extrajo de la pitillera dos billetes, plegados en cuatro: los desplegó lentamente, cogió uno en la mano derecha y otro en la izquierda y se los mostró a Tinebra de lejos.

Dos simples billetes. Usados, apenas marcados por dos líneas de pliegue, ambos de cien liras, emitidos por la Banca Romana en 1874: abajo, en el centro, el dibujo de la loba amamantando a Rómulo y Remo. A izquierda y derecha del dibujo, la cabeza de la Italia coronada y el escudo de los Saboya. Arriba a la izquierda, el sello rojo.

A finales de 1870, seis bancos tenían autorización para imprimir papel moneda: la Banca Nazionale del Regno d'Italia, la Banca Nazionale Toscana, la Banca Toscana di Credito, el Banco di Napoli, el Banco di Sicilia y la Banca Romana, que antes de la unificación era conocida como Banca dello Stato Pontificio. Posteriormente, una ley de 1874 constituyó el Consorcio Obligatorio de los Centros de Emisión, con lo que se uniformaron los billetes y se determinó el importe máximo de billetes que podía emitirse y la superproducción máxima aceptable con respecto a las reservas en metal o valores. Además, se autorizaba al Ministerio de Industria y de Comercio a controlar e inspeccionar periódicamente las seis entidades.

Y Corrado Archibugi, en aquel momento, tenía en la mano dos billetes de uno de los seis bancos, emitidos con todos sus detalles. Tinebra pasaba la mirada de uno al otro, verificando los detalles, aunque la distancia le impedía efectuar un control meticuloso.

Dos sencillos billetes, alrededor de los cuales se articulaba el lío que había quitado el sueño a Archibugi, y, en ciertos momentos, también a Tinebra.

—No consigo ver los números de serie —dijo por fin el *cavaliere*.

—Los he visto yo. Y he hecho que los verificaran en dos oficinas bancarias.

Tinebra se puso en pie de un salto, perdiendo el control:

—¿Cómo? ¿Ha mostrado los billetes en dos sucursales cualesquiera? ¿Y qué...?

Aquel avance le dio aún más tranquilidad a Corrado, que replicó:

—Siéntese, *cavalier* Tinebra. En cada sucursal he mostrado un único billete. Por eso he ido a dos diferentes.

Tinebra volvió a sentarse.

—Naturalmente. Tendría que haberlo pensado —reconoció.

—Dos billetes de banco idénticos, y cuando digo idénticos quiero decir con el mismo número de serie. Lo primero que me he dicho es que uno de los dos debía de ser falso. Y sin embargo, aunque yo no entiendo de falsificaciones, no me lo parecían. Por eso he preferido que los verificaran. Y he tenido la confirmación inmediata: los dos billetes tienen el mismo número de serie; sin embargo, ambos son auténticos. Al principio no me lo creía. ¡Ambos auténticos! No era posible. Después me he dado cuenta de que podía ser perfectamente: si admitía la posibilidad de una trama de corrupción a un nivel muy alto, en la Banca Romana.

Archibugi volvió a doblar ambos billetes, volvió a meterlos en la pitillera, el cierre metálico resonó en el silencio de la sala, y la cajita volvió al bolsillo del inspector. Se oyó el rascar de una cerilla y Corrado volvió a encender el puro, al que dio un par de caladas. Se apoyó contra el respaldo y se quedó mirando a Tinebra, que había seguido aquellos movimientos casi hipnotizado.

Al final, el *cavaliere* sonrió.

—Me alegro de que comprenda el significado que tienen esos dos billetes.

—Desde luego. Guido Tremolaterra los dejó en custodia a un notario; sin embargo, no se fiaba ni siquiera de él: señal de que quien iba tras los billetes era alguien muy poderoso.

»Así que mezcló estos dos billetes con muchos otros, una buena cantidad, y se los dejó al notario en un sobre cerrado, con instrucciones de entregar el sobre a quien dirigiera la investigación en caso de fallecer de muerte violenta.

»Si alguien hubiera abierto el sobre, por curiosidad o por accidente, habría encontrado un mensaje, dirigido genéricamente al señor oficial de la Seguridad Pública, en el que se rogaba que usara aquella suma para pagar a eventuales informadores que pudieran aportar pistas sobre los culpables. Muy genérico: no se fiaba, Tremolaterra, y no quería explicar en detalle lo que sabía.

—Yo siempre valoro a la gente que no se fía. Y así, a pesar de todo, Tremolaterra consigue hacernos llegar los dos billetes.

Archibugi fingió no haber oído el «nos».

—Tuvo el acierto incluso de imaginar que se haría un inventario con aquellos billetes y que, sin duda, alguien detectaría los dos billetes idénticos, que, por cierto, eran los dos únicos que presentaban marcas de doblez: otra pista.

»Por último, también la fecha de entrega del sobre me hizo pensar: 10 de febrero de 1875, inmediatamente después del asesinato de Raffaele Sonzogno.

»Bueno, ya le he demostrado que no había preparado ninguna trampa y que realmente tengo lo que usted buscaba: ahora, espero su explicación sincera.

—A cambio de los dos billetes.

¡Los dos billetes! Todo aquello por dos billetes algo desgastados que la Banca Romana había emitido con el mismo número de serie. ¿Cuántos otros había en circulación? ¿Para qué servían? ¿En qué bolsillos habían acabado?

Archibugi hizo un anillo de humo. Sentía la presión del estómago en su interior, pero esperaba que no se notara desde fuera. Él era un empleado del Ministerio del Interior, y por ende también del *cavaliere*. Estaba caminando sobre una placa de hielo. ¿Qué consecuencias tendría no darle los billetes a Tinebra? ¿El traslado a un pueblecito de Cerdeña? ¿El fin de su carrera? ¿O quizás alguna reacción más sutil? ¿Acaso no habían hecho que un diputado pasara de ser víctima de un atentado a simulador? ¿Y qué sucedería si se los daba? ¿No sufriría igualmente las consecuencias de ser conocedor de un secreto incómodo, aunque no tuviera pruebas de ello?

—¿A cambio de los dos billetes? —repitió Tinebra, ladeando ligeramente la cabeza, como cuando alguien intenta hacer hablar a un loro.

—Dependerá del contenido de la explicación.

—Está bien. Pero ¿cómo ha descubierto la relación de este asunto con el caso Sonzogno? ¿Sólo por la fecha en el sobre? Imposible.

—No la he descubierto en absoluto; la he intuido. Tremolaterra trabajaba en *La Capitale*; Tremolaterra tenía sobre la mesa una pitillera de plata, y la pitillera de plata que Sonzogno llevaba siempre consigo no había aparecido; Tremolaterra se lleva consigo la pitillera, cosa que no había hecho nunca, porque usaba otra; y usted, *cavaliere* Tinebra, se interesa en primera persona en el caso Tremolaterra, y también lo hizo con el caso Sonzogno. ¡Por supuesto, en el ámbito de sus competencias!

»¡Ah, se me olvidaba! Raffaele Sonzogno fue asesinado el 6 de febrero de 1875, sábado de carnaval. Me ha costado un poco entenderlo. Por otra parte, me habría sido imposible, sin haber aclarado primero el *trattino*, la relación Sonzogno-Tremolaterra.

—Admitirá que también ha tenido suerte: si ese inspector colega suyo...

—Terenzio Sabbatini. Sí, el testimonio sobre la pitillera fue fundamental, difícilmente me habrían hablado de ese detalle sus secretarias. Y ahora, ¿qué le parece si completa el cuadro?

—De acuerdo. Además, tengo interés en explicarle mi papel en toda esta historia. Y aclararlo, si es posible.

Francesco Saverio Tinebra se relajó. Se apoyó contra el alto respaldo, unió la punta de los dedos de las manos y empezó su relato, con aquel rostro de César Borgia apenas iluminado por las velas, que ya se habían quedado en dos tercios de su tamaño original.

12

—Sí, eso ya lo sé. Siga adelante.

Durante la explicación, Archibugi salió varias veces con una frase por el estilo, interrumpiendo a Tinebra, que lucía aquella sonrisa indefinible.

Por ejemplo, cuando Tinebra había empezado a explicar el asunto Sonzogno. Al fin y al cabo, no sólo el *cavaliere* había pasado por el tribunal a informarse.

Sonzogno buscaba vengarse de Luciani, y éste sabía que Sonzogno era muy peligroso. Tenía informadores, espías, conocidos y un periódico en el que poner al descubierto los asuntos de su ex socio.

Sin embargo, lo que Corrado no había podido averiguar en el tribunal es que, cuando Luciani había decidido matar a Sonzogno, estaba al corriente de que el director había detectado una pista muy comprometedora —lo que no sabía que estaba mucho más cerca de caer sobre él de lo que se imaginaba—. Raffaele Sonzogno había descubierto que Luciani tenía pensado hacerse con dinero fácil y seguro, que nunca figuraría en ningún balance o registro bancario, con el que podría gestionar sus negocios, financiar sus batallas políticas personales y sus tramas de corrupción varias.

Con la ayuda de algunos personajes con poder en la Banca Romana, Luciani, ricachón, banquero y diputado (depuesto), había ideado un nuevo sistema que, por otra parte, era viejísimo: imprimir más billetes.

—¿Conoce a esos «personajes con poder»? —preguntó enseguida Archibugi.

—El objetivo de mi participación en este asunto, inspector, es precisamente ése. Quiero conocer a esos personajes, los detalles de su método, y pretendo encontrar las pruebas. Como le he dicho, es una cuestión delicadísima. Pero déjeme continuar…

Hacía un tiempo que la Banca Romana era objeto de un interés discreto por parte del *cavalier* Tinebra, desde que, precisamente un año antes, Su Majestad Víctor Manuel II había comprado algunas fincas de la periferia a precio de favor a Bernardo Tanlongo, conocido en Roma como «el Bernà». Hacía tiempo que Tanlongo formaba parte de la dirección de la Banca dello Stato Pontificio, que luego sería la Banca Romana.

¿Quién era Tanlongo? ¿Qué hacía? ¿Por qué había cedido sus terrenos y asumido aquella pérdida?

Tinebra se había aprestado a abrir un expediente privado. No había tardado mucho en llamar su atención. El Bernà era el típico liante del sotobosque empresarial romano. Estaba en excelentes relaciones con todo el mundo, con políticos de la izquierda y de la derecha, con la masonería y con el Vaticano. Había sido espía de los franceses durante la República romana, y, aun así, Cavour se había dirigido a él para informarse sobre la posibilidad de «comprar» Roma en vez de conquistarla. A través de la Banca Romana, prestaba dinero a quien le parecía, y como le parecía.

La Banca Romana tenía una influencia especial sobre el mundo de los negocios romano; era una banca particular, que había ido evolucionando para adaptarse a las exigencias de una elite financiera determinada, la de los mercaderes de campo, ni industriales ni comerciales, sino puros especuladores. Un banco en el que las letras de cambio a nombre de personajes ilustres evolucionaban de forma curiosa: en particular, se renovaban sin límite o, en algunos casos, ni siquiera tenían fecha de vencimiento.

Un circuito de dinero y de favores en cuyo centro estaba el Bernà, el mismo que vendía terrenos al Rey registrando pérdidas.

—¿Me sigue, inspector?

Porque, mientras Tinebra hablaba, Corrado, por un momento, se había visto desde fuera; veía a dos personas hablando de dinero en circulación, de delitos y de chantajes con toda tranquilidad y compostura, como dos médicos pueden debatir sobre una enfermedad, o dos empleados de pompas fúnebres pueden contarse cómo han pasado el domingo, mientras tapan con algodón los orificios de un cadáver.

Aquella imagen le había provocado una sensación de repulsa. Por una fracción de segundo sintió una aguda nostalgia de Lucrezia y del salón de casa de los Scialoja, con sus encajes y sus daguerrotipos en las paredes; vio a Cleofe, que quizá vivía más en el pasado que en el presente, explicándole a su madre la genealogía de la familia, durante su visita a Roma para el compromiso.

Aun así, Corrado no se había perdido ni una palabra de lo que decía Tinebra.

—Le sigo, no se preocupe.

Tinebra no tenía ninguna prueba de que uno de aquellos personajes de relieve de la Banca Romana que habían conspirado con Luciani fuera precisamente Bernardo Tanlongo, pero podía suponerlo. La operación de duplicar papel moneda (porque en realidad no se trataba de falsificaciones) requería unos vínculos de complicidad importantes, y él tenía intención de descubrirlos. Tinebra consideraba que habrían hecho un experimento, cuando los chanchullos de Luciani aún no habían salido a la luz, y quizás hubieran cobrado precisamente con aquel dinero. Los dos billetes que tenía en el bolsillo Corrado procedían de aquel experimento.

—¿Un experimento para comprobar que fuera factible realizar duplicaciones en masa? —preguntó Archibugi.

—Exacto. Duplicaciones en masa, precisamente. Dinero fácil, auténtico y falso al mismo tiempo, un maravilloso juego de prestigio que podría convertir a la Banca Romana en un centro de poder de considerable importancia en un futuro inmediato. Además de crear graves problemas de inflación y de intoxicar el mercado financiero, se entiende.

—O sea, el germen de una enfermedad mortal. ¡La bancarrota del mismísimo Estado italiano!

¡Ahí estaba el secreto que Tremolaterra le había arrancado a Sonzogno y que había dejado en custodia a un notario!

Corrado no hizo la ingenua objeción de los controles por

parte de los inspectores de Agricultura y Comercio, que habrían tenido que poder evitar delitos como aquéllos; si los cómplices en el seno de la Banca Romana eran realmente tan prestigiosos, habrían podido engañar o corromper a los inspectores sin problemas.

—Una enfermedad mortal, ha dicho bien. Crédito fácil para los especuladores urbanísticos que presionan para construir la Tercera Roma, acciones en ascenso, la buena vida, riqueza para todos..., hasta la primera contracción seria del mercado. Hasta el despertar tras la borrachera. ¿Se imagina la catástrofe?

Archibugi no podía imaginársela, más que a grandes rasgos. Sin embargo, la viviría.

Efectivamente, en 1893 estalló el escándalo de la Banca Romana, tras una primera investigación que acabó encallada unos años antes y varios episodios incómodos en las cámaras parlamentarias. El cajero jefe del banco se suicidaría, el presidente del Congreso, Giovanni Giolitti, presentaría la dimisión, varios diputados serían acusados de haberse embolsado «caramelos» y las ventanillas del banco ya en bancarrota se verían tomadas al asalto por los ahorradores. Y Bernardo Tanlongo, convertido mientras tanto en gobernador y dueño absoluto de la Banca Romana, además de senador del Reino de Italia, sería arrestado, procesado... y absuelto.

En el cementerio del Verano, sobre su tumba, dice su epitafio: «Fue un caballero».

—¿Has visto? —le diría entonces Corrado a su esposa, sentado en su sillón, con el periódico en la mano—. Cuarenta millones en billetes emitidos por duplicado. Cuarenta millones. ¡Y yo vi las primeras cien liras de esa montaña de papel mojado!

Lucrezia levantaría la vista de la calceta:

—¿De verdad? ¿Cuándo?

—¿Cuándo? Pero ¿no te acuerdas, en el 75, cuando tenía aquel asunto entre manos y no venía a verte, cuando tanto te enfadaste? ¿Te acuerdas cuando te dije que había encontrado una puerta que daba directamente a las tinieblas? Pues aquí tienes las tinieblas.

Las tinieblas. Las de los clientes que se aglomeraban frente a las ventanillas para liquidar sus cuentas antes de la bancarrota; las de los políticos obligados a dimitir; las de los empresarios en la miseria; e incluso las de los jueces, que en aquellos tiempos oscuros afirmaron que se les habían sustraído importantes documentos en los que figuraban personalidades destacadas. Las absoluciones fueron el alba para algunos; para muchos siguieron las tinieblas.

Todo aquello lo vería Archibugi. Y recordaría a un hombre que se parecía a César Borgia, que en aquel momento se echaba atrás un mechón de largos cabellos rubios con un gesto femenino, en una salita de paredes acolchadas, en el corazón del ministerio.

—Habrá leído mi tesis, en el informe al juez Primicerio: Tremolaterra robó a Sonzogno la pitillera y los billetes. Pero ¿cómo lo hizo? —preguntó Corrado.

—Sonzogno se enteró del experimento y consiguió una muestra, los dos billetes con el mismo número de serie: la prueba perfecta. Cómo lo hizo, aún no lo sabemos. Los guardaba en la pitillera en cuestión, y ni él mismo sabía qué hacer con ellos. El asunto era demasiado gordo. ¿Cómo sacarle partido? ¿Hasta qué punto?

La niebla cubría aquel episodio, y Tinebra podía disiparla sólo en parte. Tremolaterra, que trabajaba para *La Capitale* cuando aún alimentaba sus sueños de gloria literaria, era íntimo de Luciani y Sonzogno. Quizá fuera informado del secreto del director: en ese caso, se guardó mucho de revelárselo a Luciani. Del mismo modo que, al frecuentar el ambiente de los garibaldinos junto a Frezza, se enteró del complot: pero también se guardó de advertir a Sonzogno.

—Lo que está claro —prosiguió Tinebra— es que Guido Tremolaterra, desesperado, le confió a Pio Frezza, que ya había asumido la misión de quitar de en medio a un ser abyecto como Sonzogno, que el director le hacía la vida imposible con ciertas letras de cambio que guardaba en la pitillera que llevaba siempre consigo…

—¿Y usted cómo sabe esas cosas?

—Frezza lleva meses en la cárcel. Una frase hoy, otra mañana… Al final ha salido este detalle, que no confesó en el momento de la detención, por su insensato sentido del honor. Frezza tranquiliza a Tremolaterra: «Tú pásate bajo la ventana del periódico el sábado y espera: tendrás tu pitillera». Tremolaterra le pide a Frezza que no la abra, y el leñador se lleva la mano al pecho, casi ofendido: «¿Cómo puedes pensar una cosa así? Yo soy un hombre de honor».

—¿Cuándo habló Frezza?

—Hace casi un mes.

—Así que hace un mes, usted, *cavalier* Tinebra, se enteró de que Tremolaterra se había hecho con una pitillera que Sonzogno custodiaba celosamente, lo que por cierto le hace culpable de robo y de complicidad en un caso de asesinato. Pero ¿cómo podía saber qué contenía? ¿Cómo podía saber que Sonzogno no se había limitado a indagar sobre la procedencia del dinero de Luciani, sino que tenía en su poder los dos billetes?

—Lo sé desde hace un tiempo.

—¿Alguien en la Banca Romana ha encontrado el rastro de los dos billetes? ¿Quizás alguien que hacía negocios con Luciani?

Tinebra se quedó un momento en silencio. Archibugi le aguantó la mirada. Al final el *cavaliere* dijo:

—Una explicación sincera no es una explicación completa, inspector. Lo sabía. Y cuando supe lo que había hecho Tremolaterra, comprendí la situación en su totalidad.

—Y se planteó cómo podía recuperar los billetes de Guido Tremolaterra —replicó Corrado, mientras reflexionaba hasta qué punto podía fiarse de Tinebra, la tiniebla, el *trattino* o guion intermedio, el hombre omnipresente, el que se había hecho construir una salita insonorizada y que hablaba en voz baja, que ya estaba en el equipo de Menabrea en tiempos del escándalo de la Regia Tabacchi y del atentado al diputado Lobbia.

—He tenido que construir un engaño: tenía que empujar a Tremolaterra a que me entregara los billetes, de los que se había apoderado, pero que no había usado hasta aquel momento, quizá por miedo; él se dedicaba a su Bellacuccia. Al mismo tiempo, tenía que hacerle entender que nadie le haría daño, ni antes ni, sobre todo, después.

—Robo y complicidad en homicidio, ni hablar —comentó

Archibugi, viendo de nuevo la escena desde fuera, con una ligera sensación de náusea.

El rostro de Tinebra se endureció. Sus rasgos, finos y delicados, adquirieron un aspecto cortante, afilados y peligrosos como una hoja de Toledo.

—Inspector, yo mismo he tenido que cometer pequeñas... irregularidades, digámoslo claramente. Por eso he intentado hacer comprender a su superintendente que éste es un asunto delicado. Por eso el juez Primicerio ha sustituido a Tosetti. Hace falta discernimiento, visión en perspectiva. Usted ha hablado del germen de una enfermedad mortal: yo tenía que aislar ese germen. Como dicen los jesuitas, si el fin es lícito, también los medios lo son. ¿Entiende?

—Las velas se están consumiendo: prosiga.

En el intercambio de miradas que siguió, Corrado estuvo a punto de sucumbir: se le había atravesado el humo del puro, y a duras penas consiguió evitar ponerse a toser. Resistió, y Tinebra continuó; gracias a Dios, la tenue luz de las velas no bastaba para que se le vieran los ojos lagrimosos.

—En el ejercicio de mis funciones puede acceder a los archivos de la Dirección General de Seguridad Pública, y cuando puedo, en muchos casos en domingo, tengo costumbre de leer los informes de la Policía. La primera vez que di con usted, inspector, fue el 25 de mayo pasado. Un domingo. —Con una sonrisa, se explicó—: Llevo un diario detallado.

—Leyó mi informe sobre Barrington y el misterioso Doble W, resucitado en el cementerio de los Ingleses.

Mientras tanto, le volvía a la mente Fouché. En su lugar, Panicacci habría tenido que colgar en su despacho el retrato de Tinebra. Él también se ocupaba primero de lo que le correspondía, y luego de todo lo que no le correspondía. Desde luego el apodo «Ubiquique Suum» le venía al pelo. Lo leía todo, lo oía todo, lo sabía todo: Tinebra y Bernardo Talongo eran dos caras de la misma moneda, dos arañas en el centro de una tela que se extendía por toda Roma. Un Bellacuccia sin gorila.

—Una historia interesantísima. La recordé en el momento justo...

—... Cuando la Confraternidad de la Morte Desolata encontró a un niño asesinado por un bruto que abusaba de él.

Tinebra agachó la cabeza en señal de asentimiento.

—Hábleme de la Confraternidad —propuso Archibugi.

—Ya sabe todo lo que hay que saber, o incluso más: su informe para Primicerio es clarísimo. Usted pide incluso acceso al registro de sus miembros. Pero ¿realmente cree que es posible?

—Desde las remotas propiedades de un senador siciliano llega una estatua de la Virgen a una pequeña iglesia perdida en el campo de Roma. Todo es posible. Usted, por ejemplo, ¿forma parte?

—Pero, inspector, ¿usted me ve a mí yendo por ahí con una túnica negra y una calavera con lágrimas en el pecho?

Corrado habría querido responder que, si pudiera sacarle partido, Tinebra iría en peregrinaje a La Meca disfrazado de camello.

—Pero conoce a alguien que se la pone, dado que la Morte Desolata forma parte de su «engaño», tal como usted lo define. ¿Cuál es la altruista misión a la que se dedica realmente la Confraternidad? ¿Cuál es su objetivo?

—No existe ninguna misión real. ¿Cuál es el objetivo de la masonería? Vivimos en una época complicada, inspector, en la que parece que los masones se hayan introducido por todas partes. Hay quien dice que el parlamento está lleno, que manipulan las decisiones del reino, que son los responsables ocultos de la toma de Roma, del ataque a la Iglesia... ¡Qué idiotez! Las cosas son mucho más complicadas, inspector.

»¿Conoce a Adam Smith, el economista? ¿La metáfora de la mano invisible? En el liberalismo económico perfecto, el individuo, en su búsqueda egoísta de ganancias, persigue al mismo tiempo un fin, que es el bienestar de la sociedad, sin quererlo directamente. El egoísmo privado se transforma en bien público, gracias a la manipulación de la Mano Invisible.

»Del mismo modo, en nuestro querido Reino de Italia, una serie de intereses particulares se sostienen mutuamente, o simplemente evitan pisarse unos a otros, de modo que parece que tras ellos exista un gigantesco complot, una mano invisible que aferra el país. Masones, cofrades, empresarios, políticos, periodistas... Pero no es más que una metáfora, no hay ninguna mano invisible; en todo caso, muchas manos que a veces se sujetan unas a otras, que a veces chocan…, pero que siempre agarran.

—Ya le he dicho que no se me da bien la filosofía. Hablemos de Luciani: ¿él formaba parte de la Confraternidad de la Morte Desolata? ¿Sí o no?

La impecable hoja de Toledo volvió a mostrar por un instante su cara más cortante, un velo en la mirada, los dedos de una mano que parecían agarrar el aire; luego la hoja volvió a su vaina.

—Quizá. Tras su arresto, la confraternidad nombró a un nuevo oficial. La coincidencia no parece casual.

—¿Y alguien de la Banca Romana? ¿Quizá su aliado secreto? ¿Es él a quien recurrieron para el asunto de la Doble W?

Tinebra suspiró.

—Déjeme hablar. Le estoy diciendo todo lo que puedo decirle.

Tras el entierro del niño, Tinebra recordó enseguida la declaración de Barrington. Como seguía los movimientos de Tremolaterra, le sorprendió leer el capítulo del misterioso asesino de niños, Doble W, y el cadáver del niño le dio una idea sencillísima para recuperar los billetes.

Sobre todo había que poner en entredicho al periodista, hacer creer que era un jactancioso, un bocazas, un hombre dispuesto a todo por interés: era parte esencial del proyecto.

Así, convencieron a un pobre idiota —Fabio Petrocchi— de que ascendería en la jerarquía si ayudaba a la Confraternidad a hacer justicia —con respecto a qué era algo que no le importaba; al fin y al cabo, no era más que un mandatario—. Tenía que decir que había visto en el cuerpo del niño una doble W, tal como había leído en el episodio de Bellacuccia; unos días después del entierro, así sería más difícil descubrir si mentía o no. La Policía le creería enseguida: ya tenían la declaración de Barrington, ¿no? No podían liquidarlo todo como la alucinación de un pobre pollero, como habían hecho con el inglés. La mentira saltaría después, en el momento oportuno. Petrocchi sabía que entonces tendría que modificar la declaración: atribuiría la idea a Tremolaterra, que habría buscado con ello publicidad.

—Vamos, que han usado a Fabio Petrocchi como a Pio Frezza —comentó Archibugi entre dientes.

—No tiene ni idea de lo sensible que es la gente sencilla a los ideales, a las ideas platónicas, inspector. Petrocchi sólo se sentía a gusto en el cálido seno de la Confraternidad, y habría hecho de todo por su prosperidad: no digo cualquier cosa, pero sí muchas...

El mismo día en que Petrocchi se disponía a prestar declaración, una nota anónima (aún no se podía ser explícito, ya que Tremolaterra tenía la sartén por el mango y no se sabía cómo podía reaccionar) le advertía del hallazgo en la Morte Desolata.

Él sabía que la Morte Desolata era una confraternidad «excelente». Tuvo que entender algo enseguida: tal como pensaban Tinebra y sus cómplices, puso tierra de por medio para reflexionar y ponerse a salvo. Fue incluso a comprobarlo por sus propios ojos. Lo dejaron que se cociera en su propio jugo durante un día, y después...

—Después le mandaron un mensaje. Esta vez inequívoco, para alguien que estaba al corriente, aunque indescifrable para los demás. Éste.

Corrado extrajo del bolsillo un artículo de periódico y leyó:

—Escribe el *Eco di Roma*, que fue el primero en anunciar la noticia reservadísima, a propósito de los cofrades: «... se visten con ridículas túnicas y capuchas negras como si estuvieran en el sábado de carnaval...».

—Una buena pista para usted, ¿eh, inspector?

—Sí, no entendía la referencia al sábado. Uno diría «en carnaval», o «el martes de carnaval», «el jueves de carnaval»... Pero ¿por qué el sábado? A menos que hiciera referencia...

—... al día del asesinato de Raffaele Sonzogno. Exacto.

Tremolaterra leyó el artículo y, naturalmente, comprendió enseguida la referencia. Ahora todo estaba claro: la Morte Desolata le lanzaba un mensaje, y le decía de qué lado debía ponerse...

—Del de Enrico Mezzasalma, director del *Eco di Roma* y autor del artículo.

En juego estaban los dos billetes que Tremolaterra había sustraído. ¿Por qué —debía preguntarse— aquella puesta en escena con el niño de la Doble W? Porque muy pronto la puesta en escena quedaría al descubierto, y, una vez hecha pública la retractación de Petrocchi, Tremolaterra quedaría en evidencia como mentiroso descarado y sin escrúpulos, capaz de todo para darse publicidad: y Mezzasalma potenciaría el efecto, confesando en el momento preciso que había sido el propio Tremolaterra quien le había pasado el material para el artículo.

El periodista se convertiría en la persona con menos credibilidad de Roma: sin embargo, aquél era precisamente el salvavidas que Mezzasalma y sus acólitos le lanzaban. Tremolaterra podía mostrarse escéptico a privarse de los dos billetes de banco, al pensar que su vida no valdría gran cosa sin ellos; pero la Morte Desolata le mandaba el mensaje: «Tu credibilidad está por los suelos: sin pruebas, nadie te creerá. Por eso no tienes nada que temer de nosotros, ni nosotros de ti, en cuanto nos entregues los billetes».

—Sí, bien estructurado —comentó Archibugi—. Y usted, detrás de todo eso, moviendo las fichas...

—Lo admito —contestó Tinebra, sacudiéndose algo incómodo con un gesto de la mano—. Pero ¿qué es lo que tiene de reprobable, teniendo en cuenta lo que había en juego? La exhumación de un niño, cuyo verdadero asesino han capturado, por cierto, y me alegro, gente de esa calaña...

—No hablemos de la gente de esa calaña.

Tinebra no se dio por aludido y siguió con la enumeración:

—Después, una falsa declaración por parte de Petrocchi...

—A propósito, he mandado que lo arresten de nuevo, hace unas horas.

—Lo sé. No nos preocupa. Sabe poco o nada, y en cualquier caso no cambiará su declaración, especialmente ahora que Tremolaterra no puede desmentirlo. Es un hombre de principios.

—¿Y Mezzasalma? ¿Él qué gana? ¡No le habrán prometido que será preboste del coro de la Confraternidad!

—El *Eco di Roma* es un periódico faccioso. Nacen como setas, con la humedad, a la sombra de la política y de los negocios, y se pudren con la misma facilidad. No tiene idea de los favores y de la financiación con que cuenta: cosas de la que antes o después hay que pasar factura. Y en el fondo, ¿qué es lo que ha hecho? Un artículo de periódico, que le desafío a que convierta en una prueba...

Corrado se vio por última vez desde fuera, y esta vez la náusea se volvió insoportable. No aguantaba más a aquel hombre que hablaba de actos despreciables como si fueran movimientos de una partida de ajedrez. No conseguía atravesar la máscara de Tinebra, llegar hasta él, descubrir si realmente le impulsaba la voluntad de librar una guerra a la Banca Romana, o si en realidad no era más que un interlocutor de las secretas jerarquías de la Confraternidad de la Morte Desolata.

Ya le daba igual.

Se levantó de golpe y derribó la silla. Las llamas de las velas temblaron enloquecidas. Tinebra entrecerró ligeramente los ojos. Archibugi dio unos pasos hacia la puerta.

—Inspector. Olvida nuestro pacto.

Archibugi se giró.

—Usted olvida que soy policía, no filósofo. Me ha dado una explicación, no sé hasta qué punto sincera, pero que coincide con lo que yo ya sabía. No me basta.

Entonces Tinebra se levantó, lentamente, y su sombra se alargó, extendiéndose por el acolchado de color sangre de las paredes.

—Inspector, esos dos billetes…, tiene que dármelos. Le he explicado el motivo. ¿Qué cree que puede hacer usted?

—Le daré los dos billetes…, a cambio de Mezzasalma.

Parecía que el cuerpo del director del *Eco di Roma* hubiera caído en medio de la sala desde el techo, y que los dos lo velaran en silencio.

—Mezzasalma… ¿Y por qué? ¿De qué va a acusarle? No creerá que… —dijo por fin Tinebra, con la voz quebrada pese a su autocontrol.

—Mezzasalma es el intermediario de esta… transacción. De algún modo, él y Tremolaterra establecen una cita. El encuentro se fija para la noche del jueves: presumo que Mezzasalma acudiría en carroza y que haría subir al periodista, que lleva consigo la pitillera, símbolo de su poder contractual y que por ello la tenía sobre su escritorio, como trofeo, aunque no así los billetes, a buen recaudo en la notaría.

»Tremolaterra fue hallado cadáver en una leñera abandonada. La pitillera desapareció. Quien lo registrara sabía qué buscar: primero cogió la pitillera «auténtica», se dio cuenta de que no era lo que buscaba y la tiró, de modo que acabó medio escondida tras unas ramas.

»Tremolaterra recibió porrazos en la cara. No obstante, la autopsia ha revelado que ya estaba muerto, y no por los porrazos. Yo creo que los tres vagabundos que se repartieron sus ropas le golpearon para asegurarse de que estaba muerto. Por eso van soltando la verdad con cuentagotas: realmente creen que lo han matado ellos.

»Yo quiero que Mezzasalma me cuente qué sucedió en esa carroza. Debe presentarse y...

—¡Pero él no ha matado a nadie!

—Debe presentarse. Tendrá que explicarme la patraña de la doble W. ¿No quiere o no puede decirme el verdadero motivo? Invéntese uno. Mi objetivo es que Mezzasalma y Petrocchi paguen lo que tienen que pagar. Si consigue mantenerse fuera de esta historia, *cavalier* Tinebra, mejor para usted. —Y añadió, con una mueca de desprecio—: Así podrá dedicarse a frustrar otros experimentos.

—Usted sabe que Mezzasalma no mató a Tremolaterra. Lo sabe perfectamente. Ya le digo yo lo que pasó. Ese pobre infeliz se encontró mal... Mezzasalma se dejó llevar por el pánico. Su cochero lo descargó en la leñera, lo registró, encontró primero una pitillera y la tiró, después la de Sonzogno, pero vacía..., y, mientras tanto, Tremolaterra había muerto. Es todo.

—Fue envenenado.

—Lo sé, he leído el informe. Y por tanto Mezzasalma no puede ser el asesino, a menos que usted crea... ¡Ah! Ahora lo entiendo. —Tinebra echó atrás los hombros, mirando satisfecho a Corrado, como si hubiera resuelto una complicada adivinanza. Con voz tranquila, concluyó—: Usted quiere llegar a la Morte Desolata a través de Mezzasalma. Eso es lo que quiere.

Corrado aguantó la mirada de Tinebra, que siguió hablando:

—Usted espera que hable, que abra una grieta, que le dé un punto de apoyo para ampliar la investigación. No le interesa en absoluto el asesino de Tremolaterra, usted apunta más alto. ¡Usted quiere la Morte Desolata! Si el fin es lícito, los medios son lícitos, como dicen los jesuitas. ¡Muy bien, inspector!

Corrado se encogió de hombros y agarró el pomo de la puerta.

—Una declaración de Enrico Mezzasalma, y usted tendrá los billetes —repitió.

—No puedo obligar...

—Buenas noches.

—¡Inspector! Usted trabaja para el Ministerio del Interior, no puede desobedecer. ¡Es como si le hablara Su Excelencia el ministro en persona! Yo le ordeno...

—Buenas noches. Ah, una cosa. Cuando tenga los billetes..., porque usted tendrá los billetes, como yo tendré la declaración de Mezzasalma..., recuerde que un inventario del sobre, efectuado en el despacho de un notario, certifica que yo he entrado en posesión de una serie de billetes..., dos de ellos idénticos. Y, en el momento del intercambio, usted será tan amable de extenderme dos líneas a modo de recibo. —Sonrió—. No querría que, el día de mañana, alguien se inventara una historia fantasiosa para desacreditarme.

Epílogo

7 de noviembre de 1875, domingo

1

El inspector Onorato Quadraccia se despertó de buena mañana, como los buenos cazadores. Abrió el ventanuco de la habitación e inmediatamente volvió a cerrarlo: el viento había cambiado de nuevo, ahora soplaba una brisa fría que se había llevado la niebla, pero no las nubes, que seguían cubriendo de negro un cielo que apenas empezaba a aclararse por el este.

Se vistió con prisas, en el silencio total del domingo por la mañana, y metió en los bolsillos del abrigo la navaja, el cuaderno con su lápiz desgastado y un par de ferri. Se comió una rebanada de pan duro, se tomó una taza de café preparado en un hornillo y se puso en marcha.

Caminaba deprisa, con la cabeza gacha, como un perro de caza. Tenía que quemar aquella sensación de impotencia que le atenazaba. En algún lugar había un asesino —o más de uno— que había matado a Lorenza Sorgiacomo y la había tirado al Tíber y que ahora dormía tranquilo, mientras él iba dando vueltas y pasando frío, reconcomiéndose por dentro. No era justo. Todo el mundo tendría que reconcomerse por dentro como él.

Recorrió buena parte de la Via della Lungaretta hasta que tuvo a la vista Santa Maria in Trastevere. Ni siquiera le echó un vistazo al mosaico de la fachada de la basílica, aún apagado a la tenue luz del alba; giró por la Piazza Sant'Apollonia.

Tres o cuatro haraganes, sentados en los escalones de Santa Margherita, lo miraron con curiosidad. Quadraccia había reconocido al menos a uno de ellos, pero no se detuvo: no se sentía amenazado por las eventuales ansias de venganza de algún maleante a aquella hora de la mañana. No obstante, se mantuvo atento, por si oía pasos a sus espaldas.

Al final de la Via del Moro, llegó a un almacén en el que había aparcadas dos carrozas. Aquel espacio, amplio y de techo bajo, tenía una puerta que daba a un patio de tierra, donde unos caballos sacudían la cola indolentemente.

Un par de hombres descargaban de un carro voluminosas balas de heno, bajo la mirada del propietario, que fumaba apoyado en la pared, con los dedos metidos en los bolsillos del chaleco.

El propietario alquilaba carrozas privadas a cocheros pobres que no podían permitirse tener un vehículo propio; cobraba un alquiler diario y el resto de las ganancias se las quedaba el cochero.

Quadraccia no necesitaba una carroza: le bastaba un mulo. Tenía la impresión de que la caza podría llevarle a patear media Roma, y ya no tenía edad para hacerlo todo a pie. Y era demasiado pronto para encontrar carrozas. Así que, dado que no se le daban muy bien los caballos, de los que no se fiaba, alquiló un mulo y, sin prisas, se abrió paso por el laberinto de callejones en el que se había metido y volvió a embocar la Via della Lungara.

Se iban abriendo las primeras ventanas, las primeras sábanas colgaban de los tendederos como cada domingo, los primeros orinales se vaciaban en las calles —a pesar de las normativas municipales—, se llenaban los primeros barreños para bañar y restregar bien a los críos, se oían las primeras voces procedentes de las habitaciones.

Poco a poco, las callejuelas húmedas y resbaladizas, sinuosas y entretejidas, dieron paso al amplio cauce de la Via della Lungara, luminosa, donde las casas se alternaban con huertos y jardines; y en el silencio absoluto se distinguía el borboteo de las cloacas que vertían sus aguas en el río a través de un caño de piedra.

Por aquella calle desierta, un hombre alto, enjuto, vestido de negro, que se mecía sobre un mulo, con aspecto de Don Quijote, avanzaba en dirección a Porta di Santo Spirito, al encuentro del único de sus confidentes que podía encontrar incluso en domingo.

Y

También el inspector Corrado Archibugi se levantó pronto. A las siete salió por el portal y, con la ayuda del bastón, se encaminó a paso rápido hacia la comisaría, donde le esperaba una carroza que había reservado. Sólo los domingos podía hacerse con una de las pocas carrozas del ministerio. En el bolsillo llevaba una orden obtenida en el despacho de Panicacci, tras la charla con Tinebra, y pensaba en la cita con Lucrezia y sus padres para la misa de la mañana. No quería faltar.

La portera, Pasquina, que volvía de encenderle a la Virgen de la esquina las velas que se habían apagado durante la noche, lo vio y se quedó pasmada.

—Usted perdone, excelencia, pero... ¿ahora sale así de temprano hasta los domingos?

Corrado esbozó un saludo, abrió los brazos como diciendo: «El trabajo», y le pasó por delante.

Ella lo siguió con la mirada hasta que rebasó la esquina y sacudió la cabeza:

—Vuelve tarde, empieza pronto, no duerme nunca... Tiene unas ojeras así. ¡Y para eso ha venido de Turín! —masculló.

Onorato Quadraccia había entrado en el Santo Spirito lleno de rabia y bastante nervioso. Unos meses antes se había pasado bastante tiempo allí dentro, confinado en un pabellón, con un biombo como única separación entre él y los demás enfermos, y desde entonces no le gustaba volver por allí, a pesar de que Mancha Roja le pasara siempre el nombre de alguno que había tropezado accidentalmente con la navaja de otro, aunque normalmente el accidentado no solía saber de quién era la navaja ni cómo había ocurrido. Así pues, después de atar el mulo a un árbol, dudó un momento, pero finalmente entró como un ariete, con un nudo en la garganta y los nervios a flor de piel.

Salió a toda prisa poco después, casi a la carrera: ni siquiera le detuvo el dolor penetrante que sentía entre las escápulas, provocado por lo forzado de su respiración. Se detuvo frente al mulo, le miró las costillas, marcadas bajo el pellejo, y torció la boca. Tardaría un siglo en llegar a la Via Monterone con aquel animal moribundo, y él sentía la urgencia del cazador que ha recuperado el rastro de la presa. Miró a su alrededor y vio una carroza que estaba a punto de marcharse después de haber dejado en el hospital a una pareja joven, ella sollozando y el hombre cogiéndola por los hombros con delicadeza.

Quadraccia emitió un potente silbido y se lanzó tras la carroza, que avanzaba con indolencia; el cochero se giró al oírle.

—¡Quieta!

Subió a bordo y se dejó caer en el rugoso asiento, le comunicó con un grito triunfal la dirección que acababa de averiguar y le pidió que fuera a toda velocidad. Hacía tiempo que no se sentía tan contento.

A pesar de la gruesa tela de por medio, le parecía notar en el bolsillo la presencia de un fragmento de fotografía, de color sepia, con los bordes mellados; la imagen de una pierna femenina desnuda, una pierna bien torneada que acababa en un grácil piececillo con la punta apoyada en una alfombra.

La carroza llegó al castillo de Sant'Angelo, atravesó el río por el Ponte Degli Angeli y se introdujo en las vísceras de la Via dei Banchi Nuovi y la Via del Governo Vecchio. El repiqueteo de los cascos y el fragor de las ruedas resonaban contra las paredes desconchadas. Quadraccia hacía fuerza con los pies para no bailar demasiado, y con una mano se aguantaba el sombrero contra la cabeza. El cochero no hacía más que tocar la campanilla para pedir paso, sobre todo en las curvas. Desde una ventana soltaron una imprecación y el contenido de un orinal, que no dio en el blanco por poco.

—¡Venga, venga! —le espoleaba Quadraccia.

—Yo ya le doy, pero como aparezca alguien de pronto…

La velocidad, el ruido atronador de la carroza, el tintineo de la campanilla y los chasquidos del látigo del cochero excitaban al inspector. En la comisaría se reían de su obsesión de hacer la ronda por los hospitales, de pagar a empleados y camilleros para que le dieran informaciones que luego él registraba en su cuaderno y archivaba. Sin embargo, gracias a Mancha Roja, galopaba con la intención de echarle el guante al asesino de Lorenza Sorgiacomo. ¡Ningún delincuente salía indemne, si el viejo Homilías salía a su caza! Al día siguiente, le plantaría a Panicacci su informe sobre la mesa: «Aquí tiene. ¡Tome nota!», y se daría media vuelta. Y que dejara de tocar las narices con sus reuniones semanales. Lo que tenía que hacer es dejarle trabajar en paz y...

—Pero ¿qué...?

El brusco frenazo casi lanzó a Quadraccia encima del cochero. Por un momento miró a su alrededor, desorientado, y reconoció el Palazzo Braschi: habían llegado a la Piazza San Pantaleo. La carroza se había detenido para evitar chocar con otro vehículo que acababa de salir del edificio.

Quadraccia se puso en pie de un respingo, con la lengua contraída en busca de un insulto encarnizado, pero se contuvo cuando vio que la carroza llevaba el escudo del Reino de Italia y, sobre todo, cuando se dio cuenta de que a bordo iba el inspector Corrado Archibugi.

—Mira por dónde —dijo Quadraccia—. ¿Te has caído de la cama?

Archibugi esbozó una sonrisa.

—No por mucho madrugar amanece más temprano, ¿eh?

Quadraccia volvió a sentarse y ladeó el cuerpo hacia el colega. Las carrozas estaban una junto a la otra, inmóviles.

—Muy bien, inspector Archibugi. ¿El asunto del periodista?

—Precisamente. ¿Y usted?

—Mi «vejiga».

Archibugi estaba asombrado.

—¿La mujer encontrada en el río? ¿Realmente ha conseguido llegar hasta el culpable?

—Parece que sí, inspector, parece que sí —dijo Quadraccia, hinchándose como un globo y metiendo los dedos en el chaleco—. Y lo mejor es que vive tan cerca del Palazzo Braschi que si le escupía desde aquí, le daba en la cara. Es ahí mismo, detrás del teatro Valle. Ahora iba para allá. He seguido sus pasos por media Roma y al final me encuentro aquí. Curiosa, la vida, ¿no? Bueno, voy para allá, que se me hace tarde. ¡Nos vemos, inspector!

Un minuto más tarde, las dos carrozas se separaron: la de Quadraccia en dirección a la Via Monterone; la de Archibugi hacia Campo Marzio, por última vez.

2

La Via Monterone es una calle en forma de L. Quadraccia hizo que la carroza se parara en la esquina entre ambos tramos, donde la calle se vuelve más ancha, frente a una pequeña iglesia recargada, bajó y pagó al cochero. La carroza embocó la Via dei Redentoristi y se fue.

El inspector miró a su alrededor y adquirió una expresión severa. «Su» portal estaba aproximadamente en la mitad del tramo más largo, al fondo del cual se alzaba el tejado de San Eustaquio. Justo delante del portal esperaba un coche fúnebre. Por las ventanas del edificio asomaban ya algunas mujeres a la espera del féretro.

Quadraccia se puso en marcha con un mal presentimiento. ¿No le estaría jugando una mala pasada el destino? ¿Primero le ponía la miel en los labios y luego lo dejaba con las manos vacías? Era más que posible. Quadraccia tenía una pésima opinión del destino.

A pasos lentos, avanzó hacia el coche y el cochero, que esperaba de pie junto a los dos caballos, charlando con un chaval: ninguno de los dos lo había visto. Tanto el cochero como el muchacho estaban vestidos de enterradores; también el coche y los caballos estaban ataviados de luto. Mientras se acercaba, Quadraccia se rascó, considerando la situación.

El cochero tenía el brazo apoyado en la rueda del carro y decía:

—¿Y cuál es ése? ¿El del pepino en el ataúd?

—¡Qué dices! El del saliente de la pared —dijo el muchacho.

El cochero se rascó la cabeza.

—¿Y ése cuál es? Yo conozco todos los chistes sobre muertos, funerales y viudas, pero ése no me suena de nada...

—Escucha: don marido y mujer, dos viejos que han pasado la vida juntos, que aún se quieren, pero de pronto ella muere. Lágrimas, lamentos, etcétera. Llegan los de las pompas fúnebres, la meten en la caja y se la llevan. Bajan las escaleras con el ataúd a la espalda, seguidos por el marido, hecho un mar de lágrimas, pero en un momento dado el ataúd da contra un saliente de la pared...

El cochero levantó una mano para que se callara y se puso a escuchar, con la mirada en alto. Quadraccia, que se acercaba con cautela, hizo lo mismo.

«*Luceat eis, requiescant in pacem, amen*», se oyó desde el interior del portal. En un latín perfecto: era el cura. De hecho, luego llegó la respuesta distorsionada de los presentes: «*Lusiattei requia e scantin pace*, amén».

—Están bajando —concluyó el cochero—. Como en el chiste. Sigue.

—El ataúd choca contra el saliente. Se oye un quejido y luego un ruidito: ¡es la vieja, que ha resucitado, y golpea la madera con los nudillos! El marido llora de alegría, se abrazan y se vuelven a casa más felices que unas Pascuas. Pasan los años tranquilamente y al final la vieja vuelve a estirar la pata. De nuevo lloros, lamentos y demás. Vuelven los de pompas fúnebres, la meten en el ataúd, lo levantan a hombros y bajan las escaleras...

Quadraccia dijo en voz alta:

—Y el marido, entre lágrimas les avisa: «Por favor, tengan cuidado con el saliente».

Los dos se giraron a mirar al inspector que sonreía, socarrón. Como solía suceder cuando contaba un chiste, al final él era el único que se reía. El cochero comprendió enseguida con quién se había topado. Le dio un par de monedas al muchacho y le dijo que le fuera a comprar un cucurucho de castañas asadas, rápido, que estaban a punto de irse.

Cuando estuvieron solos, Quadraccia señaló el edificio con un gesto de la cabeza y preguntó:

—¿Están bajando?

—De un momento a otro. ¿Por qué?

—¿Cómo se llama?

—Bertali.

¡Bertali! Quadraccia lanzó un improperio.

—¿Qué Bertali? —Sentía que la presa se le escapaba justo cuando estaba a punto de echarle el guante—. ¡Venga! ¿Quién es el muerto?

—Francesca Bertali. La mujer de... —respondió el otro, pálido.

Quadraccia soltó un suspiro de alivio. Él buscaba a un Bertali, no a una Bertali. Se quedó un momento inmóvil, con la mano apoyada en uno de los caballos, como reflexionando sobre el sentido del humor del destino. Era el mejor narrador de chistes del mundo, el destino, cuando se lo ponían bien, claro.

Los de la funeraria salieron por el portal, seguidos del típico séquito compuesto por curas, familiares y vecinos agregados, en un murmullo de oraciones y lamentos. Colocaron la caja en el coche fúnebre. El cochero se subió al pescante. Volvió corriendo el muchacho con las castañas, y el inspector lo interceptó antes de que se subiera junto al conductor, confiscándole un puñado de castañas que se metió en el bolsillo del abrigo.

Quadraccia se llevó a la boca una castaña sin pelarla, mientras estudiaba el ataúd, casi como si se esperara oír a la muerta picando contra la madera, luego se fijó en un señor gordo vestido de luto con levita, sombrero de copa y zapatos brillantes, y de su brazo una joven que llevaba un vestido de paseo de crepé de lana y seda de color azul noche. Los dos tenían los ojos húmedos y el aspecto que da tener dinero, incluso en el luto. El hombre le dio algo al sacerdote, que asintió con la cabeza. Del patio del palacio salía lentamente un anticuado pero elegante *coupé*, ataviado de luto, sin duda el coche de la familia. Lo conducía un cochero que también iba de luto.

Quadraccia escupió la piel de la castaña y se acercó al hombre elegante.

—¿El señor Alfonso Bertali?

Aquellos ojos enrojecidos miraron a los del inspector, no sin esfuerzo. Luego le dio la mano y dijo, mecánicamente:

—Gracias, gracias...

—¿Gracias de qué? Soy inspector de Seguridad Pública y necesito hablar con usted urgentemente.

Bertali murmuró algo, mirando a su alrededor como para decir que no era el momento adecuado. Estaba desorientado, pero no tanto como para no ocultar enseguida el fogonazo de miedo que le había pasado por los ojos, y que Quadraccia había captado al vuelo.

—Entiendo, entiendo, pero necesito hablar con usted un minuto.

—Papá... —dijo la hija, con la misma mirada en los ojos.

Bertali no sabía qué hacer. Paseaba la mirada a derecha e izquierda en busca de ayuda o de inspiración. Un pequeño grupo de personas esperaba junto al portal, sin perderse la escena y preguntándose quién sería el hombre de la cicatriz. El cura lo miraba completamente estupefacto. El *coupé* estaba situado tras el coche fúnebre, a la espera.

Quadraccia se sentía del todo tranquilo. Había llegado: ahora sólo tenía que hacer su trabajo.

Cogió a Bertali por un brazo y lo guio hacia el portal. El hombre no protestó. Los murmullos aumentaron y la hija se echó a llorar. Quadraccia abrió la puerta de la portería, fulminó con una mirada a la portera, que se había separado del grupo de los asistentes para protestar, casi empujó a Bertali al interior y cerró la puerta a sus espaldas.

El hombre se dejó caer sobre una silla. Sobre la mesa de al lado había una jarra de agua y un vaso. Quadraccia lo llenó y se lo pasó a Bertali, que bebió mecánicamente, con la mirada fija en el suelo, sin fuerzas.

3

En la Villa Ludovisi el aire olía a resina y a tierra húmeda, pero Corrado Archibugi notó un toque dulzón: el olor de los cementerios y de las flores en descomposición. El sol, que nada más salir había quedado oculto tras las nubes, daba un tono plomizo a los adoquines y a los edificios.

El humor de Corrado empeoró. Soltó un suspiro, bajó de la carroza y comprobó que la dirección que llevaba escrita en una nota fuera exacta: porque indicaba una casita de una planta, con el yeso ajado por el tiempo, pero en conjunto bien conservado, con un jardincito delante, cercado por setos de laurel. No era un edificio típico en Roma, pero en conjunto se adaptaba al carácter del propietario: ordenado, metódico, solitario, casi altanero.

Llamó al timbre y se giró para mirar la ciudad. Justo en la calle de al lado estaba la pollería de los Petrocchi; más abajo, la vivienda-estudio de Tremolaterra (la referencia era el retorcido campanario borrominiano); y algo más allá, a la izquierda, más allá de los tejados de color apagado que veía desde la colina, la leñera donde habían hallado el cadáver del periodista.

Era probable que Mezzasalma hubiera llegado en carroza hasta allí, para la cita fatal con Tremolaterra. O casi mejor a algún lugar cercano, para evitar que hubiera testigos. Tremolaterra había subido a bordo y la carroza había iniciado el descenso hacia la ciudad, con los dos hombres en su interior, el periodista y el emisario de la Morte Desolata, protegidos bajo la capota. Archibugi siguió mentalmente a la carroza fantasma hasta la esquina, intentando imaginarse la negociación entre los dos hombres. Y después…

—Por fin ha llegado.

Se giró de golpe y vio el rostro pálido, la melena, la mirada severa que casi le regañaba por el retraso.

Se quitó el sombrero.

—Señora Ortolani, ¿puedo entrar?

La Ortolani se situó frente a la puerta que daba al jardín.

—Señora Ortolani, traigo una orden.

—No lo ha entendido. No quiero que entre en mi casa, pero yo iré con usted, si espera un momento. Porque ha venido a detenerme, ¿no?

—¿Lo sabía?

¿Y cómo no iba a saberlo? Había afirmado que Tremolaterra había ido a verla después de salir de casa de la Gualtieri. Era la última persona conocida que había visto al periodista con vida antes de Mezzasalma. ¡Y desde luego no había sido el director del *Eco di Roma* quien lo había envenenado en la carroza! Corrado volvió a pensar en la mirada de Adele Ortolani mientras la Gualtieri explicaba que había escondido al periodista; si hubiera insistido, si hubiera sido más decidido, quizá la Ortolani habría confesado enseguida. Pero él seguía a la Morte Desolata, imaginaba «manos invisibles»; no contemplaba la posibilidad de un delito mucho más simple.

—Sí. Pero esperaba que no fuera usted. Después, cuando el médico ha confirmado la muerte por envenenamiento…

—Espere, que me pondré un chal.

Pocos minutos después, uno junto a la otra, bajaban en silencio hacia la Via della Mercede, mientras las calles empezaban a poblarse de familias con la ropa de los domingos recién cepillada y de vagabundos que se lavaban en las fuentes.

—Aún recuerdo los movimientos que hice aquella noche —dijo de pronto la mujer. Archibugi se giró hacia ella: miraba hacia delante, con las manos en el regazo—. Pero son movimientos que no me pertenecen, que no reconozco como míos. Nunca he creído en las posesiones, pero en aquel momento mi cuerpo estaba poseído por otra persona. No puede ser de otro modo. —Se giró hacia Corrado—. Entiéndame, no digo que no fuera yo. No busco piedad.

Corrado hizo un gesto como diciendo: «No se me había pasado por la mente». Al contrario: Adele Ortolani no estaba en absoluto arrepentida y, si hablaba tanto, era porque esperaba que él le diera la razón.

—El señor Tremolaterra se presentó en mi casa, como le dije, hacia las siete y media. Estaba contentísima de verlo, porque realmente estaba preocupada. Le hice entrar. En mi casa, ¿comprende? Ningún hombre ha entrado nunca en mi casa. Preparé un café de cebada. Me ofrecí a ayudarle con mis ahorros… —Estoy bastante bien situada; mis padres me dejaron la casita y terrenos fuera de Roma—, porque pensaba que de verdad tenía problemas económicos. Era derrochador, de gusto refinado para la ropa y los muebles… En fin, que insistí en ayudarle. —Dibujó una sonrisa apagada—. ¡No paraba de hablar!

—¿Qué quería de usted?

—No crea lo que dicen esas secretarias descaradas, inspector. Yo era la única mujer de la que se fiaba Tremolaterra, la única confidente que tenía, su puntal, su primera lectora… Por eso había venido a mí. En busca de consuelo, para recuperar la confianza —declaró, henchida de orgullo. Pero luego hizo una mueca de disgusto—. Claro que en «aquéllas» puede haber buscado consuelo de otro tipo: no el espiritual que yo podía darle. Al fin y al cabo, era un hombre.

—Pero no soportaba que lo buscara en una secretaria que dependía de usted, ¿no es eso?

—¡Maria Gualtieri! —exclamó—. ¿Oyó cómo hablaba, aquella mañana? Qué cara dura, qué pelandusca. Y él… ¡En la buhardilla de al lado a la de ella! Cuando yo tenía una casa entera que… Nunca le habría dado alojamiento, por supuesto, nunca. Pero al menos podría pedírmelo, y si tanto lo necesitaba, quizá…

Aquel torbellino de frases a Corrado le pareció lastimoso. Volvió a pensar en Quadraccia, que disfrutaba yendo a arrestar a una persona. Y él, en cambio… Le pareció oír el comentario de Pasquina: «¡Y para esto ha venido desde Turín!».

—Así es como me veo desde fuera, inspector. Colgada del techo como un murciélago, miro hacia abajo y me veo a mí misma estremeciéndome. Con la cabeza que me daba vueltas, una rabia que me invadía el estómago. ¡Terrible! Es como si un furor incontrolable me hubiera sacado de mi cuerpo y me hubiera lanzado hasta allí arriba, al techo. Veo la cuchara que entra en la caja del matarratas, el veneno que cae en el café, el azúcar para disimular el sabor...

Se interrumpió. Extrajo un pañuelo de la manga y se pasó la punta bajo los ojos. Suspiró y miró afuera.

—Sin embargo, había ido a verla a usted, señora —dijo entonces Archibugi, con delicadeza—. Al final, había venido a verla a usted. Antes de una cita importante, un encuentro difícil, quizá mortal. A su modo, quizá Tremolaterra...

Adele Ortolani se giró de golpe, con los ojos ligeramente enrojecidos.

—Gracias —le interrumpió—. Pero no quiero saber lo que piensa, inspector. Disculpe que me haya desahogado. No volverá a suceder.

Y no dijo nada más. Una hora más tarde había firmado sin objeciones una confesión completa y era trasladada a la cárcel de mujeres de Le Mantellate. Mientras salía del despacho de Archibugi, dijo únicamente, como si hablara para sí misma:

—¿Y ahora? ¿Quién escribirá las historias de Bellacuccia?

4

—Busco a Gabriele Bertali. ¿Es su hijo?

Quadraccia estaba de pie, con las piernas separadas y el ceño fruncido, ajeno a quienes llamaban de vez en cuando a la puerta cerrada y a las sombras que se perfilaban contra el cristal esmerilado.

—Sí, el mayor. Después está la pequeña... —El hombre era un saco de patatas que hablaba con voz cansada, sorbiéndose la nariz de vez en cuando—. Le ruego, inspector. Mi esposa... ¿No podríamos hablar después del entierro?

—No. Quiero a su hijo. ¿Dónde está? —preguntó Quadraccia, que sólo había visto a la hija, junto a su padre.

—No está aquí. Está mal. Tenemos una casa en el campo, a las afueras de Viterbo. Ni siquiera sabe que su madre...

—¿Qué le pasa a su hijo? ¿Cuándo se fue?

El hombre hizo un gesto vago con la mano.

—Hace una semana. Sufre de los nervios. El médico le dijo que el aire del campo...

—¿Usted sabe que el 24 de octubre pasado su hijo se presentó en el Santo Spirito? Era domingo. Llegó hacia las cuatro de la mañana.

Alfonso asintió.

—Iba acompañado por dos amigos. Sus nombres no están registrados. ¿Usted sabe quiénes son?

—Sí.

Quadraccia escribió en su cuaderno el nombre y la dirección de los dos jóvenes, que el viudo había escupido casi con rabia.

—¿Ellos también son buenos chicos, como su hijo? ¿Ellos también están delicados de los nervios? —dijo el inspector, aprovechando la repentina muestra de aversión del hombre, que, sin embargo, se controló y se tragó el sapo en silencio.

—Pero su hijo no se presentó en el Santo Spirito por un problema de nervios. Ya sabe por qué fue, ¿no? Menos mal que estaban sus queridos amigos… Quién sabe la que habrá liado un desequilibrado como su hijo, ¿eh, querido Bertali?

El hombre estalló.

—¿Cómo se permite? ¡Gabriele no es un desequilibrado! Le han llevado por el mal camino ésos. ¡No los llame «queridos amigos»! —exclamó Alfonso, que se puso en pie de un salto—. Ellos han sido nuestra ruina, inspector. Ellos. ¿Lo entiende? ¿Por qué no va a verlos a ellos y nos deja llorar en paz? ¿Por qué…?

Durante el soliloquio, Quadraccia se mantuvo inexpresivo, chupando una castaña. De pronto ordenó:

—Siéntese. No se preocupe, también iré a verlos a ellos, ahora que sé quiénes son. ¡Sentado le he dicho!

El hombre, de un rojo encendido, se sentó, pero repitió:

—¡Ellos, ellos son los que tienen la culpa!

—Pero el que acabó en el hospital fue su hijo. A quien apaleó la vieja fue a él.

Alfonso volvió a tragar saliva, con la mano temblorosa cogió el vaso y le dio un largo sorbo, tosió, levantó la vista hacia Quadraccia y preguntó, en voz baja:

—Pero usted… ¿Usted cómo sabe todo eso?

—¿Ve este pedazo de fotografía? No, lo aguanto yo. Se cayó al suelo cuando su hijo se tendió para los primeros auxilios. Estaba presente un…, un empleado del Santo Spirito que conozco bien y que recogió el fragmento de fotografía, que luego olvidó en su despacho. Lo he encontrado esta mañana. El fragmento, señor Bertali, había salido del pliegue del dobladillo de los pantalones de Gabriele. —Quadraccia volvió a meterse el pedazo de fotografía en el bolsillo—. Ahora bien, me he preguntado: ¿cómo es posible que un trocito de una fotografía acabe en el dobladillo de los pantalones de alguien? Bueno, si esa persona rompiera la fotografía y tirara los pedazos al suelo, podría ocurrir.

—Papá…

Quadraccia se giró de golpe hacia la puerta, por la que asomaba el rostro de la hija de Bertali, evidentemente preocupada, que miraba alternativamente a su padre y al hombre vestido de negro.

—Dos minutos más, señorita —dijo Quadraccia tranquilamente, después de escupir en la mano la piel de la castaña y de tirarla bajo la mesa—. Cierre la puerta.

Y volvió a Bertali, que dijo:

—Fue un momento... Un momento de locura, inspector.

—Más de un momento, Bertali. Porque cuando la vieja, que a propósito, se llamaba Lorenza Sangiacomo, cuando la vieja vio las fotografías rotas en pedazos ante sus propios ojos, las fotografías en las que aparecía cuando era joven e irresistible, perdió el control... Parece que tenía mucho apego por ellas, ya sabe cómo son estas cosas...

Todo había sucedido por casualidad. El joven Bertali había comprado las fotografías y, acompañado de dos amigos, las había sacado del sobre, a la luz de un farol. Lorenza estaba frente a ellos, apoyada en un largo bastón, y analizaba las miradas y la expresión de los tres jóvenes, ávida de sus sensaciones, de sus comentarios. Poco le importaban las monedas que tenía en la mano.

Los hombres señalaban a la mujer, se reían, intercambiaban bromas, alusiones, sin pensar en la vieja, que se iba colmando de una súbita y reconfortante sensación de felicidad.

Pero uno de los tres vio el colgante por casualidad. El colgante que llevaba la vieja al cuello, y también la joven desnuda, eternamente bella en las fotografías encargadas por un diplomático ruso en tiempos del Papa Rey.

Quizá fuera culpa del vino y los licores. La complicidad de los tres jóvenes en la lujuria se transformó en la complicidad en el escarnio. Ya no les interesaban las fotografías; Gabriele las rompió con un gesto teatral y los fragmentos se le cayeron de los dedos; ¿cómo era posible convertirse en algo tan feo, por Dios?, decían los tres, y casi se partían de la risa. La oscuridad era profunda y las calles estaban casi desiertas.

—A propósito, ¿dónde ocurrió?

—Mi hijo no nos lo ha dicho. No lo sé exactamente. Tampoco es importante, ¿no? Por la zona de la Fontanella Borghese, creo...

El bastón de Lorenza golpeó a Gabriele en plena frente, un golpe seco que le nubló la vista unos instantes, asestado con la fuerza de la rabia y de la desesperación de una mujer a la que le han arrebatado todo. Sus amigos lo sostuvieron. Esperaron a que volviera en sí y luego se lanzaron contra la apestosa asaltadora.

—La mataron a palos. ¿No es cierto?

—Sí, señor Bertali. A lo mejor fue un momento de locura, quizás hubieran bebido demasiado. Pero eso no es una justificación. A mí no me interesan las justificaciones; no soy juez. Sin embargo no ha sido sólo un momento de locura. Porque no sólo la mataron a palos, sino que luego decidieron hacer desaparecer el cadáver…

—Inspector, si ya lo sabe todo, ¿qué quiere de mí? ¿Por qué no se va?

—Quería los nombres y quería saber dónde está su hijo. Quiero que me confirme lo que ha sucedido. Quiero encerrarlos a todos, a todos. ¿De quién era la carroza? Porque aquella noche los tres habían salido con una carroza privada, ¿no? ¿El *coupé* de abajo?

Un leve asentimiento.

—¿Su *coupé*? —repitió Quadraccia, levantando la voz.

—¡Sí!

—Ah. Habrán tenido que apretarse, una vez cargado el cadáver. Quizás usaran uno de los trapos de Lorenza, liándoselo alrededor de la cara, para que no se les mancharan las piernas de sangre. Porque, señor Bertali, lo que es sangre, Lorenza debe de haber soltado mucha. Espere, ¿qué es eso? ¿Queso?

Ante la mirada incrédula de Alfonso Bertali, Quadraccia se acercó a un paquete sobre una artesa, lo abrió, con un movimiento de la cabeza confirmó que se trataba de queso y con la navaja cortó un trozo que se puso a comer con gusto.

—Esta mañana he salido temprano. Llevo ya mucho rato por ahí. ¿Decíamos? Ah. ¿Es cierto que…?

Esta vez fue la portera la que se asomó.

—Menos mal que ha dado señales de vida. Soy inspector de Seguridad Pública: vaya enseguida a buscar un agente y tráigamelo. ¡Rápido, venga! —Se volvió de nuevo hacia Bertali, que ahora lloraba con la cabeza hundida entre los brazos, sobre la mesa—. ¿Es cierto que los tres decidieron tirar a la muerta al Tíber? Imagino que desde la orilla del Trastevere, que por la noche está oscura. Y para asegurarse de que no flotara, lo hicieron con una buena piedra atada al pie. ¿Así es como se lo ha contado su hijo, señor Bertali? Venga, ánimo, que ya casi he acabado. ¿Y bien?

Un murmullo lo confirmó. Quadraccia asintió, masticó lentamente otro trozo de queso, se cortó incluso una rebanada de pan. Miró alrededor en busca de vino, pero no lo encontró.

—El espabilado de Gabriele habría salido bien parado si los palos que le dio la vieja no le hubieran dejado tocado, hasta el punto de que, poco después de tirar el cadáver al río, se sintió mal y sus amigos tuvieron que llevarlo al Santo Spirito. Naturalmente se inventarían una patraña, pero Arduino recogió y conservó aquel fragmento de una de las fotografías de Lorenza, que, gracias a mis investigaciones, estaban ya en mi posesión desde hace tiempo. ¿Ahora quién es, por mis...? ¡Ah, ven, muchacho! Soy el inspector Onorato Quadraccia. Tengo un trabajo para ti. Espera.

Escribió algo en el cuaderno, arrancó la hoja y se la dio al guardia que estaba de pie en medio de la estancia, con la mirada clavada en la espalda de Alfonso, que sollozaba estremecido.

—Ten. Un telegrama urgente para la comisaría de Viterbo. —El viejo levantó los ojos hinchados y, tambaleándose, se puso en pie. Quadraccia observaba al agente, pero con el rabillo del ojo no perdía de vista a Alfonso—. Comprueba que entiendes la caligrafía. ¿Está claro? Bien. ¡Ahora ve, corre! Y usted, ¿qué es lo que hace?

El hombre se había acercado a Quadraccia por la espalda y, en un intento por agredirlo, casi se le cayó encima. El inspector se dio la vuelta de golpe y lo rechazó de un empujón, un golpe decidido pero sin especial violencia: Alfonso volvió a caer a peso sobre la silla.

—¿Va a mandar que lo arresten?

—¿Y qué debería hacer? ¿Darle una medalla? —respondió Quadraccia, pasmado—. ¿Acaso no ha entendido lo que han hecho su hijo y sus amigos? Y además, ¿usted cómo lo sabe? ¿Cómo es que Gabriele se lo ha contado todo?

—Por el colgante.

—¡Claro! —exclamó Quadraccia, que ahora lo veía todo claro, hasta el último detalle—. El colgante. Pensaba que el asesino se lo habría arrancado del cuello a la vieja... ¡Pero no que se lo hubiera quedado!

—¡No se lo arrancó para quedárselo! Gabriele... Gabriele se lo arrancó para mirarlo, y entonces le golpeó, y la situación se precipitó... Él no se acordaba siquiera de cómo había sucedido, pero debió de recogerlo para no dejarlo allí, y luego se lo olvidó en el bolsillo del abrigo...

—¿Y entonces? ¿Se lo encontró usted? ¿Gabriele le confesó el delito cuando le enseñó el colgante?

—Sí, estaba raro, nervioso... ¡Créame, inspector, se ha dado cuenta de lo que ha hecho! Gabriele es un..., sí, ya, usted no es juez. En cualquier caso, cuando vio el colgante nos lo contó todo, espontáneamente, cubierto de lágrimas. Fue entonces cuando lo mandamos lejos.

—Pero el colgante lo encontró su mujer, no usted, ¿verdad? Un hombre no mira en los bolsillos de la ropa de su hijo. Su mujer sí, quizá cuando quiso guardar el abrigo. Gabriele le contó el lío en que se había metido a su esposa, no a usted. A la mamá. Y la mamá no lo soportó: se murió del dolor.

Alfonso Bertali estalló de nuevo en un llanto incontenible. Incluso Quadraccia se sintió incómodo. Habría querido pedirle el colgante, pero pensó que ya volvería a pasar por allí. Abrió con un gesto decidido la puerta y la hija se coló a toda prisa, corrió hasta su padre y le rodeó los hombros con los brazos.

Quadraccia se quedó unos instantes en el umbral, primero mirando al interior de la portería, hacia aquel triste cuadro familiar, y después afuera, hacia el vestíbulo, donde la pequeña concentración de vecinos lo miraba con dureza, o quizá sólo con curiosidad.

Reflexionó sobre si debía dar el pésame. Pero él no era cura ni diplomático, no era más que un poli. Nunca había oído que un policía diera el pésame: él no lo había hecho nunca, y desde luego había comunicado muchas muertes. Pero, por algún motivo, se sentía obligado a decir algo, y al final declaró en voz alta, dirigiéndose a todos y a nadie en particular:

—Yo sólo cumplo con mi deber.

5

—*Frates, agnoscamus peccata nostra, ut apti simus ad sacra mysteria celebranda.*

En el silencio que siguió a la fórmula del acto penitencial, todas las cabezas de la iglesia de Santa María de Loreto, frente a la Columna Trajana, se inclinaron en busca de sus pecados. Excepto dos: la de Oreste Scialoja y la de Corrado Archibugi.

De hecho el delegado estiraba su voluminosa cabeza, para intentar ver mejor a los dos prometidos, tres filas por delante (una idea de su esposa, porque él enseguida había ocupado dos sitios a su lado colocando su abrigo sobre el banco, nada más llegar). La cabeza de Corrado estaba apoyada sobre el hombro de Lucrezia, que le rodeaba los hombros con el brazo.

—¡Anda que ésta! —susurró.

—¿Qué pasa? —dijo Cleofe.

—Corrado. Y tu hija.

—¿Y bien?

—¡Míralos! ¡En la iglesia!

Un rumor convencido y compacto se elevó hacia la bóveda.

—*Confiteor Deo omnipotenti, et vobis, fratres…*

—Perdone. Permiso…

Scialoja se dirigió, decidido, hacia la nave central, metiendo la barriga para poder pasar entre sus vecinos de banco. Cleofe le lanzó una mirada preocupada: después se encogió de hombros y siguió con la oración.

—*… cogitatione, verbo, opere et omissione…*

Scialoja se llevó las manos al pecho mientras recorría el pasillo central a paso de carga, bajo la mirada disimulada de los parroquianos. Rebasó a los novios sin mirarlos siquiera, giró hacia una imagen de la Virgen, empuñó una vela como una maza y la encendió con una trémula llama.

Entonces, seguro de su interpretación, miró en dirección a Lucrezia y Corrado.

—*...omnes Angelos et Sanctos, et vos, fratres...*

Se quedó de piedra.

Volvió a recorrer el pasillo, pidió disculpas a los vecinos y volvió a su sitio.

—¿Y bien? —preguntó Cleofe, casi apática.

—¡Es de locos!

—¿El qué?

—Corrado. ¡Duerme como un bendito! Se ha quedado frito sobre el hombro de Lucrezia, y ella lo sostiene.

—Pobrecillo. Trabaja demasiado. Y tú, intenta calmarte de una vez por todas, ¿eh?

—*Misereatur nostri omnipotens Deus et, dimissis peccatis nostris, perducat nos ad vitam aeternam* —concluyó el sacerdote.

—Amén —respondió Scialoja, orgulloso y satisfecho.

Ni Enrico Mezzasalma —que se presentó ante el juez instructor Primicerio coincidiendo con el cambio de propietario de dos billetes— ni Fabio Petrocchi le proporcionaron a Corrado Archibugi el pretexto esperado para poder abrir una investigación sobre la Confraternidad de la Morte Desolata.

Mezzasalma siguió afirmando que había sido Tremolaterra quien le había comunicado la noticia del cadáver marcado con la doble W; Petrocchi sostuvo que había sido Tremolaterra quien le había inducido a declarar en falso ante la Policía.

En cuanto al paseo en carroza, era cierto que Mezzasalma y Tremolaterra habían quedado para verse a petición de Tremolaterra, que había hablado de «importantes revelaciones» sin precisar más; ante la muerte repentina del periodista, Mezzasalma había perdido la cabeza y había abandonado el cadáver en la leñera; nunca pudo explicarse de forma racional aquel gesto.

Por otra parte, la asesina de Guido Tremolaterra ya había confesado.

Corrado Archibugi presionó a Enrico Mezzasalma, pero no hubo nada que hacer. Sólo una vez, sin testigos, en un momento de agotamiento, el director del *Eco di Roma,* tras negarse a responder a las preguntas del inspector por centésima vez, espetó: «Pero ¿de verdad cree usted que los siete puñales que rodean la imagen de la Virgen están ahí para amenazarla? No, señor mío, están ahí para defenderla».

Este libro utiliza el tipo Aldus, que toma su nombre
del vanguardista impresor del Renacimiento
italiano Aldus Manutius. Hermann Zapf
diseñó el tipo Aldus para la imprenta
Stempel en 1954, como una réplica
más ligera y elegante del
popular tipo
Palatino

***
**
*

La puerta de las tinieblas
se acabó de imprimir
en un día de verano de 2009,
en los talleres de Egedsa
calle Rois de Corella, 12-16
Sabadell
(Barcelona)

***
**
*